MARKUS GERWINSKI

BÄNDIGERIN DER SCHATTEN
FALKENFLUG BAND I

Markus Gerwinski

FALKENFLUG
Band 1

BÄNDIGERIN DER SCHATTEN

Roman

Deutsche Erstausgabe
1. Auflage

Copyright © 2021 Markus Gerwinski, Stade

Lektorat und Korrektorat: Ulrike Nordholz, Stade

Umschlagsgestaltung: Nina Döllerer, Adelmannsfelden
unter Verwendung von Motiven von Pavel Klasek/
Ondrej Prosicky/APM STOCK von shutterstock.com

Layout und Satz: Per Dittmann, Buchholz/Nordheide
Gesetzt aus der Arno 10,5/13

Herstellung und Verlag: BoD – Books on Demand, Norderstedt

ISBN 978-3-7543-4742-3

Bibliografische Information der Deutschen Nationalbibliothek
Die Deutsche Nationalbibliothek verzeichnet diese Publikation in der Deutschen Nationalbibliografie; detaillierte bibliografische Daten sind im Internet über http://dnb.dnb.de abrufbar.

Das vorliegende Werk einschließlich aller seiner Bestandteile ist urheberrechtlich geschützt. Jede urheberrechtsrelevante Verwertung ist ohne Zustimmung des Verlages unzulässig und strafbar. Dies gilt insbesondere für das Recht der mechanischen, elektronischen oder fotografischen Vervielfältigung, der Einspeicherung und der Verarbeitung in elektronischen Systemen, des Nachdrucks in Zeitungen und Zeitschriften, des öffentlichen Vortrags, der Verfilmung oder Dramatisierung, der Übertragung durch Rundfunk, Fernsehen oder Video, auch einzelner Textteile.

Für Sandra, Gefährtin im Leben und Schreiben

TEIL I

Ein Junge und ein Mädchen

I

Sie war acht, er war sechs, als sie zum ersten Mal miteinander rauften. Gunid kam vom Bach herauf und hielt mit beiden Händen den Korb, der schwer von nasser Wäsche war. Das Gras ging ihr bis fast zur Hüfte und strich ihr sonnenwarm über die Schienbeine. Manchmal stach ihr ein vertrockneter Wegerich in den bloßen Fuß, doch sie war es gewohnt und ging einfach weiter. Sie hatte schon gelernt, dass die Bienen, die überall um sie herumsummten, sehr viel übler stechen konnten, und so nahm sie sich in acht.

„Heda!"

Als sie die helle Stimme krähen hörte, blickte sie auf. Rechts von ihr, ein Stück den Hang hinauf, stand ein Junge. Ein Edelknabe, soviel erkannte sie auf den ersten Blick: Er trug ein Hemd aus gutem Leinen, und es war genauso wenig vom Schweiß der Arbeit getränkt wie seine schwarzen Locken.

„Meinst du mich?", rief sie zurück.

Er nickte und winkte ihr. „Komm herüber!"

Einen Moment lang stand sie unschlüssig da und runzelte die Stirn. Verärgerung und Neugier rangen in ihr miteinander, und die Neugier siegte. Sie bog von ihrem Weg ab und stieg das kurze Stück zu ihm hinauf.

Ein Edelknabe, ohne Zweifel, jünger und kleiner als sie. Nun, wo sie vor ihm stand und auf ihn hinunterblickte, konnte sie auch die blauen Hosen sehen und die Schuhe aus dunklem Leder. „Was willst du von mir?"

Von oben bis unten maß er sie mit einem arroganten Blick und wandte sich in Richtung Bach. „Folge mir."

Sie blieb stehen. „Warum?"

„Weil ich es befehle."

Gunid schüttelte den Kopf, dass ihr die braunen Strähnen ums Gesicht flogen. „Das geht nicht", erklärte sie ruhig. Der Korb zog schwer an ihren Armen. „Vom Bach komme ich gerade, und ich soll die Wäsche zum Haus bringen."

Er fuhr herum. Sein rundes Gesicht zeigte Verblüffung, dass sie zu widersprechen wagte. Es reizte sie zum Schmunzeln.

Ein paarmal klappte er den Mund auf und zu, bevor er seine Haltung wiederfand und fragte: „Wie heißt du?"

„Gunid. Und du?"

„Ragald."

„Der Sohn von Ritter Adolar?"

Der Junge straffte sich und hob so weit die Nase, dass er die Augen nach unten verdrehen musste, um ihr ins Gesicht zu sehen, gerade so, als wäre er der Größere. „Höchstpersönlich!"

Gunid konnte nicht mehr anders, sie prustete los. Je röter er im Gesicht wurde, desto lauter musste sie lachen, bis ihr schließlich die Tränen über die Wangen rollten.

„Und du wirst jetzt mit mir kommen!" Aus seinem Befehlston war ein Quengeln geworden, das sie an ihren kleinen Bruder Wulf erinnerte. „Ich will nämlich schwimmen lernen, und du bleibst am Ufer und hältst das Seil und ziehst mich raus, wenn ich ... äh ... was falsch mache. Und hör auf zu lachen!"

Sie schüttelte wieder nur den Kopf und wandte sich ab, um sich ihren Weg durch das Gras zurück zum Trampelpfad hinab zu bahnen. Immer noch musste sie viel zu sehr kichern, als dass sie hätte antworten können.

„Komm sofort zurück, du dumme Gans!"

Augenblicklich versiegte ihr das Lachen in der Kehle. Sie blieb stehen und drehte sich zu ihm herum. „Was hast du gesagt?"

Noch immer ragte er vom Bauch an aufwärts aus dem Grasmeer, das Gesicht hochrot, und deutete mit einem Finger auf sie. „Ich habe gesagt, du sollst –"

Weiter kam er nicht. Gunid hatte den Korb abgestellt – er kippte sofort auf dem Hang um und rollte herunter –, war das halbe Dutzend Schritte wieder hinaufgelaufen und hatte sich auf ihn gestürzt.

„Lass mich los! Lass mich los! Das ist ein Befehl! Lass mich los!"

„Nenn mich nie wieder eine dumme Gans, hörst du?"

„Ich bin dein Herr! Lass mich los!"

Er war viel kleiner als sie und kein echter Gegner. Im Handumdrehen hatte sie ihn am Hals unter den Arm geklemmt und saß mit ihm im Gras.

„Lass mich los! Ich krieg' keine Luft! Lass mich los!"

„Nenn mich nie wieder eine dumme Gans!"

„Ich bin dein –"

„Nenn mich. Nie. Wieder. Eine. Dumme Gans!" Sie drückte ein wenig zu.

Als sie wieder lockerließ, musste er husten. Stumm zappelte er eine Zeit lang in ihrem Griff, stemmte seine Ärmchen gegen ihren Arm, gegen ihren Rücken, ihre Schulter, gegen alles, was er greifen konnte. Soviel musste sie ihm lassen, er wehrte sich sehr viel länger als Wulf.

„Du bist keine dumme Gans", keuchte er schließlich. „Und jetzt lass mich los."

„Sag bitte."

„Du lässt mich sofort los, oder Vater wird dich –"

„Dann erzähl es ihm doch!", höhnte sie. „Erzähl deinem Vater, dass dich ein Mädchen im Ringen besiegt hat! Er wird bestimmt alle seine Wachen ausschicken, damit sie mich einfangen und bestrafen!"

Wieder hing er stumm in ihrem Griff, doch diesmal wehrte er sich nicht. Sie konnte es beinahe in seinem Kopf knarren hören, als er nachdachte.

„Bitte lass mich los."

Augenblicklich fiel er auf die Nase, da sie den Griff so plötzlich löste, dass er keine Gelegenheit hatte, sich abzufangen. Ein paar Schritte weit kullerte er den Abhang hinunter, und sie musste wieder lachen. Als er sich schließlich aufraffte und sie böse anfunkelte, war sein Hemd voller grüner Grasflecken, und in den schwarzen Locken, die ihm der Schweiß an die Stirn klebte, hingen Halme und Blüten.

Er sah sie böse an, die Fäustchen geballt, die Augen feucht glitzernd, aber immerhin weinte er nicht. Sie grinste. Einen Moment lang schauten sie einander so ins Gesicht, dann drehte er sich um und rannte, zuerst einfach von ihr weg, dann den Hang hinauf der Burg zu.

Gunid stand auf, strich sich das Gras vom Kittel und stieg zu ihrem Korb hinab, der umgestürzt am Ende einer Spur von nasser Wäsche lag. Als sie die Flecken auf den frisch gewaschenen Hemden und Schurzen und Tüchern sah und an die Maulschellen dachte, die sie dafür von ihrer Mutter bekommen würde, bekam sie gute Lust, dem Knaben hinterherzurennen und ihn ordentlich zu verdreschen. Doch sie zügelte sich.

Sommer und Herbst gingen vorüber, und der Winter hatte sich weiß über das Land gelegt, ehe sie einander das nächste Mal begegneten. Besuch war ins Lehen gekommen. Fardol Iringar Havegard, Baron zu Havegard und noch eine Reihe anderer Titel, die sich Gunid nicht merken konnte, war mit großem Gefolge angereist, und Ritter Adolar hatte das halbe Dorf – darunter Gunids Familie – zur Fron eingezogen, um die hohen Gäste angemessen zu bewirten.

Da saß sie nun in Küchendünsten und schnitt Karotten, umgeben von einem Dutzend anderer Kinder aus dem Dorf, während das Gesinde, angetan mit seinen besten Trachten, herein- und hinauseilte und Krüge mit Bier und Wein, Körbe mit Brot und Schalen mit Butter und Schmalz in den Rittersaal trug. Einige der älteren Burschen drehten die Wildsauen, die die edlen Herrschaften noch am Nachmittag selbst im Wald erlegt hatten, an Spießen über dem großen Feuer am anderen Ende der Küche. Stimmengewirr, das Knacken der Scheite und Rauchgeruch erfüllten die Luft, und nach den kalten Wintertagen in der zugigen Kate ihrer Eltern war es hier drin fast schon zu warm.

Mutter hatte sie ermahnt, sich zu benehmen, aber natürlich tuschelte sie mit Jope und Lirin rechts und links von sich. Immer wenn einer der Diener an ihrer Reihe vorbeikam und ein paar Worte zu Bine sagte, die direkt beim Feuer saß, gab diese das Gehörte sofort weiter, und es wanderte von Mund zu Mund, bis es Gunid erreichte.

„Sie reden über Schiffe", flüsterte Lirin und säbelte an der Lauchstange auf ihrem Brettchen herum. „Ganz viele Schiffe. Mit bunten Segeln."

„Wo sind diese Schiffe?" flüsterte Gunid zurück.

„Na, im Meer! Au!" Gunid hatte ihr einen Knuff versetzt. „Was soll das?"

„Natürlich im Meer, wo sonst!", zischte Gunid. „Sind sie im Norden, im Westen, im Süden –"

„Ist doch egal. Es sollen ganz viele Krieger darauf sein ..."

Jope schob schniefend ein Brett mit klein geschnittenen Zwiebeln von sich, wischte sich die dunklen Kirschaugen und beugte sich herüber. „Was erzählst du? Wovon reden sie?"

Ungeduldig winkte Gunid ab. „Da kommen Schiffe mit vielen bunten Kriegern. Lirin, also, wo sind –"

„Hört!", ertönte plötzlich von der Tür zum Rittersaal her die tiefe, volle Stimme des obersten Dieners. „Hört!"

Es dauerte einen Moment, bis das Geklapper der Töpfe, Löffel, Messer, Schneidbretter und Fleischgabeln verstummt war. Gunid drehte sich auf ihrer Bank herum, in der einen Hand noch das Messer, in der anderen die halbe Karotte. Vom Koch bis zum Küchenjungen schaute alles den Diener an, der herausgeputzt in seiner samtenen Livree in der Tür stand.

„Ragald, der Sohn unseres Herrn, wird vermisst", rief er in die Menge. „Hat ihn hier in der Küche jemand gesehen?"

Gunid sah sofort unter dem Tisch nach. Gemurmel erhob sich um sie her und schwirrte durch die Küche. Der Koch trat an die Tür und besprach sich mit dem Diener. „Wie sieht er überhaupt aus?", fragte Jope. Gunid sagte es ihr: „Klein. Mit schwarzen Haaren. Und blauen Augen."

„Woher willst du das denn wissen?", spöttelte Lirin. Bevor Gunid ihr einen Schubs versetzen konnte, erhob der Diener wieder die Stimme: „Da der junge Herr nirgends in der Burg zu weilen scheint", verkündete er, „wird das Fest in Kürze unterbrochen, um nach ihm zu suchen."

Der kriegt was zu hören, dachte Gunid, und wusste selbst nicht so recht, ob schadenfroh oder mitfühlend.

„Meister Koros wird diejenigen auswählen, die sich der Suche anschließen", fuhr der Diener fort und deutete auf den Koch. „Die übrigen fahren in der Vorbereitung der Speisen fort."

Er drehte sich um und stolzierte zurück in den Rittersaal. Wie auf Befehl ging die ganze Küche in Stimmengewirr unter. Der Koch klatschte in die fleischigen Hände und fing an, die jungen Burschen und Mägde neu einzuteilen. „Und was ist jetzt mit den Schiffen los?", fragte Jope.

„Wahrscheinlich haben sie den jungen Herrn mitgenommen", näselte Gunid und widmete sich wieder ihrer Karotte.

Irgendwann war alles Gemüse gewaschen, geschält und geschnitten, und die Kinder durften gehen. Gunid lief mit ein paar anderen zum Tor hinaus, wo die Wachen und einige der edlen Gäste im Schnee standen und zum Wald hinüberspähten. Die Dämmerung hing rötlich und grau über den Baumwipfeln, und hin und wieder ertönte von einer der Suchmannschaften ein Jagdhorn.

Neugierig musterte Gunid die Menge am Tor. Sie hatte noch nie so viele hohe Herrschaften auf einem Haufen gesehen. Es war ein alter Mann dabei mit eisengrauen Locken, die ihm über den dunklen Pelzkragen seines Umhangs fielen. Er unterhielt sich mit einer rundlichen, rotwangigen Frau, die man, wäre nicht das prächtig bestickte Kleid gewesen, für eine einfache Bäuerin hätte halten können. „… kann ich mir nicht vorstellen. Gewiss war ihm einfach nur langweilig, und er ist heimlich der Jagdgesellschaft gefolgt und hat den Weg aus dem Wald hinaus nicht mehr gefunden …"

Sogar ein Kind sah sie, ein vielleicht fünfjähriges Mädchen in einem weißen, silberdurchwirkten Kleid mit einer Haube, unter der sich Strähnen goldblonden Haares hervorringelten. Neugierig musterte Gunid das Mädchen, doch außer stumm den Wald anzustarren, tat es nichts. Gerade wollte sie es ansprechen, als ein Bewaffneter herzutrat, der das Wappen des Barons zu Havegard am Gürtel trug: einen silbernen Schwan auf blauem Grund. „Herrin?" Ein blasses Gesichtchen hob sich ihm entgegen. „Der Abend dämmert, und der Wind wird kalt. Ihr solltet besser hineingehen."

„Mir ist nicht kalt", widersprach das Mädchen und schaute wieder zum Wald hinüber.

Der Bewaffnete seufzte. „Es ist eine Weisung des Barons, Eures Vaters."

Noch einmal sah das Mädchen zu ihm hinauf, drehte sich dann wortlos um und ging gemessenen Schrittes in die Burg.

Gunid zupfte Jope am Ärmel und lief voraus, den Torpfad hinab und unten an der Mauer entlang. Sie blieb erst stehen, sobald sie außer Sicht der Erwachsenen waren.

„Hast du die gesehen?", fragte sie ihre Freundin, richtete sich kerzengerade auf und stolzierte in übertrieben würdevoller Pose durch den Schnee. Jope presste sich die Fäuste gegen die Wangen und kicherte. Eine dunkle Strähne löste sich unter dem dicken Tuch, das ihre Mutter ihr als Mütze um den Kopf gewickelt hatte.

„Ich glaube, die müssen so laufen", plapperte sie drauflos. „Du weißt schon, edles Blut und so."

„Pff, da kann ich ja froh sein, dass ich eine Hörige bin!" Gunid grinste. „Die darf bestimmt auch nie das hier machen." Sie bückte sich, um einen Schneeball zu formen, und sah die Spur.

Jope trat neben sie. Die Fußstapfen kamen hinter der Burg hervor, Abdrücke von kleinen Schuhen in kleinen Schritten, und zogen sich den Hügel hinab, zwischen verschneiten Sträuchern hindurch dem Bach zu. Näher an der Burgmauer verloren sie sich im Gewirr hunderter anderer Fährten, hinterlassen vom Gesinde, von den Wachen und der Jagdgesellschaft vom Nachmittag. Hätten sich Gunid und Jope nicht selbst eine Stelle gesucht, an der sie nicht gesehen werden konnten, sie wären niemals darauf gestoßen.

„Lauf zu den Wachen", sagte Gunid und begann, der Spur zu folgen. „Sag ihnen, was wir gefunden haben."

„Wie – was –" Etwas ängstlich schaute Jope über ihre Schulter zur Burg hinauf. „Sollen wir nicht lieber die Erwachsenen suchen lassen?"

„Bis sie hier sind, ist es dunkel!" rief Gunid. „Lauf, sag ihnen Bescheid! Ich gehe vor und suche Rag– äh – den jungen Herrn."

Sie hastete durch die Sträucher, und die Zweige zerrten an den dicken Fußlappen, in die sie der Kälte wegen ihre Beine gehüllt hatte. Von weit weg, auf der anderen Seite des Burghügels, ertönten gedämpft die Jagdhörner, die noch immer den falschen Wald absuchten. Die Spur führte hinab, und an einigen Stellen musste Gunid mehr rutschen als laufen.

Beim Schrein der Göttin Vesas tauchte sie in den Wald ein. Die Spur folgte nun einem Wildwechsel und kreuzte Fährten von Hasen, Füchsen und unzähligen Vögeln. In den Geruch nach Schnee mischten sich Baumpilze und eine Ahnung von dem Laub, das unter der weißen Decke vor sich hinmoderte und an einigen aufgewühlten Stellen zutage trat. Hin und wieder schlug ihr ein Zweig ins Gesicht.

Es wurde jetzt rasch dunkel, doch ihr blieb immer noch ein wenig Licht, als vor ihr ein klägliches Wimmern durch das Gehölz drang. „Ragald?", rief sie, und für einen Moment wurde das Geräusch lauter. Im ersten Moment lief sie schneller, bis ihr verspätet bewusst wurde, was die jammernde Stimme gesagt hatte. „Vorsicht", hatte sie geweint.

Gunid blieb stehen und tastete sich die letzten Schritte behutsam voran, immer eine Hand gegen einen kräftigen Baum gestützt. So kam es, dass sie sich noch rechtzeitig festhalten konnte, als ihr Fuß schließlich ins Leere trat. Unter ihr fiel jäh die Uferböschung des Baches ab. Kein

Rauschen oder Plätschern hatte sie gewarnt, der Bach lag verborgen unter einer dicken Eisdecke. Und auf dem Eis lag der Junge.

Im Dämmerlicht war er nicht mehr als ein dunkler Schatten auf der weißen Platte. Bäuchlings lag er da, alle viere von sich gestreckt, und unter seinem Jammern konnte sie es leise knistern hören. Schlagartig ging ihr durch den Kopf, was ihre Mutter ihr über das Eis auf dem Bach erzählt hatte. Es mochte noch so dick aussehen, mit einem unachtsamen Schritt konnte man darin einbrechen und hinabgezogen werden.

„Ragald?", rief sie noch einmal.

„Leise", schluchzte der Junge zurück. „… du machst sonst eine Waline."

„Eine was?"

„Du machst, dass der Schnee rutscht …"

Sie schaute an der Böschung hinunter. Der Schnee hing in dicken Verwehungen zwischen den Sträuchern und Baumwurzeln. Eine breite Spur direkt vor ihr zeigte an, wo der Junge abgeglitten sein musste.

„Bleib ganz ruhig", sagte sie halblaut und war froh, dass der Schnee ihre Worte auch so noch weit trug. „Ich mache keine Lawine. Ich hole dich rauf."

Er gab keine Antwort, sondern schluchzte nur weiter vor sich hin. Gunid sah nach beiden Seiten. Im letzten, grauen Licht konnte sie einen Pfad ausmachen, vielleicht drei Dutzend Schritte rechts von ihr, der zum Ufer hinabführte. Sie trat zurück in den Wald und machte sich auf den Weg.

Das Gestrüpp zerrte an ihrem dicken Wollkleid, als sie hindurchzubrechen versuchte. Der Wald stand hier dicht, wie überall am Bach entlang, und als sie endlich die Stelle erreichte, an der es flacher hinabging, war sie völlig ermattet. Trotzdem trieb sie sich weiter voran. Die ganze Zeit tönte ihr Ragalds Jammern in den Ohren, voller Todesangst. Sie stellte sich vor, es wäre ihr kleiner Bruder Wulf, der auf dem Eis lag. Es hätte ihm auch ähnlich gesehen, sich so in Schwierigkeiten zu bringen.

Schritt für Schritt tastete sie sich den flacheren Teil der Böschung hinunter, bis sie schließlich um die Biegung kam und Ragald sah. Der Junge hatte sich nicht bewegt und mühte sich noch immer, so leise wie möglich zu schluchzen. „Ich bin da", sagte sie, während sie beide Hände auf einen Felsen stützte und sich daran vorbeidrückte. „Ganz ruhig. Ich bin doch da."

Sie kniete sich ans Ufer, zwei Schritte von ihm entfernt, und brach von einer jungen Weide einen Zweig ab, den sie ihm hinhielt. Ein spitzer Stein drückte ihr ins Knie, und die Kälte des gefrorenen Bodens drang durch die Fußlappen, doch sie blieb, wo sie war. Ragald fasste den Zweig, aber sobald sie zu ziehen begann, brach er ab.

„Tausend Schatten!", entfuhr es ihr halblaut, während sie den Zweig von sich warf und sich hektisch umsah. Sie griff nach dem dicksten Ast der Weide, an den sie heranreichte, und zog daran, doch sie konnte ihn nicht brechen, nur ein wenig biegen. Es wurde immer dunkler.

Als sie sich mit ihrem ganzen Gewicht an den Ast hängte, beugte sich sein Ende direkt vor Ragalds Händen bis auf die Eisfläche hinunter. Ragald griff zu.

„Ja, gut so", ermunterte sie ihn und ließ vorsichtig los. Der Ast hob den Jungen wie von selbst ein Stück weit an, und Ragald kam vorsichtig auf die Füße. Das Eis knirschte unter seinem Gewicht, aber noch hielt es.

„Zieh dich an dem Ast hoch", sagte sie und ließ ganz los, um sich dem Jungen entgegenzurecken. Der Junge gehorchte und zog sich, eine Hand nach der anderen, in die Höhe. Nur noch seine Zehenspitzen berührten das Eis, den größten Teil seines Gewichts trug nun die Weide. Das Mädchen hielt ihm die Hand entgegen.

Eine qualvolle Ewigkeit verging, bis er nah genug ans Ufer gekommen war, um sie zu ergreifen. Gunid zog ihn mit einem Ruck zu sich heran, und im nächsten Augenblick lag er heulend an ihrer Schulter und klammerte sich an sie. „Ganz ruhig", sagte sie und kraulte die schwarzen Locken unter seiner verrutschten Mütze. „Ganz ruhig." Er war wirklich nicht anders als Wulf.

Der letzte Streifen Licht verging, als sie Hand in Hand aus dem Wald heraustraten. Über ihnen, hoch oben auf dem Hügel, wimmelten Lichter auf den Mauern der Burg, und vor ihnen, nur einige hundert Schritte entfernt, kamen ihnen eher noch mehr Lichter entgegengetanzt.

„Warum bist du eigentlich weggelaufen?", fragte sie ihn.

Seine kleine Hand in dem gefütterten Fäustling drückte ihre. „Verrätst du es auch niemandem?"

Sie lächelte beruhigend auf ihn hinab. „Natürlich nicht. Ich sag' kein Wort."

„Versprochen?"

Sie hob die freie Hand. „Hoch und heilig versprochen."

Die Lichter kamen näher. Ragald schluckte und sah aus großen Augen zu ihr herauf.

„Ich hab' gesehen, wie du in die Burg gekommen bist", stieß er, noch immer etwas weinerlich, hervor. „Und ich hatte Angst vor dir."

Gunid blieb stehen und starrte ungläubig auf ihn herab. Jederzeit sonst hätte sie losgelacht, doch nach dem, was sie gerade mit ihm durchgemacht hatte, war ihr nicht danach.

„Das brauchst du nicht", sagte sie stattdessen und ergriff ihn feierlich bei beiden Schultern. „Hörst du? Du brauchst keine Angst vor mir zu haben."

Der verheulte kleine Junge lächelte sie schüchtern an. Im nächsten Moment waren sie von Fackellicht und Erwachsenen umgeben, die sich besorgt bei ihrem jungen Herrn erkundigten, ob ihm etwas geschehen sei.

2

Sie war vierzehn, er war zwölf, als seine Zeit als Page endete und seine Ausbildung zum Ritter begann.

Es war eine unbeschwerte Zeit gewesen seit jenem Abend im Winter. Ragald, das wurde ihr schnell klar, war ohne Mutter oder Geschwister aufgewachsen und entsprechend einsam. Die Kinder des Gesindes oben auf der Burg behandelten ihn als hohen Herrn, und er hatte es schwer gehabt, Spielkameraden zu finden.

Sie fand schnell Gefallen daran, sich mit ihm zu treffen und ihm beizubringen, wie ein Kind aus dem Volk einfach herumzutollen. Sie rannte mit ihm über die Hügel, kletterte mit ihm auf Bäume, balgte sich mit ihm, und bald schon musste sie den anderen Kindern im Dorf öfters was auf die Nase geben, die sie als „Rittersbraut" zu verspotten begannen. Besonders Wulf tat sich hier als Schandmaul hervor, was ihn allerdings nicht daran hinderte, mit Gunid und ihrem neuen Freund gemeinsam die Gegend unsicher zu machen.

Trotzdem gab es Gelegenheiten, zu denen sich Ragald mit ihr allein treffen wollte, und heute war einer dieser Tage. Gunid stand am Schrein der Vesas, die Ellbogen auf den Opferbalken gestützt und das Kinn auf die Hände, und betrachtete versonnen das Standbild der Göttin. Ein kleines Dach, auf dem sich allmählich das Herbstlaub zu sammeln begann, schützte die geschnitzte Figur vor Wind und Wetter. Seltsam, dachte sie wieder mal, dass die Herrin des Regens und der Nebel ein Dach über dem Kopf brauchte, doch ihre Gedanken trieben schnell weiter. Sie blickte der Göttin ins Gesicht, das von der Kapuze ihres wallenden Mantels halb verhüllt war, und fragte sie stumm, ob wohl Baragor, der große, muskulöse Gehilfe des Schmieds, mit ihr zum nächsten Scheunentanz gehen würde.

„Gunid!"

Sie schrak aus ihrem Tagtraum auf und fuhr herum, dass ihre beiden braunen Zöpfe flogen. Ragald kam auf sie zu, und er rannte. Von der Feier zu seiner Erhebung in den Knappenstand war er noch immer herausgeputzt, doch es schien ihm gleichgültig zu sein, dass er den neuen, goldgelben Wappenrock mit dem schwarzen Raben auf der Brust und die guten, blauen Hosen verstaubte und verschwitzte. Sie hatte ihn selten so aufgeregt erlebt und noch nie mit einem solchen leuchtenden Lächeln.

„Was ist denn –", begann sie, als er sie erreichte, doch er nahm sofort ihre Hände und sprudelte hervor: „Gunid, ich muss dir unbedingt etwas zeigen, es ist wundervoll! Komm mit!" Er ergriff ihr Handgelenk und zog sie regelrecht hinter sich her.

Lachend folgte sie. „He, mein Kleiner, was ist denn mit dir los?", fragte sie. Statt einer Antwort warf er nur kurz mit verschwörerischem Lächeln einen Blick über die Schulter. Sie verdrehte die Augen. Wenn Jungen schon mal versuchten, geheimnisvoll zu tun!

Ohne Widerstand ließ sie sich von ihm zur Burg ziehen. Er war immer noch kleiner als sie, aber nur um wenige Fingerbreit, und ihr an Kraft inzwischen fast ebenbürtig. Ihre letzte Rangelei lag nun schon einige Zeit zurück, und sie hatte sich anständig ins Zeug legen müssen, um ihn niederzuringen.

Wie immer liefen sie, anstatt zum Haupttor, zu dem kleinen Seitenausgang, den er damals benutzt hatte, als er – wie sie sich immer noch mit einem Schmunzeln erinnerte – vor ihr geflohen war. Quietschend schwang die Tür nach außen, und Hühner stoben vor ihnen auf, als sie den Burghof betraten. Niemand beachtete sie, als sie an der Mauer entlang zum Eckturm hasteten. Gunid war auf der Burg bekannt, und im übrigen sah sie mit ihrem braunen Kittel, der weißen Schürze und dem Kopftuch aus wie eine beliebige Magd aus dem Gesinde.

Seine Stiefel polterten die hölzernen Stufen ungeduldig hinauf. Er hatte sie schon einmal hierher mitgenommen, erinnerte sie sich. Es war lange hergewesen, aber allmählich dämmerte ihr, wohin er sie führen wollte. Auf dem zweitobersten Treppenabsatz liefen sie beinahe eine ältere Magd über den Haufen. Ihr Schimpfen mischte sich mit dem Klimpern des Schlüsselbundes, den Ragald vor der obersten Tür so aufgeregt aus dem Gürtelbeutel zog, dass er ihn beinahe fallen ließ. Nach einigem Nesteln aber hatte er den Schlüssel im Schloss, drehte ihn mit einigen Rucken um, holte tief Luft – und öffnete die Tür langsam und ruhig.

Aus dem Raum drang eine stechende Mischung von Gerüchen. Ragald schritt zwischen zwei Reihen von Boxen entlang, solchen für Pferde nicht unähnlich, aber mit Gittertüren vom Boden bis zur Decke versehen. In jeder spannte sich eine Querstange zwischen den Wänden, und in dem Sand, der den Boden bedeckte, befanden sich jeweils ein hölzerner Block und eine flache Wasserschale. Im Augenblick waren sie verwaist, doch ein lang gezogenes Kreischen von der offenen Falltür im

Dach her, durch die ein Strahl Sonnenlicht hereinfiel, verriet, wo sich die Bewohner aufhielten. Im Vorbeigehen nahm Ragald einen Falknerhandschuh aus dickem, steifem Leder von einem Haken an einem der Deckenbalken, trat an die Leiter und stieg zur Turmplattform hinauf.

Sobald auch Gunid den Kopf ins Freie hinausstreckte, fand sie sich von Greifvögeln umgeben. In der Falknerei, daran erinnerte sie sich, wurden die edlen Tiere nur Nachts untergebracht, wenn sie schliefen. Den Tag verbrachten sie hier draußen auf der Turmplattform, die Läufe mit Lederriemen locker an die runden Blöcke gebunden, auf denen sie saßen, wenn sie nicht gerade zum Fliegen hinausgeführt wurden. Von seinem Platz neben der Falltür her musterte ein Wanderfalke sie aus drohend schwarzen Augen. Neben ihm hatte sich ein großer, schwarzbrauner Königsadler in den Schatten des kleinen Daches zurückgezogen, wie es bei jedem der Blöcke in Reichweite der Riemen aufgestellt war. Gegenüber klappte ein Habicht den Schnabel auf und zu, und auf dem Block daneben putzte ein zweiter sein Gefieder.

Eingeschüchtert blieb Gunid neben der Falltür stehen, während Ragald so selbstverständlich zwischen den Raubvögeln dahinschritt, wie sie den Schafspferch ihrer Eltern betrat. Es gab nicht viel, was ihr Angst einjagte, doch ein Blick auf die Krallen dieser Vögel genügte, um ihr das Herz bis zum Hals schlagen zu lassen. Nicht, dass sie es ihrem jungen Freund gegenüber jemals zugegeben hätte.

Ragald streifte den Falknerhandschuh über und trat an einen der Blöcke heran. Der Vogel darauf ließ noch einmal das Kreischen ertönen, das ihnen schon unten in der Falknerei entgegengeschollen war. Er war kleiner als die anderen Greifvögel, rötlich-braun gefiedert, und als der Junge seine Fußriemen löste, hüpfte ihm das Tier sofort auf den Handschuh.

Gunid ertappte sich dabei, dass sie krampfhaft mit einer Hand die hochgeklappte Falltür umklammert hielt, als Ragald mit dem Tier auf der Hand zu ihr zurückkam. Angstvoll beobachtete sie, wie sich der schwarz-gelbe Schnabel, spitz wie ein Krummdolch, dem Gesicht ihres Freundes näherte. Um so verblüffter beobachtete sie, wie der Raubvogel seinen Kopf an Ragalds Wange schmiegte.

„Gunid", strahlte der Junge, atemlos vor Glück und von der Hatz den Turm herauf, „das ist Lif."

Gunid zwang sich, den Griff um die Falltür ein wenig zu lockern. „Lif?"

Ragald nickte. Noch einmal rieb der Greifvogel seinen Kopf am Hals des Jungen. „Vater hat ihn mir geschenkt. Zur Erhebung in den Knappenstand. Mein erster eigener Vogel. Verstehst du? Mein erster eigener Vogel!"

Sie vermied es, ängstliche Seitenblicke auf die anderen Tiere zu werfen, und rang sich ein Lächeln und ein Nicken ab. Ehe sie noch etwas sagen konnte, hatte Ragald schon den Handschuh mitsamt Vogel abgestreift und hielt ihn ihr hin. „Hier, nimm ihn mal."

Ihr Blick ging ungläubig zwischen dem Raubtier auf Armeslänge vor sich und ihrem jungen Freund hin und her. „Ich soll –?"

Ihr Zögern schien ihn zu sich zu bringen. Allmählich schwand der Eifer aus seinem Gesicht, und er musterte sie mit wachsender Verwirrung.

„Er tut dir nichts", begann er schließlich. „Er ist ganz zahm, siehst du?" Sein Finger ging zum Brustgefieder und kraulte Lif unterhalb des Schnabels. Der Vogel spreizte in sichtlichem Behagen die Flügel.

Sie holte tief Luft und hielt ihm die Hand hin. „Ich habe gar keine Angst ...", murmelte sie, wenig überzeugend.

Er streifte ihr den Handschuh über. Gunid wappnete sich gegen das Gewicht des Vogels und staunte, wie leicht er wog. Die dunklen Augen und der Schnabel waren jetzt nur noch eine Handspanne vor ihrem Gesicht.

„Er ist ein Bronzebussard", erklärte ihr Ragald stolz. „Aus den Steppen südlich des Akkaral."

„Die Steppen? Ist das nicht da, wo die Flotte der Jattar zuletzt gelandet ist und alles gebrandschatzt hat?" Sie war froh, für einen Moment ein anderes Gesprächsthema zu finden. Er nickte.

„Ja, genau. Vater sagt, die Steppenleute hätten den Jattar Tribut angeboten, darunter hunderte dieser Vögel." Wieder streichelte er Lif am Kinn.

„Und was geschah?" Noch immer vermied sie es, den Vogel anzusehen.

Ragald hob die Schultern. „Den Jattar war es egal. Städte, Dörfer, Tempel, sogar die Zeltlager der Nomaden, angeblich haben sie alles niedergebrannt."

Lif trat von einer Klaue auf die andere und zwang so ihre Aufmerksamkeit wieder zu sich her. Sein Schnabel senkte sich, und sie gewann den Eindruck, er schnuppere an ihrem Arm. Als sie vorsichtig den Handschuh hob, blickte ihr der Vogel gerade ins Gesicht. Sie schloss die Augen, nahm all ihren Mut zusammen und hob langsam den zitternden Finger der anderen Hand seiner Brust entgegen. Nachdem sie sein Gefieder berührt hatte und ihr Finger immer noch an ihrer Hand hing, ließ sie seufzend den angehaltenen Atem entweichen. Lif spreizte die Flügel.

„Er mag dich." Ragald strahlte, und sie fasste sich ein Herz und streichelte den Vogel weiter. „Ein schönes Tier", sagte sie, doch es klang ihr in den eigenen Ohren immer noch kläglich.

Als sie den Turm wieder verließen, verbrachte sie den halben Weg die Treppe hinab damit, ihm zu beteuern, dass sie nie vor irgendeinem dieser Vögel Angst gehabt hatte.

Sie sahen sich nun seltener, was nicht nur daran lag, dass Ragalds Ausbildung ihn in Anspruch nahm. Wie es der Brauch forderte, beherbergte Ritter Adolar auf seiner Burg stets eine Handvoll Knappen, die bei ihm und seinem Waffenmeister das Kriegshandwerk erlernten. Nun, da Ragald endlich in ihr Alter aufgerückt war, hatte er plötzlich auch Kameraden auf der Burg.

Nicht, dass er Gunid allzu sehr fehlte. Während Ragald lernte, mit Schwert, Spieß und Schild umzugehen, war sie neben ihrer Arbeit auf dem Hof viel zu beschäftigt mit ihren ersten Erfahrungen, Verehrer abzuweisen ... oder zumindest eine Weile zappeln zu lassen. Es dauerte nicht lange, bis sie die Heuschober im Dorf auf besondere Weise zu schätzen lernte.

Dennoch verbrachte sie immer noch viel Zeit mit ihrem kleinen Freund, der ihr mittlerweile über den Kopf wuchs. Ihre Angst vor Lif verlor sich allmählich, und zusammen mit Ragald und seinem Vogel auf die Beizjagd zu gehen, wurde ihr zur willkommenen Gelegenheit, auf andere Gedanken zu kommen, wann immer ein Stelldichein mit einem der Burschen aus dem Dorf weniger angenehm verlaufen war als erhofft. Die erlegten Kaninchen und Schnepfen, die Gunid von diesen Ausflügen mit nach Hause brachte, nahm ihre Mutter zwar mit einem Stirnrunzeln entgegen, schien aber über das zusätzliche Fleisch im Topf nicht ernsthaft unglücklich; vor allem, wo die Erträge aus Feld und Vieh immer knapper wurden, je mehr der Männer des Dorfes in den Krieg zogen.

„Noch vor einem Jahr haben wir kaum gewusst, dass es überhaupt einen König gibt", mampfte Wulf. „Mittlerweile raubt er uns jedes Paar Hände für die Ernte."

„Jedes Paar Hände." Gunid schüttelte den Kopf. „Du übertreibst mal wieder maßlos." Mit einem Stück Brot tunkte sie den Rest Eintopf in ihrer Schale auf.

„Du übertreibst mal wieder maßlos", äffte er sie näselnd nach. „Fehlt uns Tirak, oder fehlt uns Tirak?"

„Pff! Das sagst du doch nur, weil du endlich mal selber ordentlich anpacken musst, du fauler Sack!"

Im Herdfeuer zischte es. Anscheinend war der Regen endlich durch den undichten Schornsteinaufsatz gesickert.

„Tirak fehlt an allen Ecken und Enden", warf Mutter ernst ein. Das Feuer zeichnete die Furchen in ihrem Gesicht mit tiefen Schatten nach, die sie unendlich alt aussehen ließen. „Und Godrich und Witha sind kein Ersatz für einen erfahrenen Knecht. Im Grunde macht Vater jetzt alles allein."

„Ist er darum immer so schlecht gelaunt in letzter Zeit?", fragte Gunid und rieb sich versonnen die Wange.

„Auch." Mutter erhob sich und nahm ihr die leere Schale ab.

„Auch?" Wulf mochte ein Quälgeist sein, doch er besaß einen wachen Verstand.

„Ich meine, ja", verbesserte sich Mutter hastig. „Ja, er ist schlecht gelaunt, einfach weil er jeden Tag todmüde vom Feld kommt. Möchtest du noch etwas?"

Mit einem Kopfschütteln schob Wulf ihr die leere Schale hin und musterte Mutter aus nussbraunen Augen, die sehr denen seiner Schwester glichen. „Was ist es noch?"

Mutter stellte die Schalen ineinander und brachte sie zu dem Zuber bei der Herdstelle hinüber. Der prasselnde Regen vor dem Fensterladen tränkte das Schweigen.

„Er macht sich Sorgen, nicht wahr?", bohrte Wulf nach. „Wegen der Jattar."

„Ach, Wulf, deute doch nicht wieder jedes meiner Worte wie ein Omen der Vesas!" Es plätscherte und klirrte leise, als sie die Schalen im Zuber versenkte. „Er ist häufig müde. Schluss, aus! Und ihm fehlt Tirak, nicht nur als Knecht, sondern einfach, weil er Tirak ist. Die beiden waren schon Freunde, als sie nicht einmal halb so viele Sommer zählten wie du jetzt."

Gunid reckte sich und lehnte sich gegen den Balken in ihrem Rücken. Aus dem Schornstein fuhr ein Windstoß in die Feuerstelle und ließ kleine Funkenteufel tanzen.

„Ragald hat es mir erklärt", begann sie. „Er sagt, wir haben lange nichts vom König gehört, weil er kaum noch Macht hatte. Die Barone und Grafen und Herzöge bekämpften sich untereinander, und es gab keinen Feind, gegen den sie hätten zusammenhalten müssen."

„Das ist ja wohl nichts Neues", murmelte Mutter.

„Aber jetzt, wo die Jattar ein Land nach dem anderen verwüsten", fuhr Gunid fort, „besinnen sie sich plötzlich wieder alle auf den König und wollen von ihm, dass er sie beschützt, dass er sie anführt …"

„Wenn sie einen König dafür haben", murrte Wulf, „wozu brauchen sie dann Tirak?"

Ein erneuter Windstoß fuhr ins Feuer, und einige hektische Augenblicke lang waren sie damit beschäftigt, mit Decken auf die Funken einzuschlagen, die sich auf der Holzbank und dem Tisch niedergelassen hatten. Bis sie damit fertig waren, hatten sie den König, die fremden Krieger und die Feldarbeit vergessen.

Sie war sechzehn, er war vierzehn, als er sie zum ersten Mal bei einer Rangelei besiegte.

Ragald stand kurz vor seiner ersten längeren Reise. Die nächsten Jahre sollte er auf der Burg von Baron Havegard verbringen und die höfische Etikette erlernen. Natürlich hatte er nicht aufbrechen wollen, ohne sich vorher von Gunid zu verabschieden, und wie immer hatten sie sich am Schrein der Vesas getroffen, um sich anschließend in eine stille Ecke zu verkriechen.

Es war einer dieser Tage, an denen der Frühling so tat, als wäre er bereits der Sommer, und so hatten sie sich diesmal im Schatten einiger Bäume auf den Hügelhang gesetzt. Ragald hatte aus dem Keller der Burg einen Krug Rotwein herausgeschmuggelt, und Gunid versuchte vergeblich, herauszufinden, was er damit meinte, dass sie die „Blume" des Weins genießen sollte. Aber der Trank schmeckte gut, und er machte den Kopf angenehm leicht.

Gunid lag im Gras und versuchte mit der einen Hand, den Zopf zu bändigen, den sie sich wie eine Krone um Stirn und Schläfen drapiert hatte und der sich immer wieder selbstständig machen wollte. Auf ihren anderen Arm hatte Ragald den Kopf gebettet und plauderte über das Leben, das ihn auf Burg Havegard erwartete. Er war gerade in dem Alter, in dem seine Stimme manchmal quietschend die Höhe wechselte, und so sprach er mal im hellen Ton des Jungen, mal mit einer hörbar tieferen Stimme, die fast schon nach der eines Erwachsenen klang. Heute trug er nur ein leinenes Hemd, grob gewebte Hosen und keine Schuhe. Die vergangenen Wochen der Waffenübungen im Freien hatten ihm die vornehme Blässe ausgetrieben und Gesicht, Arme und Beine gebräunt. Wäre nicht der Glanz seines schwarzen Lockenschopfes gewesen, man hätte ihn für einen einfachen Knecht halten können.

„Es heißt, der Baron habe sogar einen Hofzauberer", erzählte Ragald in seinem hohen Ton, träge von der Hitze, und wedelte mit der Hand, um einen Schmetterling von seiner Nase zu verscheuchen. „Einen alten Mann, der die Zukunft aus den Sternen deutet und Karten zeichnet."

„Was für Karten?"

„Landkarten." Er drehte den Kopf, und als sie ihn immer noch nur verständnislos anblickte, setzte er an: „Bilder davon, wie die Welt aus der Luft aussieht. So, als würde man sie von einem hohen Berg aus betrachten."

„Von welchem?"

Ragald lachte, und seine Stimme wurde tief. „Von keinem richtigen Berg. Er zeichnet nur so, wie die Welt aussähe, wenn – He!" Sie hatte ihn mit einem Finger in die Seite gepiekst und bedachte ihn mit einem gespielt bösen Blick. „Mach dich nicht über mich lustig!"

„Tu ich doch gar nicht", kiekste er weiter, und ehe er sich versah, hatte sie ihn von ihrem Arm geschubst und fing an, ihn zu kitzeln. „Es gehört sich nicht für einen Edelmann, sich über eine arme Hörige lustig zu machen, hörst du?"

Für einen kurzen Augenblick wand er sich gackernd unter ihren Fingern, dann hatte er plötzlich ihr Handgelenk umfasst und drückte sie mit der anderen Hand von sich weg. Der Zopf fiel ihr von der Stirn, und sie schlenkerte den Kopf, um ihn sich aus dem Gesicht zu werfen. Im Nu fingen sie wieder an zu raufen, wie sie es schon eine Ewigkeit nicht mehr getan hatten, und stachelten einander mit Neckereien zwischen den Atemzügen weiter an.

Es war wie früher und zugleich völlig anders. Seine Kraft überraschte sie, und in jeder seiner Bewegungen machte sich bemerkbar, dass er in letzter Zeit kaum noch etwas anderes tat, als sich im Kampf zu üben.

Wo sie ihm früher an Schnelligkeit voraus gewesen war, kam er ihr nun mit knappen, gezielten Bewegungen mühelos zuvor. Ihr letzter Vorteil schien darin zu bestehen, dass er von seiner neuen Überlegenheit genauso überrumpelt schien wie sie. Dennoch war er bald über ihr, drückte ihr beide Arme zu Boden und grinste sie an. „Ergibst du dich?" Seine Stimme klang tief und männlich.

„Niemals, mein Kleiner!", lachte sie und strampelte und stemmte die Beine gegen den Boden in dem Bemühen, ihn abzuwerfen. Umsonst. Er wechselte den Griff, und selbst mit einer Hand war er noch stark genug, ihre beiden Hände zu halten, während er mit der anderen über ihre Seite fuhr und ihr das Kitzeln heimzahlte. „Hör auf!", quietschte sie. „Hör auf! Ich gebe auf! Du hast gewonnen! Geh runter von mir! Ich krieg' keine Luft! Ich krieg' keine Luft!" Immer noch kichernd und japsend, den Blick von Lachtränen verschleiert, sah sie ihm in die Augen, deren Blau ihr einen endlosen Moment lang viel zu nahe war. Auf ihrer Brust lag noch ein anderes Gewicht als bloß sein Körper. Warm spürte sie seinen Atem auf der Wange, sie sah sein Lächeln, in dem noch etwas anderes zu liegen schien als der Triumph, sie besiegt zu haben, und ein seltsamer Schauder rann ihr durch alle Glieder.

Dann ließ er sie los, richtete sich mit einem Ruck und einem hellen Jauchzen auf, und die Welt fiel dahin zurück, wo sie hingehörte.

Zwischen ihren Begegnungen vergingen nun oft Monate. Gunids Tage waren ausgefüllt mit der Arbeit auf dem Hof, mit dem geselligen Leben im Dorf und mit den Aufmerksamkeiten von Jarugal, dem ältesten Sohn des Holzfällers, der scheinbar ernsteres im Sinn hatte als ein paar schöne Stunden im Stroh.

Lirin meinte dazu nur schnippisch, Gunid könne froh sein, dass sie noch einen von denen abbekommen hatte, die nicht in den Krieg gezogen waren. Die Felder hatten sich inzwischen spürbar geleert, und dass nun auch weniger Mäuler zu stopfen waren, wog den Verlust an zupackenden Händen kaum auf. Dennoch fand Gunid Lirins Bemerkung überflüssig. Niemand brauchte ihr zu sagen, dass sie froh sein konnte: Sie genoss die Zeit mit Jarugal, dessen bodenständiges Wesen selbst von ihrem Temperament nicht aus der Ruhe zu bringen war.

Doch zu den seltenen Gelegenheiten, bei denen sie nichts zu tun und niemanden um sich hatte, vermisste sie Ragald und die Jagdausflüge mit ihm und Lif. Um so größer war ihre Freude, wenn er für einige Tage nach Hause kam und sich stets mindestens einen dieser Tage Zeit für sie nahm.

Jarugal hielt sich nicht damit zurück, ihr ruhig, aber bestimmt zu sagen, wie wenig ihm diese Treffen gefielen. Keine Beteuerung ihrerseits, dass sie und „ihr Kleiner" nur Freunde waren, und kein Spott über seine Eifersucht konnte an diesen Tagen seinen Groll besänftigen. Jarugal wurde erst wieder zugänglicher, sobald sich der Sohn des Ritters und sein Gefolge gen Havegard entfernt hatten und Gunid nach ein paar Tagen aufhörte, von ihm zu reden.

Sie war neunzehn, er war siebzehn, als ihr auffiel, dass er kein Knabe mehr war.

3

Wieder stand hoher Besuch ins Haus, und wieder hatte Ritter Adolar einen Großteil des Dorfes zur Fron eingezogen. So sehr die Dorfbewohner über die Mehrarbeit murrten, so dankbar waren sie zugleich für das Schauspiel, das der Adel ihnen bieten würde. Das vergangene Jahr hatte dem Dorf viel abverlangt. Viele der gesunden, kräftigen Männer waren bereits ins Heer eingezogen, und schon von einigen war die Nachricht eingetroffen, dass sie nicht zurückkehren würden. Allen diesen Opfern zum Trotz, so hieß es, rückten die Jattar stetig nach Norden vor, und eines der Heerlager, in denen König Halrik seine Truppen zu ihrer Abwehr sammelte, befand sich kaum eine Handvoll Tagesmärsche weit im Westen. Gerüchte von plündernden Banden machten im Dorf die Runde, und auch von bösen Geistern war die Rede, die die Jattar ins Land eingeschleppt hatten und die nun des Nachts durch die Wälder streiften.

In diesen Tagen war das Volk über jede Ablenkung froh, und eine bessere Ablenkung als ein prächtiges Fest des Adels mit Tanz und Turnier konnte sich niemand denken. Edelleute aus allen umliegenden Ländereien kamen zusammen, um dem Ereignis beizuwohnen, wenn Ragald aus der Baronie Havegard zurückkam und seine Braut heimführte.

Diesmal würde der Empfang im Freien stattfinden. Die Bäume rund um die Burg standen in voller Blüte und ließen selbst die farbenfrohen Wimpel und Pavillons bescheiden aussehen. Warme Winde aus dem Süden jagten ausgefranste Wolken vor sich her, sodass die Wiese unterhalb der Burg, auf der das Turnier stattfinden sollte, im raschen Wechsel in Sonnenlicht und Schatten getaucht wurde. Von den Fahnenmasten, von der Umzäunung des Kampfplatzes, von der halb aufgebauten Tribüne, überallher dröhnte Hämmern und Klopfen.

„Wulf!", rief Gunid im Vorbeigehen. „Hör auf zu schäkern, und bring Sigoras endlich die Bretter!" Ihr Kinn scheuerte über das Eimerjoch auf ihren Schultern, als sie mit dem Kopf zur Tribüne hinüberwies. Die junge Izra, eben noch mit Wulf ins Gespräch vertieft, errötete, nahm den Korb mit den Girlanden auf und hastete davon.

Mit grimmiger Miene kam Wulf auf Gunid zu und verstellte ihr den Weg. „Schwesterherz", grollte er, „nur weil deine eigene Hochzeit geplatzt ist, musst du noch lange nicht allen anderen jeden Spaß verderben!" Sie und Jarugal hatten ihre Verlobung gelöst, nachdem ihnen schon nach der

Hälfte des rituellen Probejahres keine anderen Kosenamen mehr füreinander in den Sinn gekommen waren als „Klotz" und „Biest".

„Und du könntest dich ruhig bis zum Fest gedulden, bevor du Izra den Hof machst", gab sie schnippisch zurück. „Oder hast du Angst, dass sie dir wegläuft?"

„Geduld! Das sagt die Richtige!"

Statt einer Antwort drehte sich Gunid, um ihren Weg fortzusetzen, und zwang ihn so, dem herumschwingenden Joch auszuweichen. Obgleich er schnell zurücksprang, streifte ihn der baumelnde Eimer am Knie. Seine Schimpftirade tönte hinter ihr her, als sie schmunzelnd den Hügel hinabstieg.

Auf halbem Weg kam ihr die lange, schlaksige Gestalt von Heglaf entgegen, hinter sich zwei Ochsen, die einen Karren voller Mehlsäcke durch das Gras zogen. Als er sie erblickte, weitete ein Strahlen sein langes Gesicht. Gunid verdrehte im Gegenzug die Augen. Der Müllergeselle war ein gefälliger Bursche mit seinen tiefdunklen Augen und seinem wuscheligen, dunkelbraunen Schopf, doch seit er – etwas verspätet – den Reiz der Frauen entdeckt hatte, stieg er allem hinterher, was einen Rock trug und nicht rechtzeitig flüchten konnte. Nach der Abfuhr, die ihm Bine jüngst erteilt hatte, war nunmehr Gunid zur „einzigen Frau, die ihn verstand" nachgerückt, und seine Aufmerksamkeit wurde ihr langsam peinlich. „Gunid!", rief er in einem forschen Ton, für den er zuvor tief Luft hatte holen müssen.

„Grüß dich, Heglaf", erwiderte sie und schickte sich an, ihm auszuweichen, doch er hielt zielstrebig auf sie zu. „Wie geht es dir?"

„Viel zu tun", gab sie zurück und schlug einen Bogen um seine Ochsen ein. Er streckte den Arm aus und stieß ihr bei dem unbeholfenen Versuch, sie aufzuhalten, beinahe das Joch von der Schulter. „Du hast mir immer noch nicht gesagt, ob du auf dem Fest mit mir tanzen willst."

„Frag mich auf dem Fest nochmal", seufzte sie und trat an ihm vorbei. Bald hatte sie den Reitweg am Fuß des Burghügels erreicht und folgte seinem Verlauf, vorbei am Schrein der Vesas und ein gutes Stück weiter, bis sie in den Waldweg einbog, der zum Bach hinunterführte.

Das Zwitschern und Schelten der Waldvögel begleitete sie, während sie sicheren Fußes den unebenen Pfad hinabstieg. Sie dachte an Wulf, an Jarugal, an Heglaf und daran, dass sie eine Zeit lang gern ihre Ruhe vor Männern hätte. Dann dachte sie an den Krieg, der schon so viele

Männer verschlungen hatte, der stetig näherzurücken schien und den sie alle im Dorf so sehr zu verdrängen bemüht waren, dass er wie eine düstere Wolke allgegenwärtig war. Mit einem Ächzen hob sie sich am Ufer des Baches das Joch von den Schultern, ließ den ersten Eimer an seiner Schnur in das sonnenglitzernde Wasser hinab und suchte nach einem angenehmen Gedanken.

Der Wind trieb ihn an ihr Ohr, kaum dass sie die Schnüre wieder am Joch befestigt und sich auf den Rückweg begeben hatte. Weit entfernt ertönte ein Jagdhorn, fast sofort beantwortet von einer Fanfare oben auf der Burg, und erinnerte sie an den Anlass all der Arbeit, die sie sich machten. Ragald.

Sie musste lächeln, und unwillkürlich schritt sie schneller aus. Sie hatte oft an ihn gedacht, und die Aussicht, dass er seine Reisen beendet hatte, dass er nun wieder im Lehen bleiben und sie sich öfter treffen würden, stimmte sie froh. Das Horn musste seine Ankunft angekündigt haben. Wenn sie sich beeilte, würde sie ihn vielleicht noch einreiten sehen.

Sie war noch ein gutes Stück vom Waldrand entfernt, als sie oben auf dem Reitweg Bellen und das Klappern vieler Hufe vernahm. Noch mehr beeilte sie sich, aber als die Eimer ins Pendeln gerieten und ihr Inhalt in die Büsche zu schwappen drohte, setzte sie kurz entschlossen das Joch ab und lief ohne ihre Last das letzte Stück hinauf. Gerade rechtzeitig teilte sie die ersten Büsche, um zwischen den Bäumen die Reitgesellschaft an sich vorbeiziehen zu sehen.

Das erste, was sie erblickte, waren zwei Bewaffnete in Kettenhemden unter blauen Wappenröcken. Von der Lanze des einen flatterte ein blaues Banner mit einem silbernen Schwan, dem Wappen des Hauses Havegard. Jeder von ihnen saß auf einem leichtfüßigen Zelter und hatte an den Sattelknauf die Zügel eines bulligen Streitrosses gebunden, das hinterdrein trottete. Neben ihnen her führte ein Page ein Rudel edler Hunde über die Wiese, die kläffend an ihren Leinen zerrten. Hinter ihnen folgten zwei weitere berittene Waffenknechte, aus deren Pfeilköchern entspannte Langbögen ragten. Und hinter diesen wiederum ritten, prächtig gekleidet, Ragald und seine Braut.

Bei seinem Anblick erstarrte Gunid. Es war ihr, als sähe sie Ragald zum ersten Mal. Nie wäre ihr früher eingefallen, „ihren Kleinen" als stattlich zu beschreiben, selbst dann nicht, als er sie bereits um einen halben Kopf überragte. Nie hätte sie seinen schlanken Wuchs als athletisch bezeichnet, nie waren ihr die wohlgeformten Waden aufgefallen, die er nun in den engen, schwarzen Reithosen zur Schau stellte, oder die kraftvollen Schultern, die das Auge selbst unter dem sich bauschenden, kobaltblauen Hemd erahnen konnte. Nie zuvor wäre ihr in den Sinn gekommen, sein glücklich lachendes Gesicht schön zu nennen.

Für einen Moment schloss sie überwältigt die Lider und schluckte ihren Herzschlag herab. Als sie die Augen wieder öffnete, wanderten sie unstet über den Rest seiner Gestalt, über das blaue Barett mit der Pfauenfeder auf seinen schwarzen Locken, über das aufgenähte Wappen auf seiner Brust – den goldenen Schild mit dem schwarzen Raben des Hauses Adolar –, über das Langschwert an seiner Seite, über die Hand, die er zur Seite erhoben hielt und in der die zarten Finger seiner Braut ruhten.

Sie erschien, als wäre sie aus purem Licht geschaffen. An ihrem zierlichen Leib floss ein weißes Kleid mit silberbestickten Säumen herab und wehte so anmutig hinter ihr her, als sei es eins mit dem Wind. Einer Wolke aus gesponnenem Gold gleich, floss ihr Haar unter einer weißen und silbernen Kappe hervor. Gerade wandte sie das feine, bleiche Gesicht mit einem glücklichen Lächeln dem Mann an ihrer Seite zu, der ihre Hand hielt.

Dann waren sie vorbei, und alles, was Gunid noch sah, waren die Rücken zweier Edelleute und ihre Pferde, sein sandfarbener Falbe mit dem dunklen Fleck auf der Hinterhand, Seite an Seite mit dem Apfelschimmel der Dame. Die Bewaffneten, die ihnen folgten, verdeckten gleich darauf auch diesen Anblick. Kaum noch nahm sie die Packtiere wahr, die danach an ihr vorübertrotteten, und die letzten berittenen Kämpfer der Nachhut. Irgendwo aus dem Zug heraus ertönte noch einmal über den Hufschlag hinweg das Jagdhorn, wieder beantwortet von der Fanfare auf der Burg. Im Wald, halb verborgen vom Unterholz, stand bebend und mit zugeschnürter Kehle Gunid, ballte die Fäuste, blickte den Reitern nach und kämpfte gegen das überwältigende Bedürfnis an, dem elfengleichen Geschöpf an Ragalds Seite die Augen auszukratzen.

„Wohl jeder Vater meint an einem solchen Tag, der glücklichste Mann seit Anbeginn der Zeit zu sein. Ich aber glaube aufrichtig, dass ich allen Grund dazu habe."

Ritter Bernon Adolar bot einen Eindruck davon, welches Bild wohl sein Sohn nach einem halben Leben ständiger Kämpfe abgeben würde. Graue Strähnen durchwirkten seinen schwarzen Schopf, ein struppiger Vollbart verbarg mehr schlecht als recht einige Narben, und jede Gebärde, die seine Rede begleitete, schien mit einem kraftvollen Ruck einherzugehen. Wenngleich von eher schlanker Statur, besaß er doch einen Brustkorb, der das nachtblaue Wams schier sprengen wollte. Wenn er, so wie jetzt, vor dem Herzen die Faust ballte, fiel es nicht schwer, sich vorzustellen, dass er darin gerade eine Walnuss knackte. Von den vielen Gelegenheiten, bei denen seine Stimme Schlachtenlärm hatte übertönen müssen, war sie rau geworden, doch auch volltönend und laut.

„Jawohl, aus mir spricht durchaus der Stolz eines Adligen, der die Verbindung seines Hauses mit einem der vornehmsten dieses Landes verkündet. Noch viel mehr aber" – mit diesen Worten ließ er den Blick über das Geviert der Festtafel wandern – „spricht aus mir der Stolz des Vaters, der die Verlobung seines Sohnes mit einer Dame erleben darf, deren edle Abstammung von ihren Tugenden und ihrem Liebreiz noch übertroffen wird!" Mit ausholender Gebärde deutete er auf das Geschöpf aus Weiß und Silber, das bescheiden die Augen niederschlug. Von den Herrschaften von Stand an der Tafel, aber auch von den umstehenden Gemeinen und Hörigen ertönten Jubel und Hochrufe.

Gunid ließ das Hackmesser auf die Schweinelende auf ihrem Brett niedersausen und presste grimmig die Lippen aufeinander.

„So lasst uns denn trinken", rief der Ritter und erhob seinen Kelch. Der Wind griff nach seinem Haar, ließ die bunten Wimpel über seinem Kopf flattern und trieb den Schatten einer Wolke über den Festplatz. „Auf das Bündnis zwischen den Häusern Havegard und Adolar, noch mehr aber auf das Glück zweier junger Leute: auf Witlinde Havegard und auf meinen Sohn, Ragald Adolar! Ich bin gewiss" – er sah nach oben – „dass in diesem Moment auch die Seele meiner Gemahlin Yville glücklich und stolz aus den Nebeln der Göttin auf ihren Sohn herablächelt. Möge Vesas diese Verbindung segnen!"

Von den Bänken erhob sich die farbenfrohe Schar der Edelleute in Samt, Seide und feinstem Leinen. Wieder erschollen Hochrufe, Kelche wurden dem Himmel entgegengereckt, und das einfache Volk klatschte stürmisch Beifall. Gunid lüpfte das Hackbrett an und schob mit dem Messer die abgeteilten Schnitzel auf eine Platte. Wulf, der den Grillrost im Auge behielt, versetzte ihr einen Rempler. „Bist du toll geworden?" zischte er. „Du kannst doch nicht in diesem Moment weiter Fleisch hacken!"

„Die hohen Herrschaften werden gleich hungrig sein, oder nicht?" Sie nahm aus dem Fass die nächste Schweinelende und legte sie sich vor, hielt aber mit dem Messer inne, als der Jubel wieder verstummte.

Ritter Adolar war über die Bank gestiegen und hinter Ragald und seine Braut getreten, die nach einigen leise gewechselten Worten jetzt ebenfalls von ihren Plätzen aufstanden. Feierlich nahm er zuerst die Hand des Mädchens, dann die seines Sohnes, legte sie ineinander und schloss die eigenen darum. „So höret!", schallte seine Stimme über den Platz. „Von diesem Augenblick an sind im Angesicht der Vesas diese zwei Menschen, Witlinde Havegard und Ragald Adolar, einander versprochen. Mit dem heutigen Tag beginnt ihre Zeit der Probe, und so die Göttin diese Verbindung für würdig erachtet, werden auf den Tag genau in einem Jahr diese beiden Herzen miteinander vermählt werden!"

Es geht mich nichts an, sagte sich Gunid, und während um sie her Jubel aufbrandete, zerkleinerte sie mit zornigen Hieben die nächste Lende. Es geschieht in einer anderen Welt, in der Welt der Edlen, weit entfernt, jenseits des Hackbretts. Der Wind drehte just in dem Moment, in dem Ragald von seinem Platz aufstand, um die Rede seines Vaters zu erwidern. Sonne und Schatten trieben über die Festwiese hinweg, und sie verstand kein Wort.

„Also, Gunid?"

Sie fuhr herum und hätte eigentlich erwartet, dass Heglaf vor ihrem Blick zurückzuckte, doch er bewies einmal mehr die erstaunliche Fähigkeit der Männer, über die Laune einer Frau vollkommen hinwegzusehen. „Hast du es dir überlegt?"

Gunid stöhnte. „Heglaf, entschuldige, aber mir ist heute nicht nach tanzen."

Er zog eine Augenbraue hoch und setzte sein unwiderstehlichstes Lächeln auf. „Sicher?"

Sie verdrehte die Augen und wedelte mit dem Hackmesser. „Heglaf, lass' mich gerade einfach in Ruhe, ja?" Ohne eine Antwort abzuwarten, griff sie wieder in das Fass mit dem Fleisch und begann, das nächste Stück zu zerkleinern. Sie atmete auf, als sie sich das nächste Mal umdrehte und er gegangen war.

Für den Rest des Vormittags gelang es ihr, sowohl Heglaf als auch Ragald aus dem Weg zu gehen. Als der junge Edle sich den Grillfeuern näherte, drückte sie einer verdutzten Jope das Messer in die Hand und lief zum Ausschank hinüber. Als er eine Weile später diese Richtung einschlug, ließ sie Humpen und Kelche ins Spülwasser sinken und schlich im Schutz der Pavillons zur Koppel, auf der die Pferde der Besucher standen. Als Heglaf sie dort erblickte, schnürte sie den Hafersack zu, mischte sich ins Festgeschehen und verbarg sich in der Menge.

Überall um sie her schwirrte die Sensation des Tages. „Witlinde", schwärmten zwei Knappen, an denen sie sich vorbeidrückte. „Witlinde", ergingen sich der Gehilfe des Schmieds und das Rudel seiner Kumpane in zotiger Huldigung. „Witlinde", tuschelten Mädchen jeden Alters und übten sich darin, die vornehme Haltung nachzuahmen. Der Missklang dieses Namens verfolgte sie auf Schritt und Tritt.

Sackpfeifen, Flöten und Schellen spielten, und einmal erhaschte sie einen Blick auf die Dame Witlinde, die mit ihrem Bräutigam über die Tanzwiese schritt und sprang und sich drehte, dass ihr weißes Kleid in anmutigen Wellen umherwirbelte. Von den frühlingsbunten Bäumen sank der Duft tausender Blüten herab und wollte Gunid schier ersticken. Grob stieß sie zwei junge Burschen auseinander, tauchte zwischen ihnen hindurch, rempelte sich einen Weg aus dem Getümmel frei und suchte die Einsamkeit.

Die Festwiese lag in der prallen Sonne, doch den Turnierplatz hatten sie auf der anderen Seite des Hügels eingerichtet, um die hitzigen Kampfspiele im Schatten der Burg abhalten zu können. Kaum jemand war in diesem Augenblick drüben, und so war dies der Ort, zu dem es sie zog. Dort bekäme sie ihre Ruhe, ohne dass ihr jemand hätte vorwerfen können, sie habe während der Fron den Platz ihrer Arbeit verlassen. Auch der Turnierplatz gehörte zum Fest.

Sie ließ den Grillrauch hinter sich, Musik und Stimmengewirr blieben gedämpft in ihrem Rücken, und soeben passierte sie die letzten, abgeschiedenen Pavillons, als sie vor sich die Büsche sah, in denen sie vor so vielen Jahren die Fußstapfen eines kleinen, schwarzhaarigen Jungen gefunden hatte. Der Anblick brachte sie zum Stehen, als wäre sie vor eine Mauer gelaufen. Schwer atmend, verletzt und verwirrt, stand sie da und fragte sich, mit welcher Art Traum die Kobolde des Waldes sie ihr halbes Leben lang genarrt hatten. Dann ertönte zu ihrer Rechten ein vertrautes Kreischen.

Neben einem blauen Pavillon standen Vogelbauer aufgebockt, große, stabile Käfige mit prächtigen Jagdvögeln, deren Kraft und Gewandtheit ihre Besitzer an diesem Tag noch in einer Flugschau vorführen würden. Sperber, Habichte, Wanderfalken, Bussarde, selbst ein gewaltiger Steinadler, sie alle hockten mehr oder weniger ruhig auf ihren Stangen und blickten sich um. Ein großer, schneeweißer Gerfalke thronte in dem Bauer im Zentrum und sah vornehm an der menschlichen Magd vorbei. Doch in dem Käfig direkt daneben reckte sich ein Bronzebussard in ihre Richtung und gab erneut seinen lang gezogenen Schrei von sich.

Lif war gewachsen in den Jahren, die er mit Ragald in Havegard verbracht hatte. Wie sein Herr hatte er sich von einem halbwüchsigen, verspielten Ding zu einem stattlichen Kämpen entwickelt. Sein Gefieder war dunkler geworden und zeigte nun ein tiefes Braun, über das rötlicher Glanz hinwegschimmerte, als die nächste Wolke davontrieb und die Sonne freigab. Und er hatte sie erkannt, daran bestand kein Zweifel. Gerade so, wie er sich ihr in seinem Käfig entgegenreckte und freudig die Flügel spreizte, hatte er sie immer begrüßt, wenn sie mit Ragald zur Beizjagd zusammengekommen war.

Was der Anblick des verlobten Paares nicht geschafft hatte, vollbrachte der Bussard. Tränen stiegen Gunid in Augen und Kehle empor, und mit geballten Fäusten lief sie weiter, stolperte blind den Hügelhang entlang, dem Turnierplatz zu. Es kümmerte sie nicht, dass sie nicht sah, wo sie hintrat, und dass ihr Dorn um Dorn in die bloßen Füße stach. Die enttäuschten Schreie des eingesperrten Vogels verfolgten sie bis in den Schatten der Tribüne.

Nach dem Mittag griff die Geschäftigkeit langsam auf diese Seite der Burg über. Allmählich fanden sich Knappen, Mägde und Knechte auf dem Turniergelände ein und begannen, die Spiele vorzubereiten. Ein älterer Diener fand Gunid im Gras sitzend und wollte sie an die Arbeit scheuchen, hielt jedoch inne und lächelte verständnisvoll, als er gewahrte, dass sie noch immer damit zugange war, sich Dornen aus den Füßen zu ziehen.

Sobald auch die Festgesellschaft herüberzuströmen begann, tauchte sie in der plappernden Meute der Gemeinen und Hörigen unter, die sich ihre Plätze an der Absperrung des Kampfplatzes sicherten. Verkorkte Tonflaschen, Becher und Krüge machten die Runde, und als Jope ihr kichernd einen Kelch Brombeerwein hinhielt, nahm Gunid einen tiefen Zug. Einige Schlucke mehr linderten ihren Schmerz weit genug, dass sie es ertrug, sich umzusehen.

Die Gäste von Stand nahmen nach und nach ihre Plätze auf der Tribüne ein. Knappen und Pagen füllten die unteren Ränge, während sich Damen, Ritter und Barone in den oberen niederließen. Nach einer Weile strebte Ritter Adolar seiner Loge in der Mitte zu, wobei er bei jedem Rang stehen blieb und mit den Edlen, die ihn umringten, ein paar Worte wechselte. Gunids Blick ruhte hasserfüllt auf dem weißen und blonden Schemen hinter ihm.

Sie suchte nach Ragald, bis ihr einfiel, dass er wahrscheinlich zu den Turnierkämpfern gehören würde. Gewiss, dachte sie bitter, schließlich war er kein Junge mehr. Sie nahm einen weiteren Zug und hielt den Becher Jope hin, die im Schneidersitz neben ihr saß und die Tonflasche in ihrem Schoß hielt.

Ein Fanfarenstoß ertönte, und Applaus und Gejohle wurden laut, als eine Reihe von Pagen erschien und in die Kampffläche einzog. Jeder von ihnen trug ein glänzendes Etwas in den Händen, das Gunid erst bei näherem Hinsehen als einen Helm erkannte. Es waren fremdartige Metallschalen, die in einen glockenartig geschwungenen Genickschutz ausliefen und über deren Scheitel sich von der Stirn bis zum Nacken ein Kamm zog. Aus dem Nasenstück jedes einzelnen Helmes wuchs eine Verzierung empor, die vor der Stirn ausfächerte. Keine zwei dieser Verzierungen sahen gleich aus, wie Gunid deutlich erkennen konnte, als die Pagen in einer Reihe stehen blieben und ihre Last hoch über den Kopf hielten. So ähnelte die eine dieser Stirnplatten einem Fächer, die nächste hatte die Form einer Raute, wieder eine andere besaß zwei spitze Ohren und sollte wohl einen Wolfskopf darstellen. Die Rufe der Menge steigerten sich zu lautem Jubel.

„Seht her!", erhob sich die Stimme des Wanderherolds, den Ritter Adolar für das Turnier in seinen Dienst genommen hatte, über das langsam abflauende Geschrei. „Diese Helme wurden von Rittern seiner Majestät, König Halrik des Vierten, in der Schlacht bei Lerdege erbeutet. Sie gehörten den verhassten Feinden unseres Landes, den blutrünstigen Bestien, die an unseren Küsten gelandet sind, um zu plündern und zu morden: den Jattar!"

Seine Worte stachelten die Menge zu zornigen Schreien an. Gunid nahm nur seufzend einen weiteren Schluck von ihrem Brombeerwein. In diesem Augenblick konnte ihr kaum etwas gleichgültiger sein als die Schlacht bei Lerdege, mit der, wenn die Gerüchte stimmten, lediglich ein paar vereinte Herzöge den Vormarsch der Jattar um eine Tagesreise nach Westen abgedrängt hatten.

Der Herold fuhr in seiner Rede fort und drückte jedem der anwesenden Ritter, die zum heutigen Schauspiel diese Beutestücke ausgeliehen hatten, namentlich den Dank seines Herrn aus. Zu seinen Worten nahmen die Pagen ihre Prozession wieder auf und blieben an jeder der vier Seiten des Kampffeldes stehen, um ihre Trophäen erneut zu präsentieren. Schließlich traten sie zu den mannshohen Stangen, die knapp innerhalb der Umzäunung den Turnierplatz umgaben, setzten jeder davon einen der Helme auf und verließen in geordnetem Marsch das Feld.

Auf einen weiteren Fanfarenstoß hin ertönte Hufgeklapper, und Jubel schreckte Gunid aus dem Blick in ihren Becher empor, als sich über die Hügelkuppe ein farbenfrohes Dutzend gepanzerter Reiter näherte. Sie hatte schon begonnen, sich in den Schleiern, mit denen der Brombeerwein ihre Sinne umgab, sicher zu fühlen, und so überraschte es sie selbst, wie sehr ihr Herz zu rasen begann, als sie inmitten der Reiter Ragald erkannte. Er trug einen Wappenrock in leuchtendem Goldgelb, auf der Brust den Raben des Hauses Adolar, schwarz wie sein Haarschopf, von dem ihm der Schweiß vereinzelte Locken an die Stirn klebte. Sein Gesicht war von einer Kampfeslust erfüllt, die sie an seinen kindlichen Eifer zu früheren Zeiten erinnerte und ihr doch fremd und neu erschien. Das Kettengeflecht auf seinen Armen, der Helm unter seinem Ellbogen, die nietenbesetzten Handschuhe und Beinröhren glitzerten im Sonnenlicht wie das Spiel der Wellen auf dem Mühlteich.

Alle zugleich zügelten die Reiter ihre Pferde und blieben in breiter Front vor dem Einlass zum umzäunten Kampffeld stehen. Kaum hörte Gunid den tosenden Applaus der Menge oder die wohltönenden Worte des Herolds, der die Kämpen einen nach dem anderen vorstellte. Sie hatte stets die Schwärmerei anderer Mädchen belächelt, die sich Träumen von edlen Recken mit Rüstung und Schild hingegeben hatten, und nun konnte sie selbst den Blick nicht von ihrem jungen Freund wenden und gaffte ihn an, als sei er geradewegs aus einer solchen Träumerei herbeigeritten gekommen. Sein Blick wanderte über die Tribüne und die Volksmenge, und unwillkürlich duckte sie sich hinter den breiten Rücken von Baragor, der glücklicherweise schräg vor ihr saß. Sie atmete auf, als die Kämpen auf einen erneuten Fanfarenstoß hin ihre Helme aufsetzten und sich der Vorführung ihrer Kampfkunst widmeten.

Sie ritten in der Runde, den Schild erhoben, das Schwert gezogen, und demonstrierten die Beherrschung ihrer Pferde, bevor sie begannen, im Vorbeireiten die mit den feindlichen Helmen bekrönten Stangen zu enthaupten. Auf jeden Helm hin, der zu Boden fiel, stimmte die Menge Jubel an, und schon sprangen die ersten auf, um die Kämpen anzufeuern. Auch Gunid musste sich bald erheben, um noch etwas sehen zu können, und damit ihr niemand auf die Hände trat.

Der letzte Helm war gefallen, und mit donnerndem Applaus feierten Volk und Edle die Reiter, als hätten sie soeben echten Jattar den Garaus gemacht. Gunids Blick folgte Ragald, wie er sein Pferd zur einen Seite des Kampfplatzes lenkte und sich mit der Hälfte der Reiter in einer Reihe aufstellte. Die andere Hälfte formierte sich gegenüber zu einer zweiten Reihe. Pagen liefen herbei und verteilten blaue Schärpen an Ragalds Reihe, rote an die andere.

„Und nun", verkündete der Herold neben Ritter Adolar, „der Buhurt. Unsere Krieger werden ihre ganze Fertigkeit im Kampf zeigen. Die rote Mannschaft wird sich mit der blauen um den Sieg des heutigen Tages streiten."

Tosender Jubel unterbrach seine Rede, und er hob lächelnd die Handflächen, zum Zeichen, dass wieder Stille einkehren sollte. Er fuhr darin fort, die Regeln zu erklären: Dass diejenige Mannschaft siegen würde, die als erste jeden ihrer Gegner aus dem Sattel gehoben hatte; dass überdies die anwesenden Edeldamen darüber urteilen würden, wie tapfer und ehrenhaft sich ein Kämpe schlug, und dass sie mit ihrer Wertung einen Einzelnen zum Gesamtsieger des Buhurt küren würden; dass jeder der Kämpen nun daran ginge, sich eine Dame zu erwählen, für deren Farben er streiten würde und die selbstverständlich von dieser richterlichen Funktion ausgenommen sei, da sie bei einem Sieg ihres Kämpen an dessen Ehre teilhabe.

Gunid erbleichte. Aus dem Gewühl des Volkes heraus starrte sie Ragald an, der auf die Worte des Herolds hin zur Tribüne des Adels hinüberlächelte. Als sich der erste Reiter aus seiner Reihe löste und sein

Pferd vor den Balkon der Edeldamen lenkte, drehte sie sich um und begann, sich einen Weg durch die Menge zu bahnen. Sie brauchte nicht hinzusehen, um das Klatschen und Johlen um sich her zu deuten. Der Reiter hatte soeben sein Pfand von der Dame entgegengenommen.

„Gunid?", drang plötzlich eine Stimme durch den Lärm, und sie blickte zur Seite. Heglaf stand kaum auf Armeslänge von ihr entfernt und sah sie verwundert an. Sein Atem roch nach Bier. „Wo willst du hin?"

Der Herold rief den Namen des nächsten Kämpen auf. Gunid erwiderte Heglafs Blick und wusste nicht, ob sie ihn anschnauzen oder losheulen sollte. Wieder erhob sich Jubel, und sie schüttelte mit verkniffener Miene den Kopf und versuchte, sich an Heglaf vorbeizudrücken.

„Ragald Adolar", verkündete der Herold.

Gunid erstarrte. Wie unter Zwang drehte sie sich um, wandte langsam das Gesicht wieder dem Kampfplatz zu. Sie hatte sich bereits nach ziemlich weit hinten durchgearbeitet, und wäre die Wiese nicht abschüssig gewesen, sie hätte nur die Rücken der anderen Dorfbewohner gesehen.

So aber konnte sie über die Köpfe der Menge hinweg Ragald beobachten. Sein Pferd wurde verdeckt, doch von den Schultern an aufwärts war er sichtbar, wie er sich im Trott von Hufen der Tribüne näherte. Feierlich hob er sein Schwert der Loge entgegen, und unter ohrenbetäubendem Jubel erhob sich Witlinde Havegard und hängte ihm einen weißen Schal über die Klingenspitze.

Gunid schloss die Augen, presste die Lider so fest zusammen, dass sie schmerzten. Ein weiterer bedeutungsloser Name erscholl aus der Kehle des Herolds über den Platz. Heglafs Hand legte sich ihr leicht auf den Arm, und er sagte ihren Namen. Johlen tönte um sie her, Klatschen und Trampeln. Als sie die Lider endlich wieder hob, fühlte sie nichts als Kälte.

Über die Schulter hinweg sah sie Heglaf an, der sie verwirrt musterte. Noch immer ruhte seine Hand auf ihrem Arm. Sie fühlte sich warm an. Er sah wirklich nicht übel aus.

„Komm nach dem Fest zum Brunnen", flüsterte sie, und fast sofort weitete ein begeistertes Lächeln seine Züge. Ohne ihm Gelegenheit zu einer Erwiderung zu geben, wandte sie sich ab und wühlte sich aus der Menge heraus.

Ragald reichte dem Pagen sein Schwert und nahm stattdessen die stumpfe Turnierwaffe in Empfang. Nach zwei prüfenden Hieben durch die Luft steckte er sie in die Scheide und wandte sich an Lennard zu seiner Linken. „Du übernimmst Josrik", schlug er mit einer Kopfbewegung zur gegnerischen Reihe hin vor. „Ich kümmere mich um Vagarron."

„Wenn du meinst, du kommst an ihn ran, versuch dein Glück." Lennard streifte sich die blaue Schärpe über und hob den Kopf, um gleichmütig die rote Mannschaft zu mustern. „Ich wette meinen Falken, dass sie ihn zum Hauptmann gewählt haben. Sein Rücken wird besser gedeckt sein als der des Ephar selbst."

„Lästere nicht die Götter, Bastard!", grinste Ragald. „Schon gar nicht den Kriegsgott, kurz vor einem Waffengang!"

Lennard ließ ein freundschaftlich-spöttisches Lächeln aufblitzen. Er war der Spross einer Affäre seines Vaters mit einer Händlerstochter, und zum Zeichen seiner illegitimen Abstammung war das Wappen auf seinem weißen Rock mit einem Bastardfaden versehen, einem schwarzen Streifen, der sich von seiner linken Schulter durch das grüne Kleeblatt auf der Brust bis zur rechten Hüfte zog. Der Achtung, die ihm die anderen Edelknechte entgegenbrachten, tat das keinen Abbruch. Lennards Vater hatte ihn gleich nach der Geburt anerkannt und ihm die vollwertige Ausbildung eines Edelmanns ermöglicht. Er würde in einigen Monaten in den Ritterstand erhoben werden, ebenso wie Ragald selbst und jeder der anderen Teilnehmer dieses Buhurt.

„Ephar hat ein dickes Fell", gab Lennard zurück. „Und ein Buhurt ist kein Krieg, sondern ein Spiel. Bete lieber zu Vesas, dass du deiner Dame keine Schande machst." Er deutete auf den weißen Schal an Ragalds Gürtel.

Ragald sah zur Loge hinüber und hob lächelnd die Hand, als Witlinde ihm zuwinkte. Lennard beugte sich zu ihm hinüber. „Du hast unverschämtes Glück, das ist dir hoffentlich klar."

Die Fanfare hinderte Ragald an einer Antwort. Er richtete sich im Sattel auf, um den letzten Worten des Herolds vor dem Waffengang zu lauschen. Ohne hinzusehen, nahm er seinen Helm von dem Pagen entgegen, der neben seinem Pferd stand.

Der Herold erläuterte die Regeln, die jeder der Adligen bereits im Schlaf beherrschte, die aber sicher den meisten Zuschauern aus dem einfachen Volk neu waren. Ragalds Blick schweifte ab zum Gedränge der Gemeinen und Hörigen, und er suchte nach Gunid, während der

Herold erläuterte, was als unehrenhaftes oder besonders ehrenhaftes Verhalten im Kampf galt. Es verstimmte ihn, dass er sie nicht fand, doch es wunderte ihn nicht; das ganze Lehen musste zusammengekommen sein und alles nichtadelige Gefolge der Gäste dazu. Inmitten einer Menge von Hunderten konnte er sie leicht übersehen.

Er sah an der Reihe seiner Kameraden entlang. Hauptmann seiner Mannschaft war Palder Ugaval, der älteste und erfahrenste unter ihnen. Seine letzten Prüfungen zum Ritterschlag sollten schon im nächsten Monat stattfinden, und so Ephar ihm gewogen war und er bestand, würde er sofort danach zum königlichen Heer aufbrechen. Als Sohn eines Grafen – wenn auch erst an dritter oder vierter Stelle in der Erbfolge – bekäme er vermutlich auch sofort einen Offiziersposten. Das Wappen auf seinem Rock, der goldene Adler im grünen Feld des Hauses Ugaval, genoss hohes Ansehen im ganzen Norden.

Zum Abschluss seiner Erläuterungen hob der Herold die Stimme, und ein erneuter Fanfarenstoß zeigte an, dass es nun ernst wurde. Ragalds Herzschlag ging in verhaltenen Trab über. Zu seiner Linken verschwand Lennards verwegener, aschblonder Schopf unter der gefütterten Kapuze und dem Helm. Ragald ließ noch einmal den Blick über das Volk schweifen und zog sich gleichfalls die Kapuze über. Das Raunen der Menge, das Schnauben der Streitrösser, das Zwitschern der Vögel, alles wurde dumpf. Sobald er sich den Helm übergestülpt hatte und den Kinnriemen festzog, verstummte es ihm fast vollends in den Ohren.

Der Page reichte ihm seinen Schild. Ragald schob den Arm durch die Riemen und lächelte zu seinem Vater und Witlinde hinüber. Vater hob mit einem ermunternden Ruck die Faust, und Ragald zog das Schwert und salutierte ihm.

Er wandte seine Aufmerksamkeit der gegnerischen Reihe zu. Sein Herz beschleunigte seinen Trab. Sechs entschlossene Gesichter sahen ihm zwischen Helm und Kettengeflecht hervor entgegen, sechs bullige Streitrösser stampften ungeduldig mit den Hufen. Über sechs farbenfrohen Wappen hingen schräg die roten Schärpen der anderen Mannschaft. Alles Bastarde, ging es Ragald durch den Kopf, und grinsend warf er einen Blick auf seinen eigenen Rock. Die blaue Schärpe teilte den Raben auf seiner Brust in gleicher Weise.

„Bereit?", erscholl die Stimme des Herolds, kräftig und klar, selbst durch Helm und Kapuze hindurch. Ragald hob das Schwert und richtete seine ganze Aufmerksamkeit auf das schwarz und weiß geviertelte Wappen seines erkorenen Gegners, Vagarron. Sobald alle Kämpen die Schwerter emporgereckt hatten, ertönte die letzte Fanfare.

„Keil!", brüllte Palder und preschte voran. Mit sorgfältig bemessener Verzögerung von kaum der Dauer eines Herzschlags folgten ihm nacheinander seine Kameraden. Ragald passte seinen Moment ab und stieß dem Tier die Fersen in die Flanken. Sein Streitross und sein Herz gingen zeitgleich in Galopp über.

Das kleine Turnierfeld bot ihnen beim Bilden der Formation keine Zeit, um Fehler auszugleichen. Anstatt eine halbe Länge hinter seinem rechten Nachbarn dahinzujagen, wie es der Keil erfordert hätte, lag Ragald immer noch fast mit ihm gleichauf, als sie mit der roten Mannschaft aufeinanderprallten. Vagarron hatte seine Männer als geschlossene Front voranstürmen lassen, an der sich der unordentliche Keil wirkungslos brach. Der Boden fiel unter Ragald zurück, als sein Ross mit einem anderen zusammenstieß und sich aus vollem Galopp heraus aufbäumte.

Mühelos hielt er sich im Sattel und hieß mit dem Druck seiner Knie das Pferd, sich aus dem Steigen heraus zu drehen. Wie von selbst schwang Ragalds Klinge herab und prallte auf einen gegnerischen Schild. Situationen wie diese waren seine besondere Stärke. Es gab bessere Schwertkämpfer und bessere Reiter, aber kaum jemanden, wie es einmal Waffenmeister Friel auf Burg Havegard bei einer Lehrstunde ausgedrückt hatte, „der im Sattel so viel Mist bauen und sich trotzdem oben halten konnte".

„Linie!", bellte Palders Stimme über das Johlen der Menge hinweg. „Linie!" Ragald erhaschte aus dem Augenwinkel einen Blick auf das Grün und Gold von Palders Wappen und trieb sein Pferd zu einem Tänzeln, halb seitwärts, halb rückwärts, bis auf die Höhe seines Hauptmanns. Flüchtig strich sein Auge über die Volksmenge, die nun außer Rand und Band gegen den Zaun brandete und die Kämpfer aus voller Kehle anfeuerte. Gunid konnte er immer noch nirgends entdecken.

Nahezu zeitgleich gelang es der blauen und der roten Mannschaft, ihre Linien zu schließen, als sie auch schon wieder aufeinander eindrangen. „Voran!", kam es wie mit einer Stimme von Palder und Vagarron zugleich, und die kaum gewonnene Ordnung schien sich in ein Chaos von Leibern und blitzenden Klingen aufzulösen. Links vor sich sah er das Schwarz und Weiß von Vagarron. Ragald trieb sein Ross zu einem Satz nach vorn, doch sein Ausfall endete vor einem rot-goldenen Schild. Einer von Vagarrons Mitstreitern war dazwischengegangen und zwang Ragald mit kräftigen Hieben, die ihm den Schildarm schmerzen ließen, zurück.

Ein Aufschrei ging durch die Menge. Palder und Vagarron bellten Kommandos. Für einen kurzen Augenblick lösten sich die Kämpen voneinander, und Ragald konnte die Gestalt mit der roten Schärpe sehen, die an der rechten Flanke im Staub lag. Pagen eilten herbei, doch bis sie ihn erreichten, hatte sich der gestürzte Edelknecht schon selbst wieder hochgerappelt und humpelte vom Platz. Nur seines Pferdes mussten sich die Helfer annehmen und es davonführen. Ragald erlaubte sich ein Grinsen. Schwer atmend warf er einen raschen Blick zum Volk hinter dem Zaun hinüber, ehe er sich auf Palders Ruf hin wieder mit geschwungenem Schwert auf seine Gegner stürzte.

Sie waren jetzt einer mehr und entsprechend im Vorteil. Die Hitze des Kampfes sang in seinen Adern, und Seite an Seite mit Lennard rückte er der Mitte der gegnerischen Formation zu Leibe. Bewegung kam in den Kampf, und aus den Standgefechten wurde ein Trab der Streitrösser nebeneinander her. Palder übte Druck auf die rechte Flanke der Roten aus, um sie zum Inneren des Platzes hin zu drängen und die Außenkurve zu gewinnen. Es wäre der Anfang einer Umzingelung.

„Keil!", ertönte plötzlich Vagarrons Befehl, und mit drei Reitern zugleich brach er zwischen Ragald und Lennard durch. Eine Klinge prallte mit Wucht auf Ragalds Bein und jagte erst eine Schmerzwelle, dann Taubheit hindurch. Mit überraschtem Wiehern tänzelte sein Streitross nach rechts.

Auf ein Hornsignal des Herolds hin lösten sich die Kämpfer erneut voneinander. Wieder kamen Pagen auf das Feld gehetzt, und diesmal mussten sie den Reiter mit der blauen Schärpe, der am Boden lag, vom Platz tragen. Ein dritter nahm das reiterlose Streitross am Zügel und zerrte es hinaus.

Kaum hatten sie die Umfriedung erreicht, ging der Kampf weiter. Keine der beiden Seiten schaffte es, ihre Formation wiederherzustellen, und so löste sich der Buhurt in ein wildes Getümmel von Einzelgefechten auf. Ragald ließ das Pferd steigen und sich drehen und verschaffte sich so genug Luft, um sich auf einen einzelnen Gegner zu konzentrieren. Sein Auge irrte ab zum Zaun. Wo war Gunid?

Er hatte Treffer gegen die Schulter hingenommen, gegen die Hüfte und einen vor den Helm, von dem ihm immer noch der Schädel dröhnte. Sein Schild bebte unter einem Hagel von Schlägen. Seine Klinge hob und senkte sich, stieß vor und kreiste. Als er sein Tier frontal gegen die Flanke eines der gegnerischen Pferde drängte, gelang es ihm mit einer Folge von Hieben, die Meister Friel gewiss als „Holzfällerarbeit" bezeichnet hätte, den Reiter aus dem Sattel zu stoßen. Jubelgeschrei toste auf, und er konnte sehen, dass Witlinde von ihrem Platz aufgesprungen war und sich weit aus der Loge beugte, beide Fäuste auf die Brüstung gestemmt.

Schweiß rann ihm in die Augen, Erschöpfung stieg ihm schleimig in der Kehle hoch, und der Schwertarm wurde ihm schwer, doch nicht umsonst waren er und seine Kameraden seit dem Knabenalter gedrillt worden, niemals nachzulassen. Verbissen drosch er auf seinen nächsten Gegner ein, trieb ihn vor sich her und wich zur Seite, überließ ihn wie in einem Gruppentanz an Lennard und drehte sich dem nächsten zu. Vagarrons schwarzweißer Wappenrock wehte ihm vor den Augen, kaum eine Pferdelänge entfernt. Für einen Moment stand er frei, doch anstatt vorzupreschen, richtete er sich im Sattel auf und spähte über die Meute der Gemeinen und Hörigen. Ihr Gesicht, ihr braunes Haar, nichts war von ihr zu sehen ...

Ein Schwertstreich quer über die Brust nahm ihm die Luft. Sein Pferd, verwirrt von der plötzlichen Gewichtsverlagerung, sank wiehernd auf die Hinterhand. Ragald kämpfte um sein Gleichgewicht und versuchte, den nächsten Hieb mit der eigenen Klinge abzufangen, doch umsonst. Ein erneuter Treffer ließ ihn hintenüber aus dem Sattel rutschen, und die Erde traf ihn mit der Wucht eines Schmiedehammers in den Rücken. In der Dunkelheit unter seinen Lidern fand er sie endlich.

4

Das erste, was er hörte, als er das Bewusstsein verschwommen wiedererlangte, war die Stimme einer Frau. „Gunid?", formten seine Lippen, ohne dass ein verständlicherer Laut hervordrang als ein Grunzen.

„Er erwacht!", frohlockte eine helle Stimme. „Er erwacht!" Eine unscharfe Gestalt beugte sich über ihn, weiß und silber und goldblond. Sanfte Finger griffen nach seiner Hand, die kraftlos auf seinem Bauch ruhte, und strichen zärtlich über seine Wange.

Langsam konnte er auch Witlindes Züge erkennen. Sie strahlte, und in ihren Augen stand unverkennbare Erleichterung. „Oh Ragald, ich bin so stolz auf dich!" Ihre hellblauen Augen schimmerten feucht, als sie sich zu ihm niederbeugte und ihm einen Kuss auf die Lippen hauchte.

Ein raues Lachen ließ ihn den Kopf drehen. Er lag im Familiengemach, oben im Wohnturm der Burg. Dankbar bemerkte er, dass die Vorhänge der Fenster dreiviertel zugezogen waren. Bereits das wenige Sonnenlicht, das auf die Holzbohlen, die steinernen Mauern, die Wandbehänge, Möbel und Truhen fiel, stach ihm durch die Augen direkt in den Schädel. Neben seiner Pritsche stand Vater, die Hände in die Hüften gestemmt, und grinste über das ganze bärtige Gesicht. „Gut geschlagen, mein Junge!"

Noch immer hielt Witlinde seine Schwerthand – seine rechte Hand, verbesserte er sich, der Kampf war vorbei –, und so begann er, mit der Linken seinen Körper abzutasten. Bis auf seinen Schurz und jede Menge Verbände war er unter der Decke unbekleidet. Es gab kaum eine Stelle, die nicht schmerzte.

Vater trat näher. „Du hast ein paar angeknackste Rippen. Und einen Haufen Prellungen, aber der Kämpfer, der einen Buhurt ohne dergleichen übersteht, muss erst noch geboren werden." Er lachte. „Wahrlich, gut geschlagen! Du musst noch lernen, deinen Kameraden besser zu vertrauen, aber das gibt sich."

„Was –" Ragald verstand kaum die Hälfte. Sein Blick ging verwirrt zwischen Witlinde und seinem Vater hin und her. „Wieso … Wie …"

„Dich andauernd umzusehen auf dem Feld." Vater begleitete die Worte mit einer wegwerfenden Gebärde. „Deine Kumpane haben dich schon gedeckt, es kam niemand in deinen Rücken. Aber ich verstehe dich." Er lachte. „Mir ging es am Anfang nicht anders. In dem Getümmel fühlst du dich nicht wohl, wenn du nicht siehst, was hinter dir vorgeht, was?"

Benommen nickte Ragald. Die Wärme in Witlindes Lächeln hätte genügt, um an einem Wintertag Rosen blühen zu lassen, doch er fühlte nur Leere. „Wie ist der Kampf ausgegangen?", murmelte er, um überhaupt etwas zu sagen.

Vater hob, beinahe entschuldigend, die Augenbrauen. „Die Roten haben gewonnen", erklärte er mit ausgebreiteten Armen. „Zwei von ihnen saßen noch im Sattel, als der Letzte von euch fiel."

„Aber Lennard wurde von den Damen zum ehrenwertesten Kämpen gekürt", fiel Witlinde strahlend ein. „Er war der letzte Blaue im Sattel, und lange Zeit hielt er sich tapfer gegen drei Mann zugleich." Lennard hatte, wie Ragald, einen guten Teil seiner Ausbildung auf Burg Havegard verbracht und sich in dieser Zeit herzlich mit Witlinde angefreundet.

„Und er hat noch einen mitgenommen!" Vaters dröhnendes Lachen rief ein schmerzhaft pochendes Echo in Ragalds Kopf hervor. „Dein Bastard von einem Freund ist ein Prachtkerl, Ragald! Gemeinsam werdet ihr den Jattar so sehr den Arsch versohlen, dass sie auf der Flucht zu ihren Schiffen nach ihren Müttern schreien werden!" Er sah stolz auf seinen ramponierten Sohn herab. Witlinde blickte von ihrem Schemel an Ragalds Seite zu ihm hinauf, und mit einem Grinsen fügte Ritter Adolar hinzu: „Na schön, ein guter Vater weiß, wann er zwei Turteltäubchen allein zu lassen hat. Ich überlasse dich fürs erste der Pflege deiner Herzensdame. Erhol dich gut, mein Junge!" Er trat von der Pritsche zurück, drehte sich um und stiefelte vernehmlichen Schrittes zur Tür hinaus.

Witlindes Strahlen war über ihm, und Ragalds Hand erwiderte sanft den Druck ihrer Finger. Schwach lächelte er sie an, doch in seinem Inneren war es dunkel, und außer einem nagenden Gefühl, dass in seiner Welt etwas fehlte, spürte er nichts.

Er ertrug zwei Tage der Ruhe, ehe er sich, entgegen Witlindes besorgter Proteste, von seinem Lager hochstemmte und Bedienstete herbeirief, ihn anzukleiden. Sobald er in die Burg hinaushinkte, hielt jeder, Diener, Mägde, Wachen, bei seinem Anblick inne und beglückwünschte ihn – nach der gebotenen Ehrenbezeugung seinem Stand gegenüber – zu seiner Leistung im Turnier. Idogar, der alte Haushofmeister, versicherte ihm, er sei stolz, dem jungen Herrn dienen zu dürfen. Loris, die Amme, die ihm in frühester Kindheit die Mutter ersetzt hatte, drückte ihn nach ihrem Hofknicks nur an sich und flennte: „Ihr seid wieder gesund! Ihr seid wieder gesund!" Stepho, der raubeinige Waffenknecht mit dem gezwirbelten roten Schnäuzer, salutierte an seinem Platz am Tor, kaum dass Ragald den ersten Fuß aus dem Wohnturm in den Burghof gesetzt hatte. Es sei eine Lust gewesen, ihm beim Buhurt zuzusehen, versicherte ihm der alte Haudegen grinsend. Und nein, Gunid sei noch nicht am Tor gewesen, um nach ihm zu fragen.

Auf einen Stock gestützt, durchmaß Ragald an den folgenden zwei Tagen rastlos die Burg wie ein gefangenes Tier seinen Käfig. Einen ersten Versuch, auszugehen, gab er schon auf halber Höhe des Burghügels keuchend und mit grässlich schmerzendem Rücken auf. Stattdessen musste er sich damit begnügen, auf dem Wehrgang auf und ab zu laufen, über die Felder und Hügel hinwegzuspähen und nach der Rauchfahne des Kochfeuers vom Hof ihrer Familie Ausschau zu halten.

Vater bereitete derweil seinen Aufbruch nach Burg Havegard vor, von wo aus er gemeinsam mit dem Baron die Verteidigung beider Lehen zu organisieren gedachte. Beim Abendessen sprach er mit Ragald und Witlinde darüber, welche Pflichten auf sie als seine Stellvertreter in seiner Abwesenheit zukommen würden. Ragald nickte und gab zwischen den Bissen zustimmende Laute von sich, während er darüber nachgrübelte, was mit Gunid sein mochte. Nahm die Arbeit auf dem Hof sie so sehr in Anspruch? War sie womöglich gar erkrankt? Aber er hatte sie auf dem Fest doch hin und wieder gesehen, wenn auch immer nur von Weitem, an den Grillfeuern oder beim Ausschank. Er schüttelte den Kopf, was ihm mit Vater, der die Geste auf sein Reden bezog, einen Disput darüber einbrachte, was er daran auszusetzen hatte, das Damwild angesichts eines harten Jahres den Gemeinen zur Jagd freizugeben.

In dieser Nacht fand er lange keinen Schlaf. Mittlerweile kräftig genug, um auch vom Boden wieder aufzustehen, hatte er die Pritsche zugunsten eines gemeinsamen Nachtlagers mit Witlinde verlassen. In seinen Arm geschmiegt, lächelte sie im Traum, während er den schmalen Streifen Mondlichts anstarrte, der durch die Lücke in den Vorhängen hereinfiel. Von dem herrschaftlichen Bett, dem einzigen derartigen Möbelstück im Haus, drang Vaters Schnarchen herüber.

Ragald spielte mit dem Gedanken, nach Gunid zu schicken, um sie auf die Burg zu bitten, und scheute zugleich davor zurück. Das erste Wiedersehen mit seiner Freundin nach seiner Heimkehr ins Lehen hatte er sich gewiss nicht so vorgestellt, dass er sie kraft seines Standes zu sich herzitierte. Doch die Aussicht, sie zuhause aufzusuchen, wo er sie im Kreise des ganzen Hofes treffen würde, mit ihren Eltern, Wulf, Godrich und Witha, wollte ihm genauso wenig behagen. Etwas stimmte nicht, soviel ahnte er, und er spürte den sehnlichen Wunsch, allein mit ihr zu reden.

Am folgenden Tag beschloss er, dass er weit genug genesen war, um den Stock stehenzulassen. Vater, der sich mit seinem Gefolge im Hof zur Abreise versammelte, sah es mit Freuden. „Ich weiß, dass ihr zwei mich hier würdig vertreten werdet", lachte er mit einem Blick zu Witlinde und versetzte seinem Sohn einen herzhaften Klaps auf die Schulter. Ragald ignorierte den Stich, den ihm die Abschiedsgeste durch die kaum verheilten Rippen jagte, und er ergriff die Schultern seines Vaters mit einem breiten Lächeln, nach dem ihm nicht zumute war. Einen kurzen Augenblick verharrten sie so, ehe Ritter Bernon Adolar sich löste, in den Sattel stieg, seinem Gefolge ein „Auf, Männer!" zurief und waffenstarrend zum Tor hinausritt. Acht Mann auf Reisepferden und eine ganze Herde Streitrösser und Packtiere folgten ihm.

Kaum dass der Hufschlag in der Ferne verklungen war, holte Ragald Lif von der Turmplattform über der Falknerei und versuchte sich an einem erneuten Spaziergang ins Freie hinaus. Vater abgereist und Gunid wie in den Nebeln der Vesas verschollen, waren ihm zwei geliebte Menschen zu viel, die er entbehren musste. Die Burg, nach der er monatelang solches Heimweh empfunden hatte, schien sich von allem geleert zu haben, was ihn daran band.

Kurzatmig, aber doch besser in Form als noch vor ein paar Tagen, gelangte er an den Fuß des Burghügels, und wie von selbst trugen ihn seine Beine den Reitweg entlang, gemächlich zunächst, doch immer schneller, je näher er dem Schrein kam. Als er mit rasendem Herzen vor der geschnitzten Figur der Göttin zu stehen kam, schalt er sich im selben Moment, in dem er sich die Hoffnung eingestand, Gunid hier an ihrem alten Treffpunkt vorzufinden, einen Narren dafür. Den restlichen Vormittag verbrachte er hier, im Gras sitzend, den Rücken gegen einen der Pfosten des Opferbalkens gelehnt, auf dem Lif hockte und gelegentlich seinen Schrei ertönen ließ. Nach einer Weile gab er es auf, sich einreden zu wollen, dass er nicht auf sie wartete.

Am nächsten Morgen suchte er Haushofmeister Idogar auf und befragte ihn nach dem Fronplan. Wie jeder Untertan des Lehens, so mussten auch Gunids Eltern und alle Angehörigen ihres Hofes drei Tage jedes Monats Frondienst für das Haus des Ritters leisten. Für diesen Monat war einer dieser Tage mit dem Dienst auf dem Fest abgegolten. Die anderen beiden nannte ihm Idogar inmitten eines Wustes weiterer Auskünfte, freudig überrascht über das plötzliche Interesse des jungen Herrn für die Verwaltung des Lehens.

Bis zu Gunids nächstem Frondienst waren es vier Tage, die Ragald großenteils mit Waffenübungen verbrachte, um seinen geschundenen Körper wieder in Form zu bringen, und mit der einen oder anderen Beizjagd. Lif schien ebenso wie er begierig darauf, sich auszutoben, und als sie eines Abends die geschlagene Beute in der Burgküche ausbreiteten, scherzte Witlinde, sie müsse sich bald wohl Sorgen um den Kaninchenbestand im Lehen machen. Ragald war ihr ehrlich dankbar für den Versuch, ihn aufzumuntern, wie auch dafür, dass sie gleich nach Vaters Abreise mit Feuereifer daran gegangen war, sich in die Führung des Lehens einzuarbeiten. Ihre Ausbildung hatte sie seit ihrem sechsten Lebensjahr auf derlei Aufgaben vorbereitet, wogegen er sich über seine Eignung zum Burgherrn keinen Illusionen hingab. Offenbar vermochte ja bereits eine einzelne Hörige, ihn aus der Fassung zu bringen.

Am Morgen des vierten Tages ließ Ragald gleich nach dem Frühstück seinen Falben satteln, und unter einem bleiernen Himmel sprengte er im Galopp zum westlichen Rand des Lehens hinaus. Viele der Bäuerinnen und der wenigen Bauern, denen er begegnete, befanden sich noch auf dem Weg zu ihren Feldern. Die Luft lastete schwül auf dem Land, und trotz der Brise, die ihm von dem Ritt ins Gesicht wehte, wurde sein blaues Hemd bald schon von Schweißflecken verunziert.

Er zügelte das Pferd, als er die letzte Wegbiegung hinter sich brachte und das Feld in Sicht kam. Fahlgelb, auf halbem Weg zwischen dem Grün des Frühlings und dem Gold des nahen Sommers, bedeckte das Getreide die sanft ansteigende Hügelflanke. Sträucher und vereinzelte Bäume umstanden die Ackerfläche, und am oberen Ende, kurz vor dem Rand des Waldes, der das Lehen begrenzte, erblickte er eine kleine, braune Gestalt. Sein Pferd verfiel gehorsam in gemütlichen Trott, doch im Gegenzug ging sein Herzschlag in Trab über.

Er wusste selbst nicht, was er fürchtete, als er abstieg und sich zögernd daran begab, das Feld zu durchqueren. Sie drehte sich nicht um, obwohl sie den Hufschlag seines Pferdes ebenso vernommen haben musste, wie sie nun sicherlich das Rascheln seiner Schritte im Korn hörte. Bis auf wenige Schritte trat er an sie heran, während sie auf den Knien blieb, zwischen den Getreidehalmen wühlte und mit entschlossenen Rucken Unkraut zupfte. Direkt zu seinen Stiefeln stand ein Korb, zur Hälfte gefüllt mit geringelten Blättern, Wurzeln und schwarzer Erde.

„Gunid?"

Auf den Klang seiner Stimme hin warf sie einen Blick über die Schulter, schwankte kurz in der Hocke und richtete sich langsam auf. Der braune Kittel floss an ihrer Figur herab, schlank und geschmeidig, wie er sie im Gedächtnis hatte. Im Gesäß und um die Brust war sie draller geworden, unverkennbar eine Frau nun. Was immer sich sonst an ihr verändert hatte, er konnte es nicht greifen. Unter dem weißen Kopftuch hervor fiel ihr das braune Haar offen über die Schultern und klebte ihr in verschwitzten Strähnen an der Stirn. Sie stand vor ihm, hielt mit beiden Händen die Schürze voller Unkraut, senkte den Blick und beugte das Knie zu einem Knicks. „Herr."

Er hielt in dem Schritt inne, den er auf sie zu getan hatte, und versuchte, in ihrem Gesicht Anzeichen für einen Scherz auszumachen. Verwirrt suchte er einen Augenblick nach Worten, doch alles, was er hervorbrachte, war: „Geht es dir gut?"

„Es geht mir gut, Herr." Ihre verschlossene Miene strafte ihre Worte Lügen. „Und ich hoffe dasselbe von Euch."

Jede Hoffnung, die sich Ragald noch auf ein freudiges Wiedersehen gemacht hatte, verging, und endlich brach sich seine aufgestaute Enttäuschung Bahn. „Nein", sprach er mit unverhohlenem Unmut in der Stimme, „es geht mir nicht gut. Zehn Tage, Gunid. Seit zehn Tagen bin ich wieder im Lehen und habe dich nicht gesehen, hatte nicht einmal eine Nachricht von dir!"

Sie stand stocksteif, mit nicht einmal der Andeutung eines Lächelns. „Ich bin nur eine Hörige, Herr", erwiderte sie im gleichen ausdruckslosen Ton wie zuvor. „Es steht mir nicht zu –"

„Hör endlich auf, mich mit ‚Herr' anzureden! Und schütte das Zeug weg – bitte!" Er ertrug es nicht länger, durch eine Schürze voll Unkraut von ihr getrennt zu stehen. Gunid trat vor und entleerte die Pflanzen in den Korb, nur um danach mit einem Schritt zurück den Abstand und ihre steife Haltung wiederherzustellen. Er streckte die Arme nach ihren Schultern aus und tat einen Schritt auf sie zu.

Er hielt inne, kaum eine Handbreit vor ihrer Berührung. Ihre nussbraunen Augen, die er so warm und lebhaft in Erinnerung hatte, blickten hart durch ihn hindurch. Sie machte weder Anstalten, ihm entgegenzukommen, noch zurückzuweichen. Bis auf eine Strähne, die sich unter dem Kopftuch gelöst hatte und mit der der Wind spielte, rührte sich nichts an ihr.

Seine Hände krampften sich neben ihren Schultern zu Fäusten, und er zwang die Arme an seine Seiten herab wie bockige Pferde. Vom Nachbarfeld her wehte das Gekrächze von Raben über den grauen Himmel.

„Was ist geschehen seit meinem letzten Besuch?", zwängte er die Stimme rau an dem Kloß in seiner Kehle vorbei. „Hast du denn einfach vergessen, wer ich bin?"

„Ich erinnere mich sehr gut, Herr. Ihr seid der Sohn meines Ritters und Landesherrn, dem ich Respekt und Gehorsam schulde …"

„Einen Kuhfladen schuldest du mir!", fuhr er auf. „Ich bin Ragald, erinnerst du dich? Ragald! Derselbe Ragald, dem du als kleinem Jungen Verstand eingebläut hast!"

„Ich hoffe, der junge Herr hat mir diese Ungebührlichkeit verziehen und wird mich nicht –"

„Lass endlich den verfluchten ‚Herrn' beiseite! Was ist los, Gunid, was ist geschehen? Seit Monaten freue ich mich darauf, dich wiederzusehen, und jetzt – und jetzt – ich bitte dich, rede mit mir! Tausend Schatten, was habe ich dir getan!?"

Stumm blickte sie ihm entgegen. Der Wind ließ die Strähne vor ihrer Stirn tanzen und die Kornähren um sie und ihn schwanken.

„Mit Verlaub, Herr, ich habe ein Tagwerk zu verrichten, und im Lauf des Tages wird es wahrscheinlich gewittern. Erlaubt mir bitte, weiter meine Arbeit zu tun."

Schwer atmend, den Kopf gebeugt, die Fäuste in hilflosem Schmerz geballt, stand er da und wünschte, er sähe wenigstens Wut in ihren Augen anstelle dieser Kälte. „Tu, was man dir aufgetragen", grollte er und wandte sich mit einem Ruck ab, um durch das Korn zu seinem Pferd zurückzustapfen.

Die Tage von gleichförmiger Arbeit angefüllt, vermochte sie nicht zu sagen, ob nach jener Begegnung zwei oder drei Wochen vergangen waren, als sich die Nachricht durch das Lehen verbreitete: „Der junge Herr zieht in den Krieg."

„Es heißt, gleich morgen wolle er sich auf den Weg zum Feldlager des Königs machen", erzählte Wulf am Abend in der Küche und betrachtete forschend seine Schwester, die sich ganz darein vertiefte, einen Riss in ihrem Kittel zu nähen. „Ohne großes Gefolge, versteht sich –"

„Wo soll er das auch hernehmen", mampfte Godrich und schwenkte den Brotkanten in seiner fleischigen Hand. „Ist ja kaum noch jemand hier."

„Aber was ist mit seinem Ritterschlag?" Mutter blickte kurz von ihrem Teig auf, ohne im Kneten innezuhalten. „Wäre er nicht in drei Monaten geprüft worden?"

Wulf zuckte die Achseln. „Es heißt, er wolle sich seine Sporen im Feld verdienen." Immer noch ruhte sein Blick nachdenklich auf Gunid, die jetzt die Naht festzog und den Faden abbiss. Sie dachte an die Schafe, die sie morgen hüten würde, an den lockeren Stein im Brunnen, an alles außer dem jungen Herrn.

Sie sah ihn, als er am nächsten Tag an ihrer Weide vorüberkam. Hufgeklapper und vereinzelte, ferne Hochrufe, mit denen ihn Gemeine und Hörige von ihren Feldern aus verabschiedeten, kündigten ihn an, noch bevor er hinter der Wegbiegung in Sicht kam.

Über dem Kettenhemd trug er denselben goldgelben Wappenrock mit dem schwarzen Raben auf der Brust, in dem er auch zum Buhurt angetreten war. Auf seinem Kopf saß ein schlichtes, schwarzes Barett mit einer Fasanenfeder. Helm und Langschwert hingen an den Satteltaschen. Vom Sattelknauf liefen die Zügel seines schwarzen Streitrosses, das gehorsam neben seinem Falben her trabte. Auf seiner Schulter saß Lif, den Kopf von einer ledernen Haube umschlossen. Blind sah er nach vorne, gleich seinem Herrn, der starren Blicks an Gunid inmitten ihrer blökenden Schafe vorbeiritt.

Sie trieb mit dem Hirtenstab zwei Lämmer zurück zur Herde und sah erst auf, als die beiden berittenen Waffenknechte und das Packpferd vorbeigezogen waren, die dem jungen Herrn folgten. Lange schaute sie in die andere Richtung. Als sie endlich doch den Kopf wandte, um sich zu vergewissern, dass er außer Sicht war, erhaschte sie einen letzten Blick von ihm, von dem Gold und Schwarz seines Wappenrocks und von dem dunklen Flecken auf der Hinterhand seines Falben, gerade als er ins Zwielicht des Waldes eintauchte.

5

Derber Gesang aus vollen Kehlen gab den Takt vor, zu dem sie in der Scheune ausgelassen hopsten und sich drehten. Unter dem Lärm waren das Flötenspiel von Jope und ihren jüngeren Schwestern oft nicht zu hören. Noch vor einigen Monaten hätte Nolf mit seiner Fiedel zum Scheunentanz aufgespielt, aber die Fiedel war mit Nolf im Krieg.

Nicht, dass Lirin ihren Liebsten besonders zu vermissen schien. Ihr weizenblondes Haar flog herum, lang und offen, wie es auch die Dame Witlinde zu tragen pflegte, und sie schien es zufrieden, sich an den Händen von Heglaf herumschwenken zu lassen. Flüchtig dachte Gunid, dass sie eigentlich eifersüchtig sein müsste. Vielleicht war das gerade Heglafs Absicht, doch sie empfand keine solche Regung. Sie wähnte sich seiner Treue sicher, und selbst wenn ...

Mit verschränkten Armen stand sie abseits, an einen Balken gelehnt, und sah dem Tanz im Flackern des Grillfeuers zu. Noch vor gar nicht langer Zeit hätte sie sich ins Getümmel gemischt, ob mit Tanzpartner oder ohne. An diesem Abend war sie froh, dass auf einen Burschen zwei Maiden kamen und dass sie zwischen den vielen Frauen, die in Grüppchen auf Kisten oder im Heu saßen, nicht sonderlich auffiel. Sollte Heglaf sich vergnügen und mit den anderen Gockeln um die Wette krähen, sie dankte Vesas, dass sie ihre Ruhe hatte.

Das Schwatzen der anderen jungen Frauen drehte sich um Kleider und Schnitte und um den Ertrag der Sträucher, aus deren Beeren sich Färbemittel sieden ließ. Die Älteren saßen im Kranz mit ihren Handarbeiten beisammen und tauschten sich über ihre Zipperlein und undankbare Kinder aus. Die wenigen Männer, die dem Tanz fernblieben, redeten von Hopfen und Zuchtbullen. Gunids Auge wanderte zu dem einzigen, worüber niemand sprach, obwohl – oder weil – es allgegenwärtig war. Zwischen Gesang und Lachen und Jauchzen blitzten die Flammen auf Helmen und den Spitzen der Speere, die gleich neben dem Scheunentor an der hölzernen Wand lehnten, stets griffbereit für den Fall, dass vom Burgfried her das Horn der Nachtwache zu den Waffen rief.

Noch immer hatte niemand im Lehen auch nur einen einzigen Jattar zu Gesicht bekommen. Zwar häuften sich die Berichte von Plünderungen und kleineren Scharmützeln im Westen, doch das Heer lag unverändert fünf Tagesmärsche entfernt, jenseits des großen Waldes, und außer dass sich mehr und mehr Kämpfer unter dem Banner König Halriks sammelten, schien sich dort nicht viel zu tun. Nur gelegentliche Reisende brachten Neuigkeiten aus dem Kriegsgebiet und Botschaften von den im Feld weilenden Lieben und nährten die Sorge derer, die keine solche Nachricht erhielten.

Das Klimpern von Zaumzeug vor der Scheune ließ Gunid aufblicken. Knarzende Räder, Schnauben und Rufen mischten sich in Gesang und Lachen, und im Tor erschien eine untersetzte Gestalt in einem fadenscheinigen, mit billigem Pelz besetzten Reisemantel: ein Händler, ein reisender Krämer aus dem fernen Westen. Über einen gewaltigen, dunklen Schnäuzer hinweg sah er sich um, und während er noch die Handschuhe abstreifte, trat Jarugals Vater, in dessen Scheune sie sich befanden, schon auf ihn zu, hielt ihm den traditionellen Trunk für den Reisenden hin und bot ihm Gastfreundschaft.

Bald klappte der Krämer eine Wachstafel auf und fragte nach diesem und jenem Namen, und im Nu hatte sich eine Traube um ihn gebildet und lauschte, als er Grüße ausrichtete, die ihm im Heerlager aufgetragen worden waren. Lirin strahlte bierselig, als ihr der Kaufmann einige Worte von Nolf wiedergab, und auf Jopes Antlitz trat ein besonderer Glanz, als sie hörte, dass es ihren beiden Vettern gut ging. „Ist hier außerdem jemand namens …" Der Krämer warf einen Blick auf seine Tafel. „Gunid? Oder Wulf?"

Gunid spürte ihren Mund trocken werden. Unschlüssig blieb sie hinten in der Menschentraube stehen und rang mit sich und ihren Knien, die unvermittelt zu zittern begannen.

„Ich bin Wulf", rief ihr Bruder und wühlte sich durch die Menge nach vorn, eine Augenbraue fragend emporgezogen. Der schnauzbärtige Krämer grinste ihn an.

„Für Euch habe ich Nachricht von einem gewissen Tirak. Er sagt, er sei Knecht auf dem Hof Eurer – Eltern, ist das richtig? Ihr und die Euren sollt euch keine Sorgen um ihn machen, lässt er ausrichten, er stehe ganz hinten und koche für seine Kameraden."

Bald ging der Scheunentanz weiter. Der Händler wusste mit guten Geschichten zu unterhalten, und seine beiden jungen Gehilfen schienen besonders die Aufmerksamkeit der vielen Maiden sehr zu genießen. Gunid aber hielt sich fern. Mit angezogenen Knien saß sie beim Feuer und wartete vergeblich darauf, dass sich ihr Herzschlag beruhigte.

In dieser Nacht floh sie der Schlaf. Ihr Kopf, seit Wochen leer wie eine ausgefegte Stube, wollte ihr schier bersten vor Grübelei, vor Gedanken an Ragald, wo er sein mochte, wie es ihm erging; was er von ihr dachte; ob er überhaupt an sie dachte. Erst mit dem ersten Hahnenschrei lag sie ruhig auf dem Rücken, einen Atemzug lang, zwei, drei, ehe sie die Faust auf ihren Strohsack hieb und mit einem ärgerlichen Ruck die Decken von sich warf. Ungeduldig zog sie sich an dem Schrägbalken über ihrer Lagerstatt auf die Füße. Während sie sich Hemd und Kittel überstreifte, murmelte Wulf im Halbschlaf eine mürrische Bemerkung über hibbelige Ziegen. Die Schürze band sie sich auf dem Weg zur Tür, das Kopftuch, als sie schon die Kate verlassen hatte und zwischen dem Rübenacker und dem Schafspferch hindurch in den Morgennebel hinauseilte, dem Reitweg zu.

Das letzte Stück des Weges zum Hof von Jarugals Eltern legte sie fast rennend zurück. Erleichterung ergriff sie, als sich vor ihr der Karren des Krämers aus dem Nebel schälte, noch immer an seinem Standplatz vor der Scheune. Der Schnauzbart, in dessen abgewetztem Fellkragen die Morgenfeuchte schimmerte, war ins Gespräch mit Jarugals Vater vertieft und bedankte sich wohltönend für die Gastfreundschaft, während seine beiden Gehilfen die schwerfälligen Gäule anschirrten. „Gunid?" Jarugals Vater blickte ihr fragend entgegen, als sie atemlos bei ihnen anlangte. „Hast du gestern etwas hier vergessen?"

Sie nickte ihm grüßend zu und schüttelte im nächsten Moment den Kopf. „Nur eine Frage an Euch", wandte sie sich, von Atempausen unterbrochen, an den Krämer. „Habt Ihr im Feldlager den Sohn unseres Ritters getroffen?" Sie holte tief Luft, um mit etwas ruhigerer Stimme fortzufahren: „Ein Edler von siebzehn Jahren, schlank, etwa so groß" – sie hielt die Hand einen halben Kopf über ihren eigenen Scheitel – „mit Haar, so schwarz wie sein Wappentier. Ein Rabe. Im goldenen Feld."

Überrascht musterte der Händler sie einen Moment, ehe er sie entschuldigend anlächelte. „Schönes Kind, ich fürchte, da kann ich Euch nicht helfen."

„Heißt das, er ist gar nicht dort?"

„Doch, ich – nein –" Er breitete die Arme aus. „Dieses Feldlager ist die reinste Stadt, müsst Ihr wissen. Allein die Zahl der adligen Kämpen geht in die Tausende, von den Fußknechten ganz zu schweigen. Vielleicht habe ich ihn gesehen, dann aber nur als einen unter vielen."

Gunid wusste nicht, wie sie sich eine Stadt vorzustellen hatte, und so fand sie kaum Sinn in seinen Worten. „Ihr habt doch auch Tirak getroffen", gab sie zurück. „Und Nolf und die anderen aus unserem Lehen."

„Weil sie wussten, wohin sie kommen mussten", erwiderte er mit einem Achselzucken. „Ich hatte ausrufen lassen, welche Strecke ich bereisen würde, und dass ich von jedem, der etwas bei mir kauft, eine Botschaft befördern würde."

„Und R– der Sohn unseres Ritters hat sich nicht an Euch gewandt?"

„So leid es mir tut, schönes Kind, nein."

Der Krämer erweckte nicht den Eindruck, als würde er sich einen Spaß mit ihr erlauben. „Ich – ich danke Euch, Herr." Sie neigte leicht das Haupt. „Den Segen der Vesas auf Euren Weg." Sie beachtete nicht den befremdeten Blick von Jarugals Vater und machte kehrt. Hinter ihr nahmen die beiden Männer ihr Gespräch wieder auf, und der Gast drückte dem Gastgeber noch einmal sein Kompliment aus für das köstliche Bier.

Ein weiteres Zeichen für die unruhigen Zeiten war die schiere Zahl der Reisenden, die das sonst sehr ruhige Lehen passierten. Jede Woche zogen nun Fremde durchs Dorf, und jeden, der aus dem Westen kam, befragte Gunid nach Ragald. Ein spinnenfingeriger Schneidergeselle auf der Walz machte sich wichtig, indem er von einem großen, schwarzen Untier erzählte, das ihn des Nachts durch den Wald gehetzt hatte; seine Angst schien echt, auch wenn er den Eindruck erweckte, dass er genauso gut vor dem Rascheln eines Frettchens im Unterholz Reißaus genommen hätte. Von Ragald aber wusste er nichts zu berichten.

Ein fahrender Zauberwirker mit wallendem Gewand und hohem, spitzem Hut gab an, geradewegs aus dem Heerlager zu kommen. Zwar hatte er Ragald dort nicht gesehen, doch erbot er sich, Gunid gegen eine kleine Silbermünze weiszusagen, was das Schicksal für den jungen Edlen bereithielt. Skeptisch ließ sie sich darauf ein, aber nachdem sie eine Zeit lang leerem Gewäsch über „dunkle Fremde" und „günstiges

Geschick von links" gelauscht hatte, versetzte sie dem Scharlatan einen Stoß vor die Brust, der ihn in den Matsch beförderte, umgeben von seinen verstreuten Prophezeihungskarten, und stapfte davon.

Eine bettelnde Wanderpriesterin des Ligander, Gott des Feuers und der Gelehrsamkeit, hatte kaum den Wald verlassen, als Gunid sich bereits mit ihren Fragen auf sie stürzte. Sie käme aus Westen? Ob sie im Heerlager einen jungen Edlen gesehen habe, ungefähr so groß, mit schwarzen Haar … ein paarmal versuchte die Geistliche, während ihres Redeschwalls zu Wort zu kommen, aber erst, nachdem alles aus Gunid herausgesprudelt war, gelang es der mageren alten Frau, ihr zu sagen, dass sie das Lager nördlich passiert habe, in mindestens einem Tagesmarsch Abstand, und dass sie nicht wisse, wie es dort aussah.

Auch in anderer Richtung waren Reisende unterwegs: ein Hausierer, ein wandernder Zahnreißer und eine lärmende Handvoll Söldner machten Halt im Dorf auf ihrem Weg zum Heer. Jedem außer den Söldnern gaben die Dörfler Nachrichten für ihre Lieben mit. Auch Gunid vertraute ihre Worte an Ragald den Reisenden an in der Hoffnung, dass sie ihn erreichten.

Am Tag vor dem Vollmond kam die Rasselbande der Kinder von den Höfen im Osten durch das Dorf gerannt. Atemlos erzählten sie jedem, den sie trafen, von einem Wagenzug in allen Farben des Regenbogens, der auf die Burg zuhielt. Es dauerte nicht lange, und neugierige Bauern, darunter Gunid, liefen in der flirrenden Nachmittagshitze am Fuß des Burghügels zusammen und begafften die Ankunft der Fahrenden. Drei Wagen waren es, von deren mittlerem beständig eine Pauke ertönte, und ein halbes Dutzend Packesel dazu. Ringsumher liefen Gaukler zu Fuß, jonglierten oder spielten die Sackpfeife, die Flöte oder das Tamburin. Eine alte Frau hielt einen fremdartigen Vogel auf dem Arm, gegen dessen farbenprächtiges Gefieder sich ihr weites, lavendelfarbenes und seltsam glitzerndes Kleid geradezu blass ausnahm. Vor dem vordersten Karren, einem mit bunten Fratzen bemalten Kastenwagen, sprang ein Mann in einem roten und grünen Narrengewand umher, wirbelte herum und überschlug sich. Unter einer Kapuze mit Eselsohren hatte er das Gesicht weiß und rot geschminkt. Die Schellen an seinem Knöchel klirrten, wann immer er mit dem Fuß auf den Boden stampfte oder ihn, auf den Händen laufend, in der Luft schüttelte. „Herbei, ihr Leute!", rief er ohne Unterlass. „Herbeigelaufen! Wollt ihr lachen? Wollt ihr staunen? Wollt ihr Dinge sehen, die ihr noch nie gesehen habt?"

„Wollt ihr uns spielen hören?", rief eine junge Frau, fast noch ein Mädchen, die mühelos auf dem Dach des dahinholpernden Kastenwagens das Gleichgewicht hielt. „Wollt ihr uns tanzen sehen?" Die Hände leicht in die Hüften gelegt, blieb sie auf einem Bein stehen und streckte das andere, gehüllt in eine eng anliegende Hose aus farbigen Flicken, vor sich aus, sodass ein jeder ihre wohlgeformten Schenkel und Waden bewundern konnte. Im nächsten Moment schwenkte sie es nach hinten und den Oberkörper nach vorn, sodass ihr hüftlanges, rotbraunes Haar umherflog. Die wenigen Männer in der Menge der Bauern grölten, sehr zum Missfallen vieler der Frauen.

„Wollt ihr Geschichten hören?", polterte ein riesenhafter, düster blickender Mann vom Kutschbock des Planwagens herab, der dem Kastenwagen folgte. „Von großen Taten in dunklen Zeiten? Von Helden, die alles zum Guten wenden? Von Zauberei und den Wundern der weiten Welt?"

„Dann kommt alle bei Sonnenuntergang in unsere Vorstellung!", rief eine dralle Frau, die sich unter der Plane des letzten Wagens so weit nach außen beugte, dass nur ihre blonden Locken einen tieferen Einblick in ihr Mieder verwehrten. Knechte und Bauern johlten ihr derbe Sprüche hinterher, und einige warfen Münzen, die sie geschickt aus der Luft fing. Was danebenging, wurde sofort von zwei bunt gekleideten Gauklerkindern eingesammelt.

„Lass uns hingehen, Gunid!", Heglaf drückte ihre Hand, während er der Fahrenden hinterherglotzte, die sich noch immer aus dem letzten Wagen hängte und Kusshändchen in die Menge warf. Von der anderen Seite umklammerte Jope Gunids Arm. „Lass uns alle zusammen gehen!", rief sie begeistert und starrte mit leuchtenden Augen auf die Musikanten. Gunid seufzte. Etwas Ablenkung konnte sie wirklich gut gebrauchen.

Blutrot berührte die Sonne den Grenzwald, als sie gemeinsam mit wohl dem ganzen Lehen den Burgweg hinanstiegen. Erwartungsgemäß hatte die Dame Witlinde den Fahrenden gestattet, ihr Spiel im Burghof vorzuführen, und so drängten sich fast alle Untertanen Ritter Adolars innerhalb der Mauern. Wer einen Platz auf dem Wehrgang hatte ergattern können, wohnte dem Schauspiel von oben bei. Gunid, Jope und Heglaf hatten weniger Glück gehabt und standen eingezwängt in der Menge, gleich neben den Ställen. Große Fackeln steckten in eisernen Gestellen, welche die Gaukler rund um den Hof aufgestellt hatten, und verbreiteten flackernden Schein, Rauch und den Geruch von Pech.

Trotz der Lustbarkeiten, so war Gunid aufgefallen, hatte die Dame die Sicherheit nicht vernachlässigt. Der Burgfried und die Kastelle an den Ecken des Wehrgangs waren in gewohnter Stärke bemannt. Musik und Gaukelspiel oder nicht, sie würde es den Jattar nicht leicht machen, unbemerkt über das Lehen herzufallen.

Der riesenhafte Geschichtenerzähler eröffnete die Vorstellung mit einer Ansprache an die Herrin, in der er sich für ihre Gastfreundschaft bedankte und versprach, dass sie nicht enttäuscht sein würde. Er trug nun ein Gewand mit Zaddeln in Blau und leuchtendem Gelb, das seinem grauschwarzen Bart und den buschigen schwarzen Brauen unter der kahlen Stirn ein wenig die Düsternis nahm. Seine Verbeugung zu dem Balkon hin, von dem die Dame Witlinde herabschaute, war so vollendet wie die jedes Ritters. Die Gestalt in Weiß und Silber oben hinter der Brüstung, flankiert von ihrer Zofe und dem alten Haushofmeister, erwiderte die Worte des Gauklers mit Dank für sein Kommen und einem so herzlichen „Lasst das Schauspiel beginnen", dass es kaum nach Befehl klang. Der gepflegte Klang ihrer sanften Stimme strich wie ein Hauch durch die Asche von Gunids Gefühlen, der die vergessen geglaubte Glut ihres Hasses neu anfachte.

Um so dankbarer verfolgte sie das Spektakel, das sich nun auf dem Burghof entspann und ihr das Bild zarter, bleicher Finger, die in Ragalds gebräunter Hand ruhten, aus dem Sinn vertrieb. Zu lebhafter Musik tanzte zunächst der rot und grün gekleidete Narr umher, zeigte immer tollere akrobatische Sprünge und reimte dazu auf jeden Ruf aus der Menge einen Spaßvers. Sein Auftritt ging in die Aufführung einer Heldensage über, die der riesenhafte Erzähler in wohlgesetzten Worten den Zuschauern schilderte, während als Ritter und Ungeheuer maskierte Gaukler seine Worte nachspielten. Jongleure zeigten ihre Kunstfertigkeit mit Bällen, Keulen und, was Jope ein entsetztes Keuchen abrang, brennenden Fackeln. Das rosthaarige Mädchen, das beim Einzug in die Burg auf dem Dach des Kastenwagens balanciert hatte, tanzte auf einem Seil, das die Gaukler zwischen den Zinnen gespannt hatten, über den Köpfen der Menge.

Die Dame Witlinde hatte ein Fass Apfelwein in den Hof rollen lassen, um das sich in einer Pause, als nur ein paar der Musikanten spielten, Zuschauermenge und Gaukler gleichermaßen drängten. Gunid nahm diesen Moment wahr, um sich aus Heglafs Arm zu winden, der die ganze Zeit um ihre Taille gelegen hatte, und auf die Karren zuzulaufen.

„Möchtest du auch etwas?", rief ihr Heglaf nach, und geistesabwesend nickte sie, ohne stehen zu bleiben.

Bei den Karren saßen der geschminkte Narr und die junge Seiltänzerin auf einer Bank und nahmen abwechselnd Schlucke aus einer Tonflasche. Der riesenhafte Erzähler lehnte gegen den Kastenwagen, die Hüfte vor einer der aufgemalten, lachenden Narrenfratzen, und plauderte in seinem brummenden Bass mit seinen Kumpanen. Auf dem Kutschbock eines der Planwagen saß die alte Frau und fütterte den merkwürdigen, bunten Vogel mit Zwieback.

„Entschuldigt bitte ..." Zögernd trat Gunid näher. Vier Augenpaare schauten ihr entgegen, und sie wurde unsicher. Dies waren Fahrende, Leute, denen man bei ihren Darbietungen zusah und von denen man sich ansonsten fernhielt. Sie waren keinem Herrn untertan und befolgten kein Gesetz. Es hatte Gunid Überwindung gekostet, die Sicherheit der Menschenmenge zu verlassen und sich ihnen zu nähern, und unter den abwartenden Blicken fühlte sie ihre Unsicherheit wachsen.

„Seid ihr zum Heerlager unterwegs?"

Vier Köpfe nickten, und die tiefe Stimme des Erzählers sprach ruhig: „Ja, dorthin zieht es uns."

Gunid tat einen weiteren Schritt ihnen entgegen und holte tief Luft. „Es gibt dort jemanden, für den ich eine Botschaft habe."

Die Alte und der Narr tauschten einen verständnisvollen Blick, während die Seiltänzerin mit dem rostfarbenen Haar Gunid neugierig – und ein wenig belustigt, wie es ihr schien – musterte. Aus der Nähe sah sie noch jünger aus, fünfzehn oder sechzehn vielleicht, und ihre blauen Augen glitzerten für Gunids Geschmack allzu durchdringend.

Ein unerwartet freundliches Lächeln trat auf das düstere Gesicht des Erzählers, und er stieß sich von der Karrenwand ab und deutete in Richtung Burgtor. „Gehen wir ein paar Schritte. Du möchtest deine Botschaft bestimmt nicht uns allen anvertrauen, nicht wahr?"

Zögernd folgte ihm Gunid. Sie hätte es vorgezogen, mit der alten Frau zu reden, doch die schien ganz darein vertieft, an ihren sonderbaren Vogel das nächste Bröckchen Zwieback zu verfüttern. Im Halbschatten neben einem der Planwagen, wo das Fackellicht nur noch kraftlos flackerte und der Klang der Instrumente gedämpft herüberschallte, fragte der riesenhafte Mann erstaunlich sanft: „Wem sollen wir deine Botschaft bringen?"

Gunids Auge zuckte zu der weißen und silbernen Gestalt auf dem Balkon hinauf, die sich, einem Burggespenst gleich, vor der tanzenden Schar ihrer eigenen Schatten abhob, welche die Fackeln aus dem Hof gegen die Burgmauer warfen. „Euch haben doch gewiss schon Leute hier in der Burg Botschaften mitgegeben für … Ragald Adolar?"

Ein wenig überrascht, wie es schien, runzelte der Fahrende die buschigen Brauen, nickte aber dann. „Das haben sie."

„Dann wisst Ihr bereits, woran Ihr ihn erkennt?" Ihre Frage kam ihr im selben Moment töricht vor, und sie spürte ihre Wangen heiß werden, doch der Fahrende lächelte nur. „Bitte, grüßt ihn auch von Gunid", stieß sie hervor. „Sagt ihm, dass … dass es ihr leidtut."

„Gunid", wiederholte er ihren Namen.

„Gunid." Sie nickte.

Einen Augenblick lang füllten nur die Musik und das Stimmengewirr vom anderen Ende des Hofes das Schweigen. Gunid konnte dem Fahrenden nicht ins Gesicht sehen.

„Ich werde es ihm sagen." Die tiefe Stimme des Fremden klang warm und tröstlich.

Die restliche Vorführung verfolgte sie leichteren Herzens. Heglaf erwartete sie mit zwei Bechern Apfelwein, als sie zur Menge zurückkam, von denen sie den ihren dankbar in einem Zug leerte. Von der Akrobatik, den gesungenen Balladen oder dem wilden Tanz der blonden Fahrenden zum Abschluss der Vorführung bekam sie kaum etwas mit. Als um sie her Applaus aufbrandete, klatschte auch sie, und als die anderen mit Münzen zu werfen begannen, kramte auch sie ein Silberstück aus den Falten ihrer Schürze. Der riesenhafte Erzähler, der so viele der Münzen wie möglich mit dem Hut zu fangen versuchte, kam ihr in diesem Moment überhaupt nicht mehr düster vor.

Die Sterne leuchteten bereits über ihnen, und der fast volle Mond ersparte ihnen das Fackellicht, als sich die Dörfler auf den Heimweg begaben. Unter dem Schatten der Burg verlor sich schiefer Gesang in der kühlen Nachtluft, Fetzen von den Liedern der Gaukler, nachgesungen von einigen allzu angeheiterten Bäuerinnen. Die Grillen auf den Wiesen ringsumher ließen sich davon in ihrem Nachtlied nicht stören.

Am Fuß des Hügels löste Gunid Heglafs Arm von ihrer Taille. Seine Hand kam gleich wieder auf ihrer Schulter zu liegen, und er fuhr darin fort, von der Vorführung zu schwärmen. Gunid ertrug es noch einen Moment lang, dann griff sie nach seiner Hand und unterbrach ihn. „Heglaf, bitte", sagte sie so freundlich wie möglich, „der Abend war schön, aber ich bin müde, und wir haben beide einen langen Weg nach Hause."

Sein Gesicht erstarrte. Plötzlich blätterte die Maske seiner Fröhlichkeit ab und offenbarte, wie dünn sie den ganzen Abend über gewesen war. „Ich hatte gehofft, dass du heute vielleicht mit mir kommst."

Andere Dörfler strömten zu beiden Seiten an ihnen vorbei, laut schwatzend und lachend. Sie schüttelte den Kopf. „Nein, das – möchte ich nicht. Nicht heute Abend."

„Wann denn dann?"

Sie nahm seine Hand von ihrer Schulter und trat zur Seite, fort von der Mitte des Weges. Eine ganze Traube junger Frauen schob sich zwischen sie und Heglaf, und Gunid konnte Lirins überdrehte Stimme hören. Heglaf drängte sich hindurch, und nachdem er sich aus dem Knäuel herausgewühlt hatte, ergriff er Gunid erneut bei der Schulter, weniger sanft diesmal, um sie herumzudrehen. „Gunid! Ich fragte, wann dann?"

Sie schaute zum Himmel, zum Mond und hinunter zu jener Linie, an der das sternenübersäte Nachtblau abrupt von Schwärze abgeschnitten wurde. Vom Umriss des Grenzwaldes her wehte ihr eine kühle Brise ins Gesicht.

„Gunid, wie lange ist es her, dass wir einmal eine schöne Stunde miteinander verbracht haben? Drei Wochen? Vier?"

„Du weißt, wie viel zu tun ist, dieser Tage."

„Glaubst du vielleicht, ich hätte nicht viel zu tun?", brauste er auf. Eine Gruppe von Bäuerinnen, kaum mehr als Schatten auf dem Pfad, hielt kurz im Vorübergehen inne und sah hinüber, doch als Gunid grimmig ihren Blick erwiderte, setzten sie ihren Weg fort.

„Auch ich habe mein Tagwerk zu erledigen", sprach er, die Stimme jetzt wieder gesenkt. „Und ich weiß, wir können uns nicht aussuchen, wann wir uns treffen. Aber den einen oder anderen Abend könnte ich freimachen, um dich zu treffen – würde ich dich gern treffen – Gunid, komm mit mir. Heute Abend. Bitte."

Trotz des schwachen Lichts konnte sie das Flehen in seinen dunklen Augen sehen, seine Verletztheit, seine Aufrichtigkeit. Plötzlich bereute sie, ihn jemals erhört zu haben. Es schmerzte sie, ihm dafür jetzt wehtun zu müssen.

„Heglaf", seufzte sie, den Kopf gesenkt, „es hat keinen Sinn. Du bist – ein guter Kerl. Ich wünschte, wir könnten mehr füreinander sein ... als Freunde. Aber wir haben es versucht, und ich – ich glaube nicht länger daran, dass – Was sagst du?" Er hatte etwas vor sich hingemurmelt, und sie hatte den Namen „Jarugal" herausgehört. Schon machte er Anstalten, sich abzuwenden.

„Was hast du gesagt, Heglaf?" Nun war sie diejenige, die ihn an der Schulter zurückhielt. Mittlerweile waren auch die letzten Dörfler an ihnen vorbeigezogen, und ihre Stimmen verklangen in der Ferne. Um sie her tönten nur noch die Grillen. „Nichts!" Er winkte ab, doch sie ließ nicht locker. „Was?"

„Ich habe gesagt", stieß er barsch, mit belegter Stimme hervor, „ich hätte auf Jarugal hören sollen!" Er zwang den Kopf herum, um sie mit dem Blick eines verwundeten Tiers anzusehen. „Er hat mich von Anfang an gewarnt, du hättest nur deinen Edelknaben im Kopf."

Seine Worte ließen ihr Mitgefühl zerrinnen. Zurück blieb Verärgerung, so kühl wie die Nachtluft, so kühl wie der Blick, mit dem sie ihn maß, als sie von ihm zurücktrat.

„Ja", erwiderte sie schroff. „Ja, so ist es wohl."

Ohne ein weiteres Wort drehte sie sich um und folgte dem Reitweg in die Nacht hinein, zur Hütte ihrer Eltern.

Der Zufall wollte es, dass sie wieder die Schafe hütete, wie sie es am Tag von Ragalds Abreise getan hatte, als sie endlich Nachricht von ihm bekam. Drei Tage waren vergangen, seitdem die Fahrenden weitergezogen waren, und Gunid stand, auf ihren Hirtenstab gestützt, auf der Weide und döste, als sie am Waldrand eine Bewegung ausmachte.

Ehe sie noch ganz erfasst hatte, was sie sah, war sie bereits losgelaufen und rannte auf den Weg hinab. Zwar trug der Reiter, der sich dort im schnellen Trab näherte, über der Rüstung nur einen schmucklosen, hellbraunen Waffenrock ohne Wappen, doch sie kannte diesen Mann, das kantige Gesicht mit dem säuberlich gestutzten, blonden Bart. Es war einer der beiden Waffenknechte, die Ragald ins Heerlager gefolgt waren.

Die Herde mitsamt Hütehund lief ihr nach, und ehe sich Gunid versah, stand sie einem scheuenden Hengst gegenüber, der, umgeben von plötzlich aufgetauchten Schafen, auf die Hinterläufe stieg. „Tausend Schatten!", fluchte der Reiter, „Gunid, lass den Blödsinn!"

„Entschuldige, Marten!", rief sie hinauf und wich vor den ausschlagenden Hufen zurück, bis der Reiter sein Tier wieder beruhigt hatte. Schließlich ließ es die Vorderläufe auf einen freien Flecken nieder und stand schnaubend und zitternd da. Unter Blöken gingen die Schafe daran, die Grasbüschel am Wegesrand abzuweiden. „Bringst du Nachricht von Ragald?", fragte sie und stieg über ein Lamm hinweg, um an die schweißglänzende Flanke des Pferds zu gelangen. „Wie geht es ihm?"

Danach zu urteilen, wie Marten die Augen zusammenkniff, als er sie musterte, war ihm die Verstimmung zwischen ihr und Ragald nicht entgangen. Das Pferd wurde wieder unruhig, und er hielt es mit einem Ruck am Zügel davon ab, loszutraben. „Ruhig", sagte er leise zu dem Tier, ehe er sich wieder Gunid zuwandte. „Ja", begann er vorsichtig, „ich bringe Nachricht von Ragald."

Ich bilde mir das nur ein, sagte sie sich beim Anblick seiner finsteren Miene. Das Herz pochte ihr wild in der Kehle. Vesas, bitte gib, dass ich mir das nur einbilde! „Wie geht es ihm?"

„Wenn ich das wüsste." Marten wich ihrem Blick aus. „Er – er wird vermisst, Gunid."

Sie fühlte den Boden unter ihren Füßen nachgeben. „Vermisst?"

Schafe blökten vor ihr, hinter ihr, neben ihr und in ihren Gedanken. „Sein Trupp geriet in einen Hinterhalt", hörte sie Marten sagen. „Niemand ist lebend zurückgekommen. Er gehört zu dem Viertel des Trupps, das – das wir nicht bergen konnten." Mitfühlend sah er sie an. „Es tut mir leid, Gunid. Wahrscheinlich ist er tot. Es tut mir wirklich leid."

Wie lange sie dort stand, auf den Hirtenstab gestützt, blind und taub für alles um sich herum, wusste sie nicht. Marten riss sie mit einer leichten Berührung an der Schulter in die Zeit zurück. Sie fuhr hoch, als habe er sie verbrannt.

„Gunid, treib jetzt bitte die Schafe auseinander. Ich muss zur Burg."

Wie im Traum wandelte sie umher, stieß ihre blökenden Tiere mit dem Stab an und brachte sie auf einer Seite der Straße zusammen. Kaum war der Weg frei, hieb Marten seinem Pferd die Fersen in die Flanken und verschwand im Galopp um die Biegung. Schwerfällig, wie eine alte

Frau, ließ Gunid sich ins Gras sinken, saß am Wegesrand und wartete darauf, dass die Leere in ihrem Inneren nachließ – dass sie etwas fühlte, Trauer, Wut, Verzweiflung, irgendetwas.

Doch die erste Regung, die sich nach einer Ewigkeit in ihr rührte, war Entschlossenheit. Er wurde vermisst, hatte Marten gesagt. Niemand hatte seine Leiche gefunden.

Langsam hob sie den Kopf und wandte ihn zur Seite, dem Grenzwald zu, dessen dunkelgrüne Wand sich wenige hundert Schritte im Westen erhob.

6

In der Kate ihrer Eltern gab es ein einziges Schloss und einen einzigen Schlüssel. Das Schloss hing vor den dicken Bohlen der Tür zur Vorratskammer. Den Schlüssel trug Mutter tagsüber bei sich und legte ihn des Nachts unter die eingerollte Decke, die ihr als Kissen diente.

Gunid rang lange mit sich, ob sie in dieser Nacht versuchen sollte, an den Schlüssel heranzukommen. Bei ihrem letzten Versuch war sie elf gewesen und hatte sich neben einer ordentlichen Tracht Prügel eine Standpauke eingehandelt, dass alles, was sie jetzt naschte, ihnen später im Winter fehlen würde. Doch nicht die Angst vor der Bestrafung war es, die Gunid letztendlich davon abhielt. Wenn es misslang, wäre das ganze Haus gewarnt, dass sie etwas plante.

Außerdem brauchte sie ihren Schlaf diese Nacht, wollte sie in der kommenden bei Kräften für ihre Wanderung sein. So stieg sie stattdessen an diesem Abend früh zu ihrem Nachtlager auf dem Dachboden hinauf. Niemand, nicht einmal Wulf, sprach sie deswegen an. Sie wirkte erschöpft genug, und die Nachricht von Ragalds ungewissem Geschick hatte sich noch nicht durch das Lehen verbreitet, sodass niemand auf den Gedanken kam, sie sei wegen etwas anderem so niedergedrückt als wegen der harten Arbeit.

Den nächsten Tag verbrachte sie mit knurrendem Magen. Ihre Pausenbrote für die Feldarbeit, den Apfel und die Karotten wickelte sie in ein Tuch und verbarg es auf dem Heuboden in der Scheune. Für einen Tag sollte es als Wegzehrung genügen. Danach würde sie darauf vertrauen müssen, dass sie von ihrem wenigen Geld an Höfen entlang der Strecke etwas kaufen konnte. Vielleicht würde sie auch betteln oder stehlen. Der letzte Gedanke schreckte sie, doch als Hörige, die ohne Erlaubnis ihres Herrn das Lehen verließ, beging sie ohnehin schon ein Vergehen, für das sie gebrandmarkt werden konnte. Ein Diebstahl fiele danach nicht mehr ins Gewicht.

Zum Ausgleich für den Fastentag langte sie beim Abendessen so kräftig zu, dass Wulf meckerte, sie solle den anderen auch etwas übrig lassen. Mutter schöpfte nur einen weiteren Schlag Grütze in die Schale und meinte, das Essen müsse ohnehin weg, ehe es verdarb. Sorgenvoll erkundigte sie sich bei ihrer Tochter, ob sie nicht etwa krank werde. Gunid rang sich ein Lächeln ab und schüttelte den Kopf, doch das Wissen, wie sehr sie ihre Familie mit ihrem Vorhaben betrog, lastete schwer auf ihr. Im Flackern des Herdfeuers saßen sie alle da, ihr erschöpfter, mürrischer Vater, der gutmütige Godrich, die handfeste Witha, der scharfzüngige Wulf. Es schnürte ihr die Kehle zu, und sie senkte den Blick wieder auf die Schale, um Mutter nicht in die Augen sehen zu müssen.

Wie am Abend zuvor, ging sie auch heute als erste zu Bett. Während unter ihr das Geplauder in der Stube weiterschwirrte, schnürte sie hastig ein Bündel mit ihren Kleidern, Feuersteinen, Nähzeug, einem Wasserschlauch, einem Messer, sauberen Tüchern für Verbände und dem einzigen Paar Schuhe, das sie besaß. Ragald hatte es ihr vor zwei Jahren geschenkt, und sie hielt kurz inne, eines der kostbaren Gebilde aus dickem Leder in jeder Hand, schloss die Augen und versprach ihm stumm, dass sie ihn finden werde. Zuletzt bettete sie den leise klimpernden Beutel mit ihren wenigen Silbermünzen in die Falten eines zusammengelegten Mieders, schnürte das Bündel zu, verbarg es hinter einem Dachbalken und schälte sich aus ihrer Kleidung. Gerade rechtzeitig schlüpfte sie unter ihre Decken, drehte sich zur Wand und täuschte mit langen, flachen Atemzügen Schlaf vor, als auch schon müde Schritte die Stiege zum Dachboden emporknarzten.

Sie wartete, bis um sie her nur noch Schnarchen und tiefer Atem tönten, und gab noch etwas Zeit dazu, die ihr wie eine Stunde erschien, ehe sie sich leise aus den Decken wickelte. Nachdem sie das Bündel hinter dem Balken hervorgeholt hatte, schlich sie vorsichtig zur Stiege. Das wenige Mondlicht, das durch die Ritzen im Giebel sickerte, genügte ihr, um trittsicher die Bretter zu meiden, von denen sie wusste, dass sie knarrten. Die Stiege erschien ihr laut wie Fanfaren, doch nichts regte sich über ihr, außer dass sich Godrich Stroh raschelnd auf die andere Seite drehte.

Als sie die Tür aufstieß, bildete ihr Atem einen Schleier in der kühlen Nachtluft, versilbert vom Licht des Mondes, der dreiviertel voll über dem Umriss der Burg hing. Die Decken um die Schultern geworfen und darunter mit nichts als ihrem Schurz bekleidet, huschte sie aus der Kate und in die Scheune hinüber. Erst hier wagte sie, die Kleider aus dem Bündel zu packen und sich für die Reise zu gewanden. Sie streifte das Hemd über und den Kittel und gürtete ihn mit einer Kordel anstelle einer Schürze. Sie wickelte sich Fußlappen um, faltete die Schuhe darum zusammen und schnürte sich die Riemen hoch bis zum Knie. Nachdem sie sich das Kopftuch umgeschlungen hatte, lehnte sie die Leiter an, kletterte zum Heuboden hinauf und kramte das Tuch mit ihrer kümmerlichen Verpflegung heraus. Zuletzt rollte sie die Decken zusammen und band sie sich mit Lederriemen an die Achseln. Nachdem sie das Bündel wieder zugeknotet hatte, hängte sie es sich um die Schulter und trat in die Nacht hinaus.

Der Mond leuchtete ihr den Pfad zwischen dem Schafspferch und dem Rübenacker hindurch. Anstatt sofort den Weg nach Westen einzuschlagen, wanderte sie zunächst ein Stück in der entgegengesetzten Richtung die Straße entlang. Durch das dicke Polster der Schuhe und Fußlappen fühlte der Boden sich seltsam weich an, und ohne das dauernde Stechen von Steinen in den Sohlen kam sie rasch und bequem voran. Der Chor der Grillen umfing sie allgegenwärtig.

Schließlich gelangte sie ans Ziel ihres Umwegs. Vor der finstern Wand des Wäldchens kaum auszumachen, erkannte sie es nur an einem verirrten Flecken Mondlicht hier und da auf glattem Holz. Der Ruf eines Käuzchens ertönte aus dem Dunkel, als sie ihren Schritt verlangsamte und sich bedächtig dem Schrein der Vesas näherte. Das Dach war ein kantiger, schwarzer Schatten, der die Figur der Göttin vollständig verbarg. Zu Füßen des Schreins setzte Gunid ihr Bündel ab und kramte das Tuch mit der Wegzehrung daraus hervor. Stumm brach sie ein Stück von einem der kostbaren Brote ab, die bereits hart zu werden begannen, legte es auf den Opferbalken und verharrte einen Moment mit demütig gesenktem Kopf.

Das immer gleiche Lied der Grillen umfing sie, als sie sich endlich von der gestaltlosen Schwärze des Schreins abwandte, das Bündel schulterte und sich westwärts auf die Reise begab.

Schnell musste sie sich eingestehen, dass sie das Vorhaben, bei Nacht den Wald zu durchqueren, unterschätzt hatte. Sobald das Laubdach den Mond verdeckte, war sie von nahezu völliger Finsternis eingehüllt. Oft kam sie vom Weg ab und stand plötzlich mitten in einem Gebüsch. Tief hängende Zweige schlugen ihr ins Gesicht, und immer wieder verfing sie sich mit den Beinen in Wurzeln. Einmal vertrat sie sich in einer Mulde dermaßen schmerzhaft den Fuß, dass sie sich hinsetzen und eine Zeit lang rasten musste.

Schon das kurze Stück vom Schrein bis zum Waldrand war ihr endlos vorgekommen, und dort hatte sie noch zügig im Mondlicht ausschreiten können. Als sie wieder am Hof ihrer Eltern vorbeigekommen war, hatte eine Klammer der Schuld ihr die Brust zusammengedrückt. Wie sehr hätte sie sich gewünscht, ihrer Familie eine Nachricht zu hinterlassen, wohin sie ging und warum! Doch sie hatte nicht gewagt, jemandem ihren Entschluss anzuvertrauen. Zum ersten Mal in ihrem Leben hatte sie das Verlangen verspürt, jene rätselhafte Kunst des Schreibens zu beherrschen.

Nun war sie allein, inmitten einer Schwärze, in der von überallher feuchte Kühle und der Modergeruch von altem Laub und Baumpilzen wehte und die sich doch gegen die Düsternis in ihrem Gemüt licht und freundlich ausnahm. Getier raschelte unsichtbar im Unterholz. Die klagenden Laute von Eulen mahnten sie, dass sie nicht an diesen Ort gehörte, und einmal sah sie deutlich ein Paar glühender Augen, die sie aus wenigen Schritten Entfernung musterten. Sie aber spürte keine Furcht. Sie war auf dem Weg zu Ragald, das allein zählte.

Schließlich sickerte das erste, graue Licht durch die Baumkronen und half ihr, auf dem Reitweg zu bleiben und Unebenheiten zu meiden. Sie wusste nicht, wie weit sie im Lauf der Nacht gekommen war. In jeder Richtung umgab sie der Wald, und sie konnte nicht abschätzen, ob sie im Dunkeln eine Meile tief eingedrungen war oder fünf.

Um so höher schlug ihr das Herz, als sie von einer Lichtung aus erstmals im Tal unter sich den Grenzfluss rauschen hörte. Hinter ihm, so hieß es, begann das Lehen von Ritter Sedrin. Sobald sie ihn überschritten hatte, würden die Waffenknechte von Ritter Adolar ihr nicht mehr ohne Weiteres folgen dürfen.

Noch hatte die Sonne den Himmel nicht erreicht. Im Zwielicht sickerten die Morgennebel in den Wald und ließen die alten Baumriesen zu grauen Schemen zerfasern. Dass Gunid dennoch ihre Gelegenheit verpasste, sich im rechten Moment zu verbergen, schuldete sie der durchwanderten Nacht und dem gestrigen Tag Feldarbeit. In ihrer Müdigkeit bemerkte sie das Hufgeklapper hinter sich erst, als das Jagdhorn ertönte. Schlagartig wach, fuhr sie herum und erblickte auf einem Wegstück, das sich auf dem Hügel ein Stück höher am Waldrand entlangzog, drei berittene Waffenknechte, von denen einer in ihre Richtung deutete.

Im selben Moment, in dem sie zu rennen begann, konnte sie hören, wie die Pferde hinter ihr in Galopp verfielen. Sich seitwärts in die Büsche zu schlagen, hatte nun, da sie schon entdeckt war, keinen Sinn. Alles, was ihr blieb, war ihr Vorsprung.

Das Bündel um ihre Schulter pendelte und schlug ihr in einem Takt, der nicht zu ihren Schritten passte, gegen die Hüfte. Schon den halben Weg hatte die schiefe Last ihren Rücken gemartert, und nun schien sie ihn schier entzweibrechen zu wollen. Im vollen Lauf riss sie sich das Bündel von der Schulter und hielt es beim Weiterrennen in der Hand.

Der wirbelnde Hufschlag, bislang gedämpft von der Wand des Waldes, wurde unvermittelt lauter und klarer. Sie vergeudete keine Zeit damit, sich umzusehen, sondern trieb nur ihre Beine zu noch schnellerem Lauf. Einer der Reiter rief seinen Kameraden etwas zu, sie konnte ihren Namen heraushören. Sie rannte weiter.

Als zu ihrer Rechten das Unterholz zurückwich und einem buckeligen Hang voller niedrigem Strauchwerk Platz machte, sprang sie vom Weg und setzte ihre rasende Flucht querfeldein fort. Sie meinte, den Luftzug zu spüren, als das Pferd in ihrem Nacken auf dem Reitweg an ihr vorbeigaloppierte. Ohne auf ihr Gleichgewicht zu achten, setzte sie über Sträucher, Felsen und umgestürzte Bäume hinweg. In diesem Moment hätte sie nicht einmal mehr stehen bleiben können, wenn sie es gewollt hätte; ihr Schwung und das Gefälle zwangen sie vorwärts und abwärts. Wild ruderte sie mit dem schweren Bündel, um sich nicht aus vollem Lauf langzulegen und die restliche Strecke hinunterzukullern.

Sie hatte einen guten Teil der nächsten Serpentine abgekürzt, als sie mit einem Satz wieder auf den Reitweg gelangte. Ihre Verfolger hatten mit ihren Tieren die Kehre in voller Länge nehmen müssen, sodass ihr Vorsprung wieder um ein gutes Stück gewachsen war. Doch allmählich machte sich die Erschöpfung bei ihr bemerkbar. Sie war immer eine ausdauernde Läuferin gewesen, aber nun ächzten ihre Lungen wie der Blasebalg des Dorfschmieds, klebriger Schaum füllte ihr den Rachen, und mit jeder Bewegung stach es ihr in die Seite wie ein Messer.

Unerbittlich trieb sie sich weiter. In das Hämmern des Blutes in ihren Ohren mischte sich das Rauschen des Grenzflusses, nah vor ihr jetzt. Knorrige Eichen flogen an ihr vorbei, und an einem riesigen Haselstrauch machte der Weg eine letzte Biegung, ehe er flach und gerade auf das im grauen Licht schimmernde Wasser zuführte. Nur ein kurzes Stück, kaum länger als die Scheune ihrer Eltern, trennte sie noch von der Furt, in deren Mitte sich aus dem Wasser ein mannshoher, steinerner Grenzpfosten erhob. Das Bündel mit beiden Armen an ihre heftig pumpende Brust gepresst, verlangte sie ihren bleischweren Beinen das letzte ab.

Dann schoss ein brauner Pferdeleib rechts an ihr vorbei. Die Hufe donnerten auf die Steine nieder, die vor ihr das Flussufer übersäten, nur um sich wieder zu heben und ihr drohend den Weg zu versperren. Von dem steigenden Tier rief Marten mit wütend verzerrter Grimasse herab. Sie solle stehen bleiben. Sie solle aufgeben.

Ohne zu überlegen, schwang sie das Bündel unter den Nüstern des Pferdes, das sich mit erschrockenem Wiehern noch höher aufbäumte. Unter den keilenden Hufen hindurch hetzte sie weiter, dem Fluss entgegen, der Grenze. Das Wasser spritzte unter ihrem Schuh auf, durchweichte kalt ihre Fußlappen, umfing ihre Schienbeine und hemmte ihren Lauf. Zum Greifen nahe ragte vor ihr der Grenzstein auf, um dessen Fuß es rauschte und schäumte.

Wogen prasselten von beiden Seiten auf sie nieder, als links und rechts von ihr Hufe den Fluss aufwühlten. Je eine kräftige Hand packte einen ihrer Arme, und sie wurde zappelnd aus dem Wasser gehoben. „Lasst mich! Lasst mich!" Sie staunte selbst, woher ihre geschundenen Lungen noch die Luft nahmen, um so schrill zu kreischen. „Lasst mich!" Kaum bekam sie es mit, dass die Pferde wendeten, und als sie am Ufer zu Boden geworfen wurde, waren sogleich Hände über ihr, die sie niederdrückten. Noch immer strampelte sie und schlug um sich, doch die geübten Waffenknechte hatten keine Mühe, sie zu bändigen. Als sich um ihre Handgelenke, auf dem Rücken verkreuzt, der Strick zusammenzog, wandelten sich ihre Schreie in haltloses Schluchzen.

Erschöpfung und Enttäuschung übermannten sie, kaum dass sie quer über dem Pferderücken hing wie ein Sack. Das Blut sammelte sich ihr im Kopf, der warme Leib des Tiers linderte die Kälte ihrer durchnässten Kleider, und trotz des unbequemen Galopps, der ihr bei jedem Tritt Muskeln und Knochen des Hengstes in den Leib rammte, war sie bald in Halbschlaf gesunken. Der Waldboden jagte unter ihrem Gesicht vorbei, und das Verstreichen der Zeit wurde zu einem verwaschenen Eindruck von Erde, Laub, Grasbüscheln, Steinen und Wurzeln.

Marten musste sich sehr beeilt haben, denn als der Klang seines Jagdhorns sie aus ihrem Dämmer aufschreckte, lag noch immer sonnenloses Zwielicht auf dem Gras, das jetzt unter ihr vorüberglitt. Eine Fanfare antwortete, und sie musste schmerzhaft den Nacken verdrehen, um aus ihrer Lage den Schattenriss der Burg zu sehen, hinter der sich der Himmel allmählich mit Gold überzog. Mit einem Anflug von Erleichterung bemerkte sie, dass Felder und Weiden noch leer dalagen und niemand aus dem Dorf ihren würdelosen Einzug miterlebte.

Dieses tröstliche Gefühl währte nicht lange. Als der schnauzbärtige Wächter am Burgtor nach einigen Grußworten Martens Meldung entgegennahm, hörte sie das Wort, das sie an ihr bevorstehendes Schicksal erinnerte: „Schollenflucht." Eine öffentliche Auspeitschung, so erinnerte sie sich, war das Mindeste, was sie zu erwarten hatte.

Sie hörte ihren Namen und Fußgetrappel über den Hof. Grobe Hände hoben sie vom Pferd und stellten sie auf die wackligen Beine. Flüchtig bekam sie mit, wie ein Knabe im Kittel eines Stallburschen in den herrschaftlichen Wohnturm rannte. Der nasse Saum ihrer Kleider schlug ihr um die Waden, während sie im harten Griff der Wachen vorwärtsstolperte, die sie bisher nur als freundliche Knechte in Ragalds Elternhaus gekannt hatte. Allmählich klärte sich ihr müder Kopf, und sie erkannte, in welche Richtung sie gestoßen wurde. Unter diesem Kastell, wie sie sich von zahllosen Besuchen auf der Burg erinnerte, befand sich der Kerker. Als übermütige Neunjährige hatte sie einmal gefragt, ob sie ihn besichtigen könne, und war über das entsetzte Kopfschütteln ihres jungen Freundes erstaunt gewesen. Ein bitteres Lächeln kräuselte ihre Mundwinkel; nun bekäme sie die Gelegenheit.

„Halt!"

Die groben Hände drückten ihre Oberarme und hielten sie an. Der Stallbursche kam wieder aus dem Wohnturm herausgelaufen und auf sie zu. „Die Dame Witlinde", erklärte er atemlos, „wünscht die Gefangene zu sehen."

Während die Waffenknechte sie in den Turm und die Treppe hinaufzerrten, wünschte Gunid, Ragald wäre hier und könne ihr helfen, und im selben Moment war sie froh, dass er sie nicht so sehen musste. Ein Diener öffnete vor ihr die große Tür zum Rittersaal und gab den Blick auf ein zartes Geschöpf in Weiß und Silber frei, das in einem der Sessel an der Stirnseite des Raums thronte. Gunids Bewacher schoben sie durch die Tür und versetzten ihr einen Stoß, der sie unsanft auf die Knie beförderte. Mit noch immer auf den Rücken gebundenen Händen hatte sie keine Möglichkeit, ihren Sturz abzufangen, und hätten die Wachen sie nicht an den Schultern festgehalten, wäre sie vornübergefallen. So blieb sie mit gesenktem Kopf auf schmerzenden Knien kauern. „Die Gefangene Gunid, edle Dame."

Aus den Augenwinkeln sah sie durch die Stiefel beider Wachen ein sachtes Schwanken gehen, an dem sie eine Verbeugung erahnte. Nach der Hektik ihrer Ankunft erschien ihr die Stille in diesem Saal unwirklich. Von weit her ertönte durch eines der Fenster ein Hahnenschrei. Gunids Auge fing sich in den anmutigen Falten, in denen sich der silberdurchwirkte Saum des weißen Kleides um ein zierliches Beinpaar legte.

„Erkläre dich", hörte sie schließlich die leise, sanfte Stimme der Dame. „Warum hast du versucht, das Lehen zu verlassen?"

Der ganze Körper schmerzte ihr noch von dem Handgemenge mit den Waffenknechten am Flussufer. Sie wagte nicht, das Gesicht zu heben, sondern senkte den Blick stattdessen noch weiter. Zweimal musste sie schlucken und sich räuspern, ehe ihre Stimme ihr gehorchte. „Ich hörte", begann sie heiser, „der junge Herr werde im Feld vermisst." Sie holte tief Luft. „Ich wollte nach ihm suchen."

Außer den Holzbohlen, auf denen sie kniete, und ein paar braunen Strähnen, die sich aus dem Kopftuch gelöst hatten und ihr vor der Nase baumelten, sah sie nichts. Allmählich fühlten sich die vollgesogenen Fußlappen nicht mehr gar so klamm an. Zu ihrer Rechten knarzte der Boden, als einer der Waffenknechte das Standbein wechselte.

„Lasst uns allein", befahl nach einer Ewigkeit, wie es ihr schien, die junge Herrin. Kurz zögerten die beiden Wachen, ehe sie kehrt machten und von Gunids Seite verschwanden. Der Haushofmeister löste sich von seinem Platz in einer schattigen Ecke des Rittersaals und trat an der Knieenden vorbei. Schritte polterten hinter ihr von dannen, und die große Tür schwang quietschend auf und zu. Wieder legte sich Stille über den Saal, durchbrochen nur vom Zwitschern einiger Singvögel, die gerade vor den Fenstern ihr Morgenlied anstimmten.

„Was bedeutet dir mein Bräutigam?"

Die Worte der jungen Herrin klangen sanft, eher noch leiser als zuvor, und wenn überhaupt eine Regung darin lag, war es am ehesten Neugier. Verunsichert hob Gunid ein wenig den Kopf und spähte durch den

Vorhang ihrer losen Strähnen hindurch, die sich ihr schweißverklebt ins Gesicht ringelten. Die Dame Witlinde saß kerzengerade, die seidig schimmernde Kaskade ihres goldblonden Haars von einem weißen Kranz bekrönt, die Knie unter dem ebenso weißen Kleid zusammengelegt und leicht zur Seite geneigt. Gunid dachte an Ragald, und im Angesicht seiner Braut fühlte sie sich derb und hässlich. Sicher waren diese zarten Hände, die entspannt auf den Armlehnen des Sessels ruhten, frei von Schwielen, und die zierlichen Füße in den hellen Lederschuhen hatten gewiss keine Hornhaut vom vielen Laufen. Noch einmal betrachtete Gunid die vornehme Pose, ehe sie den Blick wieder senkte und die Lippen aufeinanderpresste. Wahrscheinlich wurden junge Edeldamen sogar in der Kunst des würdevollen Sitzens unterwiesen.

Als Gunid nach einer Weile noch keine Antwort gegeben hatte, erhob sich die Herrin mit einer geschmeidigen Bewegung, die das weiße Kleid wassergleich an ihren Beinen herabfließen ließ, aus dem Sessel. Langsam schritt sie zur Seite, zu einem der Fenster hin, die nach Westen schauten, und blickte hinaus in die Ferne. Unten im Burghof stimmte ein Hahn in das Krähen seiner Rivalen im Dorf ein.

„Ragald hat mir viel von dir erzählt." Täuschte sich Gunid, oder lag in der Stimme der jungen Edlen ein Anflug von Wehmut? „Er hält große Stücke auf dich. Einmal sprach er davon, wie du ihm als Kind das Leben gerettet hast. Er wurde nie müde, deine Kühnheit zu preisen und deine Klugheit."

Gunid hob vorsichtig den Blick zu ihr hinüber und begegnete dem Paar kristallklarer, blauer Augen, das sich ihr zugewandt hatte. Witlinde musste jünger sein als Ragald, sechzehn vielleicht, doch ihre Haltung und jede ihrer Bewegungen war hoheitsvoll, ohne gekünstelt zu wirken.

„Kühnheit", stellte sie mit einem kaum merklichen Wechsel des Tonfalls fest, „hast du heute zur Genüge bewiesen. Und wenn Ragalds Einschätzung deiner Klugheit zutrifft, hast du sicherlich eine Ahnung von den Gefahren, denen zu begegnen du mit deinem Aufbruch im Begriff warst. Was bedeutet dir mein Bräutigam?"

Klugheit, dachte Gunid bitter und verzog das Gesicht. Innerlich sah sie ihn vor sich stehen, unter einem bleiernen Himmel, von Ähren umweht, verletzt und verzweifelt auf sie einreden, während sie stocksteif dastand und ihn mit ‚Herr' titulierte. Ihr Blick irrte von Witlindes Augen hinauf zu den Schilden, die in einer langen Reihe über Kopfhöhe die Wände zierten. Ein erster, schwacher Sonnenstrahl fiel durch eines der östlichen Fenster herein auf die beiden Wappen über den herrschaftlichen Sesseln an der Stirnseite: dem schwarzen Raben im goldenen Feld des Hauses Adolar und, glänzend und neu, dem silbernen Schwan im blauen Feld des Hauses Havegard. Welches Wappen, so ging es Gunid durch den Kopf, wäre ihrer selbst wohl angemessen? Die dumme Gans im zornesroten Feld?

„Wir kennen uns von Kindheit an, wie Ihr selbst sagtet, Herrin." Sie senkte wieder das Gesicht, um die Augen der Dame zu meiden. „Wir waren Spielgefährten, und ich war stets die ältere von uns beiden. Ich – Ich fühle mich für ihn verantwortlich."

So leise es war, übertönte doch das Schleifen des Kleides über die Holzbohlen den federleichten Schritt der Dame, als sie näherkam. Gunid blieb mit gebeugtem Rücken auf den Knien, und so musste sie den Kopf in den Nacken legen, um der Edlen noch entgegenzusehen, als sie kaum zwei Armeslängen vor ihr stehen blieb.

„So sagst du, die Verantwortung trieb dich zur Schollenflucht. Einer Tat, die Schimpf und Schande über die Deinen bringt, selbst wenn sie dir gelungen wäre. Zu einer Zeit, zu der deine Eltern mehr denn je auf jedes Paar Hände angewiesen sind, um den Hof zu bewirtschaften. Verantwortung."

Sie ließ ihren Worten Zeit, um zu wirken. Ihre wasserblauen Augen blickten immer noch sanft, doch nun war es die Sanftheit einer Klinge von solcher Schärfe, dass man ihr Eindringen im ersten Moment nicht spürte. „Was bedeutet dir mein Bräutigam?"

Gunids gefesselte Hände ballten sich zu Fäusten, weit entfernt auf ihrem Rücken und außerstande, ihre plötzlich feuchten Augen zu wischen.

„Ich liebe Ragald", stieß sie erstickt hervor. Mit einem zornigen Schwung ihres Kopfes schleuderte sie die Haarsträhnen zur Seite und schaute der Edeldame gerade ins Gesicht. „Wäre die Welt mein", flüsterte sie rau, „ich gäbe sie mit Freuden, um an seiner Seite zu sein!"

Schwer atmend begegnete sie dem abschätzenden Blick von Ragalds Braut, die weiß und silbern über ihr aufragte, umgeben von Wappen zu beiden Seiten. Die Dame schien zufrieden mit dem, was sie sah. Sie hob die Arme, um zweimal in die Hände zu klatschen. „Wache!"

Lass mich nun meinetwegen doppelt auspeitschen für meine Anmaßung, dachte Gunid trotzig. Sie fühlte sich sonderbar erleichtert, dass sie es endlich ausgesprochen hatte. Quietschend schwang die Tür hinter ihr auf, und Schritte polterten herein.

„Helft ihr auf", befahl die Edle. „Nehmt ihr die Fesseln ab. Idogar, lass Schreibzeug bringen. Danach gib im Badehaus Bescheid und lass einen Zuber bereiten." Nach einem abschätzenden Blick auf Gunids verschrammte Gestalt fügte sie hinzu: „Schick nach Loris, sie soll sich mit Salben und Verbänden dort einfinden. Anschließend geh in die Vorratskammer und lass ein Paket zusammenstellen, Verpflegung für eine Woche." Sie nestelte an einem Gürtelbeutel, weiß wie der Rest ihres Kleides. Während die vollkommen verblüffte Gunid noch auf die Füße gehoben wurde, reichte die Dame Witlinde dem Haushofmeister einen Schlüssel. Kaum dass er hinausgeeilt war, wandte sie sich Gunid zu. „Meinst du, soviel kannst du tragen?"

Verwirrt rieb sich Gunid die von den Stricken schmerzenden Handgelenke. „Gewiss, Herrin …" Nun, da sie stand, überragte sie die Dame Witlinde um eine gute Handbreit.

„Schuhwerk nennst du dein Eigen, wie ich sehe." Unter der Musterung der Herrin kam sich Gunid vor wie ein Packtier, das auf seine Eignung für eine Reise geschätzt wurde. „Allerdings wirst du für eine Strecke von fünf Tagesmärschen Besseres brauchen als diese Fußlappen. Wie steht es mit einer Waffe?"

„Ich besitze ein einfaches Messer, Herrin …"

Die zarte Adlige schüttelte sachte den Kopf. „Ich werde den Zeugmeister anweisen, dir einen Dolch herauszusuchen. Du begibst dich in ein Kriegsgebiet. Zumindest solltest du nicht völlig wehrlos sein." Ehe Gunid etwas erwidern konnte, erschien an der Seite der Herrin ein Page, der vor der Brust eine Lade mit Papier, einem Tintenfass, Gänsekielen, einer Zinnbüchse und einer Stange Siegelwachs trug. Die edle Dame tauchte einen gespitzten Federkiel in das Fass und begann zu schreiben. In die plötzliche Betriebsamkeit herein krähten von draußen die Hähne um die Wette.

Wider Willen fasziniert, lauschte Gunid dem Kratzen der Feder auf dem Papier und beobachtete, wie die Dame abschließend Sand aus der Zinnbüchse über das Dokument streute und davonblies. Sobald sie nach dem Siegelwachs griff, hielt ihr sofort ein zweiter Page einen glimmenden Kienspan hin. Die Edle schmolz Wachs über eine Ecke des Dokuments und zog sich den Siegelring vom Finger, um ihn in die Lache einzudrücken.

„Dein Reisebrief." Mit diesen Worten zeigte sie Gunid das Dokument. „Als Stellvertreterin Ritter Adolars erteile ich dir in seiner Abwesenheit die Erlaubnis, das Lehen zu verlassen, um nach seinem Sohn und Erben zu suchen. Solltest du bis zum nächsten Frühjahr nicht zurückkehren, wird neu darüber befunden werden, ob du dich der Schollenflucht schuldig gemacht hast." Sie reichte das gesiegelte Blatt dem zweiten Pagen, der es mit einem Stück Leder zusammenlegte, beides zu einer Rolle drehte und diese mit einem Band versah.

„Nach deinem Frühstück wird Marten dich wieder zur Grenze bringen", sprach die Dame, während sie Gunid die Rolle übergab. „Wenn du dich noch von deiner Familie verabschieden möchtest, wird er zuvor mit dir an eurem Hof haltmachen."

Gunid schüttelte den Kopf. Sie besaß im Moment nicht die Kraft, ihre Mutter in Tränen aufgelöst vor sich zu sehen.

„Ich lasse sie benachrichtigen, dass die Zeit drängte und du in aller Eile aufbrechen musstest. Um deine Abwesenheit auszugleichen, werden eure Nachbarn einen Teil ihrer Fron auf euren Feldern ableisten. Ein Reittier oder Packtier kann ich dir leider nicht mitgeben. Der Krieg hat unsere Ställe schon allzu sehr geleert."

Endlich fand Gunid ihre Stimme wieder. Immer noch verwirrt, starrte sie die junge Frau vor sich an, Ragalds Braut, die ihr gewiss nicht mehr Zuneigung entgegenbrachte als umgekehrt. „Herrin ..." stammelte sie und wedelte unsicher mit dem eingerollten Reisebrief. „Warum?"

Die blauen Augen musterten sie kühl, ohne eine Spur der Sanftheit, die ihnen sonst so eigen schien, und der feine, weiche Mund presste sich einen Moment lang zu einem lippenlosen Strich zusammen. Dann wandte überraschend die edle Dame Witlinde den Blick zur Seite und zu Boden. Die Sonne stand nun hell auf den herrschaftlichen Sesseln, sodass Schwan und Rabe darüber im Schatten lagen.

„Weil du die Einzige bist, die diese Suche mit derselben Dringlichkeit betreiben wird, wie ich selbst es täte ... wenn ich könnte."

Zu Pferd und im Tageslicht benötigten sie für die Strecke, die Gunid sich im Lauf einer ganzen Nacht blind ertastet hatte, kaum eine halbe Stunde. Marten stürmte auf seinem Braunen dahin und führte den Apfelschimmel der Herrin, auf dessen Rücken Gunid saß, am Zügel.

Die Bauern, die gerade mit der Feldarbeit anfingen, schauten ihr verwundert hinterher. Ausstaffiert, wie sie jetzt war, fragte sie sich, ob ihre Nachbarn sie überhaupt erkannten. Über dem braunen Kittel trug sie nun einen wollenen, dunkelgrauen Umhang, der im Galopp des Apfelschimmels hinter ihr herwehte. Aus der gleichen grauen Wolle bestanden auch die Strümpfe, die jetzt anstelle der zerschlissenen Fußlappen ihre Beine einhüllten, ein dickes, federweiches Polster zwischen ihren Fußsohlen und den Schuhen. Das verschwitzte, speckige Kopftuch hatte sie mit einem frischen in strahlendem Weiß vertauscht. Wenn es so etwas wie die glänzende Rüstung einer Magd gab, dachte Gunid, dann trug sie sie.

Nicht, dass sie sich ansonsten besonders ritterlich fühlte. Die wenigen Male, die sie bisher auf einem Pferderücken verbracht hatte, waren im gemächlichen Trott gutmütiger Ackergäule verlaufen. Jetzt, in diesem wilden Galopp, krallte sie vom Burgtor bis zum Grenzfluss beide Hände in die Mähne des Zelters und schickte bei jeder Kurve, jeder Kuhle und jedem Buckel des Reitwegs ein Stoßgebet zu Vesas. Trotz des weichen Reitkissens, das der Stallknecht statt eines Sattels für sie aufgelegt hatte, schmerzte ihr schon nach der ersten Meile das Gesäß.

Ein Schmerz mehr, dachte sie und verzog das Gesicht. Als sie sich im Badehaus entkleidet hatte, waren mehr blaue Flecke und Schürfwunden zum Vorschein gekommen als heile Haut. Grimmig musterte sie Martens Rücken, den Waffenrock über dem Kettenhemd, den Helm und die nietenbesetzten Handschuhe, mit denen er sie grob zu Boden gerungen hatte. Das Wissen, dass der Waffenknecht nur seine Pflicht getan hatte, half ihr herzlich wenig über den Groll hinweg, den sie ihm gegenüber in diesem Augenblick empfand.

Loris, Ragalds Amme, hatte ihr schweigend beim Waschen geholfen und ihr den schmerzenden Leib mit Salben eingerieben. Als Gunid und Ragald noch Kinder gewesen waren, hatte Loris sie manchmal beim Spielen beaufsichtigt, und sie schien Ragalds Freundin stets gemocht zu haben. Vorhin jedoch war von ihrer früheren Herzenswärme nicht viel zu spüren gewesen. Stumm und verbittert war sie der Aufgabe nachgekommen, die ihr die Dame Witlinde aufgetragen hatte, und die wenigen Blicke, die sie mit Gunid gewechselt hatte, waren leer und gebrochen gewesen. In diesem Moment hatte Gunid begriffen, dass Loris die Hoffnung, ihren Schützling wiederzusehen, aufgegeben hatte.

Ich gebe nicht auf, schwor sich Gunid, während der Wald an ihr vorüberflog. Wenn es sein muss, werde ich alles Land um das Feldlager herum mit den Fingernägeln umgraben, bis ich ihn gefunden habe. Sie erreichten die Serpentinen oberhalb des Grenzflusses, der nun an vielen Stellen sonnenglitzernd durch die Bäume schimmerte, und umrundeten mit halsbrecherischer Schnelligkeit den flach bewachsenen Hang, den Gunid auf der Flucht vor den Waffenknechten hinabgerannt war.

Erst, sobald sie den Haselstrauch passiert hatten, zügelte Marten die Pferde, sodass sie die letzten Schritte bis zum Ufer in gemächlichem Trab zurücklegten. Gunid blieb kaum Zeit, sich in den Steigbügeln aufzurichten und den schmerzenden Rücken zu strecken, als sich der Kämpfer auch schon aus dem Sattel geschwungen hatte und ihr die Hand hinhielt, um ihr beim Absteigen zu helfen. Etwas steif, eine Hand auf seine Schulter gestützt, rutschte sie vom edlen Tier der Herrin und kam ein wenig torkelnd auf dem Boden auf. Der Fluss rauschte friedlich zu ihren Füßen dahin, und überallher aus dem Blätterdach, durch das hier und da goldene Strahlen brachen, tönte der Gesang der Waldvögel.

Marten hob ihre Ausrüstung von dem Apfelschimmel, jetzt verstaut in einem Rucksack aus dickem Leinen, der Gunid, als er auf dem Boden stand, bis zum Oberschenkel reichte. Die eingerollten Decken hingen quer daran in stabilen Riemen, zusammen mit einer kleinen Axt und einem Wasserschlauch, dreimal so groß wie Gunids eigener. Sie legte eine Hand auf den Sack, um ihn am Umkippen zu hindern, reckte noch einmal den schmerzenden Rücken und sah dann über ihre Schulter hinweg zum Grenzstein, um dessen Fuß das Wasser sanft schäumte. Die beiden Pferde stampften mit den Hufen, als sich der Waffenknecht in den Sattel schwang.

„Gunid –"

Sie wandte ihm wieder das Gesicht zu. Marten hielt die Pferde noch am Zügel zurück und sah zu ihr herunter. Die Miene hinter seinem gestutzten Bart war ernst, aber nicht feindselig. „Vesas behüte dich."

Sie konnte sich nicht durchringen, ihm zu danken. Auf ihr Nicken hin gab er seinem Braunen die Fersen und ließ die Zügel des Apfelschimmels schnalzen. Goldene Lichtfinger zwischen dem schattigen Grün streiften ihn, als er sich im Trab den Weg entlang entfernte, zurück nach Hause. Gunid sah ihm nach, die Strähnen in ihrer Stirn von einer sanften Brise gezaust, bis er mit den beiden Pferden hinter dem Haselstrauch verschwunden war. In ihrem Rücken rauschte die Barriere zum Ungewissen.

TEIL 2

Das Feldlager

7

Trotz der Verzögerung, die sie sich durch ihre Ergreifung eingehandelt hatte, brachte sie das Land von Ritter Sedrin noch vor Ende des Tages hinter sich. Eine Patrouille seiner Waffenknechte hielt sie an, kaum dass sie zwei Wegstunden tief ins Lehen eingedrungen war, und sie musste zum ersten Mal das Siegel an ihrem Reisebrief vorzeigen und den Grund ihrer Reise angeben. Mit der Erklärung „Ein Botengang für die Dame Witlinde Havegard" gaben sich die Bewaffneten zufrieden und ließen sie passieren.

Die Sonne schien ihr noch kraftvoll ins Gesicht, und der Himmel hatte eben erst angefangen, sich mit Abendgold zu überziehen, als vor ihr schon das Haus an der Wegkreuzung in Sicht kam, das ihr Marten für die erste Übernachtung empfohlen hatte. Es glich einer übergroßen Bauernkate, doch über der Eingangstür ragte ein Balken hervor, unter dem an zwei rostigen Ketten eine Fassdaube im Wind baumelte. Auch wenn sie schon von Herbergen gehört hatte, fühlte sich Gunid etwas seltsam dabei, einfach an einer fremden Tür zu klopfen und nach einem Lager für die Nacht zu fragen. Doch die Wirtin der Herberge „Zur Daube" stellte sich als freundliche, rotwangige Frau heraus, die neue Gesichter gewohnt zu sein schien. Einige Silbermünzen aus der prall gefüllten Börse, die Gunid von der Dame Witlinde mit auf den Weg bekommen hatte, bescherten ihr einen bequemen Strohsack im Schlafsaal, eine Schüssel Eintopf und sichere Verwahrung für den Rucksack. Zwar war Gunid nicht recht wohl bei dem Gedanken, ihr ganzes Hab und Gut dieser unbekannten Frau anzuvertrauen, doch noch weniger gefiel ihr die Vorstellung, es in einem Raum abzustellen, in dem außer ihr selbst ein gutes Dutzend Fremder nächtigten.

Zwei anstrengende Tage mit einer schlaflosen, durchwanderten Nacht dazwischen steckten ihr in den Knochen, und so schlief sie trotz der frühen Stunde und der ungewohnten Umgebung fast sofort ein. Als sie beim Hahnenschrei erwachte, räkelte sie sich zunächst wohlig erfrischt unter der warmen Decke, bis sie beim Anblick des bärtigen Gesichts neben sich erschrocken hochfuhr und sich erinnerte, dass sie nicht daheim in der Kate ihrer Eltern lag.

In einem großen Zuber in der Ecke des Schlafsaals hatten die Herbergsknechte Wasser bereitgestellt, und Gunid überwand ihre Scheu und wusch sich Seite an Seite mit Reisenden, denen sie nie zuvor begegnet war und nie wieder begegnen würde. Das Haar noch feucht, schlang sie ein kräftiges Frühstück aus Haferbrei mit viel Milch herunter, bevor sie ihren Rucksack bei der Wirtin wieder auslöste, sich für das Obdach bedankte und eilends weiterzog.

Nie zuvor in ihrem jungen Leben als Hörige hatte sie etwas wie diese Herberge erlebt, und unter anderen Vorzeichen hätte sie sich an diesem und den weiteren Wundern entlang ihres Weges nicht sattsehen können. Eine Zeit lang führte die Straße einen Hügelkamm entlang, von dem aus der Blick über grüne Täler, Wiesen und Gehölze weiter reichte als selbst vom Burgfried der Burg Adolar. Sie gelangte an einen Fluss, so breit wie zuhause der Mühlteich, und die Brücke, auf der sie ihn überquerte, war kein wackeliger Holzsteg wie der über den Bach, von dessen Eisdecke sie damals Ragald gezogen hatte, sondern ein mächtiger Bogen aus Stein.

Nun aber empfand sie diesen riesigen Fluss nur als ein Hindernis, und die Brücke war vergessen, kaum dass sie ihren Zweck erfüllt und ihr den Weg auf die andere Seite geebnet hatte. Eilig schritt sie aus, gönnte sich kaum eine Rast, und wenn sie sich doch einmal am Wegesrand niederließ und die schmerzenden Füße von sich streckte, dachte sie an Ragald und daran, dass er möglicherweise jeden Moment, den sie zu lange brauchte, in Gefahr schwebte. Zwar weigerte sie sich, zu glauben, dass er bereits tot war: ‚Er wird vermisst', waren die Worte Martens, die sie an sich heranließ. Doch ständig nagte an ihr die Furcht, sie käme zu spät, um ihm noch zu helfen.

An diesem zweiten Reisetag hatte die Sonne kaum den Scheitel ihrer Bahn überschritten, als Gunid bereits das Dorf passierte, das ihr Marten als Quartier für die nächste Nacht genannt hatte. Wohl hielt sie an und sprach mit den Bewohnern, um sich zu vergewissern, dass sie auf dem richtigen Weg war, und auch eine kurze Rast am Brunnen in der Dorfmitte legte sie ein, doch sie ließ dem Schweiß, der ihre Kleider durchtränkte, nicht die Zeit zum Trocknen, ehe sie weiterzog. Bis der Abend zu dämmern begann, hatte sie fast die doppelte Strecke eines üblichen Tagesmarsches hinter sich gebracht, und trotz ihrer Erschöpfung verfluchte sie doch nur die Sonne dafür, dass sie schon untergehen wollte.

Diese Nacht verbrachte sie am Rand eines Waldes in einem unbekannten Lehen. Weit entfernt sah sie Lichter auf den Türmen einer unbekannten Burg und in den Katen unbekannter Bauern. Doch nachdem sie an einer geschützten Stelle ihre Decken ausgebreitet und sich ein Nachtlager bereitet hatte, fühlte sie ein tröstliches Gefühl von Vertrautheit, das ihr in der Herberge mit all den fremden Gesichtern verwehrt geblieben war. Zuhause hatte sie schon gelegentlich auf freiem Feld geschlafen, wenn sie etwa noch spät Frondienst in einem entfernten Teil des Lehens hatte verrichten müssen, oder wenn sie mit Ragald bis in die Abendstunden auf der Beizjagd gewesen war. Sie wusste, wie sie ihren Platz zu wählen hatte, um nicht etwa Wölfe anzulocken oder eine Wildsau zu stören.

Früh am nächsten Morgen, sobald sie in weiter Ferne die ersten Hähne krähen hörte, brach sie ihr Lager ab und zog weiter, den Himmel vor sich noch dunkel und von Sternen gesprenkelt, den ersten, grauen Streifen Tageslichts im Rücken. Wald und Wiese, Tal und Hügel wechselten einander ab, und längst hatte sie aufgehört, mitzuzählen. In jedem Lehen aufs Neue musste sie ihren Reisebrief den Grenzern vorweisen, und allmählich verrauchte ihre Wut auf Marten. Bei ihrer Ergreifung hatte er immer noch freundlicher mit ihr gesprochen als manche dieser Rüpel bei der simplen Frage nach dem Anlass ihrer Reise. Das Gekläffe eines pickeligen Burschen, der gewiss nur deshalb Helm und Spieß trug, weil sich alle erwachsenen Kämpen seines Herrn im Krieg befanden, erinnerte sie an einen Hofhund, der jedem Besucher Angst einzujagen versuchte. So trat ihm Gunid auch in der gleichen Weise entgegen wie einem Köter: Sie blieb aufrecht und selbstbewusst und begegnete dem anzüglichen Grinsen, mit dem er sie zuletzt musterte, indem sie ihn kühlen Blickes niederstarrte. Erst, sobald sie ihn und seinen älteren Kameraden hinter sich gelassen hatte und außer Sicht war, beschleunigte sie ihren Wanderschritt, um so rasch wie möglich Abstand zwischen sich und diese Wegelagerer zu bringen.

Am Nachmittag des dritten Tages gelangte sie ans Ufer eines Flusses, nicht breiter als der Grenzfluss zuhause, aber tiefer und reißender. Die Straße führte ein Stück flussaufwärts bis zu einer Holzbrücke bei einem kleinen, steinernen Wachhaus. Ein graubärtiger Alter saß auf einer Bank davor, den nietenbesetzten Lederharnisch geöffnet, um sich die Sonne auf den Pelz brennen zu lassen. Der Spieß lehnte griffbereit an der Wand, und eine seiner knorrigen Hände ruhte auf dem verbeulten Helm, den er neben sich auf die Bank gelegt hatte. Ein großes Signalhorn lag auf seinen Knien.

Erfreut über die Gesellschaft versuchte der alte Waffenknecht, Gunid in ein wenig Plauderei zu verwickeln. Sie aber fragte bloß, wie weit es noch bis zum Feldlager sei, und seufzte erleichtert über die Auskunft, dass sie nur noch den Wald am anderen Flussufer durchqueren müsse.

„Wenn du schnell ausschreitest, wirst du es morgen Mittag erreichen, Mädchen. Aber auf dem Stück bis dahin nimm dich in acht."

Etwas an dem Blick, den er über den Fluss hinwegwarf, ließ sie aufmerken. „Wovor?"

Der Alte wiegte den Kopf und wand die Schultern, als ringe er mit Worten für etwas, das er sich nicht vorstellen konnte. „Nach etwa einer Wegstunde wirst du nach Heckenweiler gelangen", krächzte er. „Ein schönes Dorf mit gastlichen Bewohnern – früher mal."

„Früher mal?" Sie musterte ihn scharf. „Wollt Ihr sagen, die Leute hätten ihre Gastlichkeit verloren?"

„Nein", antwortete er widerstrebend, als zweifele er an den eigenen Worten, „das Dorf hat seine Bewohner verloren. Sie alle haben ihre Sachen auf Karren, Gäule und Esel gepackt, ihre Herden zusammengetrieben und sind nordwärts gezogen. Einen Monat ist es jetzt her."

Gunid runzelte die Stirn. „Sind sie vor den Jattar geflohen?"

„Vor den Jattar, gewiss." Der Alte zuckte die Achseln und wich ihrem Blick aus. „So sagt man."

„Und wovor noch?"

Unvermittelt warf der Waffenknecht beide Arme hoch. „Hungrige Wölfe, vielleicht. Bären. Ich weiß es nicht. Mädchen, lass dir eines gesagt sein, die Leute von Heckenweiler waren niemals Feiglinge. Ich muss es wissen, schließlich lag ihr Herr mit meinem Herrn ebenso oft in Fehde, wie sie zusammen gefeiert haben. Die Heckenweiler hätten nicht einfach kampflos ihre Häuser und Felder aufgegeben. Wären Jattar über das Dorf hergefallen, ich hätte davon reden hören. Aber die Leute sind davongezogen, einfach so. Also muss etwas in ihr Land gekommen sein, das ihnen Angst eingejagt hat."

„Aber was?" Sie ergriff den alten Mann bei den steifen Schulterstücken seiner Lederrüstung. „Ist denn niemand hier vorbeigezogen, der davon erzählt hat?" Er schüttelte den Kopf.

„Die Dörfler sind nicht bei mir vorbeigezogen, sondern nach Norden. Und das Gerede der anderen Reisenden von Schatten in der Nacht kann man kaum ernst nehmen. In der Nacht ist doch alles ein Schatten, nicht wahr?" Er beugte sich ihr entgegen, dass sie seinen faulen Atem riechen konnte, und legte eine knorrige Hand auf ihre. „Nimm einen anderen

Weg, Mädchen. Ich – ich kann dir nicht sagen, was dich hinter Heckenweiler erwartet."

Gunid presste die Lippen aufeinander und schüttelte den Kopf. Jede Stunde Verzug, jede Meile Umweg, sagte sie sich, konnte Ragald das Leben kosten. Der alte Waffenknecht wandte mit einem Seufzen den Blick zur Seite und ließ ihre Hand los.

„Viel Glück, Mädchen", krächzte er ihr hinterher, als sie mit klopfendem Herzen die hölzerne Brücke betrat.

In dem zügigen Schritt, an den sie sich inzwischen gewöhnt hatte, gelangte sie in sehr viel weniger als einer Stunde zu dem verlassenen Dorf. Und schon bevor sie die erste Hütte erblickte, fand sie Anzeichen zur Genüge, dass die Menschen dieses Ortes ihr Heim aufgegeben hatten. Auf den hitzeflirrenden Feldern tummelten sich die Krähen in Schwärmen und hielten ihr Festmahl an der verwaisten Saat. Nirgends kam eine Magd oder ein Knecht herbeigelaufen, um die schwarzen Vögel zu verscheuchen.

Auf den blühenden Wiesen, über denen allgegenwärtig Bienen summten, weideten einzelne Schafe oder Ziegen, doch nirgends fand sie eine größere Herde als drei oder vier Tiere. Keine Hütehunde kläfften, keine Kuhglocke schepperte, und niemand kam ihr entgegen. Keine Waffenknechte forderten grimmig, ihren Reisebrief zu sehen und den Grund ihrer Reise zu erfahren.

Die ganze Zeit über zog sich der Waldrand zu ihrer Linken dahin, ein kurzes Stück den Hügelhang hinauf. Trotz ihrer Eile behielt Gunid die grüne Wand aufmerksam im Auge und hielt Ausschau nach Anzeichen für nahende Raubtiere. Doch die Singvögel, die Krähen und die Kaninchen wimmelten unbekümmert umher. Nur einmal eilten sie in alle Richtungen auseinander, und fast sofort verriet ihr der schrille Jagdschrei eines Habicht, wovor sie flohen.

Die Dorfmitte von Heckenweiler bestand hauptsächlich aus zwei Reihen schmucker Bauernkaten, die sich links und rechts der Straße dahinzogen. Unwillkürlich verlangsamte Gunid ihren Schritt, als sie den prächtigen Schrein des Gottes Ligander am Ortseingang passierte. Reiches Schnitzwerk an den Tragbalken der einzelnen Gebäude deutete darauf hin, dass dieses Dorf einen talentierten Künstler zu seinen Bewohnern hatte rechnen dürfen. Die Wände einiger Häuser stellten darüber hinaus bunte Malereien zur Schau. Wäre die Straße nicht verwaist gewesen, hätte Hämmern aus der Schmiede geklungen oder wäre ihr wenigstens ein bellender Hofhund entgegengelaufen, der Ort hätte geradezu einladend gewirkt.

So füllte Gunid nur am Brunnen ihren Wasserschlauch nach – das Quietschen des Seilzugs klang ihr in der beklemmenden Stille überlaut – und kehrte diesem gespenstischen Ort so rasch wie möglich den Rücken. Hinter dem westlichen Ausgang des Dorfes stieg der Weg sanft bergan und schlängelte sich zwischen einigen letzten Wiesen hindurch in den Wald hinauf.

Einmal im Schatten des Blätterdachs, verdoppelte sie ihre Wachsamkeit. Sie lauschte auf das Schelten der Vögel und auf jedes Raschen im Unterholz. Aufmerksam betrachtete sie die Wildfährten, die ihren Weg kreuzten, ohne jedoch auf Abdrücke von Wolfspfoten oder Bärentatzen zu stoßen. Trotzdem prüfte sie die Bäume am Wegesrand, ob die Rinde Spuren davon aufwies, dass sich ein Bär daran gerieben hatte. Bei jedem Wechsel der Windrichtung hielt sie inne und schnupperte nach Raubtiergeruch.

Als sie unter einem sich rötenden Abendhimmel eine Lichtung erreichte, in deren Mitte sich ein überwachsener, alter Kohlemeiler erhob, war sie zu der Überzeugung gelangt, dass sich in diesem Wald nichts Gefährlicheres herumtrieb als ein Marder. Gähnend ließ sie den Rucksack von den Schultern gleiten und begab sich daran, ihr Lager zu bereiten. Wahrscheinlich hatten die Heckenweiler tatsächlich bloß vor dem nahenden Heer der Jattar Reißaus genommen, was sehr für ihre Klugheit sprach. Nur eine Wahnsinnige, dachte sie mit einem bitteren Lächeln, konnte einer Horde von Abertausenden blutrünstiger Plünderer auch noch entgegenziehen.

Auch wenn sie nicht mehr recht an ein Raubtier glauben wollte, nahm sie sich vor, sicherzugehen und für die Nacht ein großes Feuer zu entfachen, das ihr ungebetene Besucher vom Leib halten würde. Mit der Axt, die ihr die Dame Witlinde mitgegeben hatte, schlug sie Zweige von einem alten, gestürzten Baum ab und hatte so in kurzer Zeit einen ansehnlichen Haufen Feuerholz beisammen, das sie sorgsam inmitten eines Kreises aus schnell zusammengesuchten Steinen aufschichtete. Im schwindenden Tageslicht breitete sie das Feuerzeug vor sich aus, auch dies eine Leihgabe der Edlen: ein guter Feuerstein, für den Funkenschlag ein Stahlring anstelle ihres eigenen, billigen Kristalls von Katzengold, eine wasserdichte Büchse für den Zunder und eine zweite für Heu und Birkenrinde. Wahrscheinlich hätte sie der Dame dankbar sein sollen, dachte sie, während ihre Finger das Heu zu einem Feuernest zusammendrehten, doch alles, was sie beim Gedanken an Ragalds Braut verspürte, war der brennende Wunsch, sie eines Tages ebenfalls in Fesseln vor sich knien zu sehen und ihr gegenüber ebenso herablassend gnädig sein zu können. Sie riss ein Stück Zunder ab, der sie selbst in seinem schmutzigen Weiß noch an das Kleid der Herrin erinnerte, hielt es mit dem Finger gegen den Feuerstein gedrückt und verschaffte ihrem schwelenden Grimm Luft, indem sie mit dem Stahl zuschlug. Zwei, drei Hiebe gegen den Stein zerrissen die Stille des Abends, und ein Funke sprang auf den Zunder.

Nachdem sie den glimmenden Fetzen in dem Feuernest platziert hatte, blies sie vorsichtig hinein und knetete dabei das Heu sachte mit den Fingern, um mehr Luft hineinzulassen. Wärme berührte ihre Wangen, sobald die Glut auf das Nest übergriff, und unvermittelt dachte sie an Ragald und das Gefühl seines Atems im Gesicht, als sie vor einigen Jahren zum letzten Mal miteinander gerangelt hatten. Sie schob das Nest unter den Holzstapel, und während das Feuer wuchs und der einsetzenden Nacht entgegenloderte, kramte sie Proviant aus dem Rucksack und besänftigte ihren knurrenden Magen mit Hartwurst, Zwieback und Käse aus dem Vorrat der Burg Adolar. Wenigstens das Messer, mit dem sie ihr Mahl schnitt, war ihr eigenes.

Nach dem Essen saß sie noch eine Zeitlang da, die Beine angezogen, die Arme auf die Knie gelegt, und sah in den Flammen Ragalds Gesicht. Endlich aber ertrank ihr Grübeln in der Müdigkeit, und so löste sie das Kopftuch, holte ihren Kamm aus dem Rucksack und kämmte sich die Knoten aus dem Haar. Sie zog die Schuhe aus, streifte die wollenen Strümpfe ab und entkleidete sich, gewärmt von ihrem prasselnden Feuer, bis auf den Schurz. Gegen die Kühle der Nacht streifte sie ein anderes Hemd über und hängte das verschwitzte über einen nahen Ast. Hin und wieder hörte sie aus der Nähe den tiefen Ruf einer Eule, und im Gesträuch am Rand der Lichtung raschelten die kleinen Tiere der Dunkelheit. Todmüde schlüpfte Gunid unter ihre Decken und schlief in sicherem Abstand zum Feuer ein.

Es flackerte noch immer, wenn auch niedriger, als sie aus dem Schlaf hochschreckte. Sie brauchte einen Augenblick, bis sich die Schleier um ihre Sinne klärten, doch das Empfinden von Gefahr war stark genug, dass sie sich schon aus den Decken gewickelt hatte, ehe ihr verschlafener Kopf darüber nachdenken konnte, warum.

Um sie her war Stille. Die Eule war verstummt. Nichts raschelte mehr im Unterholz außer dem Wind. Das Herz pochte Gunid im Hals, als ihr bewusst wurde, dass die Tiere des Waldes sich vor etwas verbargen, das sich ganz in der Nähe befinden musste. Trotz all ihrer Wachsamkeit am vergangenen Tag mussten ihr die Anzeichen für ein größeres Raubtier entgangen sein.

Hastig streifte ihr Auge über die umstehenden Bäume, doch sie schienen entweder zu klein, um ihr Gewicht zu tragen, oder sie besaßen keine Äste, an die sie heranreichen konnte. Ihr würde keine Wahl bleiben, als sich dem, was immer in der Nähe umherstreifte, zu stellen. Ihre Hand berührte den Dolch aus der Waffenkammer der Burg Adolar, zog sich aber unverrichteter Dinge zurück. Diese Waffe würde ihr vielleicht gegen einen Menschen helfen, gegen einen Wolf oder Bären war sie so gut wie nutzlos.

Stattdessen ergriff sie die Axt. Sie wog ihr leicht in der Hand, ein kleines Werkzeug und immer noch ein kümmerlicher Ersatz für eine Waffe, doch von größerer Reichweite als der Dolch, und die scharfe Schneide würde einem Raubtier selbst mit einem ungezielten Hieb Schmerzen bereiten können; mit etwas Glück genug Schmerzen, um es zu überzeugen, sich eine leichtere Beute zu suchen. Außerdem hoffte Gunid darauf, sie nicht für mehr als eine Drohgebärde benutzen zu müssen. Mit der Linken langte sie nach dem Lagerfeuer, zog ein brennendes Scheit heraus und schwenkte es ein paarmal hin und her, um die Flamme anzufachen. Solcherart bewaffnet stand sie da, im knielangen Hemd, und spähte in die Nacht hinaus.

Die kühle Brise in ihrem Rücken überzog ihre bloßen Waden mit Gänsehaut und ließ ihre braunen Strähnen vor dem Gesicht tanzen. Sie unterdrückte einen Fluch darüber, dass sie nicht daran gedacht hatte, sich das Haar zurückzubinden. Ihre Hand krampfte sich fester um den Axtgriff, und auch wenn sie fest damit rechnete, dass sich das Raubtier gegen den Wind nähern würde, um die eigene Witterung zu verbergen, warf sie doch ständig sichernde Blicke über beide Schultern in jede Richtung. Der Feuerschein flackerte auf borkigen Eichen, glatten Buchen und fleckigen Birken und ließ sie zu unwirklich deutlichen Umrissen aus Helligkeit vor der vollkommenen Schwärze des nächtlichen Waldes werden.

Dann drehte der Wind, das Haar schlug ihr ins Gesicht, und Gunid spannte sich und schnupperte mit einem tiefen Atemzug nach dem Geruch ihres Angreifers, doch sie nahm nichts wahr als den harzigen Rauch ihres Feuers und den Moder des Waldes. Immer weniger konnte sie sich einen Reim darauf machen. Langsam drehte sie sich einmal um sich selbst, den brennenden Ast weit von sich gestreckt, die Axt zum Zuschlagen bereit erhoben, und ließ die Augen von einer schwarzen Lücke zwischen den Bäumen zur nächsten gleiten. Waren die Tiere des Waldes vielleicht einfach vor ihrem Feuer geflohen? War vielleicht eine Windbö hineingefahren und hatte –

Jeder Gedanke in ihr verstummte, als die Schwärze der Nacht selbst sich zwischen den Bäumen hervorwand.

„Vesas, Herrin der Nebel, steh mir bei", entrang sich ihr ein tonloses Flüstern. Schreckensstarr sah sie an dem Ding empor, das wenige Schritte entfernt vor ihr aufragte und Bäume und Sterne verdunkelte. Es besaß vier Beine, die gekrümmten Baumstämmen glichen, Schultern, die an die eines Ochsen erinnerten ... und das war alles, wofür ihr panischer Geist Begriffe fand. Die Flammen vermochten nicht, den monströsen Leib des Dings zu erhellen. Es war pure, gestaltlose Schwärze, in der es zu wabern schien wie eine Armee huschender Schatten. Fast doppelt mannshoch, näherte es sich ihr in furchterregendem Schweigen. Seine Schritte raschelten leise wie die eines Spatzes auf der Decke aus Laub und Zweigen, die den Waldboden bedeckte. Ansonsten hörte sie nicht einmal Atem. Nur ihr eigener Herzschlag raste ihr in den Ohren.

Gunid zwang die zitternde Hand mit der Axt empor, doch sie fand nicht die Kraft für einen Schlag. Es kostete sie bereits alles an Beherrschung, die ihr Körper aufbringen konnte, nicht ihren Schurz zu beschmutzen. Ihre zitternden Beine wollten sie kaum tragen, als das Ding bis auf Armeslänge an sie herantrat und näher. Etwas wie ein gewaltiges Haupt schob sich vor, ein massiger Schatten, fast nicht erkennbar vor der Schwärze des Leibes, und hielt kaum eine Handbreit vor ihrer bebenden Brust inne. Kälte ging von dem Ding aus, und der klebrige Schweiß schien ihr auf der Haut gefrieren zu wollen. Obwohl sie noch immer keinen Atem hörte, keinen Luftzug spürte, gewann sie den Eindruck, dass es sie beschnüffelte.

Dann wandte sich das Haupt zur Seite, und quälend langsam drehte ihr das Ding die Flanke zu. Einen Moment lang verdeckte seine Schwärze die Baumkronen, ehe es in gemächlichem Trott mit der Nacht zwischen den Stämmen verschmolz.

Gunid wusste nicht zu sagen, wie lange sie noch dort stehenblieb und blicklos in die Richtung glotzte, in der das Ding verschwunden war. Erst das Rascheln eines kleinen Tiers im Gebüsch weckte sie aus ihrer Erstarrung. Die Flammen an dem Scheit waren schon den halben Weg zu ihrer Hand emporgekrochen, und eben noch warf sie es hastig zurück ins Lagerfeuer, als ihr auch schon die Beine unter dem Körper nachgaben. Jeder Zoll ihres Hemdes klebte ihr, klamm vom Angstschweiß, am Leib. Tränen unfassbarer Erleichterung rannen ihr unter den geschlossenen Lidern hervor. Auf den Knien lag sie da, die nutzlose Axt mit beiden Händen an die Brust gedrückt, spürte ihr Herz in der Kehle hämmern und atmete in tiefen Zügen ein und aus, ein und aus. Nie zuvor war ihr kalte Nachtluft so süß vorgekommen.

8

Ihre Glieder hörten auf zu beben, nachdem sie den dritten Apfel aus ihrer Marschverpflegung heruntergeschlungen hatte. Gern hätte sie diese verwunschene Lichtung sofort verlassen, doch allzu schmerzlich erinnerte sie sich, wie weit sie bei dem Versuch gekommen war, sich nachts durch den Grenzwald ihres heimatlichen Lehens zu tasten. Es würde ihr nicht helfen, sich im Stockfinsteren in diesem völlig fremden Wald zu verirren.

Stattdessen verbrachte sie den Rest der Nacht angekleidet am Feuer sitzend, ihre Ausrüstung zusammengepackt und griffbereit, um ohne Verzug aufbrechen zu können. Beruhigend hüllten die normalen Geräusche des Waldes sie ein, doch jedes Mal, wenn das Rascheln im Gebüsch verstummte, lauschte sie mit angstvoll klopfendem Herzen, ob die Stille eine Rückkehr des Ungeheuers ankündigte, und jedes Mal ließ sie erleichtert den angehaltenen Atem ausströmen, sobald sich die Waldtiere wieder regten.

Beim ersten roten Schimmer, der durch die Bäume brach, stieß sie mit dem Fuß Erde ins Feuer und erstickte die letzte Glut unter ihrer Schuhsohle. Sie streifte sich die Riemen des Rucksacks über und folgte weiter dem Pfad, den zu erkennen das Dämmerlicht gerade eben ausreichte. Im Laufen frühstückte sie ein zuvor bereitgelegtes Stück Zwieback und den Rest einer Hartwurst, von der sie schon über die Nacht verteilt immer wieder abgebissen hatte.

Der Vormittag schritt voran, und nach dem blutroten Sonnenaufgang war Gunid nicht überrascht, als schon bald mächtige Wolkentürme über den Baumwipfeln dahintrieben. Gewohnheitsmäßig achtete sie weiter auf die Wildfährten und lauschte auf ungewöhnliche Geräusche, auch wenn sie nach ihrer Begegnung in der vergangenen Nacht nicht mehr ernsthaft damit rechnete, auf Wölfe oder einen Bären zu treffen. So vernahm sie das gleichförmige Schlagen der Holzfälleräxte schon aus großer Entfernung. Erleichtert schritt sie schneller aus. Noch nie hatte es sie so sehr danach verlangt, unter Menschen zu kommen.

Vor ihr begann der Wald sich zu lichten, und schließlich erspähte sie zwischen den Baumstämmen hindurch die größte Rodung, die sie je gesehen hatte. Der Hügelhang voraus schien vollkommen kahl geschlagen, und auf Anhieb erspähte sie drei große Fuhrwerke, neben denen kräftige Gesellen mit Äxten damit beschäftigt waren, gefällte Bäume vom Geäst zu befreien, um sie zu verladen. Das Tageslicht, mittlerweile gedämpft von einer fast geschlossenen Wolkendecke, schimmerte auf den Helmen einer Gruppe Bewaffneter, die sich auf und um einen der Holzstapel niedergelassen hatten. Oben auf der Hügelkuppe hob sich vom grauen Himmel der Umriss eines Hochsitzes ab, auf dem zwei weitere Gestalten mit Spießen Wache hielten. Hinter dem Hügelkamm empor schlängelten sich eine Anzahl Rauchfäden, die immer mehr zu werden schienen, je weniger Bäume Gunid die Sicht versperrten. Unwillkürlich verharrte sie auf der Stelle. Im nächsten Tal musste ein ungeheuer großes Dorf liegen.

Als sie aus dem Wald heraustrat, erhoben sich zwei der Bewaffneten von dem Holzstoß und kamen ihr ohne sonderliche Hast entgegen. Seit Beginn ihres Marsches war Gunid nicht so froh gewesen, ihren Reisebrief vorzuweisen und den Anlass ihrer Reise zu nennen. Noch immer fuhr ihr bei der Erinnerung an die Kreatur im Wald ein Schauder über den Rücken, und in Gegenwart dieser Männer mit ihren Spießen, Schwertern und Rüstungen fühlte sie sich bedeutend sicherer. „Das Feldlager liegt gleich hinter dem Hügel", erklärte ihr der kleinere der beiden, ein stämmiger Bursche, etwa so alt wie ihr Vater und kaum so groß wie sie selbst. „In einer halben Stunde solltest du dort sein."

Ihr Auge irrte wieder zum Hügelkamm ab, und die Worte des Krämers, der ihrer Familie die Nachricht von Tirak überbracht hatte, kamen ihr in den Sinn: ‚Allein die Zahl der adligen Kämpen geht in die Tausende.' Diese Beschreibung, bislang für sie nicht fassbar, gewann im Angesicht einer solchen Unzahl von Rauchfahnen schlagartig an Bedeutung. Neugier erfasste sie, und am liebsten wäre sie sofort losgelaufen, um das Lager mit eigenen Augen zu sehen. Doch nicht um ihrer Neugier willen war sie hier, und sie wandte sich wieder an den Kämpfer. „Heißt das, Ihr gehört zum Heer seiner Majestät? Ich suche nach einem Edelknecht hier, Ragald Adolar. Als Wappen führt er den schwarzen Raben im goldenen Feld. Kennt Ihr ihn?"

Die Wachen tauschten einen fragenden Blick, dann zuckten sie beide mit den Schultern. „Der Quartiermeister wird dir sicherlich verraten können, wo er sein Zelt aufgeschlagen hat", begann der Kleinere wieder, doch Gunid schüttelte sofort den Kopf. „Er wird vermisst", entfuhr es ihr in drängenderem Ton als beabsichtigt. „Man sagte mir – meine Herrin hatte Nachricht, er sei in einen Hinterhalt geraten. Könnt Ihr mir mehr darüber sagen?"

„Frau", ächzte der Waffenknecht, „allein diese Woche hatten unsere Patrouillen vier Scharmützel mit den Jattar. Sie legen Hinterhalte ohne Zahl. Von uns beiden ist keiner deinem Edelmann begegnet, also können wir dir auch nicht sagen, wo er überfallen wurde oder wann. Wenn dir der Quartiermeister nicht weiterhelfen kann, wirst du dich wohl oder übel im ganzen Lager durchfragen müssen."

Sein gereizter Ton verärgerte Gunid. Der größere und jüngere der beiden hatte inzwischen ein Lächeln aufgesetzt, das sie an Heglaf erinnerte. Das Verlangen, die Unterhaltung fortzusetzen, verging ihr. Über Ragald würde sie von diesen nichts erfahren, und zu der Kreatur im Wald konnte sie gewiss auch noch andere befragen. „Danke", sagte sie nur schroff, rückte sich den Rucksack zurecht und begab sich an den Aufstieg zur Hügelkuppe.

Von allen Wundern, die sie auf ihrem Weg bisher gesehen hatte, erwies sich das Lager als das größte. Hätte nicht die Sorge um Ragald sie getrieben, sie wäre stundenlang auf dem Hügel stehen geblieben, um diesen überwältigenden Anblick in sich aufzunehmen.

Auf den ersten Blick erschien es ihr wie ein Festplatz. Zelte, Karren und Masten mit Flaggen in allen Farben standen wild durcheinander, und auf den Gassen dazwischen tummelte sich eine dicht gedrängte Menschenmenge. Doch anders als ein Festplatz daheim im Lehen wollte diese Anhäufung von Farben kein Ende nehmen. Über Meilen und Meilen füllte sie das ganze Tal von einer Hügelflanke bis zur anderen, und Gunid schwindelte bei dem Gedanken an die schiere Zahl der Menschen, die sich dort unten gesammelt haben mussten. Noch nie in ihrem Leben hatte sie so weit zählen müssen.

Pferche mit verschiedenen Tieren säumten den Rand des Lagers. Nie hätte sich Gunid träumen lassen, dass es auf der Welt überhaupt so viele Pferde gab, wie sie jetzt mit einem Blick erfasste. Zur rechten Seite hin konnte sie Rinder sehen, Schafe, Ziegen, Schweine, allerlei Schlachtvieh, um hungrige Mägen zu füllen. Eine Anhöhe in der Mitte des Lagers war von einer Palisade umgeben und bildete so inmitten dieses ungeheuerlichen Festplatzes eine hölzerne Burg, von deren Türmen purpurgesäumte Banner flatterten, die einen schwarzen Drachen im goldenen Feld zeigten: das Wappen seiner Majestät, König Halrik des Vierten. Bislang hatte Gunid es nur aus den Erzählungen von Reisenden gekannt. Nun erblickte sie es erstmals mit eigenen Augen.

Hunderte von Feuern brannten unter freiem Himmel, und aus Hunderten der Zelte und Karren stiegen weitere Rauchfahnen empor, dem Regen entgegen, der inzwischen begonnen hatte, aus den tief hängenden Wolken herabzunieseln. Auf dem letzten Stück des Aufstiegs bis zur Hügelkuppe hatte Gunid den wollenen Umhang aus dem Rucksack geholt und sich um die Schultern gelegt, und nun begab sie sich mit ins Gesicht gezogener Kapuze ins Tal hinab.

Je näher sie kam, desto einschüchternder erschien ihr das bunte Treiben der Menschen am Rand des Lagers. Der Mut, jemanden zu finden, der ihr mehr über Ragalds Schicksal zu sagen vermochte, sank ihr. Kein Wunder, dachte sie, dass der Krämer, der Schneider, der Scharlatan und sogar die Wachen aus dem Lager selbst ihr beteuert hatten, sie seien dem jungen Edlen nicht begegnet. In diesem Gewühl hätte er die Standarte seines Vaters über dem Kopf schwenken können, und sie hätte ihn noch übersehen.

Am Fuß des Hügels erreichte sie zunächst ein freies Feld, auf dem eine Handvoll Bogenschützen ihre Kunst vorführte. Schaulustige säumten die Seiten der Wiese wie bei einem Turnier. Gunid hatte erwartet, in einem Feldlager fast nur Ritter und Waffenknechte anzutreffen, doch die bunte Menge, die dem Schießen beiwohnte, wirkte eher wie eine Meute Bauern. Die Schützen jagten Pfeil auf Pfeil treffsicher in runde Scheiben aus Stroh, vor deren Zentrum jeweils auf einem Pfahl etwas metallisch glänzendes hing. Beim Näherkommen sah Gunid, dass es Helme waren, und nach kurzem Nachdenken fiel ihr auch wieder ein, woher ihr diese Form bekannt vorkam, der glockenartig auslaufende Nackenschutz und die eigentümlich gestalteten Stirnplatten. Die Bogenschützen seiner Majestät übten ihr Handwerk an erbeuteten Helmen der Jattar.

Sie passierte die ersten Zelte und Planwagen, und sobald die Menge sie umgab, gewann sie wieder den Eindruck, auf einem Fest zu sein, wenngleich auf einem recht tristen. Es herrschte ein ähnlicher Trubel, ein ähnliches Stimmengewirr, und von einem der Feuer wehte ihr der Duft von angebratenen Zwiebeln in die Nase. Andererseits ertönte in der Nähe das Hämmern einer Schmiede und brachte so etwas wie Alltagsstimmung in dieses viel zu groß geratene Dorf von Fahrenden. Drei Gerüstete kamen Gunid entgegen, ein Ritter im farbigen Wappenrock und zwei Waffenknechte mit schlichten Überwürfen über dem Kettenhemd, alle drei mit einer bleiernen Brosche in Form einer Vogelkralle an der Brust. Wie von selbst ging Gunids Hand zu dem Gürtelbeutel mit dem Reisebrief, doch die Kämpfer schlenderten ins Gespräch vertieft an ihr vorbei, ohne sie zu beachten.

Wieder hielt sie erstaunt inne, nachdem sie wenige Schritte weiter einen freien Platz zwischen zwei Zelten und einer Reihe Fuhrwerke erreichte. Das Letzte, was sie in einem Heerlager erwartet hatte, waren spielende Kinder. Doch hier planschten sie in einer Pfütze, eine verdreckte Rasselbande, die gerade einen aus ihrer Mitte piesackte, einen hoch aufgeschossenen, rothaarigen Jungen von vielleicht sieben Jahren. Immer wieder sprang er vor und versuchte, einen seiner Spielkameraden zu packen. Lachend rannten sie durcheinander, um ihm zu entgehen, und reizten ihn weiter mit dem Singsang ihrer hellen Stimmen: „Rotschopf! Karottenkopf! Haar wie ein Jattar!"

Entmutigt ließ sich Gunid in Hörweite der kleinen Plagegeister auf einer Wagendeichsel nieder. Gnadenlos hatte sie sich vorangetrieben, um eine Strecke von fünf Tagesmärschen in kaum mehr als drei Tagen hinter sich zu bringen. Ihre ganze Reise hindurch hatte sie das Ziel vor Augen gehabt, hier sofort mit der Suche nach Ragald zu beginnen. Sie hatte geglaubt, hier auf Tirak oder Nolf zu treffen, auf jemanden aus ihrem Dorf, der ihr zu helfen bereit war und der ihr natürlich auch sagen konnte, wo Ragald verschwunden war.

Regen trommelte ihr auf die wollene Kapuze und tanzte in der Pfütze zu ihren beschuhten Füßen. Nun war sie angekommen, und alles hier erwies sich als fremdartig und verwirrend und ungeheuer groß. Was sollte sie tun? Jeden Menschen in diesem Lager nach Ragald fragen, bis sie einen fand, der ihr helfen konnte? Jeder Tag, jede Stunde mochte über sein Leben entscheiden, doch allein sich hier durchzufragen, erschien ihr als eine Aufgabe für Wochen. Die Erschöpfung der Reise sank ihr schwer auf die Glieder, und mühsam kämpfte sie dagegen an, einzunicken.

„Herbeigelaufen!"

Die seltsam krächzende Stimme ließ sie aufschauen. „Herbeigelaufen!", tönte es noch einmal, und verwundert drehte Gunid den Kopf. In der Richtung, aus der sie den Ruf gehört hatte, stand niemand. Alles, was sie sah, war ein Planwagen voller farbiger Flicken gleich neben einem Kastenwagen, dessen hölzerne Wände mit allerlei bunten Fratzen bemalt waren. Auf dem Kutschbock des Wagens stand ein Vogelbauer, in dem ein fremdartiger, farbenprächtiger Vogel hockte und mit seinem gekrümmten Schnabel an den Gitterstäben nagte. Gunid brauchte einen Moment, um sich zu erinnern, woher sie dieses Tier und diesen Wagen kannte.

Langsam erhob sie sich von der Deichsel. Vielleicht war es ein Zeichen der Vesas, dass plötzlich ein Vogel nach ihr zu rufen schien, vielleicht verlor sie auch einfach nur den Verstand. Doch die Gaukler waren Menschen, die sie kannte. Vorsichtig näherte sie sich dem Kastenwagen. Der Vogel hielt im Benagen der Gitterstäbe inne und plusterte das bunte Gefieder. „Herbeigelaufen!" Kurz entschlossen trat sie neben den Kutschbock und klopfte an die angelehnte Tür ins Wageninnere.

„Wer da?" Erleichterung erfasste Gunid, als sie den brummenden Bass des Geschichtenerzählers wiedererkannte. „Ich weiß nicht, ob Ihr Euch an mich erinnert", rief sie. „Mein Name ist Gunid."

Nach einem Augenblick der Stille hörte sie die Bodenbretter des Karrens unter zwei raschen Schritten knarzen. Die Tür schwang auf und gab den Blick auf den riesenhaften Gaukler frei, dessen buschige Brauen und grauschwarzer Bart ihn so düster erscheinen ließen. Im Moment trug er nur ein einfaches Nesselhemd und grob gewebte Hosen in gedecktem Grün anstelle der auffälligen Gewänder, die er bei der Vorführung auf Burg Adolar zur Schau gestellt hatte. „Gunid." Dem verwunderten Runzeln seiner kahlen Stirn sah sie an, dass er sich tatsächlich an sie erinnerte.

„Ich konnte deinem Herrn deine Botschaft noch nicht ausrichten", begann er vorsichtig. „Bislang habe ich ihn nicht gefunden."

Gunid nickte. „Meine Herrin hat Nachricht erhalten, dass er vermisst wird. Ich bin hier, um … um über sein Schicksal herauszufinden, was ich vermag. In ihrem Auftrag", fügte sie hastig hinzu.

Der Fahrende musterte sie skeptisch und lehnte seine bullige Schulter gegen den Rahmen der engen Tür. „Was führt dich dann ausgerechnet zu uns?"

„Ihr seid für mich das erste bekannte Gesicht an diesem Ort." Mit ausgebreiteten Armen deutete Gunid auf die Zelte ringsumher. „Ich … ich brauche Hilfe von jemandem, der sich hier auskennt." Sie holte tief Luft und sah dem Gaukler fest ins Gesicht. „Meine Herrin bot Euch ihre Gastfreundschaft, solange Ihr bei uns im Lehen weiltet. Ich erbitte nun für mich dasselbe von Euch. Ich bitte Euch, herbergt mich und helft mir dabei, mich hier zurechtzufinden." Die Börse kam ihr in den Sinn, die ihr die Dame Witlinde mit auf den Weg gegeben hatte. „Ich – ich bin bereit, Euch dafür zu bezahlen."

Überrascht verengten sich die Augen unter den buschigen Brauen. Regentropfen fielen vom Dach des Kastenwagens und zersprangen auf dem Kutschbock zu Sprühwölkchen. „Herbeigelaufen!", krächzte es aus dem Käfig, und unvermittelt verzog sich das düstere Gesicht des Gauklers zu einem amüsierten Grinsen.

„Warum nicht?", lachte er. „Wir sind Fahrende, wir haben schon viel erlebt. Wir haben die Gastfreundschaft von Bauern wie von Grafen in Anspruch genommen. Aber dies wird das erste Mal sein, dass umgekehrt wir einer Sesshaften Obdach gewähren."

Gunid rang sich ein dankbares Lächeln ab, doch eingedenk des Rufes, der Fahrenden vorauseilte, konnte sie nicht ganz das Gefühl abschütteln, dass sie im Begriff stand, Zuflucht bei einem Wolfsrudel zu suchen.

Kurze Zeit später saß sie in einem großen, blau-gelb gestreiften Zelt an einem Feuer, das unter einem Rauchabzug in der Mitte vor sich hinflackerte. Ein dampfender Kessel baumelte über den Flammen von einer Zeltstange herab an einer Kette. Ungeschminkt und ohne ihre grellen Gewänder wirkten die Fahrenden, wie sie sich um die Wärme der Kochstelle drängten, nicht anders als eine beliebige Hofgemeinschaft in der Küche einer Bauernkate. Dennoch fühlte sich Gunid fremd, als Eindringling aus einer anderen Welt, und es kostete sie alle Mühe, sich ihre Einschüchterung nicht anmerken zu lassen.

Eleazar, wie sich ihr der Geschichtenerzähler vorgestellt hatte, saß links von ihr und stocherte gelegentlich mit einem Schürhaken im Feuer, während er Gunid von den wichtigsten Dingen erzählte, die sie über das Feldlager wissen musste. „Den weitaus größten Teil des Lagers nimmt der Tross in Anspruch", erklärte er. „Händler, Bader, Heilkundige, alles Volk, das die Kämpfer mit dem Lebensnotwendigen versorgt. Ohne den Tross hätten die Ritter und Waffenknechte nichts zu beißen, und das Heer seiner Majestät gäbe es nicht lang.

Die kämpfende Truppe findest du im südlichen Viertel des Lagers. Dort hast du wahrscheinlich die besten Aussichten, jemanden zu finden, der dir mehr über den Verbleib deines Herrn erzählen kann. Wenn du diesen Bereich betreten willst, werden die Krallen dich anhalten, aber ich sehe keinen Grund, warum sie dich nicht einlassen sollten."

Gunid sah ihn fragend an. „Krallen?"

„Die Lagerwache." Funken stoben auf, als ein Holzscheit, von Eleazar verschoben, in die Lücke zwischen zwei anderen fiel. „Kämpfer, die darauf achten, dass im Feldlager die Gesetze eingehalten werden. Du erkennst sie an ihrem Abzeichen, einer Vogelkralle aus Blei." Er deutete sich mit einer riesigen Pranke auf die breite Brust, und Gunid nickte. Sie erinnerte sich an die Kämpfer, die ihr schon im Lager begegnet waren.

„Furchtbare Wichtigtuer", schnaubte die rosthaarige Seiltänzerin, die sich an Gunids rechter Seite vor dem Feuer räkelte. Sofort erntete sie Widerspruch von einem jungen Burschen: „Ach, hör doch auf, Marissa. Die Krallen sind in Ordnung. Denk doch nur an diese Schlägertruppe damals, bei Lerdege."

„Zumindest kann man sich bei ihnen darauf verlassen, dass sie keine Willkür üben", pflichtete Eleazar seinem jüngeren Genossen bei. „Es heißt, seine Majestät habe die Offiziere der Krallen samt und sonders aus Edelleuten ausgewählt, die schon mindestens einmal bei einem Turnier von den Damen zum ehrenhaftesten Kämpfer gekürt wurden."

Marissa verzog das Gesicht. „Ja, und wenn sie außer dem Kratzfuß vor den Damen noch was anderes könnten, hätten sie vielleicht auch die Söldner im Griff." Versonnen ließ sie eine Halskette aus bunten Glasperlen um den Finger wirbeln.

„Was ist mit den Söldnern?", fragte Gunid und sah etwas ratlos zwischen Marissa und Eleazar hin und her. Die Schatten, die das Feuer in Eleazars Gesicht grub, wurden tiefer, als seine Miene sich verfinsterte.

„Halte dich einfach von ihnen fern", sagte er mit unverhohlenem Abscheu in den Augen. „Sie sind nichts weiter als ein Haufen bezahlte Mörder und Plünderer. Meist bleiben sie unter sich, und in ihrem Teil des Lagers organisieren sie ihre eigene Wache. Du erkennst ihr Gebiet an den Zelten, sie sind mit Bändern in den Farben ihrer Truppe versehen, grün, gold und rot gestreift. Es liegt zu der Anhöhe im Südwesten hin. Achte darauf, dass du nicht dort hineingerätst. Die Krallen laufen dort nicht Streife, und die Söldner betrachten alles, was in ihr Revier gerät und keine Rüstung trägt, als leichtes Opfer."

„Außerdem", mischte sich wieder die Seiltänzerin ein, „solltest du besser auf deine Sachen achtgeben." Sie hielt eine prall gefüllte Börse hoch. Gunid brauchte einen Moment, bis sie verstand und sich erschrocken an den Gürtel fasste.

Eleazar verdrehte die Augen. „Marissa!"

„Was denn? Bei uns pennen kann sie ja, aber auf ihren Kram aufpassen muss sie schon selbst." Klirrend fiel vor Gunid der Beutel mit dem Silber der Dame Witlinde zu Boden, und sofort raffte sie ihn an sich. Sie funkelte die Gauklerin wütend an, doch die streckte sich bloß mit selbstzufriedenem Lächeln am Feuer aus und beachtete sie nicht weiter. Gunids Blick ging weiter von einem der Fahrenden zum nächsten, doch niemand schien über das kleine Kunststück ihrer Gefährtin sonderlich empört.

„Sie ist unser Gast, Marissa", sprach Eleazar ernst und ruhig. „Du wirst sie respektieren. Wie jeder von uns." Er schaute einmal in die Runde, und Gunid folgte seinem Blick. Seine Autorität stand außer Frage, doch von Respekt ihr gegenüber bemerkte sie in den meisten Gesichtern herzlich wenig. Sie mochte Obdach hier gefunden haben, dachte sie, guten Rat und für den Moment vielleicht auch Sicherheit, aber Verbündete oder gar Freunde besaß sie keine in diesem Zelt. Soweit es ihre Suche nach Ragald betraf, war sie nach wie vor allein.

Obwohl sie am liebsten vor Müdigkeit sofort auf ihr Lager gesunken wäre, suchte sie zunächst das Badezelt auf, das ihr Eleazar empfohlen hatte. Es lag noch in derselben Gasse, gleich hinter der nächsten Biegung, und als der Wind ihr zusammen mit dem Regen den Duft von Seife entgegenwehte, beschleunigte Gunid ihren Schritt.

Das Zelt war breit wie die Scheune daheim und bestand aus schwerer, dunkelbrauner Plane. Dampf stieg oben aus zahllosen Öffnungen empor, und aus der Spitze in der Mitte kräuselte sich Rauch und kündete von einem großen Feuer. Hinter dem Zelt ertönten die Schläge, mit denen Holzscheite gespalten wurden, und zwei kräftige Burschen waren gerade damit zugange, zersägte Baumstämme von einem Karren abzuladen, der vor einer Lücke zum Nachbarzelt abgestellt stand. Dabei schäkerten sie mit einem Rudel grell geschminkter Frauen in tief ausgeschnittenen, schreiend bunten Kleidern. Der Anblick war Gunid nicht völlig neu. Gelegentlich hatten Wanderhuren auch das Lehen von Ritter Adolar durchquert, doch nie zuvor hatte sie so viele Angehörige dieses Gewerbes auf einem Haufen gesehen.

Der Betreiber des Badehauses erwies sich als übertrieben diensteifriger, aber freundlicher Mann mit schwarzem Haar und der dunklen

Haut des fernen Südens. Er sprach seine Worte seltsam abgehackt aus, und anfangs hatte Gunid Probleme, sein Genuschel zu verstehen, doch er schien derlei Kummer gewöhnt zu sein. Bald aalte sie sich in einem Zuber mit heißem Wasser und schrubbte sich Dreck und Schweiß ihrer langen Wanderung vom Leib.

Nach der Lektion, die ihr das rosthaarige Miststück Marissa erteilt hatte, verteilte sie, als sie sich wieder ankleidete, ihr Geld am ganzen Körper. Einen Großteil ihrer Silberstücke hatte sie flach zwischen zwei Tücher geschlagen, die sie sich nun um die Wade band, ehe sie den Wollstrumpf wieder darüberzog. Ein weiteres Tuch mit Münzen befestigte sie am Arm und bedeckte es mit dem Ärmel. Nur einen kleinen Teil ihres Geldes bewahrte sie wieder griffbereit in der Börse am Gürtel auf. Von ihrem restlichen Hab und Gut hatte sie den größten Teil bei den Gauklern gelassen, in Eleazars Obhut. Es gefiel ihr nicht, doch auf Dauer wäre sie wohl kaum sicherer damit gefahren, auf ihrem Weg durch das Lager ständig ihren Rucksack mitzuschleppen.

Nachdem sie bezahlt und sich von dem Bader verabschiedet hatte, verließ sie erfrischt das Zelt und wandte sich nach Süden. Der Besuch hier mochte sie eine Stunde gekostet haben, doch es hatte ihr eingeleuchtet, als Eleazar ihr geraten hatte, sie solle nicht wie eine Bettlerin aussehen, wenn sie Adlige ansprechen und nach ihrem Herrn fragen wollte.

Bald hatte sie eine breite, gewundene Straße gefunden, auf der zwischen den Zelten und abgestellten Wagen ein stetiger Strom aus Fuhrwerken, Reitpferden und Menschenleibern nach Norden und Süden durcheinanderwimmelte. Immer wieder ging Gunids Hand zur Börse am Gürtel, doch niemand schien sich daran vergreifen zu wollen. Offenbar, dachte sie grimmig, waren keine vorlauten, rosthaarigen Gauklermädchen in der Nähe.

Auf der Anhöhe zu ihrer Rechten erhob sich die Palisade des königlichen Quartiers, als sie endlich vor sich eine Reihe von Stangen erblickte, an denen über den Zeltdächern die farbenfrohen Banner verschiedener Adelshäuser wehten. Kurz darauf gelangte sie an ein hölzernes Wachhäuschen, bei dem zwei Gerüstete standen und vor jedem, der weiterhin der Straße nach Süden folgen wollte, die Spieße kreuzten. Auf die Waffenröcke genäht hing ihnen die mittlerweile vertraute bleierne Vogelkralle vor der Brust.

Sobald sie an die Reihe kam, nannte Gunid ihren Namen und dass sie ihren Herrn Ragald Adolar suchte. Sofort gingen vor ihr die Spieße auseinander, und sie wurde hindurchgewinkt. Etwas verwirrt fragte sie sich, ob diese Wachen überhaupt jemals jemanden anhielten. Sie zog die Kapuze enger um sich und sah sich um.

Die Straße, auf der sie nun stand, verlief quer zu ihrer bisherigen Richtung, von Ost nach West. Es herrschte weniger Trubel als draußen, jenseits der sich immer wieder kreuzenden und öffnenden Spieße, und zum ersten Mal befand sich Gunid in etwas, das dem ähnelte, was sie sich unter einem Feldlager vorgestellt hatte. Hier war sie überwiegend von Männern umgeben, und selbst von jenen, die nicht gerüstet waren, liefen viele im gepolsterten Rock einher, wie man ihn unter Kettenhemden zu tragen pflegte. Einen Augenblick lang schaute Gunid in beide Richtungen und versuchte, sich für eine davon zu entscheiden. Eleazars Warnung vor den Söldnern im Westteil des Lagers kam ihr in den Sinn, und so wandte sie sich links herum, nach Osten.

Ein Waffenknecht der ‚Krallen' war der Erste, den sie nach Ragald fragte. Er hörte sich geduldig ihre Geschichte an und verwies sie dann an den Quartiermeister: „Diese Gasse entlang und dann links, das rote und weiße Zelt." Auf dem Weg dorthin sprach sie zwei weitere Kämpfer an, doch nachdem sie jeder wieder nur an den Quartiermeister verwies, beschloss sie, sich ihre Fragen für diesen weisen Mann zu sparen.

Der Quartiermeister stellte sich als älterer, kahlköpfiger Edelmann mit einer Augenklappe und einem lahmen Bein heraus, der auf Gunids Frage hin eine kleine Silbermünze verlangte und mürrisch murmelnd begann, in einem Buch zu blättern. „Adolar ... Adolar ..." Bald hatte der Einäugige sie mit dem Standplatz von Ragalds Zelt und dem Namen des Hauptmanns versehen, in dessen Truppe Ragald gedient hatte. Er leierte noch eine Wegbeschreibung herunter und nahm nickend ihren Dank entgegen, bevor sie wieder in den Regen hinauseilte. Neue Hoffnung beflügelte ihre Schritte, als sie durch die Pfützen weiter durch das Gewirr der Zelte nach Südosten platschte.

Das trübe Tageslicht hinter den Wolken ließ bereits nach, als sie sich endlich eingestand, dass sie sich verlaufen hatte. Eleazar hatte sie vor der Ausgangssperre gewarnt, und so begab sie sich widerstrebend auf den Rückweg zum Tross. Eine hilfsbereite ‚Kralle' half ihr, die richtige Straße wiederzufinden, und mit dem letzten Licht des Abends erreichte sie wieder das Zelt der Gaukler. Eben wollte sie die Klappe anheben, als sie leise Stimmen vernahm.

„Du hast gehört, was Eleazar gesagt hat", murmelte der eine.

„Ach, tausend Schatten!", zischte der andere. „Sie kennt hier niemanden, der ihr beistehen würde. Und Ehre hin oder her, ohne ihr Zeug wäre sie auch für die Krallen nichts weiter als eine Bettlerin mit einer rührseligen Geschichte."

„Sie bezahlt dafür, dass sie unser Gast sein darf …"

„Warum sollen wir uns mit ein paar Münzen zufriedengeben? Hast du nicht diese Börse gesehen?" Ein raues Lachen ertönte. „Spielt hier die feine Dame, die uns gnädig entlohnt, aber ein Blick in ihre Augen genügt doch, und du weißt, was sie von uns denkt. Fahrende. Selbst als hörige Magd hält sie sich noch für was Besseres. Ich sage, wir nehmen ihr Zeug, und gut."

„Und Eleazar?"

„Wie schnell kann ihr irgendwo im Lager etwas passieren? Eleazar muss nie davon erfahren."

Mit klopfendem Herzen tastete Gunid nach ihrem Dolch. Schon griff sie nach der Zeltklappe, um sie mit einem Ruck zu öffnen, als sie die erste Stimme wieder hörte: „Eleazar würde es merken. Und er hat sein Wort gegeben. Möchtest du statt ihrer derjenige sein, den er mit einem Fußtritt hinausbefördert und als Bettler hier verrotten lässt?"

„Das täte er niemals", murmelte die zweite Stimme, doch sie klang verunsichert. „Das täte er", erwiderte die erste Stimme fest.

Platschende Schritte hinter ihr ließen Gunid zusammenfahren. Hastig steckte sie unter dem Umhang den Dolch weg und drehte sich um. „Oh, wieder zurück?", rief Marissa ihr munter entgegen. Das Haar fiel ihr klatschnass unter einem zerschlissenen Tuch hervor über die Schultern, und ausgefranste Röcke sahen unter einem dutzendfach geflickten Mantel hervor. Im Vorbeigehen bedachte sie Gunid mit einem kecken Grinsen, bevor sie sich unter die Klappe beugte und das Zelt betrat. Gunid folgte ihr auf dem Fuß, da alles andere verdächtig erscheinen musste. Von den beiden Gauklern im Inneren erinnerte sie der eine mit seinem runden Kopf und dem Bart an einen Dachs, der andere mit der spitzen Nase an einen Specht. Sie prägte sich ihre Gesichter gründlich ein.

Als sie ihr Nachtlager bereitete, suchte sie sorgsam ihren Platz so aus, dass möglichst jeder, der zu ihr gelangen wollte, dafür über Eleazar hätte hinwegsteigen müssen. Das Geld und den Dolch mit in ihre Decken gewickelt, lag sie lange wach und fuhr bei jeder Regung ihrer Zeltgenossen zusammen, bis sie endlich doch die Erschöpfung übermannte.

9

Am nächsten Morgen weckte sie der Duft von frisch gekochtem Haferbrei. Die dralle, blonde Tänzerin rührte in dem Topf über der Feuerstelle, während sich ringsumher verschlafene Gestalten aus den Decken befreiten oder schon in ihre Kleider stiegen.

Beim Frühstück behielt Gunid Specht und Dachs besonders scharf im Auge, doch nichts an ihrem Verhalten ließ darauf schließen, dass sie gestern Abend noch darüber diskutiert hatten, sie auszuplündern und im Lager ihrem Schicksal zu überlassen. Gunid hätte den halben Inhalt ihrer Börse dafür gegeben, herauszufinden, welcher von beiden den Plan vorgeschlagen und welcher ihn abgeschmettert hatte. Es beruhigte sie nur, dass sich beide in einer Sache einig waren: Eleazar konnte sie trauen.

Kaum dass sie ihre Portion verdrückt hatte, warf sich Gunid den Umhang über und verabschiedete sich für diesen Tag von den Fahrenden. Anstelle ihres üblichen Kittels hatte sie diesmal einen langen Rock und ein Mieder angezogen. Heute würde sie keine beschwerlichen Wege zurücklegen oder körperlich hart arbeiten müssen, aber auf die Adligen, die sie zu befragen vorhatte, gedachte sie einen möglichst guten Eindruck zu machen.

Graue Wolken trieben über den Himmel wie eine gehetzte Pferdeherde, doch zumindest hatte der Regen aufgehört. Gunid fand schnell den breiten Verbindungsweg nach Süden wieder und begab sich, so rasch es das Gedränge zuließ, zum Viertel der kämpfenden Truppe. Wieder ließen die ‚Krallen' sie ohne Weiteres passieren, und anstatt sich auf ihr Gedächtnis zu verlassen, fragte sie sich zu dem Ort durch, den ihr der Quartiermeister genannt hatte. Bald stand sie vor einer Reihe von niedrigen Zelten auf einer flachen Hügelkuppe, die sich durch nichts von den umliegenden Zelten zu unterscheiden schienen. Nur die Schilde, die an den Planen lehnten, und die Feldzeichen, die entlang der Gassen im Boden steckten, gaben einen Hinweis darauf, welche Ritter mit ihren Waffenknechten hier untergebracht waren und welchen Hauptleuten sie unterstanden.

Ragalds Hauptmann war nicht im Quartier, doch nach einiger Fragerei hatte Gunid einen Feldwebel aufgetan, der ihr ebenfalls Auskunft geben konnte. Ja, Ragald Adolar habe zu diesem Trupp gehört. Ja, er wisse von dem Hinterhalt. Leider aber nichts Näheres, da der Edle Adolar als Freiwilliger dem Ruf eines anderen Hauptmanns gefolgt sei und der Hinterhalt somit nicht seine Leute betroffen habe. Er versah

Gunid mit dem Namen dieses anderen Hauptmanns und kam kaum dazu, sie zu verabschieden, so schnell strebte sie davon.

Der andere Hauptmann befand sich zwar auf seinem Posten, aber in einer wichtigen Besprechung. Ohnehin schien er um einiges wichtiger zu sein als Ragalds vorheriger Offizier, und einer der Ritter vor seinem Zelt erklärte Gunid nur barsch, sie würde hier keine Auskunft bekommen. Einzelheiten über die Missionen der einzelnen Trupps würden nicht ohne Weiteres an Außenstehende herausgegeben. Kein Flehen und kein Schimpfen konnten ihn erweichen.

Gunid ging, blieb aber in der Nähe. Gewiss, so dachte sie, hatten andere Kämpfer dieses gut abgeschotteten Hauptmanns mit Ragalds letztem Marschbefehl zu tun gehabt, und mit etwas Glück fand sie vielleicht einen, der bereit war, ihr davon zu erzählen. So trat sie auf jeden Kämpfer zu, der vorbeikam, und stellte jedem dieselbe Frage: ihr Herr werde vermisst seit einem Hinterhalt vor ein paar Tagen; Ragald Adolar sei sein Name, er führe als Wappen den schwarzen Raben im goldenen Feld ...

Viele, die sie ansprach, blieben nicht einmal stehen. Von den meisten anderen erhielt sie zur Antwort nur ein Kopfschütteln oder Achselzucken. Der Vormittag verging auf diese Weise, und sie unterbrach ihr Tun nur, um eine Latrine aufzusuchen – eine weitere Einrichtung, die ihr Eleazar erst hatte erklären müssen – und um bei einer Marketenderin, die mit ihrem Bauchladen durch diesen Teil des Lagers zog, ein Fladenbrot, etwas Schmalz und einen Krug Apfelmost zu erstehen.

Vereinzelte Sonnenstrahlen brachen durch die Wolken, und der Tag überschritt den Mittag. Ein Knappe konnte sich tatsächlich daran erinnern, dass Ragald sich hier gemeldet hatte, wusste aber nicht zu sagen, wohin oder mit welchem Befehl er anschließend ausgeschickt worden war. Der junge Bursche schien ehrlich betrübt, ihr weiter nicht helfen zu können.

Der Himmel in den Wolkenlücken wechselte allmählich von Blau zu Gold, und noch immer hatte Gunid nicht mehr in Erfahrung gebracht. Ein Ritter, den sie ansprach, musterte sie von oben bis unten und begann mit anzüglichem Grinsen: „Vielleicht weiß ich etwas über ihn, Süße ..." Gunid wandte sich mit einem verächtlichen Blick von ihm ab und stellte ihre immer gleiche Frage einem Waffenknecht, der mit dem bandagierten Arm in der Schlinge an ihr vorbeischlurfte.

Niedrig hing der Tagstern schon über dem Hügel, der die Zelte im Westen überragte. Ihr schmerzte die Kehle vom vielen Reden, ihre Lippen waren trocken und aufgesprungen, und noch immer hatte sich niemand gefunden, der ihr Gehör schenkte und tatsächlich etwas über Ragalds Verbleib zu sagen wusste. Schon liefen ‚Krallen' durch das Lager und verkündeten die nahe Ausgangssperre. Sollen sie mich meinetwegen hier herausschleifen, sagte sie sich und hielt einen älteren Adligen mit ergrauten Schläfen an, der selbst reichlich erschöpft sein Pferd am Zügel führte und nach einem langen Ritt roch. „Herr, entschuldigt bitte", sprach sie ihn an, und tatsächlich wandte er ihr das Gesicht zu, „ich versuche schon den ganzen Tag, etwas über meinen Herrn in Erfahrung zu bringen. Es heißt, er gelte seit einem Hinterhalt als vermisst. Sein Name ist Ragald Adolar. Als Wappen führt er den schwarzen Raben im –"

„Ist dein Name zufällig Gunid?"

Sie fuhr herum und sah sich einer ‚Kralle' gegenüber, einem hochgewachsenen, jungen Ritter, kaum so alt wie sie selbst, mit verwegenem, aschblondem Haarschopf und wachen, blaugrauen Augen. Die bleierne Vogelkralle hing ihm von einem weißen Wappenrock, gleich neben einem grünen Kleeblatt, das von einem schwarzen Schrägstreifen durchschnitten wurde. Er reichte von der linken Schulter bis zur rechten Hüfte. Ragald hatte ihr einmal erklärt, dass ein solcher Streifen im Wappen eine besondere Bedeutung besaß, doch sie hatte längst vergessen, welche.

„Ja." Sie ertappte sich dabei, den fremden Ritter anzustarren wie eine leibhaftige Erscheinung aus den Nebeln der Vesas. „Ja, Herr." Sie schluckte. „Woher wisst Ihr das?"

„Ragald hat immer viel von dir gesprochen." Mit einem offenen, herzlichen Lächeln trat der Ritter auf sie zu. „Ich bin Lennard Coron-Tavissar."

Hinter ihr murmelte der andere Edelmann etwas, und der müde Trott des Pferdes setzte wieder ein. Gunid achtete nicht darauf. „Seid Ihr der Lennard, der Ragald bei seinem ersten Tjost vom Pferd gestoßen hat?"

Lennard lachte. „Ich sehe schon, er hat auch von mir geredet."

„Das hat er." Erstmals seit Beginn ihrer Reise fühlte Gunid auf ihrem eigenen Gesicht ein entspanntes Lächeln. Eine Frage entrang sich ihrem Herzen und schlüpfte ihr unversehens auf die Lippen: „Was hat er über mich erzählt?"

Der Ritter legte schalkhaft den Kopf schräg und verdrehte die Augen nach oben. „Lass sehen, wo soll ich anfangen …" Er schüttelte grinsend den Kopf. „Im Groben und Ganzen, dass du eine Freundin bist, mit der man Pferde stehlen kann. Er sprach stets mit solcher Achtung von dir, dass ich in der ersten Zeit geglaubt habe, du wärest eine Edle aus einem Nachbarlehen. Ich fiel aus allen Wolken, als er mir sagte, dass du eine Hörige bist." Ohne Vorwarnung trat ein trauriger Zug auf sein Gesicht. „Ich bin froh, dich endlich kennenzulernen, aber ich hätte mir gewünscht, er hätte dich mir vorstellen können."

Wieder spürte sie, wie ihr das Herz angstvoll schneller schlug. „Was ist mit ihm geschehen?"

Lennard setzte zu einer Antwort an und unterbrach sich mit einem Blick die Gasse entlang. „Gehen wir ein paar Schritte. Ich muss meine Streife noch ablaufen." Langsam setzte er sich in Bewegung, und sie blieb an seiner Seite.

„Ragald nahm an einer Eskorte teil", begann Lennard in ernstem Ton. „Er sollte einen wichtigen Boten seiner Majestät begleiten."

„Wohin?"

„Das war geheim. Ich weiß nur, dass sie das Lager nordwärts verlassen haben. Das war vor elf Tagen.

Im Morgengrauen waren sie aufgebrochen. Am frühen Nachmittag stieß eine unserer Patrouillen auf – auf das, was von der Eskorte übrig war. Die Jattar mussten ihnen im Wald aufgelauert haben. Bogenschützen und eine doppelte Übermacht an Nahkämpfern.

Selbstverständlich hat unser Hauptmann sofort Suchtrupps ausschwärmen lassen, um das Waldstück zu durchkämmen und weitere Gruppen von Jattar, so wir sie gefunden hätten, auszuräuchern. Ich habe mich freiwillig gemeldet, und natürlich habe ich Ausschau nach Ragald gehalten. Er war nicht unter den Leichen, was mich zunächst beruhigte. Aber ich habe keine Spur von ihm gefunden."

„Was, wenn er irgendwo verletzt lag?"

„Wahrscheinlich tat er das", seufzte Lennard. „Aber wenn, dann liegt er dort jetzt seit elf Tagen. Ich glaube nicht, dass er noch lebt." Selbst im Dämmerlicht des Abends konnte sie deutlich die Trauer von seinem Gesicht ablesen.

„Ragald ist zäh", erwiderte Gunid ernst. „Er kann ohne Weiteres noch am Leben sein."

Lennard warf ihr einen skeptischen Blick zu. „Möglich wäre es", sagte er vorsichtig. „Aber dann sind da noch die Schattenbestien."

Gunid spürte, wie sich ihr die Nackenhaare aufstellten. „Schattenbestien?"

„So nennen wir sie." Grimmige Härte hatte sich in Lennards Stimme gemischt. „Dämonische Kreaturen im Dienst der Jattar. Nachts streifen sie um das Feldlager. Ich habe sie selbst noch nicht gesehen, aber sie sollen aussehen wie zum Leben erwachte Schatten, doppelt so groß wie ein Pferd."

Ehe Gunid noch erwähnen konnte, dass sie selbst schon einer solchen Kreatur begegnet war, fuhr Lennard fort: „Ihretwegen wagen wir kaum noch, nachts Patrouillen auszuschicken. Wir haben schon mehrere Spähtrupps an sie verloren. Sogar die nächtlichen Posten am Rand des Lagers haben sie schon attackiert und mindestens ein Dutzend Wachen getötet. Ins Lager selbst kommen sie bisher nicht, aber allein, was sie unserer Kampfmoral an Schaden zufügen –" Er brach ab und zeigte ein schiefes, humorloses Lächeln. „Das hätte ich dir jetzt nicht sagen dürfen. Du hast nichts gehört, ja?"

„Kein Wort, Herr Coron", gab sie sofort zurück.

Sein Lächeln gewann wieder an Herzlichkeit. „Nenn mich Lennard. Du hast mir übrigens noch gar nicht gesagt, was du hier treibst anstatt zuhause im Lehen."

„Ich – ich bin im Auftrag der Dame Witlinde Havegard hier." Sofort nestelten ihre Finger an der Gürteltasche mit dem Reisebrief. „Um über Ragalds Verbleib herauszufinden, was ich vermag." Sie zog die lederne Rolle hervor und hielt sie ihm hin. Lennard entrollte sie, und während er das Dokument betrachtete, zuckten seine Augen ein paarmal hin und her.

„Herauszufinden, was du vermagst?" Lächelnd gab er ihr die Rolle zurück. „Hier steht, dass du freigestellt bist, um nach ihm zu suchen."

Gunid spürte ihr Gesicht heiß werden. Von allen Bewaffneten, denen sie seit ihrem Aufbruch das Dokument gezeigt hatte, war Lennard offenbar der erste, der lesen konnte. Hastig rollte sie es wieder ein und verstaute es.

„Würdet Ihr mir einen Gefallen tun?", fragte sie nach einer Weile. „Oder zwei?"

„Wenn ich kann, gern."

„Es wäre mir eine große Hilfe, wenn Ihr mir Geleit zu meinem Quartier geben könntet." Sie dachte an Dachs und Specht. „Ich bin bei einer Gruppe von Fahrenden untergekommen, doch ich traue ihnen nicht.

Ich glaube, ich könnte dort sehr viel ruhiger schlafen, wenn sie sähen, dass ich mit einem Angehörigen der Krallen auf gutem Fuß stehe."

Lennard grinste. „Mit Vergnügen." Er legte den Kopf in den Nacken. In den Lücken zwischen den rosafarbenen Abendwolken zeigten sich bereits die ersten Sterne. „Ich hätte dich ohnehin begleiten müssen, damit du keinen Ärger wegen der Ausgangssperre bekommst. Zuvor müssen wir nur beim Diensthabenden vorbei, um mich abzumelden." Mit schiefgelegtem Kopf musterte er sie. „Der zweite Gefallen, nehme ich an, hat mit Ragald zu tun?"

„J–ja." Wieder spürte sie das Blut in ihre Wangen steigen. Sie gab sich einen Ruck und sah ihm fest ins Gesicht. „Ich möchte Euch bitten, mich gleich morgen früh in den Wald zu führen. Dorthin, wo er in den Hinterhalt geraten ist."

Der Ort hätte ebenso gut irgendwo daheim im Grenzwald liegen können. Ein breiter Weg wand sich um Felsen und moosige Böschungen herum und buckelte sich zwischen Wurzeln auf und nieder. Hinter den uralten Baumriesen am Wegesrand wucherte dichtes Strauchwerk übermannshoch. In der Nähe konnte Gunid schon seit einer Weile einen Bach rauschen hören.

„Hier ist es." Lennard zügelte die Pferde und stieg ab, um Gunid die Hand hinzuhalten. Sie stützte sich auf seine Schulter und kam sicheren Fußes auf dem Boden auf. Während sie noch ihren Kittel glatt strich, hob er bereits ihren Rucksack von dem Zelter.

„Ich bete zu Ephar, dass du ihn findest", sagte er niedergeschlagen, während er ihr dabei half, das schwere Gepäck überzustreifen. „Auch wenn ich ehrlich nicht weiß, wie du anstellen möchtest, was vorher mehreren Suchtrupps nicht gelungen ist. Gib nur gut auf dich acht. Unsere Späher sind zwar der Ansicht, dass seit dem Hinterhalt keine Jattar mehr diesen Teil des Waldes betreten haben, aber völlige Sicherheit gibt es nicht. Und sei vor Sonnenuntergang wieder im Feldlager, hörst du?"

Gunid spielte mit dem Gedanken, ihm von ihrer Begegnung mit der Schattenbestie zu erzählen, doch was hätte es genützt? So rückte sie sich nur den Rucksack zurecht und drehte sich zu dem Ritter um. „Danke, Lennard. Danke für alles."

Er verzog das Gesicht. „Ich wünschte, ich könnte bleiben und dir helfen, aber ich muss zurück zum Lager." Das Tageslicht aus dem perlmuttfarbenen Wolkenhimmel ließ die bleierne Kralle an seinem Wappenrock aufblinken, als er sich in den Sattel zog. Auf dem Herweg hatte er Gunid rücksichtsvollerweise den Zelter überlassen und war selbst auf dem Streitross geritten, doch nun wechselte er auf das bequemere Tier über. Bewegt sah er auf die Hörige herab. „Mögen sämtliche Götter dich behüten, Gunid. Ragald konnte –" Er räusperte sich. „Ragald kann sich glücklich schätzen, eine Freundin wie dich zu haben."

Sie lächelte zu ihm auf mit einer Zuversicht, die aufrechtzuerhalten ihr immer schwerer fiel, doch schien sie überzeugend genug, dass Lennard ihr Lächeln schließlich erwiderte. Er stieß dem Pferd die Fersen in die Flanken, und gehorsam setzten sich beide Tiere in Bewegung. Gunid sah ihnen hinterher, bis sie um die Wegbiegung verschwunden waren.

Hier also war es geschehen. Sie versuchte sich vorzustellen, wie der Hinterhalt vonstattengegangen sein mochte. Bogenschützen, hatte Lennard gesagt. Sie verstand nicht viel vom Kämpfen, doch dass Schützen freie Sicht benötigten, war sogar ihr als Bauerstochter klar. Langsam spähte sie einmal in die Runde. Vermutlich hatten sie sich dort oben verborgen, zwischen den Farnen auf dem Abhang zur Linken.

Unter der ersten Pfeilwolke mussten die Reiter gefallen sein wie die Fliegen. Nachdenklich betrachtete Gunid den Waldweg. Wäre Ragald in der ersten Salve tödlich getroffen worden, er hätte hier liegen müssen und wäre gefunden worden. Wenn er hingegen nur verletzt worden war, hätte er sich entweder mit dem Schwert gegen die nachfolgenden Angreifer verteidigt – und hätte genauso tot hier gelegen –, oder er wäre geflohen. Ein weiteres Mal drehte sie sich um sich selbst. Geflohen. Wohin? Nicht in Richtung der Schützen, soviel war sicher. Und auch entlang des Weges hätte eine Flucht wenig Sinn ergeben. Dort hätte er sich nur ohne Deckung der nächsten Pfeilsalve ausgesetzt.

Der Bach tönte ihr in den Ohren. Gunid trat an den Wegesrand zur Rechten und begann, das Unterholz zu untersuchen. Ihr geübtes Auge brauchte nicht lang, um die abgeknickten Zweige zu entdecken. Hier war jemand durch die Büsche gebrochen, und die Pflanzen hatten noch nicht genug Zeit gehabt, ihre Wunden zu heilen. Einmal mehr sah sich Gunid sichernd um, auch wenn das Zwitschern der Waldvögel ihr deutlich genug verriet, dass nichts und niemand Bedrohliches in der Nähe war. Dann streckte sie den Kopf durch das Gebüsch und spähte ins grüne Halbdunkel.

Vor ihr ging es einen Hang hinab, sanft auf den ersten paar Schritten, doch trotz des dichten Astwerks konnte sie gut erkennen, ab wo es steiler wurde. Die Spur aus geknickten Zweigen zog sich unübersehbar dort hinab. Gunid raffte Kittel und Hemd und tat einen Schritt ins Unterholz. Vorsichtig bog sie die Büsche beiseite und arbeitete sich bis zur Kante des Steilhangs vor.

Flüchtig fragte sich Gunid, warum Ragalds Fährte sie jedes Mal, wenn sie nach ihm suchte, zu einem Bach zu führen schien. Unter ihr plätscherte das Gewässer munter durch ein Bett aus runden, glatten Kieseln. Prüfend zog sie an einigen Wurzeln und Ästen und ließ sich dann geschwind zum Wasser hinab. Sie hatte sich nicht getäuscht: Die Spur der geknickten Zweige führte bis zum Bachbett – und endete dort.

„Tausend Schatten!", zischte Gunid. Ragald musste seinen Weg im Wasser fortgesetzt haben, um den Jattar, die den Hinterhalt gelegt hatten, keine Fährte zu bieten, die sie hätten verfolgen können. Du verdammter, geliebter, schlauer Fuchs, dachte sie und spähte den Bach hinab und hinauf, um zu entscheiden, in welche Richtung er wohl weitergerannt war. Abwärts, in Richtung des Feldlagers, stand das Unterholz so dicht, dass er, sobald er wieder aus dem Bach gestiegen wäre, unweigerlich wieder durch Sträucher hätte brechen müssen. Aufwärts hingegen ...

Gunid stöhnte. Gewiss war Ragald dem Bach nach oben gefolgt, wo sich das Gewässer zwischen den Felsen verlor. Dort oben hätte er an jeder beliebigen Stelle wieder ans Ufer treten können, ohne auch nur einen Grashalm platt zu treten.

Seiner Spur würde sie also nicht weiter folgen können. Ihr blieb nur die Hoffnung, sagte sie sich grimmig, jenen Weg einzuschlagen, den sie ihm am ehesten zutraute. Während sie Schuhe und Strümpfe auszog und im Rucksack verstaute, schickte sie ein Stoßgebet zu Vesas, dass sie ihren „kleinen Freund" nur halb so gut kannte, wie sie glaubte. Kalt strömte ihr das Wasser um die Knöchel, und die Kiesel des Bachbetts drückten ihre Fußsohlen, als sie sich auf die Fährte von Ragalds Gedanken begab.

Der lang gezogene Schrei eines Mäusebussard empfing sie, sobald sie sich neben einem kleinen Wasserfall hinaufzog und den Kopf über die Kante streckte. Der Anblick, der sich ihr bot, ließ ihr den Mut sinken. Hier schlängelte sich der Bach auf hunderte von Schritten zwischen flachen Felsen entlang. Wenn sie Ragald richtig eingeschätzt hatte, dann hatte er seinen Fluchtweg klug gewählt. Um hier eine Fährte zu hinterlassen, hätte er eine Spitzhacke gebraucht, und allein das Waldstück abzusuchen, das unmittelbar an die Felsufer grenzte, würde sie den vollen Rest des Tages kosten.

Gunid rastete einen Augenblick lang auf einer Steinplatte und sah sich um. Der Reitweg lag jetzt außer Sicht. Den Blick auf die Farne, zwischen denen sich vermutlich die Jattar auf die Lauer gelegt hatten, versperrte ein Dickicht aus Wacholderbüschen. In der Richtung zum Weg gab es einen Wildwechsel, der sich auf der anderen Seite des Baches fortsetzte, doch ansonsten konnte sie keine Pfade erkennen. Außer ihr – und hoffentlich Ragald – schien sich noch nie ein Mensch hierher verirrt zu haben.

Es drängte Gunid, mit der Suche zu beginnen, doch solange dieser Mäusebussard oben kreiste, wagte sie nicht, sich dem Unterholz zu nähern. Wieder tönte sein Schrei durch die Stille. Keines der kleineren Waldtiere würde sich rühren, während über ihm ein Greifvogel kreiste. Normalerweise zeigten die Laute der Singvögel und Nager Gunid an, dass sie allein war, und ihr Verstummen deutete darauf hin, dass sich ein Raubtier näherte oder andere Menschen. Diese Warnung aber fehlte ihr, wenn die Tiere ohnehin schon stumm verharrten, und in einem Wald, der voller feindlicher Krieger sein mochte, wagte sie nicht, darauf zu verzichten. Ehe nicht dieser Mäusebussard –

Es traf Gunid wie ein Schlag. Noch einmal hörte sie den lang gezogenen Schrei, der bei näherem Hinhören ganz und gar nicht zu einem Mäusebussard gehörte. Sie blickte nach oben und suchte die perlmuttfarbenen Wolken ab. Majestätisch kreiste dort oben mit unbewegt ausgebreiteten Schwingen der Schattenriss eines Greifvogels.

„Lif", flüsterte sie.

Zu all der Ausrüstung, die ihr die Dame Witlinde mitgegeben hatte, gehörte natürlich kein Falknerhandschuh. Gunid begann, ihren linken Arm mit einem Zipfel ihres Umhangs zu umwickeln, gab es aber sofort wieder auf. Zu ungleichmäßig legte sich der Stoff herum, zu sehr lockerte er sich bei jeder Bewegung. Sie öffnete den Rucksack, und das Erste, was ihr in die Hände fiel, waren die dicken, wollenen Reisestrümpfe. Ohne den strengen Geruch zu beachten, streifte sie in fliegender Hast beide über den linken Arm und schaute dabei immer wieder nach oben, ob der Vogel noch da war. Schließlich hob sie den Arm in Falknerpose und stieß einen Pfiff aus.

Zunächst schien der Vogel sie nicht zu beachten, doch auf den zweiten Pfiff hin trieb er näher heran. Täuschte sie sich, oder zog er nun, da er über ihr war, engere Kreise? Sie ließ einen dritten Pfiff hören.

Das Tier verließ die luftige Höhe und segelte in einer Spirale zu ihr herab. Gunid hielt den Atem an und reckte ihm den Arm entgegen. Die Flügel lösten ihre starre Haltung, begannen zu schlagen, und die Krallen streckten sich vor, um sich sanft auf ihrem wollig umkleideten Arm niederzulassen.

„Lif", stieß sie unter Tränen der Erleichterung hervor. „Oh, Lif!" Mit der freien Hand streichelte sie den Vogel, der seinen Kopf gegen ihre Wange schmiegte. Sein Gefieder war zerzaust, der rötliche Glanz auf den tiefbraunen Federn hier und da ein wenig stumpf, und das Brustbein stach ihren tastenden Fingern aus dem abgemagerten Leib entgegen. Aber Lif war hier, warm und lebendig, stieß sein vertrautes Kreischen aus und schlug zu Gunids Begrüßung mit den Flügeln.

Schließlich löste sie die streichelnde Hand von dem Vogel und ließ den Blick über das grüne Dickicht schweifen, die hundert Verstecke, in denen Ragald Unterschlupf gesucht haben mochte. Mit ernstem Blick wandte sie sich Lif zu, und als könne das Tier ihre Dringlichkeit spüren, legte es die Flügel an und nahm jene Haltung an, in der es immer den Befehl seines Herrn abgewartet hatte. „Lif." Sie fuhr sich mit der Zunge über die trockenen Lippen. Die dunklen Augen des Greifvogels blieben ihr aufmerksam zugewandt. „Führe mich zu Ragald."

Sie hob den Arm, warf den Vogel ab, und mit einem Kreischen schraubte sich Lif in die Höhe. Gunid raffte den Rucksack an sich und lief los, Ragalds treuem Gefährten hinterher.

Es ging weiter den Bach entlang und schließlich an einem der vielen Rinnsale hinauf, aus denen er sich speiste, durch lichten Farn und – Gunid wollte jauchzen, als sie den abgeknickten Zweig erblickte – unter den tief hängenden Ästen eines Holunder hindurch. Einmal musste sie Felsen umgehen, die Lif einfach überflog, doch der Vogel blieb nicht lange außer Sicht, sondern kreiste über ihr, bis sie das Hindernis umrundet hatte. Schließlich ging er nieder und verschwand in einer moosigen Niederung. Gunid lief an die Kante und konnte ihn unter sich am Boden sitzen sehen. Der Vogel hatte den Schnabel geöffnet und schwankte unter schweren Atemzügen vor und zurück.

Nicht minder schwer ging ihr selbst der Atem, und das Herz pochte ihr in der Kehle, als sie den Kittel raffte und mit zwei Sprüngen die Böschung hinabsetzte. Nun konnte sie sehen, dass sich Lif vor einer flachen Höhlenöffnung niedergelassen hatte. Gunid musste eben noch auf dem Dach dieser Höhle entlanggelaufen sein. Ihr Herzschlag steigerte sich zu wildem Hämmern, als sie sich niederbeugte und vorsichtig der Höhle näherte.

Je näher sie kam, desto deutlicher hörte sie ein gedämpftes Summen, wie von einem Bienenschwarm. Ein bestialischer Geruch wehte ihr entgegen, der Latrine im Feldlager nicht unähnlich, doch vermischt mit etwas anderem, üblerem …

„Nein!" In Panik streckte sie den Kopf in die Höhle, nur um ihn hustend wieder zurückzuziehen. Der Verwesungsgestank raubte ihr den Atem, doch nicht er allein war es, der ihr Tränen in die Augen schießen ließ. Es konnte nicht sein, es durfte einfach nicht sein, dass sie nur noch Ragalds Leichnam fände! Sie presste sich einen Zipfel ihres Umhangs vor Mund und Nase und kroch voran, auf die schlimmstmögliche Wahrheit gefasst und sie doch heftig von sich weisend.

Eine Wolke von Fliegen schwirrte ihr ins Gesicht, und im ersten Moment sah sie nichts als Dunkelheit. Als sich schließlich ihr Auge an den trüben Dämmerschein gewöhnte, der vom Wald hereinfiel, erkannte sie, worauf die kleinen Schmarotzer sich zum Festmahl niedergelassen hatten. Knochen, schmutzig rotes Fleisch, Fell und Federn schimmerten in der Nähe des Höhleneingangs, die Überreste eines Kaninchens und einiger kleiner Singvögel. Ein Kreischen von Lif lenkte Gunids Aufmerksamkeit zu ihm hinüber. Er musste versucht haben, seinen Herrn mit Fleisch zu versorgen, und vor ihr lagen die Reste davon.

Ihr Blick drang weiter ins Dunkel vor. Die Umrisse zweier Stiefel schälten sich aus dem Schatten, übereinanderliegend, wie sie gefallen waren, nachdem jemand – Ragald? – sie ausgezogen und von sich geworfen hatte. Zwei Pfeile und der abgebrochene Schaft eines dritten lagen verstreut in der Nähe. Noch weiter hinten, gute zwei Armeslängen tief in der Höhle, hing ein Paar Satteltaschen über einer Unebenheit des feuchten Bodens. Daneben erkannte sie ein sonderbares Bündel, in schmutziggelbes Tuch gehüllt. Unter dem Summen der Fliegen vernahm sie nun auch das Tropfen von Wasser, das aus dem Waldboden in die Höhle herabsickerte. Ein Zittern ging durch das Bündel.

Wie eine Wühlmaus robbte Gunid hastig tiefer in die Höhle hinein und spähte über die Bodenwelle hinweg. Noch weniger Licht fiel hier herein, doch es fing sich unverkennbar auf schweißglänzender Haut. Das Bündel, so erkannte sie, war ein Mensch, gehüllt in die verdreckten Überreste eines einstmals goldgelben Wappenrocks und gebettet auf eine nicht minder verdreckte wollene Decke ... nein, es war ein Umhang, wie sie an der Kapuze erkannte, die zusammengerollt den Nacken des Liegenden stützte. Ein offener Rucksack lag in Griffweite neben einer kraftlosen Hand, und nah bei dem zitternden Kopf ruhte ein umgedrehter Helm, halb mit Wasser gefüllt, unter einer der Stellen, an denen Feuchtigkeit aus der Höhlendecke herabtropfte.

Gunid löste ihren Umhang von Mund und Nase und sog vorsichtig die verpestete Luft ein. Der Gestank von Ausscheidungen überwog denjenigen von Aas, und nie zuvor war sie so glücklich gewesen, einen fiebrig rasselnden Atemzug zu hören. „Ragald?"

In den Schatten vor ihr flackerte das Weiße zweier Augen auf. „Ragald", wiederholte sie atemlos. „Ich bin es, Gunid."

Einen endlosen Moment lang blieben die Augen auf sie gerichtet, ehe sich langsam wieder Lider darübersenkten. Aus der Dunkelheit ertönte ein heiseres Flüstern: „Geh!"

Gunid, eben noch im Begriff, sich näher an ihn heranzuarbeiten, hielt in der Bewegung inne. „Was?"

„Geh", flüsterte Ragald wieder. „Verschwinde. Zurück in die Schatten, die dich ausgespien."

In ihrem Magen schien sich ein Strudel zu bilden und ihr alle Kraft aus den Gliedern zu saugen. Draußen vor der Höhle kreischte Lif, kaum hörbar über dem plötzlichen Brausen in ihren Ohren. Die Kehle schnürte sich ihr zu. Ihr inneres Auge sah ihn wieder zwischen Ähren, unter einem bleiernen Himmel, die Augen voller Schmerz angesichts ihrer Kälte. „... Ragald?", hörte sie sich wimmern, und das Dunkel der Höhle verschwamm hinter plötzlichen Tränen.

„Du bekommst mich nicht", hörte sie ihn wieder flüstern. „Ganz gleich, in welcher Gestalt. Geh!" Das letzte Wort hustete er in offenkundiger Anstrengung, und es riss sie aus ihrer Erstarrung.

„In welcher ... Gestalt?" Mit dem Zipfel des Umhangs, mit dem sie sich zuvor gegen den Gestank geschützt hatte, wischte sie sich die Augen. „Ragald, ich bin es, Gunid!"

„Gunid ist fern", hauchte er. „Hör auf, mich zu quälen, Dämon. Geh."

„Nein, Ragald, ich bin hier!" Wurzeln und Steine schürften ihr die Knie auf, als sie hastig auf ihn zurutschte. „Sieh mich an, ich bin Gunid! Sieh mich –"

Seine Hand krampfte sich um etwas am Boden und hielt ihr mit einem Ruck, der ihm die letzten Kräfte abverlangen musste, einen Dolch entgegen. „Bei meiner Liebe zu Gunid, lass ab von mir!"

Fassungslos starrte sie auf die zitternde Klingenspitze und klammerte sich zugleich an den Nachhall seiner Worte, die sie mit einer Woge neuer Kraft durchfluteten. Er war krank, schoss es ihr durch den Kopf. Natürlich musste er sie für einen Geist halten. Was sonst mochte er schon im Fieber an Erscheinungen gesehen haben? Langsam und vorsichtig wich sie von ihm zurück, und in ihrem Kopf wirbelte es auf der Suche nach einem Weg, zu ihm durchzudringen. Vor der Höhle ertönte der schrille Schrei von Lif.

Rückwärts kroch sie ans Licht hinaus. Das treue Tier saß auf einer Baumwurzel und spreizte erfreut die Flügel, als sie sich ihm auf Händen und Knien zuwandte.

Noch einmal zog sie sich die Strümpfe über den Arm und hielt ihn mit wild pochendem Herzen Lif hin. In ihrer Aufregung brauchte sie eine Weile, um sich dem Vogel begreiflich zu machen, doch schließlich ließ er sich auf ihrem Handgelenk nieder. Als sie mit ihm gemeinsam in die Höhle kriechen wollte, wurde er unruhig, doch sobald sie ihn streichelte und auf ihn einflüsterte, ließ er sich fügsam ins Dunkel tragen. Mit ungeschützter Nase musste sie sich jetzt durch die Wolke der Fliegen vorarbeiten, und so wurde es ihr zu einer mühsamen Plackerei, bis zu der Bodenwelle vorzudringen. Doch es gelang, ohne dass sich Lif den Kopf anstieß. Ein Zucken ging durch Ragalds Leib, und wieder sah sie die Klinge seines Dolches blitzen. Das Weiße seiner Augen war vor Grauen geweitet.

„Ragald", keuchte Gunid außer Atem, „sieh her. Sieh nicht mich an, sieh Lif an. Würde er auf meinem Arm sitzen bleiben, wenn ich ein Dämon wäre?"

Der Moment des Schweigens schien ihr endlos. Fliegen surrten um die Kadaver von Lifs Beutetieren. Ein Tropfen plätscherte in den Helm herab. Lif gab einige schnatternde, kehlige Laute von sich und zupfte mit dem Schnabel an seinem Gefieder.

„Gunid?"

Für den Moment klang Ragalds Stimme klar, zwar immer noch schwach und heiser, doch frei von dem Wahnsinn, der seinen Geist umfangen gehalten hatte. „Ja, Ragald. Ich bin es." Sie hörte und spürte, wie belegt ihre Stimme von den vielen Tränen war, die ihr in der Kehle feststeckten. „Ich bin es wirklich!"

Die weißen Flecken seiner Augen verschwanden, als er langsam die Lider schloss. Sie konnte es rascheln hören, als er den Kopf auf den Umhang sinken ließ. Die Klinge entglitt seiner Hand und klirrte leise auf einen Stein.

Sie gewann eine Vorstellung davon, wie sich Bergleute fühlen mussten, während sie Ragalds schlaffen Körper Stück für Stück aus der Höhle zerrte. Vermutlich fügte sie seinem Rücken dabei neue Schürfwunden zu, doch sanfter mit ihm umzugehen, erlaubte ihr weder das enge Erdloch, noch die drängende Zeit. Die Wolkendecke machte es ihr schwer, die Stunde zu schätzen, doch musste der Mittag bereits vorbei sein, als Ragald endlich im Tageslicht vor ihr lag.

Die Blässe in seinem Gesicht hatte mit Vornehmheit nichts mehr zu tun, sondern erinnerte eher an Ziegenkäse. Zusammen mit dem Rest Sonnenbräune erschien seine Haut aschgrau. Hohlwangig lag er da, zitterte und zuckte in unruhigem Halbschlaf, das Kinn mit zottigem, verklebtem Bartflaum bedeckt, das schwarze Haar eine verfilzte Masse, durch die sich vereinzelte Läuse ihren Weg bahnten. Gunid wusch sich mit Wasser aus ihrer Feldflasche die Hände und verbarg ihre braune Mähne sorgfältig unter Tüchern, sodass keine Strähne sich daraus würde lösen können, bevor sie daran ging, seinen geschwächten Körper zu untersuchen.

Der Wappenrock, in den sich Ragald anstelle einer Decke gewickelt hatte, stank zum Himmel und klebte an den Hemden, die er in mehreren Lagen übereinandergestreift hatte. Ohne Lagerfeuer war ihm wohl kein anderer Weg geblieben, sich einigermaßen warmzuhalten. Mit jeder Schicht, die sie ihm vom Leib schälte, wurde der Gestank nach Urin, Schweiß und Krankheit schlimmer. Zumindest aber schien ihm diese Mischung Flöhe und Wanzen vom Leib gehalten zu haben.

Sie erschrak, als ihr der abgebrochene Pfeilschaft auffiel, der das innerste Hemd an seine linke Schulter heftete. Sobald sie es ihm vom Leib riss, huschten Maden von der Blutkruste und den eitrigen Beulen darunter fort, um dem plötzlichen Licht zu entgehen. Gunids entsetzter Blick wanderte weiter an Ragalds Körper herab, über die Rippen, die sich deutlich unter seiner schweißverklebten Haut abzeichneten, über von altem Blut und Eiter durchtränkte Verbände um die Hüfte und den linken Oberschenkel.

So gut sie es vermochte, reinigte sie ihn mit Tüchern und dem restlichen Wasser aus ihrer Feldflasche. Als sie ihn auf den Bauch drehte, ragte ihr aus seiner Schulter die Spitze des Pfeils entgegen, dessen Schaft sie schon gesehen hatte. Sie zog daran, doch er war schon ein wenig eingewachsen, und als Ragald selbst im Schlaf schmerzerfüllt aufstöhnte, gab sie es vorerst auf. Ein Heiler im Feldlager würde ihm das verfluchte Ding herausschneiden müssen.

Sie entfernte die alten Verbände und kramte ihre Arzneitasche aus dem Rucksack, um die Wunden mit Branntwein zu waschen und mit frischen Tüchern zu umwickeln. Schließlich nahm sie ihre eigene Decke, hüllte ihn darin ein und bettete ihn auf ein Moospolster, bevor sie sich eine kurze Pause gestattete. Lif saß derweil auf einem nahen Ast und putzte sich das Gefieder.

Als sich eine Lücke in den Wolken auftat, gemahnte sie ein Lichtfinger der goldenen Nachmittagssonne, wie wenig Muße sie sich erlauben konnte. Gunid kroch wieder in die Höhle hinein und sammelte von Ragalds Ausrüstung zusammen, was sie darin fand. Sein Rucksack wog fast nichts, und als sie hineinsah, entdeckte sie nur einige Kleidungsstücke, Lifs Falkenhaube, einen Falknerhandschuh, ein Säckchen mit Feuerzeug, eines mit Waschzeug und ein paar Brotbeutel, die nichts mehr enthielten als Krümel von Zwieback und Käse. Langschwert und Rüstung und das lederne Schulterstück für Lif lagen als unordentliches Bündel gleich neben den Stiefeln in einer Kuhle. Das Paar Satteltaschen aber klirrte leise, als Gunid sie anhob, und sie konnte einem neugierigen Blick hinein nicht widerstehen.

Neben Wachstafeln und Schreibgriffeln, einem kleinen, ledergebundenen Buch und einigen sonderbaren Schmuckstücken aus Messing enthielten die beiden Taschen zusammengenommen ein halbes Dutzend Tuchbeutel. Gunid gingen die Augen über, als sie einen davon öffnete und ihn voller Silbermünzen fand. Jeder einzelne dieser Beutel ließ die Reisebörse, die ihr die Dame Witlinde überlassen hatte, wie den Inhalt einer Bettelschale erscheinen.

Außerdem fand Gunid eine röhrenförmige Lederhülle. Den Deckel verschloss ein Fleck Siegelwachs, in den deutlich erkennbar der Umriss eines Drachen eingeprägt war: das königliche Wappen. Nachdenklich ließ Gunid die Röhre sinken und sah auf den schlafenden Ragald hinab, über dessen zitterndes Gesicht schon wieder Schweißbäche liefen.

Sie räumte den Inhalt in die Satteltaschen zurück und verstaute sie in ihrem eigenen Rucksack, ganz unten, sodass sie einem Wachposten oder einem Langfinger beim ersten Öffnen nicht auffallen würden. Danach nahm sie die Axt heraus und begann, junge Bäume zu fällen und von größeren Bäumen stabile Äste abzuschlagen. Die stinkenden Reste von Ragalds Wappenrock zerriss sie in Streifen und knotete damit aus dem Holz eine Trage zusammen. Mit viel Mühe gelang es ihr, ihren Freund auf das Gestell zu wuchten. Einmal, als sie gerade die Arme um seine Schultern gelegt hatte, schlug er die Augen auf und wisperte ihren Namen.

Der Himmel in den Wolkenlücken nahm bereits den ersten rötlichen Schimmer an, als sie endlich Ragald und all ihre gemeinsame Ausrüstung auf der Trage verstaut hatte und sich in ihr improvisiertes Geschirr legte, um ihn hinter sich herzuziehen. Ihn aus der moosigen Senke herauszuhieven, erwies sich als holpriges und kräftezehrendes Unterfangen, doch nachdem sie dieses Hindernis überwunden und sich eine kurze Rast gegönnt hatte, kam sie besser voran. Lif saß gemütlich auf einer der Stangen des Gestells und gab gelegentlich kehlige Laute von sich.

Keuchend und schwitzend plagte sie sich ab, und gelegentlich zerkaute sie einen Fluch zwischen den Zähnen, doch jeder Schritt brachte Ragald der Rettung näher. Sie schleifte die Trage um die Felsen herum, die Lif auf dem Herweg überflogen hatte, und über einige Bodenwellen weiter in Richtung des Baches. Bei dem Holunder schien sich das Gestell an etwas zu verfangen, und nach einigen vergeblichen Rucken ließ sie die Riemen von den Schultern sinken und drehte sich um. Zu ihrer Verblüffung hatte Ragald einen Zweig des Holunders ergriffen und hielt ihn mit letzten Kräften umklammert. Nun, wo nicht mehr ihre Schritte durch das Gehölz brachen, konnte sie auch hören, dass er leise nach ihr rief.

Sofort ging sie neben ihm in die Hocke. Seine blauen Augen glänzten vom Fieber, doch er schien sie klar zu sehen, als er flüsterte: „Nicht ins Lager."

Gunid verdrehte mit einem Seufzen die Augen. „Ragald, du brauchst einen Heiler", erklärte sie ihm in dem Tonfall, in dem sie mit einem kleinen Jungen geredet hätte. Sie setzte zum Weiterreden an, doch plötzliche Angst flackerte in seinen Augen auf und brachte sie zum Schweigen. „Nicht ... ins Lager", stöhnte er noch einmal. Die Lider sanken ihm herab, und der Kopf rollte auf die Seite. „Verrat", flüsterte er so leise, dass sie ihn kaum verstehen konnte. Seine Hand um den Holunderzweig erschlaffte und blieb gerade noch mit zwei Fingern daran hängen.

Sie starrte ihn an und ließ sich schließlich erschöpft auf einen umgestürzten Baumstamm sinken. Vesas, dachte sie, warum gerade ich? Noch einmal betrachtete Gunid das bleiche, eingefallene Antlitz ihres Jugendfreundes. Schon jetzt war von der Reise, die sie seinetwegen angetreten hatte, ihre Abenteuerlust mehr als gestillt. Vielleicht war seine jetzige Sorge vor Verrat ja nur eine weitere Ausgeburt des Fiebers? Was aber, wenn er recht hatte und sie ihn tatsächlich in Gefahr brächte, indem sie mit ihm den Weg zum Lager fortsetzte? Sie wälzte den Gedanken hin und her, sah zu den Wolkenlücken auf, deren Ränder sich bereits rot zu färben begannen, und fällte ihre Entscheidung. Ragald öffnete die Augen, als sie sich wieder an seine Seite hockte und mit der Hand sein Gesicht berührte.

„Ich bringe dich zum Tross, Ragald", sagte sie, ohne die Hand zurückzuziehen. „Verstehst du mich? Wir verstecken dich im Tross. Dort suchen wir nach einem Heiler für dich."

Seine Lider schlugen, und ein kraftloses Nicken bewegte seine Wange in ihrer Hand auf und nieder. Als ein schwaches Lächeln seine Lippen kräuselte, erinnerte eine warme Woge in ihrem Herzen sie daran, warum sie all dies auf sich nahm. Lif stieß ein Kreischen aus und flatterte mit den Flügeln, und Gunid hängte sich wieder ins Geschirr und zerrte Ragald dem Feldlager entgegen.

10

Ihn vor Sonnenuntergang bis zu den ersten Wachposten zu schleifen, war schon kräftezehrend genug. Um ihn unauffällig in den Tross zu schmuggeln, schwitzte sie Blut und Wasser.

Sie näherte sich bereits der Rodung, die das ganze Lager ringförmig umgab, als ein Schnattern von Lif sie daran erinnerte, dass sie kaum ohne Aufsehen an den Wachen vorbeikäme, solange sie einen edlen Jagdvogel mit sich führte. Schnell streifte sie den Handschuh über und ließ den Bussard steigen, ehe sie alles, was an Falknerausrüstung erinnern mochte, tief in ihren eigenen Rucksack senkte und mit Kleidung und Verpflegung bedeckte. Auf ihrem Weg den Hügel hinan vergewisserte sich Gunid immer wieder mit sichernden Blicken zum Himmel, dass Lif ihr kreisend folgte.

Nur ein schmaler, roter Streifen der Sonne lugte noch über die Hügel im Westen, als sie den hölzernen Hochsitz auf der nördlichen Anhöhe erreichte. Bei Ragalds Anblick überschütteten die Wachen sie mit Fragen, bei deren Beantwortung sie so eng wie möglich an der Wahrheit blieb: dass sie ihn in diesem Zustand im Wald gefunden habe, in einem Erdloch; dass sie nicht wisse, wie lang er dort gelegen habe, aber es müssen wohl schon etliche Tage gewesen sein; dass ihr keine Jattar im Wald begegnet seien, sonst stünde sie doch wohl nicht lebendig hier! Dass sie, tausend Schatten noch mal, keine Zeit für noch mehr Fragen habe, da sie vor der Ausgangssperre mit ihm einen Heiler aufsuchen wolle! Die Wachen ließen sich von ihrer Dringlichkeit erweichen und winkten sie vorbei, nahmen ihr aber das Versprechen ab, sich mit ihrem Fund gleich am morgigen Tag bei der kämpfenden Truppe zu melden. Sie nickte bloß und gab damit die einzige Lüge von sich, abgesehen von ihrer Behauptung, den Verletzten nicht zu kennen.

Kaum war sie außer Sicht der Wachen, verzog sie sich mit Ragald in eine Seitengasse zwischen zwei großen Zelten und streifte Handschuh und Schulterstück über. Schon auf ihren ersten Pfiff hin kam Lif herabgesegelt und ließ sich auf dem dicken Leder nieder. Das arme Tier war vollkommen erschöpft. Jagdvögel pflegten keine langen Strecken zu fliegen, und mehr als eine Stunde täglich in der Luft grenzte für einen Bronzebussard schon an Quälerei. Heute hatte er sicherlich die doppelte Zeit dort oben verbracht. Sanft streichelte Gunid dem ausgelaugten

Vogel über das Gefieder und sprach ruhig auf ihn ein, wie tapfer er gewesen sei, ehe sie ihm schließlich die Kappe überstreifte und ihm so die wohlverdiente Ruhe gönnte. Sie wünschte nur, sie hätte dem halb verhungerten Tier auch etwas Futter bieten können.

Mit Lif auf der Schulter wurde es nicht eben leichter, Ragald durchs Lager zu zerren, doch hier, umgeben von wer weiß wie vielen Langfingern, wagte sie nicht, das kostbare Tier auf dem Gestell reiten zu lassen, wo sie es nicht im Blick hatte. ‚Krallen' kamen ihr entgegen und verkündeten die Ausgangssperre, und mehr als einmal wurde sie angehalten und nach dem Verletzten befragt. Jedes Mal gab sie eine verkürzte Version der Geschichte zum besten, die sie auch den Wachen auf dem Hügel erzählt hatte, und bat ungehalten darum, weitergehen zu dürfen, um einen Heiler aufzusuchen. Dass ihr von der anstrengenden Arbeit als Zugtier der Schweiß von jeder Haarsträhne tropfte, trug sicherlich dazu bei, dass die ‚Krallen' sie ziehen ließen, ohne ihr noch weitere Fragen wegen Lif zu stellen.

Ein vielleicht zehnjähriger Junge, der sich gegen zwei kleine Silbermünzen als Fackelträger hergab, leuchtete ihr schließlich das letzte Stück bis zum Quartier der Fahrenden. An diesem Abend hatte eine Vorführung stattgefunden, und so saßen einige der Gaukler noch im vollen Kostüm erschöpft bei den Wagen, während ihre Kameraden im letzten Licht der niedergebrannten Fackeln die Kulissen abräumten und den Platz fegten. Eleazar kam ihr in seinem blau-gelben Erzählergewand entgegengelaufen, und sein Blick wechselte erstaunt zwischen dem edlen Jagdvogel auf ihrer Schulter und dem Verletzten auf ihrer Trage hin und her. „Ist das –"

„Der Mann, nach dem ich gesucht habe", fiel ihm Gunid grimmig ins Wort. „Kann ich dich einen Moment unter vier Augen sprechen?"

Eine Traube von Fahrenden bildete sich um Ragald, und die alte Frau, die das bunte Maskottchen der Truppe versorgte – den Papagei, wenn sich Gunid richtig an die Bezeichnung des Vogels erinnerte –, schnauzte ihre Gefährten an, nicht auf den Verletzten zu treten. Während sie Eleazar hinter den Kastenwagen folgte, beobachtete Gunid die Fahrenden genau, und das begehrliche Glitzern in den Augen, mit dem der Specht das kostbare Tier auf ihrer Schulter betrachtete, entging ihr ebenso wenig wie das zweifelnde Stirnrunzeln, mit dem der Dachs seinen Kameraden bedachte. Nun wusste sie, welcher von beiden sie hatte plündern wollen.

„Ist der Name meines Herrn unter deinen Leuten bekannt?", fragte sie mit gesenkter Stimme, kaum dass sie mit Eleazar außer Sicht der anderen war. Auf sein Kopfschütteln hin atmete sie auf. „Ich bitte dich, ihn auch weiterhin geheim zu halten. Der Mann, den ich gefunden habe, heißt einfach nur Ragald, in Ordnung?"

Misstrauen mischte sich in Eleazars Miene. „Weshalb?"

Gunid fasste ihm zusammen, wie sie Ragald gefunden hatte und was seine letzten Worte im Wald gewesen waren. „Verrat, hat er gesagt?" Die Miene des riesenhaften Gauklers verfinsterte sich noch mehr. „In solche Angelegenheiten will ich meine Sippe nicht hineinziehen."

„Ich bitte immer noch nur um Obdach." Gunid war sich bewusst, dass ihre drängende Stimme eher fordernd denn bittend klang. „Für ihn und mich. Gib Ragald ein paar Tage, um zu genesen. Bitte. Danach werden wir gehen und dich und die Deinen nie wieder behelligen."

Eleazar schüttelte den Kopf. Die Fackeln von der Bühne her flackerten niedrig und tauchten mehr als sein halbes Gesicht in Schatten. „Er wird mehr als ein paar Tage brauchen. Und dich und deinen – deinen Freund können wir vielleicht noch unauffällig hier unterbringen, aber was ist mit diesem Vieh?" Seine Hand ruckte auf Lif zu, der auf den Luftzug hin den verkappten Kopf drehte und einen krächzenden Laut ertönen ließ.

„Wenn es abseits der Quartiere der Edlen einen Ort in diesem Feldlager gibt, wo ein Bronzebussard nicht auffällt", zischte Gunid, „dann ist es hier. Sag den Leuten doch einfach, er gehöre zur Vorstellung."

„Dann muss er aber auch in der Vorstellung auftreten!" Eleazar hielt inne. Eine seiner Pranken hob sich bedächtig zum Kinn. Nachdenklich betrachtete er Gunid von oben bis unten, während er sich den grauschwarzen Bart rieb. „Kannst du mit dem Vogel umgehen?"

Mit einem Seufzen ergab sie sich in ihr Schicksal. „Habt ihr ein Federspiel?"

Nachdem alles mit Eleazar besprochen war, stellte er ihr zwei seiner Leute an die Seite, die ihr halfen, Ragald auf der Trage zum Bader zu bringen. Gunid lief mit einer Fackel vorneweg, und trotz der Dunkelheit fand sie das große Zelt auf Anhieb. Der Bader, der soeben hatte schlafen gehen wollen, wirkte ein wenig mürrisch, doch das Lächeln auf seinem dunklen Gesicht war höflich wie immer, und als er sah, in welchem Zustand Ragald sich befand, scheuchte er sofort zwei seiner Gehilfen aus dem Bett.

Sie bereiteten einen Zuber mit heißem Wasser, stutzten Ragald das Haar und befreiten es von Läusen, rasierten ihm den verzotteten Bartflaum ab und säuberten gründlich seinen schlaffen, leblosen Körper. Währenddessen kochte der Bader sein Arztbesteck ab und entzündete Laternen, in deren Schein er alsbald sein blutiges Werk verrichtete. Gunid fühlte ihr eigenes Blut aus den Wangen weichen, als sich die Klinge Ragalds Schulter näherte. Mit behutsamen Schnitten löste der kleine Südländer das Fleisch von dem Pfeilschaft, ehe er ihn schließlich mit einem Ruck aus dem Körper herausdrehte. Die ganze Zeit über hielt einer seiner Gehilfen Ragald einen Stock zwischen die Zähne gepresst, doch die Maßnahme erwies sich als unnötig; der junge Edle blieb ohne Bewusstsein.

Erst danach ging der Bader daran, die eitrigen Geschwüre aufzuschneiden und die Wunden fachkundig zu versorgen und zu nähen. Gunid wurde es flau im Magen, doch sie konnte den Blick nicht abwenden. Fest hielt sie Ragalds schlaffe Hand und betete stumm zu Vesas.

Nach einer Ewigkeit, wie es ihr schien, lag Ragald mit sauberen Verbänden um alle drei Verletzungen da, während der Bader seinen Körper von allen Seiten besah, abtastete, abhorchte und sogar beschnüffelte. Er flößte dem Bewusstlosen Wasser ein und brachte ihn mit einem Griff an den Kehlkopf zum Schlucken. In den nächsten Tagen, so erklärte er Gunid, würde Ragald viel trinken müssen. Danach füllte der Bader Kräuter für einen fiebersenkenden Sud in einen kleinen Tontopf und erklärte ihr, was Ragald in den nächsten Tagen essen durfte und wie sie ihn pflegen sollte. Seine sonderbare Aussprache war für ihren müden Kopf doppelt unverständlich, und so musste sie mehrmals nachfragen und war dankbar dafür, dass er nicht die Geduld verlor.

„Das Fieber hat ihn sehr geschwächt", sprach der kleine Mann abschließend in seinem südländischen Singsang. „Ich habe für ihn getan, was ich vermag. Alles Weitere liegt nun in den Händen der Götter."

Um sein Honorar zu bezahlen, genügte die Börse an Gunids Gürtel nicht. Sie musste aus dem Beutel in ihrem Ärmel Münzen hinzufügen. In ihrer Müdigkeit war es ihr gleich, dass sie so auch den beiden Fahrenden eines ihrer Geldverstecke offenbarte.

Den Rückweg zum Quartier der Gaukler tappte sie schon halb im Schlaf entlang. Ihre Begleiter trugen Ragald zu einem der Planwagen, den Eleazar als Krankenlager hatte räumen lassen. Die Alte mit dem Papagei wartete dort im Schein einer Laterne, um die Wache bei dem Kranken zu übernehmen. Gunid reichte ihr das Töpfchen mit den Kräutern und gab ihr die Weisungen des Baders weiter, ehe sie vollkommen erschöpft zum Zelt wankte. Als sie auf ihr Lager fiel, war es ihr gleich, ob Specht und Dachs ihr heute Nacht die Kehle durchschneiden würden. Sie versank sofort in tiefen, traumlosen Schlaf.

Am nächsten Morgen huschte sie noch vor dem Frühstück hinüber zum Planwagen. Die dralle, blonde Fahrende, die an Ragalds Lager die Hundewache übernommen hatte, begrüßte sie mit einem Gähnen und der Nachricht, dass sich an seinem Zustand nicht viel geändert hätte. Gunid stieg selbst in den Wagen und strich Ragald über das Haar und die glühende Stirn. Kurz öffneten sich seine Lider, und mit fiebrigem Glanz in den Augen sah er durch sie hindurch, doch er lächelte.

Kaum hatte sie ihren Haferbrei heruntergeschlungen, hastete Gunid zum Viertel der kämpfenden Truppe. Sie fragte eine ‚Kralle' nach einem Händler für den Bedarf von Jagdvögeln, und schon eine Viertelstunde später gelangte sie an den Stand, den ihr der hilfsbereite Knappe gewiesen hatte. Sie erstand einen Sack voll Futter „für den Vogel meines Herrn" und fragte nach einem Federspiel. – Gewiss, er könne ihr eines anfertigen, bis morgen früh. – Ob er nicht ein gebrauchtes habe, das er ihr sofort abtreten könne? – Sie feilschten hin und her, und sie verließ den Händler mit seiner Zusage, dass er bis zum Mittag ein Federspiel für sie habe.

Eilig kehrte sie zu den Fahrenden zurück. Wieder sah sie zuerst bei Ragald vorbei und hörte sich von Marissa, die jetzt die Wache an seiner Seite übernommen hatte, eine anzügliche Bemerkung über sein strammes Gesäß an. Gleich danach lief sie hinter das Zelt, zu dem Balken, auf dem sie Lif angebunden hatte. Der Vogel begrüßte sie mit gespreizten Flügeln und freudigem Kreischen, und mit wahrem Heißhunger stürzte er sich auf das Fleisch, das sie ihm brachte.

Kurz meldete sie sich bei Eleazar und versicherte ihm, mit dem Vogel ginge alles bestens, ehe sie auch schon wieder zum Viertel der Kämpfer aufbrach. Der Händler hatte Wort gehalten und ein Federspiel für sie aufgetrieben, und mit dem befiederten Lederkissen unter dem Arm durchquerte sie ein weiteres Mal das Lager, zurück zum Quartier der Fahrenden. Schon jetzt wurde ihr die Rennerei für diesen Tag allmählich zu viel.

Trotzdem führte sie den Fahrenden nach dem Mittagsmahl vor, wie sie mit dem Greifvogel umzugehen verstand. Lif beugte sich aufmerksam vor, als sie ein Stück Fleisch aus dem Futtersack auf das Ende des Lederkissens steckte, so als verstehe er, was ihn erwartete. Gunid streifte den Handschuh über, nahm Lif auf den Arm und ging mit ihm zum freien Platz hinüber, auf dem sich die Gaukler bereits versammelt hatten. Die ungewohnte Rolle als Zuschauer schien viele zu amüsieren, und Eleazar thronte mit erwartungsvollem Grinsen auf dem Kutschbock des Kastenwagens. Gunid löste Lif die Riemen und warf ihn ab.

Sobald sie begann, das Federspiel an seiner Schnur im Kreis zu wirbeln, stieß der Bussard darauf nieder und schwang sich sogleich wieder in die Höhe. Es war das erste Mal, dass sie selbst mit diesem Gerät umging – bislang hatte sie immer nur Ragald dabei zugesehen –, doch schnell hatte sie sich in das Wechselspiel mit dem Vogel eingefunden, und nach einer Weile begann es sogar, ihr Spaß zu machen. Wieder und wieder griff der Bussard an, und wann immer er das Kissen streifte, musste es Federn lassen. Schließlich ließ Gunid es mit Lifs letztem Stoß zu Boden fallen. Die Klauen in das Leder geschlagen, hackte er mit dem Schnabel nach dem aufgesteckten Stück Fleisch und holte sich den Lohn seiner Mühen.

Eleazar war der Erste, der applaudierte. Vorsichtshalber nahm Gunid den Vogel wieder auf den Arm, um ihn notfalls zu beruhigen, doch er nahm das Klatschen und Johlen der Gaukler gleichmütig hin und widmete sich ganz seinem erbeuteten Futter. Als sie seine Läufe wieder mit den Riemen an dem Handschuh befestigt hatte und sich vor den Fahrenden verbeugte, ertappte sie sich dabei, dass sie über das ganze Gesicht grinste.

Den Nachmittag verbrachte sie an Ragalds Lager. Sie tupfte ihm den Schweiß von der heißen Stirn, erneuerte seine Wadenwickel, und als er erwachte, flößte sie ihm Wasser ein, heiße Brühe und einen Becher Sud aus den Kräutern, die ihr der Bader mitgegeben hatte. Als sie ihm half, sich in einen Nachttopf zu erleichtern, ging es ihr durch den Kopf, dass dies gewiss nicht die Weise war, in der sie seine Nacktheit jemals hatte erkunden wollen. Sie musste aber auch Marissa zugestehen, dass die Gauklerin mit ihren anzüglichen Bemerkungen recht gehabt hatte: selbst krank und ausgezehrt wirkte er noch stattlich.

Auch wenn er nicht schlief, blieb er doch in einem Dämmer gefangen, in dem er zwar mit ihr sprach, aber keine zwei zusammenhängenden Sätze hervorbrachte. Die Art, wie er sie in diesem Zustand anlächelte, wärmte ihr zugleich das Herz und schnürte ihr die Kehle zu. Sie mochte ihn aus dem Wald geholt haben, doch sein Leben, das spürte sie, stand immer noch auf Messers Schneide.

Widerwillig räumte sie gegen Abend ihren Platz für Madurin, die Alte mit dem Papagei, und begab sich ins Zelt, um sich für ihren Auftritt vorzubereiten. Eleazar hatte den Nachmittag damit verbracht, eine Geschichte um den Kampf eines Falken gegen eine Hexe zu spinnen, und so wurde Gunid mit einem wallenden, schwarzen, viel zu tief ausgeschnittenen Gewand und totenbleicher Schminke ausstaffiert. Selbst die Lippen wurden ihr schwarz bemalt, und das braune Haar verschwand unter einem weiten, schwarzen Tuch, das ihr Marissa mit vielen Nadeln feststeckte. Stumm dankte Gunid Vesas, dass niemand aus ihrem Dorf sie so sehen konnte. Das Federspiel besteckte derweil einer der Gaukler mit bunten Federn, die es dem Papagei nicht unähnlich erscheinen ließen.

In der Stunde vor Sonnenuntergang sammelten sich Kämpfer aus dem Hauptlager und Volk aus dem Tross, um der Vorführung beizuwohnen. Die erste Hälfte der Darbietungen verfolgte Gunid aus den Kulissen heraus, hinter einer Plane hervor, die als Kulisse für das Schauspiel mit den Zinnen einer Burg bemalt war. Schließlich aber stand sie bereit, das Herz vor Aufregung im Hals klopfend, den bekappten Lif auf dem Handschuh sitzend, und hörte zu, wie Eleazar mit wohltönender Stimme ihren Auftritt ankündigte: „… und in der Rolle der Hexe die unvergleichliche Gunadola!" Sie verzog das Gesicht und nahm sich vor, dass die unvergleichliche Gunadola ihm allein für diesen Namen bei Gelegenheit Furunkel an den Hintern hexen würde.

In den Fackelschein zu treten und sich einer Meute von Zuschauern zu stellen, ängstigte sie auf seine Weise mehr, als einen Wald voller fremder Gefahren zu durchqueren. Ein Raunen ging bei ihrem Anblick durch die Menge, und die Pfiffe einiger Burschen riefen ihr unangenehm ins Gedächtnis, wie viel von ihrer Brust in diesem Moment zu sehen sein musste. Dankbar erinnerte sie sich, dass die dicke Schminke ihr Erröten verbarg, und hielt die Augen starr geradeaus gerichtet, während sie sich steifbeinig zur Mitte des freien Platzes begab. Applaus begrüßte sie, und Lif drehte neugierig den verhüllten Kopf umher.

Sobald die Sackpfeife einsetzte, entfernte sie ihm die Kappe und warf ihn ab. Sofort tönte wieder Eleazars Stimme über den Platz und begann zur Musik, sein Märchen von dem Falken zu erzählen, dem die Hexe die Gefährtin geraubt hatte. Gunid ließ das Federspiel im Kreis wirbeln, und während Lif immer wieder darauf niederstieß, schilderte Eleazar, mit welchen Trugbildern die Hexe den tapferen Vogel genarrt habe. „Doch das rechtschaffene Tier blieb siegreich", und Gunid ließ das Federspiel zu Boden fallen und sah kopfschüttelnd zu, wie Lif aus seiner „Gefährtin" den Fleischbrocken pickte, während Eleazar mit wohlgesetzten Phrasen seine Erzählung beendete.

Mit weichen Knien verneigte sie sich vor dem Jubel der Menge, und erst, als sie wieder mit Lif auf dem Arm hinter den Kulissen stand, begriff sie, dass es kein Zufall war, wie viele der geworfenen Münzen ihren Ausschnitt getroffen hatten. Ehe sie aber Zeit fand, sich darüber zu ärgern, hielt ihr bereits eine Hand einen Becher Met hin. „Gut gespielt!" Sie sah auf und stellte verblüfft fest, dass es Specht war, der ihr mit herzlichem Lächeln das Getränk reichte. Jede Spur von Feindseligkeit war aus seinen Augen gewichen.

Nach der Aufführung, als Lif wieder hinter dem Zelt auf seinen Balken gebunden saß, half Gunid mit, den Platz aufzuräumen, und nahm Teil an dem Flachsen und Fluchen der Gaukler ringsumher. Sie war nicht länger die Sesshafte, verstand sie, die von den Fahrenden nur in ihrer Mitte geduldet wurde. Niemand würde mehr Pläne schmieden, sich an ihr oder ihrem Hab und Gut zu vergreifen. Nach dem heutigen Abend gehörte sie dazu.

Wie sehr, das wurde ihr klar, als Buralind, die dralle Blonde, am nächsten Morgen nach dem Frühstück an sie herantrat mit den Worten: „Ich habe mich noch einmal nach einer Heilerin für deinen Ragald umgehört. Sie ist gerade bei ihm."

In Hemd und Kittel rannte Gunid zum Wagen. Kühler Morgennebel hing noch über dem Lager, doch der Schein einer Laterne erhellte von innen die Plane und geleitete sie. Eine tiefe Frauenstimme knarzte Weisungen, und als Gunid den Kopf hineinsteckte, sah sie als erstes einen

Rücken in einem Gewand aus Sackleinen, der sich über Ragald beugte. Marissa, die der Heilerin Tiegel und Tücher anreichte, grinste Gunid entgegen, als sie sich in den Karren hinaufzog.

Die alte Frau schenkte ihr keinen Blick. Das Haar hatte sie vollständig in ein grünes Tuch eingewickelt, und ihr Gesicht, verschrumpelt wie eine Rosine, ruhte aufmerksam auf dem schlaffen Körper, den ihre knochigen Hände mit Salben einrieben. Ein seltsam säuerlicher, aber angenehmer Duft hing unter der Plane, und Gunid sah sich suchend um, bis sie entdeckte, dass er von einer Schale auf einem Dreibein aufstieg, unter der ein Kienspan brannte.

Zuletzt ließ sich die Heilerin von Marissa Kräuterkissen anreichen, die sie sorgfältig über Ragalds Körper verteilte, um sie mit sauberen, duftenden Tüchern festzubinden. Gunid verfolgte jede ihrer Bewegungen. Keine Darbietung der Gaukler hätte sie im Moment stärker fesseln können.

„Danke, Kind", knarzte die alte Frau schließlich, an Marissa gewandt, nachdem sie Ragald wieder in seine Decken gewickelt hatte. Erstmals nahm sie nun auch den Neuankömmling zur Kenntnis. „Du bist seine Gefährtin?" Gunid nickte bloß.

Die Heilerin wandte sich Marissa zu. „Geh bitte einen Moment hinaus." Schmollend verzog die junge Fahrende das Gesicht, verließ aber ohne Widerworte den Wagen. Sobald sich ihre Schritte entfernt hatten, blickte die alte Frau zu Gunid auf. Ihr Gesicht mochte verdorrt und runzlig sein, doch ihre grauen Augen besaßen Jugend und Kraft.

„Dein Liebster wird leben", sagte sie schließlich leise mit dieser Stimme wie alte Äste im Wind. „Er ist stark. Und du hast gut für ihn gesorgt."

Gunid spürte, wie ihr das Blut in die Wangen schoss. Verlegen drehte sie den Kopf zur Seite und senkte den Blick auf die Schale, aus welcher der säuerliche Duft emporstieg. „Er ist nicht mein Liebster", murmelte sie, eine braune Strähne um den Finger gewickelt, doch als sie aus dem Augenwinkel verstohlen das Gesicht der alten Frau besah, begegnete sie einem wissenden Lächeln.

Das Schweigen unter diesen Eulenaugen wurde ihr unbehaglich. „Wer bist du?"

„Ingrun. Hebamme und Heilkundige. Eine Hexe, sagen manche." Ein hintergründiges Lächeln kräuselte die verrunzelten, alten Lippen.

„Ich – ich danke dir, Ingrun. Ich bin Gunid." Sie gab es auf, diesen durchdringenden Augen ausweichen zu wollen. „Wird er wieder ganz gesund werden?"

„Er wird voll und ganz der Alte sein." Die Heilerin warf einen Blick zur Seite. „Nächste Woche ist er wieder auf den Beinen." Schon jetzt kam es Gunid vor, als ginge Ragalds Atem ruhiger, und seitdem sie den Wagen betreten hatte, war noch kein Fieberschauder durch seinen Leib gegangen.

Gunid suchte nach Worten, um ihre unendliche Dankbarkeit auszudrücken, ohne dabei ihre wahren Gefühle preiszugeben. Am Ende nickte sie nur. „Danke." Ihre Finger fransten noch immer am Ende ihrer Haarsträhne herum. „Was schulde ich dir für deine Hilfe?"

Die Heilerin nannte ihren Preis. Gunids Hand ging zum Gürtel, nur um festzustellen, dass alle ihre Geldbeutel noch im Schlafzelt der Fahrenden lagen. Wieder wurden ihr die Wangen heiß. Mit einem leisen Lachen, das an den Ruf eines Eichelhähers erinnerte, winkte die alte Frau ab. „Ich werde in nächster Zeit ohnehin jeden Tag vorbeikommen, um nach ihm zu sehen. Meine Entlohnung für das heutige Werk kannst du mir auch morgen noch geben." Sie stemmte sich von ihrem Schemel hoch und nahm dankbar Gunids Hilfe an, als die junge Frau nach ihrem Arm griff.

„Sei bei ihm, wann immer du kannst", erklärte ihr die Alte zum Abschied. „Das ist dieser Tage für ihn die beste Arznei."

Gunid nahm die Heilerin beim Wort. Den Rest des Vormittags verbrachte sie bei ihrem schlafenden Freund im Planwagen. Als am Mittag das Essen gereicht wurde, eilte sie nur ins Zelt hinüber, um sich ihre Schale Eintopf zu holen und sich damit wieder an Ragalds Lager zu setzen.

Der Nachmittag schritt voran, und Gunid musste ihren Platz der alten Madurin überlassen, um sich für den abendlichen Auftritt als ‚Gunadola' zurechtmachen zu lassen. Als sie, bereits bleich geschminkt und schwarz gewandet, zu Lif hinüberging, um ihn für die Aufführung zu holen, erzählte sie ihm leise, dass Ragald den ganzen Tag ruhig geschlafen hatte und das Fieber zurückgegangen war. Sie kam sich albern dabei vor, doch der Vogel schien ihr aufmerksam zu lauschen, und bei ihrer Darbietung, so gewann sie den Eindruck, stürzte er sich mit doppeltem Elan auf das wirbelnde Federspiel.

Vom Aufräumen nach der Vorstellung zog sie sich zurück, sobald sie konnte, wusch sich hastig die Schminke vom Gesicht und streifte sich wieder ihren einfachen, braunen Kittel über, um Madurin abzulösen. Ragald, so erzählte ihr die alte Fahrende, war zwischendurch kurz erwacht und hatte etwas benommen gewirkt, aber längst nicht so verwirrt wie an den Tagen zuvor. Sie hatte ihm Wasser zu trinken gegeben und ihn mit Brühe gefüttert. „Oh, und er hat nach dir gefragt", fügte sie hinzu. Gunid wäre ihr am liebsten um den Hals gefallen.

Im Planwagen ließ sie sich auf den Schemel sinken und ergriff Ragalds Hand, die sich immer noch kalt anfühlte, aber nicht länger zitterte. Sein schlafendes Gesicht im Schein der Laterne war friedlich und entspannt. Unter bleischweren Lidern hervor schaute sie auf ihn herab und fand endlich, zum ersten Mal seit ihrem Aufbruch, auch Frieden für sich selbst.

Als er diesmal erwachte, fühlte er sich zwar ermattet, doch als Herr seiner Sinne, und jemand hielt seine Hand.

Die letzten Tage waren ihm nur noch als Strudel aus verwirrenden Bildern im Gedächtnis. Er erinnerte sich, in einem Planwagen zu liegen. Verschiedene Frauen hatten in seinen Träumen bei ihm gewacht, eine magere Alte, eine dralle Blonde, ein katzenhaftes Mädchen mit rotbraunem Haar ... und Gunid. Was davon war Traum, was Wirklichkeit? Die warme, feste Hand, die seine umschloss, gehörte zumindest nicht der Alten. Er öffnete die Augen.

Das matte Licht einer fast heruntergebrannten Laterne fiel auf die Wölbung der Plane über ihm und überzog sie von den Stangen aus mit breiten Schatten. Im Halbdunkel erkannte er den Umriss einer Frau, die zusammengesunken auf einem Schemel neben seinem Lager saß und im Schlaf mit jedem Atemzug vor sich hin nickte. Das Haar, das ihr unter dem Kopftuch hervor über die Schultern fiel, glänzte braun im Schein der kleinen Flamme.

So oft er sie in letzter Zeit im Fieber erblickt hatte, so seltsam fand er es, Gunid nun tatsächlich vor sich zu sehen. Ihre Wangen waren eingefallen, und dunkle Ringe lagen ihr unter den Augen. Auf der Stirn, gleich über der linken Augenbraue, hatte sie einen verwischten Flecken von etwas, das wie weiße Farbe aussah. Niemals wäre er auf die Idee gekommen, sie sich so zu erträumen; sie musste wohl echt sein.

Und wenn es ein Traum war, dachte Ragald, dann wollte er jetzt ganz bestimmt nicht aufwachen. Stumm sah er Gunid an und hielt seinerseits ihre Hand fest, und sobald der Docht der Laterne im letzten Rest Öl ertrank, ließ er den Blick auf ihrem Schattenriss ruhen. Das erste, graue Tageslicht sickerte durch die Plane, als sie endlich aus ihrem Schlummer hochschreckte. Sie schlenkerte den Kopf, um die Nebel des Schlafes zu vertreiben, und schaute auf ihn herab. Als sie sah, dass seine Augen geöffnet waren und er ihren Blick erwiderte, stieß sie leise seinen Namen hervor. Er drückte ihre Hand, und mit der anderen tastete sie sanft nach seiner stoppeligen Wange. Ein Lächeln trat auf ihr Gesicht, Erleichterung und noch etwas, das er nicht zu deuten vermochte, und stumm sahen sie einander an, während sich aus ihren Augen zwei Rinnsale ergossen.

II

„Also schön", kaute Ragald und schluckte. „Wie bist du hierhergekommen?"

„Mund auf, mein Kleiner!" Gunid hielt ihm den Löffel hin. Er pustete, und sie schob ihm die nächste Ladung Eintopf in den Mund.

Noch immer fühlte er sich zu schwach, um längere Zeit zu sitzen, und so hatte sie in seinem Rücken Decken aufgetürmt, um ihn halbwegs aufrecht zu halten. Seine erste Regung, die sich unter seinem glücklichen Staunen, Gunid vor sich zu sehen, hatte bemerkbar machen können, war bohrender Hunger gewesen. In ihrem Eifer, ihm etwas zu essen zu besorgen, war sie in eine Hektik verfallen, die ihn an ihre Mutter an Festtagen erinnerte.

„Gunid, bitte", stieß er hervor, sobald er den Mund wieder leergekaut hatte, „bis heute Morgen war ich mir nicht einmal sicher, ob ich mir nur im Traum eingebildet habe, du wärest hier, und ehrlich gesagt, kann ich es immer noch nicht recht glauben. Wie bist du hergekommen?"

„Na, zu Fuß natürlich." Sie berührte mit dem nächsten Löffel voller heißem Fleisch und Gemüse seine Lippen. „Oder denkst du, eine arme Hörige kann sich ein Pferd leisten?"

Ragald zog seufzend den Kopf zurück, pustete und öffnete den Mund. Während er kaute, streckte das katzenhafte Mädchen mit dem rotbraunen Haar – Melissa? Marissa? – den Kopf durch den Schlitz in der Plane. „He, Gunadola", grinste sie, „brauchst du noch lange? Denk dran, du musst dich noch fertigmachen."

„Komme gleich."

Die Plane fiel zu, und schmunzelnd begegnete Ragald Gunids Blick, der besagte, er solle jetzt ja keine falsche Bemerkung machen. Trotzdem konnte er sich die Frage nicht verkneifen: „Gunadola?"

„Ich habe dir doch schon erzählt, ich trete mit Lif bei den Gauklern auf, um uns bei ihnen die Unterkunft zu sichern." Sie brachte ihn mit dem nächsten Löffel zum Schweigen. Ragald kaute und ließ sich den sonderbaren Künstlernamen durch den Kopf gehen.

„Gunid ... Adolar?"

Sie stöhnte. „Gunid aus dem Lehen Adolar, genau. Iss jetzt, mein Kleiner. Hast du eine Ahnung, was Fleisch in diesem Feldlager kostet?"

Als sich der nächste Löffel seinem Mund näherte, hob er die Hand, die kraftlos auf der Decke geruht hatte, und hielt sanft Gunids Arm zurück. „Bitte ..." Ernst sah er ihr ins Gesicht. Ihr unbeschwertes Lächeln erreichte ihre Augen nicht. „Ich kann dir gar nicht sagen, wie unglaublich froh ich bin, dass du hier bist. Aber ... Gunid, wie hast du es angestellt? Bitte, ich muss es wissen. Oder soll ich glauben, das alles hier ist immer noch ein Fiebertraum?"

Nach kurzem Zögern nickte sie, und er ließ sich widerstandslos den Löffel in den Mund schieben. Sie erzählte ihm davon, wie Marten die Nachricht von seinem Verschwinden ins Lehen gebracht hatte und wie sie versucht hatte, sich nachts auf den Weg zu machen. Ragald spürte seine Augen groß werden.

„Du hättest für mich allen Ernstes Schollenfl–"

„Schh!" Schmerz trat ihr in die Augen, und ihr Gesicht rötete sich in offenkundiger Scham. „Nicht dieses Wort. Nicht dieses Wort, bitte!"

Voller Zuneigung starrte er seine Freundin an, seine „Große", die ihn seinerzeit vom Eis des Baches gezogen hatte. Er erinnerte sich, dass er als Kind nach jenem Tag fest überzeugt gewesen war, Vesas habe ihm Gunid als Beschützerin geschickt. Dasselbe warme Gefühl breitete sich ihm jetzt wieder in der Brust aus. „Was geschah dann?"

Gunid erzählte mit knappen Worten, dass die Grenzwache sie ergriffen und zur Burg gebracht hatte, dass aber die Dame Witlinde gnädig mit ihr gewesen war. „Sie hat mir einen Reisebrief ausgestellt. Und mich sogar noch für den Weg ausgerüstet." Bei diesen Worten sah sie bedrückt zur Seite.

Dankbar dachte Ragald an Witlinde. „Sie ist großartig, nicht wahr?"

„Ja, du hast wahrhaft Glück!" Beim nächsten Löffel vergaß sie, ihm Gelegenheit zum Pusten zu geben, und so schob er unter Schmerzenslauten den heißen Fleischbrocken im Mund hin und her und hechelte wie ein Blasebalg.

Sie redeten nicht mehr viel, während sich die Schale mit dem Eintopf langsam leerte. Ragald betrachtete Gunid und stellte wieder einmal fest, dass ihm Frauen ein Rätsel waren. Etwas lag ihr auf der Seele, soviel erkannte er wohl, auch wenn sie sich noch so viel Mühe gab, munter und fröhlich zu wirken, und er wurde den Eindruck nicht los, dass sie sich wegen irgendetwas über ihn ärgerte. Warum konnte sie es nicht einfach zugeben und mit ihm darüber reden? Wieder dachte er an Witlinde und wie sehr er ihre Offenheit schätzte. Die junge Edle hatte nie mit ihm dieses Spiel Errate-meine-Gedanken getrieben, das den meisten Frauen anscheinend in Fleisch und Blut lag. Wenn Witlinde etwas von ihm wollte, dann sagte sie es einfach, und wenn sie ärgerlich auf ihn war, sprach sie den Anlass offen an.

Schließlich stellte Gunid die leere Schale an die Seite und nahm wieder Ragalds Hand. „Jetzt muss ich erst einmal für eine Weile von dir weg." Zumindest das Bedauern in ihrem Ton schien ihm echt. In diesem Moment war der Ausdruck ihrer nussbraunen Augen so weich wie ihre Stimme. „Nach der Vorstellung heute Abend komme ich wieder."

Er nickte und drückte ihre Hand, und sie machte Anstalten, sich zu erheben. „Gunid?"

Fragend blickte sie auf ihn herab. Noch hatte sie seine Hand nicht losgelassen.

„Eines muss ich noch wissen." Er schaute zur Seite und rang nach Worten. „Als ich zuletzt im Lehen war ... also, nach meiner Rückkehr aus Havegard ... unser letztes Gespräch, du weißt schon, auf dem Feld ..." Verärgert über sein eigenes Gestammel schüttelte er den Kopf. „Was war los, damals? Hatte Vater dir den Umgang mit mir verboten, oder war irgendetwas mit Jaru–"

Erschrocken brach er ab, als er den Kopf hob und ihre Miene sah. Ihr Mund hatte sich in die Breite verzerrt, und in die plötzlich zu Schlitzen verengten Augen stieg ihr das Wasser. Unvermittelt stürzte sie sich auf ihn und riss ihn mit einem Ruck, der ihm ein höllisches Stechen durch alle drei Pfeilwunden jagte, von dem Deckenlager hoch in ihre Arme. „Nichts!", stieß sie unter Schluchzen hervor. „Nichts war los! Ich war ... dumm! Ich war einfach eine dumme Gans, eine dumme Gans!"

Sie hielt ihn umklammert, als habe sie Angst, eine reißende Strömung würde ihn sonst von ihr trennen. Trotz der grausamen Schmerzen hatte sich noch nichts in seinem Leben so gut angefühlt wie Gunids Umarmung in diesem Moment. Verwundert legte er seine geschwächten Arme um sie, drückte mit geschlossenen Augen die Wange an ihre Brust und genoss ihre Nähe. Er wünschte nur, er verstünde, was sie so sehr quälte, und könne ihr helfen.

„Du bist keine dumme Gans", flüsterte er. „Lass mich nur nicht los."

Als sie an diesem Abend das Federspiel wirbeln ließ, warf sie mehrere verstohlene Seitenblicke zu dem Planwagen hinüber. Deutlich sah sie Fingerspitzen in der Öffnung der Plane, und einmal fing sich der flackernde Fackelschein in einem Auge, das aus dem Schlitz hervorlugte. Nicht weniger schnell als das Lederkissen drehten sich ihre Gedanken und Gefühle. Im einen Moment schämte sie sich noch des tiefen Einblicks, den ihr Gewand bot, im nächsten erbebte sie unter der Vorstellung, seine Augen mochten sich bei ihrem Anblick mit Verlangen füllen. Dumme Gans, schalt sie sich selbst für diesen Wunsch, während sie Lif nach der Aufführung wieder an seinen Balken band. Auf ihn wartete zuhause der herrlichste Preis, den sich ein Edelmann nur wünschen konnte. Warum sollte er Blicke oder Gedanken an sie verschwenden? Es linderte ihre Verwirrung nicht gerade, als sie, abgeschminkt und wieder ganz und gar Gunid, zu ihm in den Planwagen stieg und er versonnen meinte, es sei schade, er hätte sich ‚Gunadola' gern aus der Nähe angesehen.

Am nächsten Morgen kam Ingrun, wie sie es versprochen hatte, wieder zum Quartier der Fahrenden. Sie zeigte sich mit dem Fortschritt von Ragalds Genesung zufrieden. Während sie ihn untersuchte, blieb Gunid mit Herzklopfen dabei, doch die alte Heilerin ließ Ragald gegenüber kein Wort über die Gefühle fallen, die sie mit solcher Leichtigkeit an ihr durchschaut hatte. Gunid wusste selbst nicht recht, ob sie darüber erleichtert oder verärgert war, als Ingrun wieder ging.

Den Vormittag verbrachte sie an seiner Seite. Sie plauderten über die Reise vom Lehen Adolar zum Feldlager, pflichteten einander bei, dass die steinerne Brücke ein Wunderwerk gewesen sei, und lachten gemeinsam über den gutmütigen, alten Waffenknecht vor dem verlassenen Dorf. Ungläubig vergewisserte sich Ragald gleich mehrmals, dass sie die Strecke tatsächlich in nur drei Tagen hinter sich gebracht hatte. „Das haben wir zu Pferd geschafft, und hinterher waren wir ziemlich zerschlagen." Unter seinem bewundernden Blick fühlte sie wieder ihre Wangen warm werden.

Sie tauschten sich darüber aus, wie überwältigt sie beide von der schieren Größe des Feldlagers gewesen waren, und Ragald erzählte ihr von seinen ersten Tagen im Heer des Königs. „Ich war froh, hier auf Freunde zu stoßen", sagte er. „Palder, mein alter Kamerad aus Burg Havegard –"

„Ist das der mit dem goldenen Adler?"

„Ja, der Grafensohn. Er ist gleich nach seinem Ritterschlag hierhergekommen. Bei der Ankunft im Lager hat ihn sein Hauptmann sofort zu einem seiner Leutnants ernannt." Ragald zuckte die Achseln. „Hohe Geburt. Es tat gut, ihn wiederzusehen. Und ein paar Wochen später kam Lennard, ebenfalls frisch zum Ritter geschlagen."

„Ihm bin ich begegnet", warf Gunid ein. „Er hat mich zu dem Waldstück geführt, wo ich dich gefunden habe."

Ragald lächelte sie voller Wärme an. Sag es ihm, pochte ihr das Blut in den Ohren. Sag ihm, wie du fühlst.

„Allerdings fand ich die Untätigkeit im Lager zermürbend", fuhr Ragald schließlich fort, und Gunid verfluchte ihre lahme Zunge. „Ich erfuhr bald, dass die Jattar seit Monaten mit dem Heer seiner Majestät Katz und Maus spielen. Sie haben ihr Lager aufgeschlagen, nur einige Wegstunden südlich von hier, und sich in einer Verteidigungsstellung eingegraben, die Ephar selbst ins Schwitzen brächte."

Sie sah ihn verständnislos an. „Eingegraben?"

„Eine Redensart unter Kämpfern. Sie machen es uns so schwer, sie anzugreifen, wie ein Dachs in seiner Höhle." Gunid hatte ein Bild vor Augen, und auf ihr Nicken hin sprach Ragald weiter: „In der offenen Feldschlacht könnten wir sie wahrscheinlich schlagen, aber sie stellen sich nicht. Stattdessen rücken von ihrem Lager kleine Trupps aus, um Dörfer zu plündern und sich wieder zurückzuziehen. Manchmal können unsere Patrouillen sie daran hindern, doch alles in allem beherrschen sie das Land südlich und westlich von hier." Mit finsterem Blick fügte er hinzu: „Nicht zuletzt wegen ihrer Schattenbestien."

Gunid musterte sein plötzlich hartes, verschlossenes Gesicht. „Hast du ... hast du schon einmal so eine Bestie gesehen?"

Mit fest aufeinandergepressten Lippen starrte er stumm vor sich hin.

„Als ich verletzt in meiner Höhle lag, aber noch klar bei Verstand war", sprach er schließlich mit einem leichten Beben in der Stimme, „hat mich ein solches Ding aufgespürt. Es war ... einfach nur ein wandelnder Schatten. Ich konnte nicht viel von ihm sehen, doch es hat die Öffnung der Höhle gänzlich ausgefüllt. Es war schwärzer als die Nacht. Das Innere dieses Lochs, in dem du mich gefunden hast, wirkte hell und freundlich dagegen." Er schauderte. „Es hat den Arm hereingestreckt, um nach mir zu greifen. Ich habe mich an die Wand gedrückt, so eng ich konnte, und zugesehen, wie seine Klauen den Boden aufwühlten."

Blicklos schaute er geradeaus. „Glücklicherweise scheinen diese ... diese Dämonen stofflich genug, um nicht durch Wände greifen zu können. Oder in eine Höhle eindringen, die zu klein für sie ist."

In seinen Augen erblickte sie einen Widerschein des Entsetzens, das er in jenem Moment ausgestanden haben musste, und sie nahm seine Hand. Er schreckte auf wie aus einem Traum, dann erwiderte er ihren Griff und sah dankbar zu ihr auf. Seine Finger besaßen schon wieder Kraft, seine Wangen hatten Farbe, und die schwarzen Locken gewannen langsam ihren alten Glanz zurück. Zwischen ihnen hing eine Vertrautheit in der Luft, nach der sie sich mit jeder Faser sehnte. Sie wollte sich schier in seinen blauen Augen verlieren, und ihre Gesichter waren einander so nahe, dass sie seinen Atem fühlen konnte. Sie musste daran denken, wie hilflos er in der Höhle gewirkt hatte und mit welcher Kraft er doch ausgerufen hatte: ‚Bei meiner Liebe zu Gunid ...'

„Ragald", stieß sie an dem Pochen in ihrer Kehle vorbei, „was du im Fieber gesagt hast ..."

Er hob fragend die Augenbrauen. „Im Wald", fügte sie hinzu, „als ich dich gefunden habe ..."

„Ich kann mich nicht erinnern", gab er unsicher zurück, seine Finger noch immer fest um die ihren geschlossen, die Augen noch immer in ihren versunken. „Was habe ich gesagt?"

Vergeblich zerrte sie an den Worten, die sich an dem hämmernden Etwas in ihrem Hals verfangen hatten, und ließ den Atem schließlich mit einem Seufzer fahren. „Du hast etwas von Verrat gesagt."

Seine Augen blieben auf sie gerichtet, doch sein Blick verschwand in die Ferne. Als er die Wärme seiner Hand von ihrer löste, hätte sie von dem plötzlichen Gefühl der Verlassenheit laut aufschreien mögen. Dumme Gans! beschimpfte sie sich selbst. Dumme Gans! Feige, dumme Gans!

Kaum bekam sie den Anfang seiner Erzählung mit: wie er es nach Wochen der Untätigkeit im Feldlager nicht mehr ausgehalten hatte; wie er sich freiwillig gemeldet hatte, als er hörte, dass Reiter für eine Eskorte gesucht wurden; wie streng ihn der verantwortliche Hauptmann befragt und auf seine Loyalität zur Krone geprüft hatte, ehe er Ragalds Meldung akzeptierte.

„Das Ziel unserer Reise wurde uns verschwiegen", waren die ersten Worte, die nicht einfach an Gunids enttäuschten Ohren vorbeirauschten. „Nur der Bote und der Hauptmann der Eskorte kannten es – zunächst jedenfalls. Wir waren zwanzig Mann, allesamt Ritter, Junker oder Edelknechte, dazu vier Waldläufer als Späher."

„Also nur gut geschulte Krieger", stellte Gunid fest, um ihm irgendetwas zu antworten. Er nickte.

„Den Boten, den wir eskortieren sollten, lernten wir erst am Morgen unseres Aufbruchs kennen. Zu meiner Verwunderung stellte er sich als ein Magier heraus." Die Wachstafeln, das Buch und die Schmuckstücke aus Messing, die sie in den Satteltaschen gefunden hatte, fielen Gunid ein. „Ein junger Mann für sein Metier", fuhr Ragald fort, „vielleicht dreißig Jahre alt. Ich nehme an, der Gehilfe eines der Hofzauberer seiner Majestät.

Wir verließen das Lager zunächst nordwärts. Sobald wir den Wald erreicht hatten, ließ uns der Hauptmann anhalten und verriet uns das Ziel unserer Reise. Tatsächlich sollten wir von dort aus einen Bogen schlagen und nach Südwesten reiten, zum Turm des Magiers Xagadeos." Ragald zuckte die Achseln. „Weswegen wir ihn aufsuchen sollten, war wohl nur dem Boten bekannt. Der Hauptmann versah uns mit einer groben Beschreibung des Weges, um dort hinzugelangen, damit wir im Notfall, wenn wir im Feindesland getrennt werden sollten, wieder zur Truppe zurückfinden konnten. Vor Erfüllung unseres Auftrags zum Feldlager zurückzukehren, war uns streng verboten.

Nun gehörte zu unserem Zug ein Ritter, ein Kämpe in Vaters Alter, dessen Namen ich mir nicht merken konnte. Als Wappen führte er den goldenen Hirsch im roten Feld. Der Hauptmann schien ihn mit großem Respekt zu behandeln. Ich ritt zufällig hinter den beiden, als er plötzlich einen Dolch zog und dem Hauptmann in die Brust stieß."

Für den Moment hatte Gunid ihre Seelennot vergessen. Gebannt lauschte sie Ragalds Erzählung und teilte seinen Schrecken.

„Sofort danach winkte er zu den Büschen hinüber und ließ sich vom Pferd fallen. Im nächsten Moment hagelte es Pfeile." Er verzog das Gesicht. „Den im Bein bekam ich ab, bevor es auch mir gelang, aus dem Sattel zu springen. An meinen Schild kam ich nicht mehr heran, also kroch ich von einer Bodenwelle zur nächsten, während meine Kameraden niedergestreckt wurden. Die Überlebenden versuchten, einen Schildwall zu bilden, doch sie waren zu wenige. Jattar kamen plötzlich mit gezogenen Schwertern aus dem Unterholz gelaufen." Er zeigte ein schiefes, bitteres Lächeln. „Ich habe mir nicht die Zeit genommen, sie zu zählen. Zum Schildwall dazustoßen konnte ich nicht ohne Schild, also verbarg ich mich hinter den Leichen der erschossenen Pferde. Eines davon gehörte dem Boten. Er lag mit einem Pfeil in der Kehle darunter eingeklemmt. Ich ergriff seine Satteltaschen, damit sie nicht an den Feind fielen, und rannte. Hinter mir hörte ich noch den Kampflärm. Die Pfeile in der Hüfte und in der Schulter bekam ich ab, bevor ich das Unterholz erreichte. Danach habe ich mich einfach immer weiter geschleppt und mir ein Versteck gesucht." Endlich sah er sie wieder an, und mit einem Lächeln voller Zuneigung ergriff er ihre Hand. „Ich schätze, ich kann froh sein, dass die Jattar keinen Späher wie dich haben. Wie hast du mich eigentlich gefunden?"

„Lif hat mich geführt", sagte sie abwesend. Sie erinnerte sich an die Satteltaschen und stand auf. „Warte einen Moment", sagte sie, sprang vom Planwagen und lief zum Schlafzelt der Fahrenden hinüber. Seit ihrem ersten Auftritt als ‚Gunadola' bewahrte sie ihren Rucksack dort neben ihrem Nachtlager auf, wie die anderen Gaukler auch, anstatt ihn Eleazars Obhut zu überlassen.

Sie kramte die lederne Röhre mit dem königlichen Siegel hervor und rannte zum Planwagen zurück. „Das hier habe ich in den Satteltaschen gefunden", erzählte sie ihm, während sie sich neben ihm niederließ. Ragald nahm die Röhre entgegen und drehte sie unschlüssig in den Händen. „Du hast die Taschen hier?" Sie grinste überlegen, und mit kameradschaftlichem Lächeln griff er nach ihrer Schulter, ehe er wieder das Röhrchen hochhielt. „Du bist großartig, Gunid. Was machen wir jetzt damit?"

„Wir könnten es ins Hauptlager bringen", schlug sie vor. Er sah sie zweifelnd an.

„Zu wem? Wie stellen wir sicher, dass derjenige, dem wir es überreichen, nicht selbst zu den Verrätern gehört?"

„Wir bringen es zu einem deiner alten Freunde?"

Ragald schüttelte den Kopf. „Im Hauptlager kennen zu viele mein Gesicht. Im Moment denken die Verräter, die ganze Eskorte sei bei dem Hinterhalt umgekommen. Wenn sie erfahren, dass einer überlebt hat …" Er suchte nach Worten. Gunid beendete den Satz für ihn: „… dann werden sie diesen Fehler beheben wollen."

In bedeutungsschwerem Schweigen sahen sie einander an. Von draußen tönte gedämpft das Gewirr von Stimmen, Schritten und Hufgeklapper, das übliche Treiben des Feldlagers.

„Lass uns hineinsehen", sagte Gunid schließlich. Ragald sah sie schockiert an, doch sie meinte leichthin: „Wenn ohnehin jedermann denkt, die Botschaft seiner Majestät sei in Feindeshand geraten, wird es auch niemanden stören, wenn wir das Siegel brechen."

„Sie ist für diesen Xagadeos bestimmt", begann Ragald unsicher und wiegte das Lederröhrchen unschlüssig in der Hand. Vor dem Wagen krächzte der Papagei. Gunid trat an die Öffnung der Plane und spähte hinaus. Im Moment war niemand in der Nähe. Sie verständigte sich mit Ragald mit einem Blick, und er gab sich einen Ruck und zerbrach das Siegel.

Die Lederhülle enthielt ein zusammengerolltes Stück Papier. Als Ragald es ausbreitete, kamen eine Zeichnung und ein längerer Text zum Vorschein. Gunid hockte sich neugierig neben ihn. „Kannst du das lesen?"

Er schnaubte. „Sehe ich aus wie eine vornehme Dame?"

Sie knuffte ihm den Arm. „Was weiß denn ich, was sie euch alles in Havegard beigebracht haben? Dein Freund Lennard konnte es jedenfalls." Kokett fügte sie hinzu: „Und viel von einer Dame hat er nicht gerade an sich."

„Lennard war schon immer ein Klugscheißer." Ragald drehte das Dokument und betrachtete die Zeichnung, die auf den zweiten Blick eher nach einem Abrieb aussah. Es schien, als sei jemand mit einem Stück Kohle hin und her über das Papier gefahren, während darunter eine runde Scheibe mit einer Gravur gelegen hatte. Die Scheibe musste etwa zwei Zoll gemessen haben, und die Gravur stellte drei Fische dar, die einander im Kreis hinterherschwammen. „Könnte das ein Wappen sein?" fragte Gunid.

„Keines, das ich kenne." Ragald rieb sich nachdenklich das Kinn. Draußen holperte ein Zug Karren vorbei, und es roch nach Rindern.

„Wie weit vertraust du Lennard?", fragte ihn Gunid nach einer Weile.

„Wie einem Bruder." Einen Augenblick lang vertiefte er sich noch in die Betrachtung des Schriftstücks, dann wandte er ihr den Kopf zu. „Du möchtest ihm das hier zeigen?"

„Ich könnte zu ihm gehen, ohne dass dich jemand zu Gesicht bekommt. Traust du ihm zu, dass er dichthält?"

Ragald grinste. „Jederzeit. Habe ich dir schon erzählt, was wir in Havegard alles gemeinsam angestellt haben?"

„Alles bestimmt nicht." Sie wurde ernst. „Also schön. Für heute ist es zu spät, ich muss mich bald umziehen –"

„Heißt das, ich bekomme wieder die unvergleichliche Gunadola zu sehen?"

„Lach nicht so dreckig!" Sie fragte sich, ob es Wunschdenken war, oder ob sie in seinen Augen tatsächlich einen lüsternen Glanz wahrgenommen hatte. „Heute geht es nicht mehr, aber morgen habe ich keinen Auftritt. Das gibt mir den ganzen Tag Zeit, um deinen Freund Lennard im Hauptlager aufzusuchen und ihm diesen Brief zu zeigen."

Innerlich so zerrissen wie der Himmel, über dessen Blau der Wind eine Herde von ausgefransten Wolken jagte, begab sie sich am nächsten Tag in das Gedränge auf der Straße südwärts, zum Viertel der kämpfenden Truppe. Einerseits war sie ungern auch nur für wenige Stunden von Ragald getrennt, andererseits empfand sie es auf Dauer als anstrengend, ihn ständig vor Augen zu haben und sich nach ihm zu verzehren. Wahrscheinlich würde es ihr guttun, fern von seinem Anblick einen klaren Kopf zu gewinnen.

Zudem war ihre Abenteuerlust wieder erwacht. So sehr sie diese Geschichte von Mord und Verrat schreckte, so sehr lockte es sie auch, eine, wenn auch kleine, Rolle darin zu spielen. Dass sie sich keinerlei ernsthafter Gefahr aussetzen würde, trug gewiss zu ihrem Übermut bei. Sie war unterwegs, einem Freund ein Schriftstück zu zeigen, nichts weiter. Um anschließend etwas zu unternehmen, war Lennard als ‚Kralle' ohnehin in der besseren Position als sie oder Ragald. Außerdem freute sie sich darauf, ihm die Nachricht zu überbringen, dass sein Freund noch lebte.

Die Wachen, die mit dem gleichförmigen Kreuzen und Öffnen ihrer Spieße eine Mühle hätten antreiben können, ließen sie auch diesmal ungehindert passieren. Gunid gönnte sich die Zeit, am Stand eines Marketenders ein reich beladenes Fladenbrot zu erstehen und zu verzehren, bevor sie sich zum Quartiermeister begab. Obwohl sie einmal falsch abbog, erreichte sie das rote und weiße Zelt, ohne noch einmal jemanden nach dem Weg fragen zu müssen.

Der einäugige, kahle Edelmann nahm ihr Silberstück entgegen und blätterte in seinem Buch. „Lennard Coron-Tavissar?", vergewisserte er sich noch einmal. Sein verhornter Finger glitt suchend über die Zeilen und hielt schließlich auf einem Eintrag inne.

„Ich bedaure", teilte er ihr schroff mit, „aber der Herr Coron-Tavissar hat gestern das Lager verlassen. Sein Trupp ist zur Feste Kaskur aufgebrochen."

Gunid blieb gefasst und höflich und bedankte sich für die Auskunft, bevor sie draußen vor dem Zelt einen herumliegenden Stein quer über die Gasse trat. Enttäuscht stapfte sie los, zurück in Richtung des Trosslagers, die Schritte beflügelt von Wut auf sich selbst. Warum hatte sie nicht eher daran gedacht, Lennard aufzusuchen?

Diesmal verlief sie sich tatsächlich und fand sich zwischen völlig fremden Zelten wieder. Ein unrasierter, ergrauter Edelmann, der damit beschäftigt war, mit seiner verbliebenen Hand sein Streitross zu striegeln, gab ihr eine Wegbeschreibung und deutete dabei mit dem Armstumpf einen Pfad entlang, von dem her das Hämmern einer Schmiede ertönte. „Danke, Herr." Sie wandte sich ostwärts, um der Gasse zu folgen. Ihr entgegen kam eine Menge Kämpfer, die verschiedene Pferde am Zügel führten. Vermutlich stammte der Lärm, den sie hörte, von einem Hufschmied.

An einer Engstelle zwischen einem Zelt und einem Karren drückte sie sich zur Seite, um einen kleinen, stämmigen Schwarzbart vorbeizulassen. Der Mann trug eine grasgrüne Kapuze und über einem ebenso grünen Wams einen nietenbesetzten Lederharnisch, und er führte einen Falben neben sich her. Schon wollte sie ihren Weg fortsetzen, als plötzliche Erkenntnis sie herumfahren ließ. Auf der Hinterhand des Falben prangte ein dunkler Fleck.

Vielleicht war ihr Weg hierher doch nicht völlig umsonst gewesen, dachte sie, während sie sich daran begab, dem Kämpfer in sicherer Entfernung zu folgen. Gewiss würde es Ragald interessieren, dass sein Zelter irgendwie den Weg aus den Händen der Jattar zurück ins Lager gefunden hatte. Vielleicht – nein, wahrscheinlich – bot sich hier eine Gelegenheit, mehr über die Verräter herauszufinden, die ihn beinahe vom Leben zum Tod befördert hatten. Sie spielte mit dem Gedanken, den Fremden einfach zu fragen, woher er das Pferd hatte, verwarf ihn aber sogleich wieder. Ihr Interesse mochte Verdacht erregen. Es wäre besser, sein Quartier herauszufinden und ihn anschließend gemeinsam mit Ragald aufzusuchen.

Sie blieb hinter ihm und bewegte sich mit der Menge. Die Gassen wanden sich über Kuppen und durch Mulden, schlängelten sich eng zwischen Zelten hindurch und umrundeten Pferche mit Ziegen und Schweinen. Je weiter sie nach Westen kam, desto weniger Leute schienen im Lager unterwegs zu sein. Schließlich wurde es unauffälliger für sie, sich von einem Versteck zum nächsten zu drücken, anstatt sich als einziger Mensch zu präsentieren, der außer dem Fremden mit Ragalds Falben noch diesen Weg entlangschritt. Die Wolken trieben schnell über sie hinweg, und um sich weiterzubewegen, nutzte sie die Momente, in denen ihr Weg im Schatten lag.

Auch als ihr auf den Gassen wieder vereinzelt Leute entgegenkamen und mit Grünwams, wie sie den Fremden inzwischen im Kopf nannte, raue Grußworte austauschten, arbeitete sie sich weiter auf diese Weise vor. In diesem Teil des Lagers schien es nur gerüstete Männer zu geben, sodass sie den Gedanken, wieder in der Menge unterzutauchen, rasch aufgab. Stattdessen wich sie nun jedem Blick aus und huschte hinter den Zelten entlang.

Grünwams gelangte nach einer Weile an einen großen, offenen Platz, über den der Wind hinwegfegte und die bunten Bänder an den farbenfrohen Zelten flattern ließ. Mit dem Falben am Zügel hielt er schnurstracks auf eine Koppel zu, auf der sich Pferde ohne Zahl aufhielten und grasten. Während sich Gunid vorsichtig hinter dem Zelt hervorschob, um besser zu sehen, kam ihre Hand auf einem der Bänder zu liegen, die von seiner Spitze herabhingen. Es war zusammengenäht aus je einem grünen, gelben und roten Streifen.

Ein plötzlicher Ruck durch ihr Haar ließ sie aufschreien. „Hab dich!", keckerte eine Stimme hinter ihr. Der Arm wurde ihr brutal auf den Rücken verdreht, und ein Knie rammte sich ihr ins Gesäß und drückte sie vorwärts, auf den freien Platz. „Kameraden!", johlte die Stimme. „Seht mal, was uns da für ein Vögelchen zugeflattert ist!"

Die Worte, mit denen sie ihre Verstohlenheit erklären wollte, blieben ihr in der Kehle stecken. Zu den wenigen Männern, die auf dem Platz standen und sich nach ihr umdrehten, gesellten sich aus allen Winkeln weitere, und im Nu war sie von einer Traube aus rohen, gierigen Gesichtern umgeben. Söldner, schoss es ihr durch die Magengrube. Bei der Verfolgung des Falben war sie geradewegs ins Söldnerlager gestolpert!

Sie beging den Fehler, mit der Linken nach dem Dolch in ihrem Gürtel zu tasten. Einer der Söldner griff zu, und der Gürtel schnürte ihr schmerzhaft die Taille ein, bevor er riss. Ein Stoß beförderte sie in die Arme eines nach Schweiß, Schnaps und Knoblauch stinkenden Muskelbergs, und sie hörte eine Naht krachen, als ein anderer an ihrem Ärmel zog. Ein haariger Arm wie aus Eisen lag plötzlich um ihren Hals und schnürte ihr die Luft ab. Unter Grölen und derben Bemerkungen wurde sie am ganzen Leib begrapscht und hörte mit an, wie das Rudel aushandelte, wer wann an die Reihe käme.

Plötzlich lag sie auf den Knien und konnte wieder atmen. „Die Kleine ist zu schade für euresgleichen!" Sie hatte kaum Zeit für zwei Züge reiner Luft, als auch schon eine Pranke ihren Arm ergriff und sie grob auf die Füße zerrte. „Du kommst mit mir!"

„Heiron, du verdammter –"

„Verdammter was?" Die Stimme klang tief und ruhig.

Keuchend sah Gunid auf. Das Kopftuch hatten sie ihr entrissen, das Haar hing ihr als wirrer, brauner Vorhang ins Gesicht. Sie gewahrte einen breitschultrigen Hünen mit weißblondem Vollbart, der mit einer mächtigen Hand ihren Oberarm umfasst hielt und mit einem stahlblauen Blick die Horde ringsumher musterte. Einige schauten enttäuscht, einige feixten. Einer johlte: „Ich bin nach dir dran! Ich hab' sie zuerst gesehen!"

Der Hüne ignorierte ihn. Ohne ein weiteres Wort zog er Gunid hinter sich her, auf ein Zelt neben der Pferdekoppel zu. Es war rot und blau gestreift wie Wams und Hosen des Hünen und mit denselben Bändern in grün, gold und rot behangen wie alle anderen Zelte in der Nähe. Die Farben passten überhaupt nicht zusammen, ging es Gunid durch den benommenen Kopf, während sie torkelnd versuchte, mit dem großen Mann Schritt zu halten.

Der Hüne stieß sie grob in sein Zelt hinein. Der plötzliche Wechsel vom Tageslicht zu Dunkelheit blendete sie, und sie stolperte über etwas und ging zu Boden. Über sich sah sie nur noch einen breitschultrigen Schattenriss. Ihre Gedanken jagten in panischem Galopp dahin. Sie fühlte kalte Luft an der Schulter, wo die Naht ihres Hemdes geplatzt war. Vielleicht konnte sie den Rest ihrer Kleidung retten, indem sie sich sofort auszog. Ihre zitternden Finger gingen zur Schnürung des Mieders und nestelten daran herum.

„Tausend Schatten, Kind", zischte der Hüne, „was treibst du hier? Danke deinen Göttern auf Knien, dass ich in der Nähe war!"

Ihre rasenden Gedanken prallten vor eine Wand. Ihre Finger an der Schnürung erstarrten. Sie verstand überhaupt nichts mehr und begnügte sich damit, die Gestalt über sich verwirrt anzustarren. Der Hüne ging neben ihr in die Hocke.

„Ich behalte dich hier, bis es dunkel wird", sagte er leise. „Bis dahin sollten die anderen ihr Mütchen anderweitig gekühlt haben. Verhalte dich still und bleib in diesem Zelt, wenn du unversehrt hier herauskommen willst!"

Den letzten Satz bekam Gunid nur noch zur Hälfte mit. In demselben Moment, in dem sie begriff, dass sie außer Gefahr war, schwanden ihr die Sinne.

Sie erwachte vom Scharren eines Schleifsteins. Unter ihr war ein Deckenlager, über ihr die blau-rot gestreifte Plane, durch deren grobes Gewebe eine schwache Ahnung Tageslicht hereinsickerte. Jeder Knochen im Leib tat ihr weh, und ihr halbes Gesicht dröhnte. Gewiss hatte sie um das linke Auge ein Veilchen.

Vorsichtig drehte sie den Kopf zur Seite. Der Hüne mit dem weißblonden Vollbart saß auf einem ausklappbaren Schemel und zog den Schleifstein an dem größten Schwert entlang, das Gunid je gesehen hatte. Der Griff, der ohne Weiteres selbst für beide Pranken des Söldners ausreichte, lehnte auf dem Boden und die Klinge gegen seinen Oberschenkel. Als sie sich bewegte, streiften sie seine stahlblauen Augen. „Gut geschlafen?"

Mit einem ängstlichen Nicken stemmte sich Gunid auf die Ellbogen. Ein Striemen um den Arm verriet ihr, dass die Söldner ihr bei der Rangelei auch den einen verborgenen Geldbeutel abgerissen hatten. „Danke, Herr." Ihre Stimme klang ihr in den eigenen Ohren kläglich. Der Söldner antwortete nicht.

Gunid setzte sich vorsichtig auf und schwang die Beine von der Decke. Zumindest ihre Schuhe und Strümpfe und das darin verborgene Silber waren noch da. Sie betastete sich das Gesicht und fand ihre linke Wange geschwollen.

„Warum habt Ihr mir geholfen?" Die Frage entschlüpfte ihrer neugierigen Zunge, bevor sie hatte nachdenken können. Glücklicherweise schien der Söldner darüber nicht verärgert, sondern er gab nur mit einem weiteren Scharren des Schleifsteins zurück: „Warum nicht?"

„Das Gebaren Eurer Kameraden schien mir hier … üblich zu sein." Die kühne Bemerkung brachte ihr einen weiteren Blick der stahlblauen Augen ein. „Und Ihr wart sehr mutig, Euch gegen sie zu stellen."

„Ich bin Doppelsöldner." Er ließ den Stein sinken und richtete die Schwertklinge mit der anderen Hand auf. „Da kommt man mit allerlei davon in der Truppe."

„Doppelsöldner?"

Der Mann ergriff sein überlanges Schwert an einem Stück der Klinge oberhalb des Griffes, wo sie anscheinend nicht geschärft war, und hob es in die Höhe. „Doppelter Sold. Es gibt nicht viele, die mit dem Zweihandschwert umgehen können. Und im Übrigen mag ich es nicht, wenn einer Frau Gewalt angetan werden soll. Besonders, wenn sie meine Tochter sein könnte."

Er stand auf und hängte sein Schwert in ein hölzernes Gestell. „Du bist viel eher diejenige, die etwas zu erklären hat. Was hat dich geritten, hierherzukommen?"

Gunid senkte den Blick. Zögernd begann sie zu erzählen: Dass einem Freund ein Pferd abhanden gekommen sei, dass sie es in der Menge erblickt habe und hinterhergelaufen sei und darüber einfach nicht mehr darauf geachtet habe, wo sie sich befand. Dem Blick des Doppelsöldners merkte sie an, dass ihm sehr wohl auffiel, wie viel sie ihm verschwieg, doch er gab sich mit ihrer Geschichte zufrieden.

„Gib beim nächsten Mal besser acht", sagte er nur. Sie nickte. „Wie ist Euer Name, Herr?"

„Heiron."

Sie sprachen nicht mehr viel, bis die Stunden vergangen waren und er sie grob, um seinen Kameraden ein Schauspiel zu bieten, am Ellbogen durch die Gassen zerrte und ins Lager der regulären Truppe zurückbrachte.

In ihrem erbarmungswürdigen Zustand fand sie schnell eine ‚Kralle', die bereit war, sie zum Quartier der Gaukler zu geleiten. Es dunkelte schon, als sie sich von dem freundlichen Knappen verabschiedete und den Platz betrat, der ihr im Feldlager schon beinahe ein Zuhause geworden war. Sie lief auf den Planwagen zu, begierig, Ragald von ihren Entdeckungen zu erzählen, vor allen Dingen aber voller Sehnsucht nach seiner tröstlichen Stimme und einer freundschaftlichen Umarmung. Die Laterne brannte nicht, doch sie zweifelte daran, dass er schon schlief. Eben hatte sie nach der hintersten Stange der Plane gegriffen und wollte sich hinaufziehen, als sie seine Stimme hörte.

„Erwarte nicht zu viel", lachte er neckisch. „Ich bin noch lange nicht wieder bei Kräften."

„Du wirst dich nicht viel bewegen müssen, schöner Krieger."

Marissas Stimme. Die eisige Klaue, die Gunids Kehle zu umklammern schien, ließ die Behandlung durch die Söldner sanft erscheinen. Ein wiederkehrendes Knarzen begann, durch den Karren zu gehen, wie gemächlicher Herzschlag.

„Nun?", hörte sie die Gauklerin schnurren. „Wie ist das?"

„Langsam … langsam …" Ragalds Worte gingen in lustvolles Stöhnen über.

Gunid merkte es kaum, dass ihre Hand von der Stange abglitt und sie in die Dunkelheit davonschlurfte, nur weg von dem Planwagen und den Lauten des beginnenden Liebesspiels. Taub an Körper und Seele, stützte sie sich schließlich gegen die Außenwand des Kastenwagens und legte die Stirn dagegen. Lange Zeit verharrte sie stumm, doch als die wonnigen Laute anschwollen und bis zu ihr herüberdrangen, begann sie zu weinen wie ein Kind und rutschte langsam an der hölzernen Fläche mit den aufgemalten Fratzen herab, bis sie als zuckendes Bündel an einem der Räder kauerte. „Herbeigelaufen", krächzte aus dem Wageninneren der Papagei.

Sie musste mit dem Rücken gegen die Speichen gelehnt eingeschlafen sein, denn in dieser Haltung erwachte sie von einem leisen Knarzen. Ihr Körper war steif von der Kälte der Nacht, die sie ohne Decke im Freien verbracht hatte, und Schmerzen in jedem Muskel erinnerten sie an die Tortur des gestrigen Tages.

Ein grauer Morgenhimmel empfing sie, als sie die Augen aufschlug. Der Platz war leer, und auch in der Gasse regte sich noch kein Leben. Das Knarzen wiederholte sich, und Gunid sah eine Bewegung an der Plane von Ragalds Wagen. Es war ihr gleich, sagte sie sich. Ragald war ein guter Freund, weiter nichts. Es ging sie nichts an, ob er seine Nächte mit einem eitlen, verlogenen, diebischen, überheblichen –

Marissa in Hemd und Hosen unter der Plane hervorschlüpfen zu sehen und sich auf sie zu stürzen, war eins. Gunid konnte sich nicht erinnern, überhaupt von ihrem Platz am Wagenrad aufgestanden zu sein. Plötzlich hatte sie die zierliche Gauklerin niedergerissen, wälzte sich mit ihr am Boden und drang mit Fäusten und Knien auf sie ein. „Lass die Finger von ihm!", hörte sie sich selbst keifen. „Lass die Finger von ihm!"

Gunid war größer und kräftiger, doch trotz ihrer Überraschung wehrte sich Marissa verblüffend behände. Gunid schlug nach ihrer Seite und traf den Lehmboden, sie griff nach ihrem Gesicht und fand ein schlankes Bein im Weg. Obwohl sie oben lag und das Mädchen mit ihrem Gewicht niederhielt, bekam sie es nicht zu greifen. Plötzlich blitzte zwischen ihr und der Fahrenden Metall auf. Gunid erstarrte.

Katzenhaft wand sich die Gauklerin unter ihr hervor, ohne die blauen Augen oder die Klingenspitze von ihr zu wenden. Das Messer in der Rechten, die Linke auf den Boden gestützt, das rechte Bein sprungbereit angewinkelt und das linke zur Seite gestreckt, durchbohrte Marissa sie mit einem Zorn sprühenden Blick. „Sei etwas leiser", zischte sie. „Er braucht seinen Schlaf." In ihrer Stimme lag angestrengter Spott, und sie lächelte nicht.

„Lass deine Finger von Ragald", wisperte Gunid tonlos. Zwischen ihren bebenden Fäusten und der Fahrenden befand sich nur die Messerspitze.

„Du hast nie irgendwelche Ansprüche auf ihn geltend gemacht", flüsterte Marissa. „Wirf das nicht mir vor. Oder ihm."

„Lass deine Finger von Ragald!"

Eine nach der anderen, flossen Strähnen von langem, rotbraunem Haar Marissas Schultern herab. Im Schlafzelt der Fahrenden regte sich erstes Gemurmel.

Die Seiltänzerin zog sich einen Schritt von Gunid zurück und senkte die Klinge. Ein höhnisches Lächeln huschte über ihre Züge. „Ich will es mir nicht mit ihm verderben, indem ich dein Gesicht verschönere. Erkläre du ihm meinetwegen, warum ich nicht mehr zu ihm komme."

In sicherem Abstand erhob sie sich und entfernte sich zum Schlafzelt hinüber, behielt aber über die Schulter hinweg Gunid im Auge, die mit geballten Fäusten knien blieb, wo sie war. Erst, als die Gauklerin aus ihrer Sicht verschwunden war, stand sie langsam auf. Ihre Hände erschlafften. Ihr Blick ging zwischen dem Zelt und dem Planwagen hin und her, bevor sie sich von beidem abwandte und um das Zelt herumging. In ihr waren keine Tränen mehr.

12

Nach dem Erwachen blieb Ragald noch mit geschlossenen Augen liegen und atmete Marissas Duft in der Decke, doch als ihm bewusst wurde, dass er allein war, stemmte er sich kurz entschlossen in die Höhe. Er hatte nicht damit gerechnet, Marissa noch vorzufinden, wohl aber darauf gehofft, dass Gunid wieder da wäre. So schnell es ihm sein geschwächter Zustand erlaubte, streifte er Hemd und Hosen über und verließ auf wackligen Beinen den Planwagen.

Die alte Madurin wollte ihn sofort wieder unter seine Decken stecken, doch er ließ sie gar nicht erst ausreden. „Ist Gunid noch nicht wieder da?" Madurin sah sich ratlos um, doch ein kleiner Junge warf ein, er hätte sie hinter dem Zelt gesehen. Ragald wankte los und begab sich auf bloßen Füßen in den hinteren Teil des kleinen Reichs der Fahrenden.

Das Erste, was er sah, war Lif. Auf dem Querbalken, an den er angebunden war, schlief der Bronzebussard mit unter den Flügel gestecktem Kopf. Darunter saß Gunid, mit dem Rücken an einen der Tragpfosten gelehnt. Als er um das Zelt gebogen kam, hob sie ihm müde das Gesicht entgegen. Beim Anblick der Schwellungen und Blutergüsse darauf stürzte er erschrocken auf sie zu. „Bei Vesas, Gunid, was ist dir geschehen?"

Er fiel vor ihr auf die Knie und wollte nach ihren Schultern greifen, doch sie hielt ihn mit einer Geste zurück. „Es ist ... schon gut." Das braune Haar verdeckte die gröbsten Verletzungen, als sie den Kopf zur Seite drehte. „Ich bin gestern ins Söldnerlager geraten."

Ragald spürte sein Gesicht blass werden. „Vesas", wisperte er. „Bist du ... haben sie ..."

„Ich hatte Glück", fiel sie ihm gereizt ins Wort. „Ich muss wohl dem einzigen ehrenhaften Mann in diesem Feldlager begegnet sein." Kurz bedachte sie ihn mit einem Blick voller kalter Wut, von der Ragald hoffte, dass sie nicht ihm galt. „Dank ihm hat sich niemand an mir vergangen."

„Du siehst schlimm aus." Besorgt griff er nach ihrer Wange, doch sie schlug seine Hand weg. Dass sie im Moment nicht von einem Mann berührt werden wollte, konnte er gut verstehen. Er zog sich eine Fingerbreit von ihr zurück. „Ingrun müsste jeden Augenblick kommen", sagte er zögernd. „Soll sie sich deine Verletzungen ansehen?"

Endlich wandte Gunid ihm doch das Gesicht zu, den Mund zu einem Lächeln verzerrt, doch die nussbraunen Augen so hart und verschlossen wie an jenem Tag auf dem Kornfeld. „Es ist nichts Schlimmes. Ich werde schon wieder." Sie holte tief Luft. „Aber deinen Freund Lennard kannst du nicht mehr fragen, was in dem Brief steht. Er ist abgereist. Nach Kaskar."

Ragald stutzte. „Du meinst Kaskur? Den Festungshafen?"

„Meinetwegen auch Kaskur. Jedenfalls ist er nicht hier." Sie seufzte. „Der Einzige, der diesen Brief hoffentlich lesen kann und dem du hoffentlich vertrauen kannst, ist sein rechtmäßiger Empfänger."

„Der Magier. Xagadeos." Sie nickte.

Ragald senkte den Blick. „Dann wird mir wohl nichts anderes übrig bleiben, als den Botengang auf eigene Faust zu Ende zu führen."

Lange Zeit kniete er schweigend, mit hängendem Kopf vor ihr. Er ertrug den Anblick ihres geschundenen Gesichts nicht, vor allem aber nicht die Leere in ihren Augen. Er wagte nicht, ihr näherzukommen, doch um nichts in der Welt hätte er sie verlassen mögen. Hinter den Zelten ertönte gedämpfter Hufschlag und das Poltern eines Fuhrwerks. Eine Windbö trieb ihnen Rauch von einer benachbarten Feuerstelle in die Nase.

„Ich habe übrigens dein Pferd wiedergefunden."

Ragald sah auf. „Was?"

„Deinen Falben. Er ist der Grund, warum ich ins Söldnerlager geraten bin. Ich dachte, vielleicht bringt er dich auf eine Spur, um deinen Verrätern nachzugehen."

Noch gestern hätte er sich nur mühsam bändigen können, auf dem Krankenlager zu bleiben und die Spur nicht sofort zu verfolgen. Heute, mit der an Körper und Seele verletzten Gunid vor Augen, wünschte er seinen Falben nur zu den tausend Schatten.

„Frag nach Heiron, dem Doppelsöldner", seufzte sie und wandte den Blick wieder ab. „Er hat nichts mit dem Pferd zu tun, aber die Koppel, wo du es findest, liegt gleich neben seinem Zelt."

Ihre erschöpfte Stimme ließ ihm einen Kloß im Hals wachsen. „Danke, Gunid, du – du bist wundervoll." Er schluckte. „Kann ich irgendetwas für dich tun?"

Sie schloss die Augen. „Lass mich einfach eine Weile allein. Bitte."

Widerstrebend stand Ragald auf und ging.

An diesem Abend schwang ‚Gunadola' das Federspiel mit solchem Zorn, dass Eleazar nach der Vorstellung begeistert auf sie zukam und sich in Lobpreisungen darüber erging, welchen Ausdruck sie diesmal in ihre Rolle gelegt hatte. Im Zelt kreiste der Becher durch ihre Hand wie durch jede andere, in das Geplauder und Geflachse wurde sie einbezogen, und fast hätte sie der Illusion erliegen können, sie gehöre dazu.

Doch Marissa hatte sie eine wertvolle Lektion gelehrt, heute früh. Gunid mochte mit Gauklern zusammen auftreten und sogar Freunde unter ihnen finden, doch sie war keine von ihnen und würde es nie sein. Sie war keine Fahrende, die in Zeiten, in denen sich von der Kunst nicht leben ließ, auf Diebstahl und blanke Klingen zurückgriff. Nach wie vor war sie eine hörige Bäuerin, die von einer Familie umgeben sein wollte, in der das übelste an Gewalt eine Maulschelle oder eine Rangelei unter Geschwistern war. Diese Gemeinschaft hier, in der eine Meinungsverschiedenheit schon mal mit dem Messer ausgetragen wurde, war nicht die ihre.

Hasserfüllt betrachtete sie in dieser Nacht das in Decken gehüllte Bündel mit dem langen, rotbraunen Haar, das an der entfernten Zeltwand schnarchte. Noch immer wühlten die Laute des Liebesspiels, die sie aus dem Planwagen heraus vernommen hatte, in den geschundenen Tiefen ihrer Seele. Wie schon bei seiner Heimkehr ins Lehen mit seiner Braut, so fühlte sie sich auch diesmal von Ragald tief verletzt. Doch sie musste sich eingestehen, dass Marissa in einem Punkt recht hatte: sie hatte ihm nie gesagt, wie es um sie stand. Ihn traf keine Schuld.

Schuld oder keine Schuld, auch das begriff sie, war jedoch nicht die Frage, die sie umtrieb. Zur Zeit ertrug sie seine Nähe einfach nicht und mied ihn, und der Gedanke, dass er darunter litt, bereitete ihr grimmige Genugtuung. Vor jenem Gespräch hinter dem Zelt war sie sich sicher gewesen, dass sie so bald wie möglich ihre Sachen packen und ins Lehen zurückkehren würde. Sollte Ragald doch seine Pflicht als Kämpfer tun und allein weiteren Gefahren entgegenziehen.

Wie aber ginge es weiter? Gunid drehte sich auf den Rücken und starrte zur dunklen Zeltplane über sich. Schon einmal war sie im Streit von ihm geschieden, und es hatte ihr endlose Tage voller Grimm und Verbitterung eingetragen und grausame Angst um ihn, sobald ihr Zorn nachgelassen hatte. Als sie die Tiefen ihrer Gefühle erforschte, spürte sie, dass die gleiche Angst wiederkehren würde – und Schuldgefühle, stärker noch als an dem Tag, als sie von Ragalds Verschwinden erfahren hatte. Er würde sie brauchen auf seinem Weg zu diesem fremden Magier. Sie wusste, sie konnte ihm helfen. Würde sie damit leben können, wenn er bei dem Versuch umkäme, weil sie nicht an seiner Seite gewesen war?

Als der Morgen dämmerte, ohne dass sie ein Auge zugetan hätte, stand ihr Entschluss fest. Sie würde mit Ragald weiterziehen. Nicht aus Abenteuerlust, die ihr spätestens seit ihrem Erlebnis im Söldnerlager vergangen war. Auch nicht aus dem Bedürfnis nach seiner Nähe heraus, das sie in diesem Augenblick ganz und gar nicht verspürte. Sie ginge mit ihm, weil sie es nicht ertragen würde, anders zu handeln.

„Hast du dir das gut überlegt?"

Sein zweifelnder Blick verärgerte sie. Wo sie in unbeschwerteren Zeiten mit einem scherzhaften Spruch geantwortet hätte, sagte sie jetzt nur: „Das habe ich."

Ragald hatte seine Waffenübungen wieder aufgenommen, um seinen Leib nach Wochen des Herumliegens zu kräftigen. Mit bloßem Oberkörper hatte er dagestanden und mit dem Schwert auf einen Pfahl hinter dem Zelt der Gaukler eingeschlagen, als sie ihn aufgesucht hatte. Trotz ihrer Verstimmung ihm gegenüber konnte sie nicht anders, als den Blick über seine strammen Muskeln wandern zu lassen. Selbst die frische Narbe an der Schulter, die ihm bleiben würde, reizte lediglich dazu, sie mit den Fingern zu erkunden.

Der Gedanke jedoch an die Hände der Dame Witlinde und nun auch Marissas, die über diesen Körper gefahren waren, verdarb ihr den Genuss und ließ sie stärker frösteln als der Nieselregen, der sich mit seinem Schweiß vermischte. Lif saß auf seinem Querbalken und verfolgte interessiert die Unterhaltung der beiden Menschen.

„Gunid …" Er hielt den Blick gesenkt und spielte in einer verlegenen Geste mit den Fingern der Linken an der Schwertklinge. „Versteh mich nicht falsch, ich bin überglücklich, dich in meiner Nähe zu haben." Endlich sah er ihr wieder ins Gesicht, und in seinen Augen spiegelte sich ihr eigener Verdruss über die Entfremdung der letzten Tage. „Aber diese Reise wird gefährlich werden. Ich muss Feindesland durchqueren, das von den Jattar beherrscht wird. Und ich werde es am hellen Tag tun müssen."

Sie schüttelte den Kopf. „Das musst du nicht –"

„Natürlich muss ich das!", brauste er auf. „Hast du schon vergessen, was ich dir über ihre Schattenbestien erzählt habe?"

„Über die Schattenbestien weiß ich sehr gut Bescheid", schnappte sie zurück. „Ich bin selbst schon einer begegnet."

Ragald, der gerade zu einer Entgegnung Luft geholt hatte, ruckte hoch. „Was?"

„Auf dem Weg hierher." Sie zeigte ihm das gefährliche Lächeln der Hexe Gunadola. „Mitten im Wald stand ich eines Nachts einer dieser Bestien gegenüber. Ein wandelnder Schatten, doppelt mannshoch und finsterer als die Nacht."

Ragald ließ das Schwert sinken und ließ halb ungläubig, halb zweifelnd die blauen Augen auf ihr ruhen. „Wie bist du ihm entkommen?"

„Gar nicht. Er tat mir einfach nichts." Sie genoss den verunsicherten Ausdruck auf seinen Zügen. „Ich werde dein Schild sein, Ragald. Ich werde zwischen dir und diesen Bestien stehen, und du kannst dich nachts unter der Nase der Jattar vorbeischleichen."

Lange sah er sie nachdenklich an. Lif tat einen Tippelschritt auf seinem Balken und spreizte die Schwingen.

„Ich wäre wirklich froh, dich in meiner Nähe zu haben", stieß Ragald schließlich mit einem Lächeln hervor, das ihm alles andere als leicht zu fallen schien. Dass sie mit ihm reiste, begriffen sie beide, bedeutete im Moment nicht unbedingt, dass sie einander auch nahe wären.

Tage vergingen, und noch immer beschäftigte ihn Gunids sonderbares Verhalten, als er, angetan mit Schwert und Rüstung, das Lager durchquerte, um seine Ausrüstung zu vervollständigen. Mit Silber, das er der Satteltasche des königlichen Boten entnommen hatte, erstand er im Viertel der kämpfenden Truppe einen schmucklosen, sandfarbenen Waffenrock und einen Dreiecksschild ohne Wappen, bemalt in schlichtem Braun. Auch wenn er die Gefahr als gering einschätzte, in dieser

Aufmachung erkannt zu werden, umging er doch die Quartiere, in denen sein Gesicht bekannt war, in großem Bogen.

Ständig dachte er an Gunid und weshalb sie plötzlich wieder eine solche Kälte an den Tag legte wie zuletzt im Lehen. Anfangs hatte er geglaubt, sie müsste sich nur von der Begegnung mit den Söldnern erholen; doch da war noch etwas anderes, so schien es ihm, das sehr viel tiefer ging.

Grimmig entschlossen folgte er der Gasse nach Westen. Er würde es herausfinden. Früher oder später musste er sie deswegen zur Rede stellen. Vorerst allerdings wagte er nicht, ihren Entschluss, ihn zu begleiten, ins Wanken zu bringen. Nur eines, soviel hatte er in seiner Grübelei herausgefunden, wäre ihm noch unerträglicher als Gunid in dieser seltsamen Stimmung: wenn sie fort wäre.

Heiron, der Doppelsöldner, schien in diesem Teil des Lagers wohlbekannt. Der Gedanke, dass einige der Männer hier sich an Gunid hatten vergehen wollen, erfüllte ihn mit zusätzlichem Groll, der sich wohl auch in seiner Miene und seiner Haltung zeigte. So zollten ihm die Söldner den Respekt, den Raubtiere einem wehrhaften Keiler oder Hirsch entgegenbrachten, und er gelangte unbehelligt bis zu der Koppel, von der ihm Gunid erzählt hatte. Ein Knabe in der farbenfrohen Tracht der Söldner saß auf dem Zaun der Koppel und begrüßte ihn im Näherkommen. „Suchst du was?" Die formlose Anrede bestätigte ihn darin, dass man ihm den Edlen im Moment nicht ansah. Vermutlich hielt ihn der Junge für einen Waffenknecht.

Ragald lehnte sich neben ihm über den Zaun und deutete auf sein Pferd. „Kannst du mir sagen, wem der Falbe da drüben gehört?"

„Der mit dem Fleck auf'm Arsch?" Nachdem der Knabe kurz überlegt hatte, deutete er auf eine Handvoll Söldner, die vor einem der Zelte ins Würfelspiel vertieft saßen.

„Schönes Tier." Ragald nickte anerkennend. „Kannst du den Besitzer mal herholen?"

Der Knabe brüllte einen Namen quer über den Platz. Kurz darauf stand Ragald zusammen mit einem schwarzbärtigen, grasgrün gekleideten Söldner auf der Koppel und besah sich das Gebiss des Tieres, das er schon als Fohlen auf Burg Adolar gekannt hatte. „Wirklich nicht übel", sagte er in zufriedenem Ton. „Dein einziges, Kamerad?" Innerlich schüttelte er sich über seinen anbiedernden Ton gegenüber diesem

Abschaum von einem Plünderer. Seit Gunids Schilderung hatte er für Söldner weniger übrig als je zuvor.

„Mein anderer Zelter hat eine Weile gelahmt. Stein im Huf." Der Söldner tätschelte dem Falben den Hals. „Ist aber so gut wie ausgeheilt."

„Ich habe demnächst eine längere Strecke vor mir. Die würde ich nur ungern auf einem Streitross absitzen." Ragald klopfte sich aufs Gesäß, und der Söldner lachte.

Sie begannen zu feilschen und wurden sich bald handelseinig. Ragald zählte dem Söldner Münzen auf die Hand, die der Satteltasche des Boten entstammten. Er nutzte das Geld nur für seinen ursprünglichen Zweck, sagte er sich.

„Wie lange hast du das Tier eigentlich schon?", fragte er beiläufig, nachdem der Handel schon besiegelt war. Der Söldner überlegte.

„Zwei ... nein, fast drei Wochen. Hab's von einem Ritter gekauft. Er sagte, er hätte es erbeutet, in einem Scharmützel mit den Jattar."

„Ein Scharmützel vor drei Wochen? War der Ritter zufällig ein Blondbart, etwa so groß" – Ragald hielt die Hand ein gutes Stück über seinen eigenen Scheitel – „und führte als Wappen einen goldenen Hirsch im roten Feld?"

Lachend schüttelte der Söldner den Kopf. „Nie gesehen. Der Kerl war nicht größer als du. Auch nicht viel älter als du, ein sommersprossiger Bursche mit schulterlangem, rotblondem Haar. Sein Rock war grün, mit einem goldenen Adler."

Es kostete Ragald alles an Beherrschung, sein Lächeln aufrechtzuerhalten. Er ging mit dem Söldner zu seinem Zelt, das Zaumzeug holen, verabschiedete sich mit Handschlag und beeilte sich, diesen Teil des Lagers zu verlassen. Den Rückweg zum Quartier der Gaukler verbrachte er mit Nachdenken und dem verzweifelten Versuch, eine Lücke in seinen Schlussfolgerungen aufzutun, doch er fand keine.

Es wurde Zeit, nach Lif zu sehen. Heute Abend würde er seinen letzten heldenhaften Kampf gegen die ‚unvergleichliche Gunadola' bestehen, und sein Gefieder musste glänzen. Auf dem Weg hinter das Zelt betastete Gunid ihre Wange und erfreute sich daran, dass ihr Gesicht langsam wieder abschwoll.

Sie verhielt im Schritt, als sie leise Ragalds Stimme hörte. „Ich habe natürlich gleich den Quartiermeister befragt. Er sagte mir, Palder sei zur Feste Kaskur aufgebrochen." Nach einem Seufzen fügte er grimmig hinzu: „Ich wünschte, ich könnte Lennard warnen."

Vorsichtig, um keinen Laut zu verursachen, schlich Gunid weiter. Mit wem redete er in diesem vertrauten Ton? Sie stellte sich vor, Marissa hielte seine Hand, während er ihr das Herz ausschüttete. Fast begrüßte sie den Stich der Eifersucht, der durch ihre erkaltete Seele schoss.

Als sie um die Ecke spähte, sah sie ihn jedoch allein, schwer über Lifs Balken gelehnt, den Kopf so niedergeschlagen herabhängend, dass sich ein Schimmer von Mitgefühl durch ihre Enttäuschung Bahn brach. Er rang die Hände und wandte sich an den Vogel, der sich mit dem Schnabel an der Schwinge zupfte.

„Wir waren Freunde", murmelte er schmerzerfüllt. „Waffenbrüder. Wir haben auf Burg Havegard beisammengesessen und uns gegenseitige Treue geschworen. Und gerade Palder war mir immer ein Vorbild. Unser bester Schwertkämpfer, mustergültig in der Taktik. Der Sohn eines Grafen, vornehm und gebildet." Unvermittelt ballten sich Ragalds Fäuste. „Auch das verstehe ich nicht. Was können sie ihm für seinen Verrat geboten haben? Macht? Reichtum? Schon jetzt besitzt er viel mehr, als ich je erben werde. Kann ein Mensch so gierig sein? Oder ist es etwas anderes?" Er betrachtete Lif, der sich gleichmütig putzte, und streichelte ihm mit einem traurigen Lachen über den Kopf. „Naja, was weißt du schon von Gier, Lif?"

Er drehte sich um, und Gunid konnte sich gerade rechtzeitig hinter die Kante zurückziehen, dass er sie nicht entdeckte. Als sie wieder vorsichtig um das Zelt herumspähte, hatte er sich niedergesetzt, den Rücken gegen einen Tragpfosten des Querbalkens gelehnt, gerade wie sie selbst in ihrer Verletztheit. Erstmals bemerkte sie, in wie vielen Dingen ihr ‚kleiner Freund' ihr Spiegelbild war.

„Wenigstens du bleibst mir", sprach er nach einem langen Moment des Schweigens und schloss die Augen. „Lif, sei froh, dass du diese Nöte nicht kennst. Kein Verrat, keine … Entfremdung." Seine Finger spielten mit dem Saum seines Waffenrocks. „Sei froh, dass deine Welt so einfach ist. Als Mensch hat man es nicht leicht, wenn einem alle den Rücken kehren, die man je geliebt hat."

Kränkung und Zuneigung rangen in ihrer Brust miteinander und drückten ihr das Wasser in die Augen. Am liebsten wäre sie zu ihm gerannt, um ihn in die Arme zu nehmen. Er hatte sie nie verletzen wollen, das wusste sie.

Aber innerlich sah sie Witlindes feine, weiße Hand in seiner, hörte sie Marissas und sein zärtliches Gurren. Es war zu viel. Ihre Liebe für ihn kratzte an einer eisigen Wand, ohne einen Durchlass zu finden. Mit geballten Fäusten schlich sie zurück in Richtung der Karren und schluckte herunter, was ihr in den Augen hatte emporsteigen wollen. Sie ergriff aufs Geratewohl zwei Eimer, lief zum nächsten Brunnen, und nachdem sie die Gefäße voll und schwer zurückgeschleppt hatte, war sie wieder gefasst genug, um das Schminken über sich ergehen zu lassen.

Sie verließen das Lager am nächsten Tag bei Morgengrauen. Ragald hatte den Falben mit ihrer beider Gepäck beladen und dabei etwas über die Verschwendung gemurmelt, einen guten Zelter als Packtier zu missbrauchen. Beide hatten sich mit zahllosen Umarmungen von den Fahrenden verabschiedet, und Eleazar hatte ihr in seinem brummenden Bass versichert, sie wäre jederzeit für einen Gastauftritt willkommen. Gunid hatte verkniffen gelächelt und dabei versucht, den Blick von der verschmusten Umklammerung abzuwenden, in die Marissa zum Abschied Ragald gezerrt hatte.

Die Gesichter der Gaukler begannen für sie schon zu verblassen, als sie mit ihrem Gefährten durch die erwachenden Gassen des Feldlagers ostwärts schritt. Er führte das Pferd am Zügel und brach sein bedrücktes Schweigen nur, um dem Tier beruhigend zuzureden, wenn vor ihnen ein Kind über den Weg flitzte oder ein Hund sich kläffend vor ihnen aufbaute. Lif saß obenauf, den Riemen an seinen Läufen um den Sattelknauf geschlungen, und gab dann und wann schnatternde Laute von sich.

Die Hälfte der Sonne ragte weißgolden über die Hügelkuppe, als sie das eigentliche Lager verließen und sich daran begaben, zum Hochsitz des östlichen Wachpostens hinanzusteigen. Sie waren übereingekommen, nicht sofort nach Süden aufzubrechen, da hier, wie Ragald ihr erklärt hatte, die Reihe der Posten dichter stand und ihnen mehr unangenehme Fragen eingebracht hätte.

So erzählte er den Wachen bloß, dass er auf einen Botengang ins Lehen Sedrin aufbreche. Die Frau in seiner Begleitung? Habe sich ihm angeschlossen, da sie in dieselbe Richtung reise. Gunid kramte den Reisebrief hervor und beruhigte mit dem Siegel endgültig die Waffenknechte, dass alles seine Richtigkeit habe. Sie winkten Gunid und Ragald durch und wandten sich dem Marketender mit dem Ochsengespann zu, der hinter ihnen auf seine Abfertigung wartete.

Ein letztes Mal drehte sie sich um und nahm den Anblick des Lagers in sich auf, das ihr in den vergangenen zwei Wochen so vertraut geworden war. Von hunderten Feuern, über denen Frühstück bereitet wurde, kräuselte sich Rauch empor. Hell lag schon die Sonne auf den gegenüberliegenden Hügelflanken und schickte sich an, das Tal zu erobern. Die ersten, bunten Zelte des Söldnerlagers leuchteten bereits im Morgenlicht. Über dem übrigen Flickenmuster aus Zelten, Wagen und Tierpferchen ruhten noch die Schatten der Hügel. Die Palisaden der königlichen Anhöhe mit ihren Drachenbannern überragten unübersehbar die Umgebung. Gunid erkannte die breiten Hauptstraßen, die das Lager kreuz und quer durchzogen, und sie meinte sogar, im südlichen Viertel zu ihrer Linken das rot-weiß gestreifte Zelt des Quartiermeisters zu erkennen. Nach den Wagen und dem Zelt der Fahrenden suchte sie in dem riesigen Gewimmel vergeblich.

„Kommst du?"

Sie wandte das Gesicht ins Licht. Ragald war stehen geblieben, einige Schritte den Hügel hinab, und sah sich nach ihr um. Die Sonne blendete sie und machte es ihr schwer, den Ausdruck auf seinem Gesicht zu erkennen. Sein Ton aber hatte ungeduldig geklungen, beinahe herrisch. Gunid schloss zu ihm auf, und gemeinsam stiegen sie durch das Gras den Hügel hinab, der dunklen Linie des Waldes entgegen.

TEIL 3

Feindesland

13

Sobald die feuchte Kühle des Waldes sie umgab und das Blätterdach sie den Blicken der Wachen entzog, bogen sie bei der erstbesten Gelegenheit nach Süden ab. Beide beobachteten aufmerksam ihre Umgebung, und als sich eine Patrouille näherte, versteckten sie sich mit Pferd und Vogel im Unterholz. Ab jetzt würden sie sich schon durch die Richtung, in der sie unterwegs waren, verdächtig machen, und je nachdem, wie unruhig die Wachen waren, mochten sie ihnen nicht einmal Gelegenheit geben, eine Ausrede von sich zu geben, sondern sie sofort als Gefangene ins Feldlager zurückschleifen.

Gegen Mittag rasteten sie an einem gut verborgenen Teich, der eine Viertelstunde langsamen Marsches vom Weg aus einen Bach entlang gelegen war. Eine Ente flatterte daraus auf, als sie aus dem Unterholz getreten kamen, und ließ sich ein Stück entfernt wieder auf dem Wasser nieder. „Hier sollten wir vorerst sicher sein", bemerkte Ragald. „Weder die Jattar, noch die Leute des Königs haben einen Grund, hierherzukommen."

„Und was machen wir hier?" Es waren die ersten Worte, die Gunid seit dem Aufbruch zu Ragald sprach.

„Schlafen. Wenn wir uns heute Nacht am Lager der Jattar vorbeischleichen wollen, sollten wir ausgeruht sein."

Sie dachte an ihre Erfahrungen bei dem Versuch, nach Sonnenuntergang das Lehen zu verlassen. „Wir sind zu weit vom Waldrand entfernt", meinte sie. „Im Stockfinsteren werden wir die ganze Nacht brauchen, um auch nur zum Weg zurückzufinden."

„Die Späher der Jattar werden den Wald schon in der Stunde vor der Dämmerung verlassen." Ragald hievte das Bündel der Decken vom Rücken des Falben, der an einem Grasbüschel am Ufer zupfte. „Nachts verkriechen sie sich in ihrem Lager und überlassen die Patrouille ihren Schattenbestien. Wir können also die letzte Stunde Tageslicht nutzen, um bis zum Waldrand vorzudringen. Möchtest du die erste Wache?" Es würde bedeuten, dass sie Gelegenheit bekäme, bis kurz vor dem Aufbruch zu schlafen, während er bis dahin schon wieder einige Stunden des Wacheschiebens hinter sich hätte. Sie erwog, sein ritterliches Angebot abzulehnen, fand aber außer Trotz keine Begründung, also nickte sie. Ohne ein weiteres Wort begann er, die Decken am Boden auszubreiten.

Zweimal während ihrer Wache vernahm sie vom Weg her Hufschlag, ohne dass sie hätte sagen können, welcher Seite die Reiter zugehörten; die Vorstellung allerdings, dass es sich womöglich um Jattar handelte, die sie in solcher Nähe vorbeiziehen hörte, ließ ihr kalten Schweiß ausbrechen. Beide Male trabten die Reiter vorbei, ohne anzuhalten. Sie erzählte Ragald davon, als sie ihn weckte und sich ihrerseits zur Ruhe bettete. Auf die bereits von ihm angewärmten Decken verzichtete sie und bereitete sich ein eigenes Lager, ohne den Stich zu beachten, den ihm seine verständnislose und gekränkte Miene durch das Herz jagte.

Als Ragald sie sanft an der Schulter wachrüttelte, trieben rosafarbene Wolken über einen Himmel, dessen Blau sich bereits vertiefte. So leise sie konnten, beluden sie den Falben wieder und begaben sich daran, dem Bach zurück zum Weg zu folgen. Sobald sie wieder auf trockenem Grund standen, umwickelte Ragald dem Pferd die Hufe mit Lappen, bis sie auf dem Waldboden kaum noch ein Geräusch verursachten. Den Helm, dessen metallischer Glanz sie im Dunkeln hätte verraten können, und die nietenbesetzten Handschuhe und Beinschützer hängte er an den Sattel und schlug eine Decke darüber. Nur das Kettenhemd legte er an und streifte anstelle des hellen Waffenrocks ein langärmeliges, dunkles Hemd darüber.

Es dauerte danach nicht lange, bis sich der Wald vor ihnen zu lichten begann. Bei der letzten Biegung, hinter der zwischen den Bäumen schon das offene Feld hindurchschimmerte, blieben sie stehen und warteten ab, dass die Streifen aus Sonnenschein zwischen den Schatten der Bäume verschwanden.

„Also schön", brach Ragald plötzlich halblaut das Schweigen, „was ist los?"

Die Frage kam so überraschend, dass Gunid im ersten Moment tatsächlich nicht verstand, worauf er hinauswollte. „Was meinst du?"

„Warum bist du so abweisend in den letzten Tagen?" Er drehte den Kopf und sah ihr ins Gesicht. „Du redest kaum noch mit mir, berührst mich nicht ... du nimmst ja nicht einmal einen Rest Wärme von mir an." Er deutete auf die Decken. Der Falbe schnaubte.

Gunid spürte die unterdrückte Wut in sich hochkochen. „Vielleicht, weil du mit deiner Wärme gar zu freigiebig bist", fauchte sie zurück.

Sein verwirrter Blick brachte sie erst recht in Rage. „Kennst du eigentlich gar keine Scham? Du bist ein verlobter Mann, deine Braut zuhause vergeht vor Sorge nach dir, und du wälzt dich hier mit dem ersten besten ... Flittchen im Bett!"

„Nicht so laut!" Er warf einen unruhigen Blick zum Waldrand. Die letzten Flecken Sonnenlicht waren schon weit an den Bäumen hinaufgewandert und hatten ihre Farbe von Gold zu Kupfer gewandelt. Von überallher ertönte aus dem Blätterdach das Abendlied der Vögel. „Wir sind unter uns", stellte Gunid fest und konnte sich nicht verkneifen, herablassend hinzuzufügen: „Keine Angst, großer Krieger."

Er schoss ihr einen wütenden Blick zu, ehe er die Augen zu Boden senkte. In seinem Gesicht arbeitete es, und sie war nicht ganz sicher, ob er um Fassung rang oder einfach nur nachdachte.

„Ich achte Witlinde sehr", sprach er schließlich leise. „Sie ist mir eine gute Freundin. Doch mein Herz gehört nicht ihr, und das weiß sie. Ich habe ihr gegenüber nie einen Hehl daraus gemacht. Und mein Leib verlangt sein Recht. Was ist falsch daran?"

Seine Wortwahl ließ Gunid aufhorchen. „,Nicht ihr'?"

„Unsere Heirat ist ein Vertrag", fuhr er hastig fort. „Das Siegel unter einem Abkommen zwischen den Häusern Havegard und Adolar, nichts weiter. Witlinde und ich hatten dabei nicht viel mitzureden, auch wenn wir es sicher beide schlechter hätten treffen können."

„Willst du damit sagen, dein Vater habe dich einfach verschachert wie einen Deckhengst? Dass du nur deswegen ihr Bett teilst, weil er es dir befohlen hat? Was bist du, eine Hure, deren Preis in Land und Leuten bezahlt wird?"

„Still jetzt!", zischte er sie an. „Die Jattar mögen nachts ihr Lager nicht verlassen, aber darum müssen wir sie noch lange nicht drei Meilen gegen den Wind vorwarnen, dass wir kommen!"

„Wie Ihr befehlt, hoher Herr!" Zu ihrer Enttäuschung ließ er sich weder von ihren Worten, noch von ihrem giftigen Ton zu einer Antwort verleiten, sondern verfiel in eine angespannte, aufmerksame Stille. Es kam ihr vor, als flüchte er sich, um weiterem Streit mit ihr zu entgehen, in seine Rolle als Kämpfer.

Vielleicht war er aber auch einfach vernünftig, musste sie sich widerstrebend eingestehen, als sie sich endlich dem Waldrand näherten. Sie standen im Begriff, sich an einem Feind vorbeizuschleichen, gegen den ihr, sollte er sie ergreifen, die Söldner vermutlich harmlos erscheinen würden. Die Geschichten, die sie von Reisenden über die Grausamkeit der Jattar gehört hatte, gingen ihr durch den Kopf, und wahrscheinlich hatte Ragald recht, den Zank an dieser Stelle zu unterbrechen: sie mussten leise sein, und vor allen Dingen mussten sie jeden Moment der Dunkelheit nutzen.

Vor ihnen erstreckte sich ein offenes Feld, das Gunid an die Weidegründe im Osten des heimatlichen Lehens erinnerte. Ein warmer Abendwind rauschte über eine weite, grasige Talsenke, in der eine Linie von Bäumen und Sträuchern den Verlauf eines Baches anzeigte. Überall auf den umliegenden Hängen hoben sich dunkel die Wipfel des Waldes von einem Himmel ab, in dessen Purpur die ersten Sterne glommen. Ihren Schein erwiderten von einer Anhöhe her, die beherrschend über dem umliegenden Tal thronte, hunderte flackernde Augen aus Feuer.

Um Zelte, Befestigungen oder Ähnliches ausmachen zu können, war es bereits zu dunkel. Bis auf die fernen Lagerfeuer, die den Schatten des Hügels tupften, verriet nichts, dass sich Gunid und Ragald auf ihrem Weg in die Senke hinab einem gewaltigen Heer näherten. Diese Dunkelheit, erinnerte sie sich, war der Schutzmantel, auf den auch sie sich nun verließen, als sie sich ohne Deckung aufs offene Feld hinauswagten. Gunid beruhigte ihr heftig schlagendes Herz, indem sie sich immer wieder sagte, dass ein derart trübes Licht, bei dem man ein ganzes Heer übersehen konnte, erst recht nicht ausreichen würde, um zwei Wanderer und ein Pferd zu entdecken.

Tiefer wurde die Dunkelheit, und bald bahnten sie sich ihren Weg durch das wadenhohe Gras nur im Schein der Sterne, die den blauschwarzen Himmel zierten wie tausende Juwelen. Gunid begann zu frösteln und zog den Umhang fester um sich. Der Schattenriss von Lif, jetzt nur noch als Lücke in den Sternen erkennbar, bewegte gelegentlich den Schnabel und saß ansonsten still. Das Rascheln ihrer Schritte im Gras verschwand unter dem Zirpen der Grillen und Zikaden.

Dann ging ein Ruck durch das Pferd, und ein angsterfülltes Wiehern tönte auf. Auf seinem Rücken breitete Lif die Flügel aus und gab ein kurzes Kreischen von sich. Sofort zuckte Gunids Blick nach rechts, zu den Feuern der Jattar hin. Der Wind wehte ihr ins Gesicht, trug die Laute der Tiere vom Lager weg, und sie atmete auf. Ragald winkte sie herüber und reichte ihr die Zügel, bevor er sich niederkniete und dem Pferd half, den umwickelten Huf aus einem Erdloch zu befreien.

Vorsichtig ertasteten sie sich weiter ihren Weg, und einmal geriet Ragald nun selbst ins Straucheln und wäre beinahe gestürzt. Auch Gunid fiel es in der Dunkelheit zunehmend schwerer, nicht über verfilzte Grasbüschel zu stolpern oder in Kuhlen umzuknicken. Sie schaute zu den Sternen auf, doch ihr Licht allein genügte nicht, um den Weg klar zu sehen, und der trübe Sichelmond war der Sonne schon lange hinter den Rand der Welt nachgefolgt. Sie schloss zu Ragald auf und tippte ihm auf die Schulter.

„Wir müssen näher zum Lager", wisperte sie.

Sie konnte sein Gesicht nicht sehen, doch allein die Schnelligkeit, mit der sein Kopf herumfuhr, verriet seine Überraschung über diesen Vorschlag.

„Wir brauchen mehr Licht", raunte sie. „So kommen wir nicht recht voran. Unter den Wachfeuern sehen wir mehr."

„Und werden gesehen", flüsterte er zurück. „Bist du noch ganz bei Trost?"

„Wir bleiben am Rand des Lichtkreises. Wir brauchen nur gerade eben genug Licht, um die Kuhlen zu erkennen." Der schwache Schimmer der Sterne zeigte ihr den Zweifel in seinen Augen. Sie führte den Mund näher an sein Ohr und wisperte noch eindringlicher: „Wie es jetzt läuft, gelangen wir nie vor Morgengrauen zum Wald. Die Jattar werden uns noch mitten auf der Wiese vorfinden, wenn die Sonne aufgeht."

Stumm ruhte der Blick seines konturlosen, lichtlosen Gesichts auf ihr. Der Wind zerrte an den Schatten seiner Locken. Die Grillen und Zikaden füllten das Schweigen.

„Geh du voran", flüsterte er schließlich.

Nun doppelt wachsam, ertastete sie vorsichtig einen möglichst ebenen Pfad in die Talmulde hinab und wieder hinauf, dem Hügel entgegen. Je näher sie dem Lager kamen, desto weiter erstreckten sich vor ihnen die flackernden Feuer, bis schließlich die Hälfte der Nacht mit ihnen getupft schien. Gunid war froh, dass es fast ihre volle Aufmerksamkeit in Anspruch nahm, sichere Tritte auszumachen. So blieb ihr keine Zeit, dem mulmigen Gefühl in ihrer Magengrube Beachtung zu schenken, das ihr hartnäckig zuflüsterte, sie spaziere geradewegs in ein geöffnetes Drachenmaul.

Endlich genügte das rötliche Glitzern in den Tautropfen, um Konturen zu erkennen. Kaum sichtbare Unterschiede in Licht und Schatten hoben die Mulden und Bodenwellen nun deutlich genug hervor, um nicht ständig fehlzutreten und um das eigene Gleichgewicht kämpfen zu müssen. Die Wachfeuer lagen jetzt vielleicht hundert Schritte zu ihrer Rechten, und gelegentlich trug der Wind ein metallisches Klirren heran oder das Schnauben von Pferden.

Sie kamen nun sehr viel schneller voran. Hin und wieder drehte sie sich nach Ragald um, der dem Falben beide Hände um das Maul geschlossen hatte und ständig besorgt in Richtung des Lagers spähte. In der Kälte der Nacht sah Gunid seinen Atem jetzt als hauchfeinen Schleier, trübrot im schwachen Rest vom Schein der Wachfeuer, der seinen Weg bis hierher fand.

Dann gelangten sie an eine Niederung, die das nächstgelegene Feuer mit deutlichen, schwankenden Schlagschatten anfüllte. Gunid erkannte auf den ersten Blick, dass sie beim Durchqueren dieser Mulde für jeden halbwegs aufmerksamen Wachposten zu sehen wären. Sie spähte nach links hinaus, wo ein Dickicht aus Sträuchern den Rand der Mulde säumte. Es würde sie vor den Augen der Wachen verbergen, überlegte sie, doch jeder Tritt in diesem Gestrüpp musste Zweige brechen. Sie schüttelte den Kopf. Auf diesem Weg würden sie die Aufmerksamkeit jedes Postens in Hörweite auf sich ziehen, und das Dickicht zu umgehen, würde sie zu viel Zeit kosten.

So schaute sie in die andere Richtung, zum Lager hinüber. Das Feuer, dessen Schein ihnen den Weg versperrte, erhob sich auf einer vielleicht dreifach mannshohen Klippe, deren Schatten zwanzig, dreißig Schritte weit in die Niederung hinausflackerte, schwarz und undurchdringlich. Neben dem Feuer konnte sie Bewegungen ausmachen, eine Spiegelung, ein Blitzen der Flammen auf Metall. Gunid drehte sich zu Ragald um und deutete auf den Fuß der Klippe.

Nach langem Zögern nickte er. Der Feuerschein fing sich in Schweißperlen auf seiner Stirn, und unwillkürlich fuhr sie sich mit der Hand über ihre eigene und nahm sie nass wieder herunter. Ragald strich dem Pferd über die Nüstern und ließ es kurzzeitig los, um sich nach Lif umzudrehen. Sie konnte nicht erkennen, was für Zeichen er dem Vogel gab, doch der Bronzebussard nahm eine geduckte, lauernde Haltung ein. Gunid verstand, dass ihr Freund dem Tier irgendwie begreiflich gemacht hatte, dass es nicht den geringsten Laut mehr von sich geben durfte.

Langsam arbeitete sie sich auf das Lager zu, immer am Rand der Schatten, in denen das eine Wachfeuer schon an Kraft verlor und das andere noch keine echte Helligkeit spendete. Sie erstarrte, als der Wind einige Worte an ihr Ohr trug, eine kurze Bemerkung, vorgetragen von einer auf raue Weise wohltönenden Stimme, gefolgt von einem zustimmenden Brummen. Zwei Wachen der Jattar, die sich unterhielten, begriff sie.

Endlich erreichte sie den Schatten am Fuß der Klippe, und sie erlaubte sich ein lautloses Aufatmen, sobald hinter ihr auch Ragald mit dem Falben vollständig in die Schwärze eingetaucht war. Eng hielt sie sich bei der aufragenden Wand aus Erde, Wurzeln und Steinen, und je näher sie dem Feuer kamen, desto deutlicher vernahm sie zwei Männerstimmen, die ein unverständliches Kauderwelsch von sich gaben. Sie gab es bald auf, das Geplapper verstehen zu wollen. Erstmals ergaben die Erzählungen, die Jattar sprächen eine „fremde Sprache", einen Sinn für sie.

Immer wieder blickte sie auf, und einmal erhaschte sie einen Blick auf einen Helm, der hell im Schein des Feuers glänzte. Eine Flamme blinkte auf der fremdartigen Stirnplatte, als der Träger des Helms den Kopf drehte. Aus seiner Richtung ertönte ein amüsiertes Lachen.

Gunid blieb fast das Herz stehen, als der umwickelte Huf des Falben einen lockeren Erdbrocken aus dem Hang trat. Sofort hielten sie und Ragald an und warteten, bis das Rieseln kleiner Steine, die dem Brocken nachfolgten, verklungen war. Gegen die Klippe gedrückt, lauschte Gunid angestrengt und schloss erleichtert die Augen, als sie über dem Lärmen der Zikaden immer noch die ruhigen Stimmen der Wachposten vernahm. Kein Signalhorn ertönte, keine schnellen Schritte näherten sich, kein Helm mit einer Stirnplatte schob sich hinter der Kante über ihnen hervor, um herabzuspähen.

Weiter schlichen sie sich durch den Schatten, Lif geduckt und angespannt auf dem Sattel, Ragalds Hände immer noch um das Maul des Falben geschlossen. Endlich gelangten sie an den Rand der Niederung, und Gunid fand einen Pfad, auf dem ihnen der nachlassende Schein dieses Feuers im Ringen mit den flackernden Schatten des nächsten genügend Deckung ließ. Sie drehte sich noch einmal nach dem Posten um und erblickte das Gestell.

Gleich neben dem Wachfeuer baumelte von einem mannshohen, hölzernen Dreibein eine runde Form aus Metall. Immer wieder funkelte der Schein der Flammen darauf, während sie sich träge pendelnd hin und her drehte. Die Metallplatte musste etwa eine Handspanne durchmessen, etwas mehr vielleicht. In jedem Fall war sie groß genug, dass Gunid mit etwas Mühe selbst auf diese Entfernung die Gravur erkennen konnte, ein Bild von drei Fischen, die einander im Kreis hinterherschwammen.

Sie hielten sich weiter am Rand des Lichtkreises der Wachfeuer und gelangten schließlich an den Bach, der ihnen zuvor schon im letzten, schwindenden Licht des Abends aufgefallen war. Nachdem sie ihn durchwatet hatten, fanden sie entlang seines anderen Ufers einen gut ausgetretenen Weg, dem zu folgen ihnen selbst im Sternenschein keine Schwierigkeiten bereitete. Schnell ließen sie jetzt das Lager hinter sich, und die Feuer der Jattar schrumpften hinter ihnen in der Dunkelheit.

Sobald sie sich außer Hörweite wähnten, erzählte sie Ragald flüsternd von der Metallscheibe an dem Gestell, die so sehr der Zeichnung in dem Brief glich. „Könnte das ein Feldzeichen sein?", fragte sie, doch Ragald schüttelte den Kopf. „Die Jattar verwenden Flaggen, genau wie wir", wisperte er zurück.

Gunid hatte sich im Abendlicht einige Landmarken eingeprägt, und so stellte sie zufrieden fest, dass sich Bach und Pfad grob in südwestliche Richtung schlängelten. Eine Nachtigall fiel in den Chor der Grillen ein, als das Gelände allmählich anstieg und die dunkle Wand des Waldes Schutz verheißend vor ihnen aufragte.

Gedanken, die sie sich vor ihrem Aufbruch nicht gestattet hatte, drängten sich ihr nun ungebeten in den Kopf, angefangen mit der Erkenntnis, dass sie vollkommen wahnsinnig sein mussten. Hatten sie sich gerade tatsächlich unter der Nase eines tödlichen Feindes vorbeigedrückt, dem nicht einmal das gewaltige Heer beizukommen vermochte, in dessen Lager sie die letzten beiden Wochen verbracht hatten? Wollten sie wirklich eine tagelange Reise durch verwüstetes, zerstörtes Land antreten, das von plündernden Gruppen grausamer Krieger durchstreift wurde? Sie blickte sich nach Ragald um, ein vom Sternenlicht geränderter Schatten, der schweigend hinter ihr hertrottete und den Schatten eines Pferdes am Zügel führte. Warum taten sie das? Warum tat er es? Warum blieb sie bei ihm?

Weiter folgte sie dem Pfad, und ihre Gedanken wanderten zurück zu dem Feuer. Die Wachen der Jattar hatten überraschend menschlich geklungen, nicht anders als Waffenknechte im Heerlager oder Bauernburschen bei der Brotzeit auf dem Acker. Konnten dies dieselben Ungeheuer sein, so fragte sie sich, vor deren Gräueltaten das ganze Königreich zitterte?

Ein Keuchen von Ragald ließ sie herumfahren. Seine Faust hatte sich fest um die Zügel gekrampft, während er dem Falben zugleich mit der anderen Hand beruhigend über die Nüstern strich. Das Tier gab keinen Ton von sich, doch es hatte angsterfüllt die Ohren angelegt.

Jetzt erst fiel es auch Gunid auf: die Nachtigall schwieg. Der Chor der Grillen und Zikaden war nach und nach leiser geworden und schließlich in völlige Stille verfallen. Lif, das sah sie nun auch, wandte hektisch den Kopf nach rechts und links und spreizte unruhig die Flügel. Sein Schnabel öffnete sich, doch er stieß keinen Laut aus.

Sie schaute auf. Kaum ein paar hundert Schritte trennten sie noch vom Waldrand. Stumm ragten die Wipfel der Baumriesen vor den Sternen auf, ihr Schattenriss plötzlich mehr Drohung denn Versteck. Nicht die Jattar waren es, durchfuhr es sie, die sie in diesem Augenblick fürchten mussten. Ragald stieß einen halblauten Fluch aus, als der Falbe leise wiehernd zum Steigen ansetzte. Mit aller Kraft hielt er die Zügel nieder, und noch gehorchte ihm das Tier, doch es bereitete ihm zunehmend Mühe.

Gunid zog den Umhang fester um sich und hielt Umschau. Neben ihr plätscherte friedlich der Bach. Die Nachtbrise rauschte sanft durch das Gras, wehte ihr Haarsträhnen gegen die Stirn und fing sich kühl in ihren Schweißperlen. Das Herz ging ihr schneller, und ihr Auge hastete von einem Schatten zum nächsten, während sie sich fragte, von wo das Ding sich nähern mochte.

Das panische Wiehern des Falben verriet ihr, dass es da war.

Es schien sich aus einer Mulde im Wiesengrund zu erheben und immer weiter emporzuwachsen, bis es selbst das sich aufbäumende Pferd überragte. Gunid ignorierte Ragalds gepresstes Stoßgebet, mit dem er sein volles Gewicht an die Zügel hängte, und sie achtete auch nicht länger auf Lifs Kreischen, während der Vogel aufzufliegen versuchte und an den Riemen zerrte, die seine Läufe an den Sattelknauf fesselten. Alles, was sie noch wahrnahm, waren die bullengleichen Schultern aus brodelnder Finsternis, die nun eine Handvoll Schritte entfernt vor ihr aufragten.

Vesas, dachte sie mit zitternden Knien, hatte sie sich jemals wirklich eingeredet, dieses Ding bändigen zu können? Hatte sie wahrhaft vergessen, wie hilflos sie sich im Angesicht der Schattenbestie gefühlt hatte, in der Nacht vor ihrer Ankunft im Feldlager? Gelähmt stand sie da und starrte an der Gestalt aus Schwärze empor, die ihr quälend langsam näher rückte, unter leisem Rascheln der baumdicken Beine durch das Gras. War ihre kühne Behauptung, sie könne Ragald vor diesem Ding beschützen, nicht vielmehr eine Ausrede gewesen, in seiner Nähe zu bleiben, die ihr Herz an ihrer Kränkung und Verletztheit vorbeigeschmuggelt hatte?

Wieder spürte sie das massige Haupt, das sich ihr näherte, eher, als dass sie es sah. Die Musterung durch das grässliche, schwarze Ding überzog ihren ganzen Leib mit Kälte. Ihre Finger krampften den Umhang zusammen, und sie wagte nicht einmal, zu atmen. Wie aus weiter Ferne ertönte hinter ihr das schrille Wiehern und Lifs Kreischen. Von Ragald vernahm sie keinen Laut mehr.

Wie bei ihrer ersten Begegnung, so zog sich auch jetzt wieder das Haupt von ihr zurück. Ein vergessener Funke der Hoffnung, diesen Moment zu überleben, loderte hell in ihr auf. Hatte sie am Ende doch recht gehabt? Würde das Ding sie ein zweites Mal schonen? Es wandte sich vor ihr zur Seite, schien schräg an ihr vorbeizublicken.

Ein baumdickes Vorderbein erhob sich, und zum ersten Mal erblickte sie die Krallen, mit denen es bewehrt war, jede einzelne lang wie ein Dolch. Die Laute des Pferdes verloren jede Ähnlichkeit mit einem Wiehern, steigerten sich zu einem schrillen Klang purer Todesangst, der kaum noch von Lifs Schreien zu unterscheiden war. „Nein", hörte sie Ragald keuchen.

„Nein", entrang es sich nun auch ihrer gelähmten Kehle.

Das Ding hielt in der Bewegung inne. Die Klauenpranke zum Schlag erhoben, schien es Gunid, als wende es ihr langsam das Gesicht zu. In die wabernde Schwärze seiner Gestalt schien das eine Wort, das sie ausgestoßen hatte, Wirbel geblasen zu haben.

„Nein", wiederholte sie mit festerer Stimme, und nun war sie sicher, dass die wogende Finsternis auf ihr Wort hin auseinandertrieb und den Körper des Dings glatt und schwarz zurückließ. „Lass ihn."

Das gewaltige Haupt senkte sich wieder zu ihr herab. Erneut kam es ihr so nahe, dass sie den eisigen Hauch spüren konnte, der von dem Ding ausging. „Lass ab von ihm", stieß sie hervor und hörte neue Kraft ihre Stimme erfüllen. „Du wirst ihm nichts tun. Lass ihn! Verschwinde!"

Regungslos verharrte das Ding vor ihr, und einen Augenblick lang schien es ihr, als teilten sich die schwarzen Nebel, aus denen sein Leib bestand, als könne sie in der Schwärze wie auf der Wasserfläche eines

Teiches ihr Spiegelbild sehen. Verbittert erschien ihr der Ausdruck, den sie trug, voller Hass und kalter Wut.

Dann glättete sich vor ihr der Spiegel, und sie betrachtete die Züge ihres Gegenübers genauer, die ausgemergelten Wangen, das knochige Kinn. Nicht sich selbst sah sie vor sich, nur jemanden, dessen Miene ähnliche Gefühle nach außen trug wie die ihren. Ein Mann war es, mager und von Entbehrungen gezeichnet, mit einem Gesicht, das nie zum Erwachsensein gereift war, aber auch nie Jugend gekannt zu haben schien. Ein Mal, das an den Abdruck eines gespaltenen Hufs erinnerte, zeichnete einen Mundwinkel, der ihr humorlos entgegenlächelte.

Dann wogte erneut Schwärze zwischen ihr und der Erscheinung auf, und sie wurde wieder des bulligen Etwas gewahr, dessen Leib unangenehm dicht vor ihr stand und Kälte verströmte. „Geh", sprach sie, die Finger noch immer vor ihrem Hals in den Umhang gekrallt. Der Bach plätscherte friedvoll zu ihren Füßen.

Widerstrebend trat das Ding einen Schritt von ihr zurück und drehte den massigen Rumpf. Gras knisterte, als ein baumdickes Bein sich hob und niedersenkte. Langsam setzte es den schwarzen Leib in Bewegung, zurück in die Richtung, aus der es gekommen war. Sobald der Rand seiner turmhohen Schultern hinter der Kante einer grasigen Niederung verschwunden war, schloss Gunid die Augen und ließ in einem langen, zittrigen Seufzen den Atem entweichen. Kaum vermochten ihre Beine, sie aufrecht zu halten.

Hinter sich hörte sie ängstliches Wiehern, doch die schrille Panik war aus dem Ton des Falben gewichen. Es fiel ihr schwer, auf den wackeligen Beinen zu bleiben, während sie sich umdrehte. Lif hatte sich wieder auf dem Sattel niedergelassen und schlug zuckend mit den Flügeln. Das Pferd tänzelte immer noch auf der Stelle, schien sich aber langsam zu beruhigen. Die Zügel hingen locker in der Hand Ragalds, dessen von Grauen geweitete Augen sie selbst im Sternenlicht erkennen konnte.

Sie tat einen Schritt auf ihn zu und verharrte sofort wieder, als er vor ihr zurückwich. „Ragald?", entfuhr es ihr verwirrt.

Er flog am ganzen Leib. Die Zügel in seiner Hand schienen jetzt weniger den Falben vom Steigen oder Loslaufen abzuhalten, als dass er selbst sich daran festhielt, um nicht die Flucht zu ergreifen.

„Was bist du, dass du diesem Ding gebieten kannst?"

Seine Stimme war ein heiseres, panisches Flüstern. Wie ein eisiger Guss fuhr ihr die Erkenntnis in die Glieder, dass sie es war, der die Furcht in seinen Augen galt.

„Ich weiß es nicht", stieß sie müde hervor. „Ich bin Gunid. Ich bin immer noch Gunid. Sieh mich bitte nicht so an! Ich bin Gunid!" Immer kläglicher und jammernder wurde ihr Ton mit den letzten Worten. Hatte sie es diesmal auch vollbracht, vor dem Ding aus Schatten aufrecht stehen zu bleiben, so drückte Ragalds Angst vor ihr sie nun zu Boden. Die Kehle wurde ihr eng, ihre immer noch zitternden Beine gaben nach, und die Steine auf dem Pfad drückten ihr in die Knie, während sie ihn durch einen Schleier aus Tränen flehend anblickte.

Sie konnte ihm ansehen, welche Überwindung es ihn kostete, die Zügel fahren zu lassen und steifbeinig auf sie zuzutreten. Seine Hand sank zitternd zu ihr nieder, und am liebsten hätte sie die Wange hineingeschmiegt und sich gegen seine Beine gelehnt. Er aber ergriff nur ihre Schulter, um sie behutsam auf die Füße zu ziehen. „Gehen wir weiter." Hörbar rang er um Fassung, ohne des Bebens in seiner Stimme wirklich Herr zu werden. „Wahrscheinlich haben die Jattar uns gehört."

Er trieb den Falben zur Eile an, und Gunid gewann den Eindruck, dass Lif sie wachsam im Auge behielt, während sie ihrem Gefährten hinterherstolperte.

14

Sie erreichten den Waldrand, als sich eben hinter ihnen der Umriss der Hügel deutlicher aus dem Himmel zu schälen begann. Gerade so tief drangen sie ein, dass sie nicht beim ersten Tageslicht von außen zu sehen wären, und rasteten. Die Dunkelheit des Waldes erlaubte ihnen kein weiteres Fortkommen.

Gunid saß auf einem umgestürzten Baumstamm und haderte mit ihrem Schicksal. Vor kaum einer Stunde noch waren sie einander so vertraut gewesen, nun saßen sie wieder auf Armeslänge voneinander entfernt und warfen sich unbehagliche Blicke zu. Während sie unter dem Feldlager der Jattar vorbeigeschlichen waren, hatte sie deutlich gespürt, dass zwischen ihnen die wortlose Verständigung wieder da gewesen war wie in Kindheit und Jugend. Endlich hatten die Mauern um ihr Herz Risse bekommen, endlich war ihr wieder danach gewesen, seine Nähe zuzulassen. Doch nun hatte er seinen eigenen Wall errichtet, einen Wall aus Angst vor ihrer sonderbaren Macht über die Schattenbestien.

Ihre Verzweiflung ging in Heimweh über, in Sehnsucht nach ihrer Familie und dem einfachen Leben auf dem Hof. Wozu war sie überhaupt fortgegangen? Bald warf sie einen ersten, grimmigen Seitenblick auf Ragald. Dieser undankbare Strolch! Hatte sie ihm nicht gerade – wieder einmal – das Leben gerettet? War nicht genau das geschehen, was sie ihm zuvor angekündigt hatte und weswegen er überhaupt erst zugestimmt hatte, sie mitzunehmen? Sie hatte zwischen ihm und der Schattenbestie gestanden, und das Ding war unverrichteter Dinge davongeschlichen. Wenn ihm das nicht passte, hätte er doch allein losziehen sollen!

Sie wusste, dass ihr selbst die Sache nicht weniger unheimlich vorgekommen wäre, hätte sie umgekehrt ihn dabei beobachtet, einen Dämon zu befehligen, wie er es mit Liftat, doch nach allem, was sie seinetwegen gelitten hatte, stand ihr nicht der Sinn danach, gerecht zu ihm zu sein. Als er die Hand nach ihr ausstreckte und dazu ansetzte, etwas zu sagen, entzog sie ihm brüsk die Schulter. Im ersten Tageslicht, das allmählich um sie her den Wald aus der Dunkelheit schälte, saßen sie beide da und bedachten einander mit grollenden Blicken.

Vesas war ihnen gnädig und barg sie, sobald die Nacht ihnen den schützenden Mantel entzog, in ihren Nebelschleiern. Ragald befreite die Hufe des Falben von den Lappen, und unter angespanntem Schweigen drangen sie tiefer in den Wald ein. Der Weg zog sich in Serpentinen hinauf, die Gunid an den heimatlichen Grenzwald erinnerten, doch waren sie steiler und felsiger. Verkrüppelte Kiefern krallten sich in Spalten zwischen blanken Steinen, und das Pferd, das der nächtliche Marsch ohnehin schon ermüdet hatte, mussten sie an einigen Stellen regelrecht über Stufen zwischen Wurzeln und Steinen hinaufziehen und -schieben.

Schließlich wurde der Weg leichter. Noch immer buckelte er sich auf und ab wie eine launische Katze, doch alles in allem kamen sie nun in einem annehmbaren Reiseschritt voran. Die Morgennebel wichen der Sonne des Vormittags, ohne dass sie mehr als ein halbes Dutzend Worte miteinander wechselten. Sie hätte über die Sturheit lachen mögen, mit der sie einander anschwiegen. Waren dies wirklich ein Edelknecht kurz vor dem Ritterschlag und eine erwachsene Frau? Es wollte ihr scheinen, als wäre sie wieder die kecke Achtjährige mit allzu viel Stolz und er der arrogante Sechsjährige, der Angst vor ihr hatte. Das Fleckenmuster aus Licht und Schatten des Blätterdachs glitt ihm über das Antlitz, das sie verstohlen von der Seite anblickte, das schöne, kantige Gesicht eines jungen Mannes. Mehrmals stand sie kurz davor, eine Hand nach ihm auszustrecken und das Schweigen zu brechen.

Als sie es aber endlich tat, geschah es nicht aus ihrem Bedürfnis heraus, sondern aus Notwendigkeit. „Horch!"

Sofort zog er an den Zügeln. Der Trott des Falben verstummte, und die plötzliche Sorge in seinem Gesicht verriet, dass auch er den fernen Hufschlag vernahm. Sie schauten einander in die Augen, und er sagte nur ein Wort: „Jattar."

Er blickte schnell in beiden Richtungen den Weg entlang, ehe er sich die gefütterte Kapuze überstülpte, den Helm aufsetzte und den Kinnriemen festzog. Handschuhe und Beinschutz hatte er vorsorglich schon vor dem Aufbruch wieder angelegt und prüfte jetzt nur noch einmal ihren Sitz. Ehe Gunid begriff, was er beabsichtigte, hatte er bereits Lifs Riemen gelöst und den Vogel fliegen lassen. Mit einem überraschten Kreischen schwang sich der Bussard in die Lüfte. „Steig auf", forderte Ragald sie hastig auf und nahm den Schild von seiner Aufhängung am Sattel.

Zögernd setzte Gunid den Fuß in den Steigbügel, da hatte Ragald sie auch schon um die Taille gefasst und in den Sattel gehoben. Das Hufgetrappel hinter ihnen tönte nun deutlich lauter, und es näherte sich eindeutig im Trab. Erst jetzt sackte das Begreifen, in welcher Lage sie sich befanden, auch in Gunids Magengrube durch.

Ragald ergriff ihre Hand und zog sie ein Stück zu sich herab. „Reite vor", sagte er. „Lass ihn einfach laufen, und halte dich gut fest. Lege den Jattar eine Spur, die sie verfolgen können, und suche dir dann ein Versteck."

„Und was wird mit dir?" Ihre Stimme klang ihr schrill in den eigenen Ohren.

„Ich bleibe hier und kämpfe."

Sie spürte alles Blut aus ihren Wangen weichen. Dem Geräusch des Hufschlags nach, das ihr schon viel zu nahe klang, mussten es mehrere Jattar sein. „Nein!", entrang es sich angstvoll und verzweifelt ihrer Kehle.

„Noch haben wir die Überraschung auf unserer Seite", fügte er angespannt, ansonsten aber ruhig hinzu. „Verstecke dich gut. Wenn ich nicht nachkomme, wende dich nach Norden. Dort liegen noch königstreue Burgen, die dir Schutz bieten."

Wie viele Pferde waren es, die sie hörte? Wie vielen Jattar würde er sich stellen? „Ragald, wie willst du –"

„Reite! Reite zu, oder wir sind verloren!" Ohne auf eine Erwiderung zu warten, ließ er ihre Hand los und gab dem Falben einen Klaps auf die Hinterhand. Mit einem Wiehern stürmte das Tier los, und Gunid blieb nichts anderes übrig, als sich an der Mähne festzuklammern.

Er vergeudete keine Zeit damit, ihr nachzublicken, sondern rannte den Weg zurück, dem Hufschlag entgegen. Die Reiter näherten sich im Trab, dachte er, also verfolgten sie jemanden. Eine Patrouille hätte ihre Runde in gemächlichem Trott hinter sich gebracht. Andererseits aber hatten sie es nicht sonderlich eilig, sonst hätte er Galopp gehört. Vermutlich rechneten sie damit, nur die Leichen von Opfern ihrer Schattenbestien einsammeln zu müssen. Ragald betete zu Ephar und Ligander, dass er recht behielt. Von allen möglichen Fällen wären die Jattar in diesem am wenigsten auf der Hut.

Fünfzig Schritte zurück von der Stelle, an der er Gunid vorausgeschickt hatte, verengte sich der Pfad, genau wie er sich erinnerte, zu einem Hohlweg. Hier ging es ein Stück steil bergan, und zur Linken drängten sich zwischen Strauchwerk und Bäumen übermannshohe Felsen aneinander. Ragald wählte einen aus, der fast lotrecht aufragte und dem gegenüber eine Birke stand, so alt, dass ihre Rinde mehr Schwarz zeigte als Weiß und dass ihr Stamm an Umfang manche Eiche beschämt hätte. Perfekt.

Der Trab klang ihm nun auch unter Helm und Kapuze vernehmlich in den Ohren, wurde aber immer noch von der grünen Wand des Waldes gedämpft. Das Schwert samt Scheide und den Schild, die ihn bei seinem Vorhaben nur behindern würden, schob Ragald unter einen Strauch, wo er sie griffbereit hätte, sobald er sie brauchte. Dann tat er einen Satz auf einen flacheren Felsen und zog sich von dort aus den Rücken des großen, lotrechten hinauf. Voll gerüstet, brachte ihn bereits diese kurze Kletterpartie ins Keuchen, doch nicht die Anstrengung allein war es, die sein Herz schneller schlagen und ihm den Schweiß ausbrechen ließ. Er legte sich flach auf das Moos, das den Felsen bekrönte, und spähte in die Richtung, aus der sich der Hufschlag näherte.

Sein Platz war noch besser gewählt, als er gehofft hatte. Zwischen den Bäumen hindurch gewährte er ihm Aussicht auf den sonnenbeschienenen, dicht bewachsenen Hang oberhalb des Hohlwegs. Der Pfad, so erinnerte er sich, schlängelte sich weiter oben in lang gestreckten Kehren herab. Ragalds suchender Blick glitt über das helle Grün und verharrte auf einer Lücke oberhalb einer Steilwand, an der zwischen Sträuchern und Felsen der Weg einige Schritte weit als offener Pass verlief. Der Trab wurde lauter.

Dann durchquerte ein Reiter die Lücke, gefolgt von einem zweiten. Die Sommersonne blitzte auf dem Metall von Helmen und Rüstungen. Ragald zählte einen dritten, vierten und fünften Krieger. Er wartete, ob sich weitere Reiter zeigten, bis der Hufschlag entlang der Kehre wieder abgeschwollen war und vom oberen Ende des Hohlwegs her erneut an Stärke gewann. Nein, es blieb dabei. Fünf. Sein Herz hämmerte in wildem Galopp, doch seine Hände blieben ruhig, als er den Dolch aus seinem Gürtel zog und sich bereit machte.

Um eine Eiche weiter oben am Hohlweg bog der erste Jattar. Die Schattentupfen und Lichtflecken des Blätterdachs glitten über seine Gestalt hinweg und brachten die flammenförmige Stirnplatte seines Helms zum Funkeln. Der Krieger trug die karierten, schafswollenen Hosen seines Volkes in Weiß und Ocker, und über das metallbeschlagene Lederwams hatte er eine wildlederne Weste gezogen. Von den Schultern abwärts waren seine muskulösen Arme bloß, bis auf Röhren aus dickem Leder, die seine Unterarme schützten. Sein rotbärtiges Gesicht wirkte entspannt, und nur gelegentlich warf er sichernde Blicke auf die grüne Wand des Waldes ringsumher und auf die Hufspur des Falben, die sich undeutlich im festgetretenen Pfad abzeichnete.

Ragald ließ ihn unter sich vorbeireiten und presste sich flach auf den Felsen. Der Trab des zweiten Pferdes tönte unter ihm hindurch. Kein Zelter, hörte er am Klang des Schrittes. Ragald ergriff den Dolch fester, als der dritte Jattar sein Versteck passierte. Raschelnd fuhr ein Windhauch in die Blätter um ihn her, und ein farbig schillernder, kleiner Käfer ließ sich zwischen den Nieten seines Handschuhs nieder. Sonnenstrahlen aus dem Blattwerk glitzerten auf dem Helm des vierten Kriegers, als er im Trab seines Streitrosses vorüberwippte. Ragald spannte sich zum Sprung.

Dem fünften Krieger blieb nicht einmal die Gelegenheit, einen Laut auszustoßen.

Als sich der Jattar genau unter dem Felsen befand, schnellten Ragalds Muskeln los wie eine Bogensehne. Einen zeitlosen Augenblick lang schwebte er, den Dolch zum Stoß erhoben, während der Reiter im Sattel des gefleckten Braunen unter ihm unendlich langsam, wie es ihm schien, den Kopf in seine Richtung drehte. Unter der wie ein Amboss geformten Stirnplatte sah Ragald blaugraue Augen, dunkel gefleckte Wangen und einen struppigen, angegrauten, rotbraunen Schnäuzer, der ihn entfernt an den alten Waffenknecht Stepho daheim erinnerte.

Dann prallte Ragald auf, und die Zeit kehrte in ihren normalen Fluss zurück. Das Pferd stieß ein erschrockenes Wiehern aus, als er mit dem vollen Gewicht von Körper und Kettenhemd den Jattar aus dem Sattel riss. In inniger Umarmung rammte er seinem Feind den Dolch in die Flanke, während sie der alten Birke entgegenrasten. Er konnte die Wirbelsäule des anderen brechen hören, als der mächtige Baumstamm ihren Flug jäh beendete. Ragald rollte sich seitlich ab, über den zerschmetterten Leib des Kriegers hinweg und, vom Schwung getragen, eine halbe Drehung den Baumstamm hinauf, bevor sie beide wie reife Früchte zu Boden fielen.

Er warf die Beine herum, um so schnell wie möglich wieder auf die Füße zu kommen, und hastete mit einem Sprung zu dem Gebüsch, unter dem seine Waffen warteten. Eben erst warf der Reiter vor ihm einen Blick über die Schulter, als Ragald schon den Schild über den Arm streifte. Zu langsam, dachte er, als sich die Augen des Jattar weiteten und seine junge Stimme einen Warnruf ausstieß.

Der Braune kam tänzelnd zum Stehen. Ragalds Blick zuckte zur Seite und gewahrte an den Flanken des Pferdes einen Rundschild, Satteltaschen und einen Köcher voller Wurfspeere. Natürlich, dachte er, der hinterste Reiter eines Zugs war fast immer ein Fernkämpfer. Der junge Jattar, dessen blanken, neuen Helm eine kreisrunde Stirnplatte zierte, nestelte hektisch an seinem Gürtel, und Ragald erblickte ein Signalhorn in seiner Hand. Hinter ihm schwang der nächste Krieger die Waffe und bellte Befehle. Ragald ließ das Schwert liegen und griff stattdessen über den Pferderücken hinweg, um einen Wurfspeer aus dem Köcher zu ziehen. Er hörte Pferde in Galopp verfallen und sich entfernen, weiter den Weg entlang. Gunid!, durchzuckte es ihn, doch er zwang sich, ruhig zu bleiben, und holte mit dem Speer aus.

Der junge Bursche hatte gerade das Horn vom Gürtel gelöst, als Ragald den Schild zurückschwang und mit einem Ausfallschritt sein Geschoss schleuderte. Es riss den Arm des Jattar rückwärts, als es ihn streifte. Nur wenig Blut spritzte, doch das Horn flog ihm aus der Hand und in die Büsche.

Der Sorge ledig, dass seine Gegner weitere Patrouillen herbeirufen würden, raffte Ragald das Schwert an sich, streifte die Scheide ab und warf sie zur Seite. Der jüngere Jattar hielt sich mit schmerzverzerrter Miene den blutenden Arm. Sein Rappe versperrte den Hohlweg in voller Breite, sodass der Ältere auf seinem Schimmel nicht an ihm vorbeigelangte. Er versetzte dem Jüngeren einen Stoß mit dem Schwertknauf und schnauzte ihn an, bis der Junge seine Aufmerksamkeit wieder dem Feind zuwandte, gerade als Ragald freihändig, Schwert und Schild kampfbereit, in den Sattel des Braunen sprang. Das Tier tänzelte zunächst unwillig, doch auf seinen Fersendruck hin drehte es sich gehorsam und galoppierte los. Die Steigbügel, bemerkte Ragald, waren für seine Größe etwas zu kurz eingehängt, doch das ließ sich im Moment nicht ändern.

Mit dem verletzten Arm zog der jüngere Jattar sein Schwert. Zu Ragalds Bedauern ergriff er es beidhändig, anstatt Zeit mit dem Versuch zu vergeuden, den Schild überzustreifen, der ihm nutzlos vom Sattel hing. Die Streitrösser prallten aufeinander, und Ragald drängte seinen Gegner ein Stück zurück, gegen den älteren Jattar. Solcherart zwischen zwei Reittieren eingekeilt, besaß der junge Bursche kaum noch Bewegungsfreiheit.

Dennoch gelang es ihm, den Hieb mit der Klinge abzuwehren und einen Gegenschlag zu führen, den Ragald mit dem Schildrand abfing. Seiner Verletzung zum Trotz, erwies sich der Bursche als erstaunlich flink. Er erinnerte Ragald an Palder.

Der ältere Jattar lenkte seinen Schimmel ein Stück zurück und verschaffte auf diese Weise seinem jüngeren Kameraden wieder Raum. Für die Dauer eines Lidschlags ließ sich Ragald von der lauernden Miene mit dem dunklen Vollbart ablenken, und die Klinge des Jüngeren zerfetzte ihm den Waffenrock, sprengte Glieder aus dem Kettenhemd und zog ihm eine Linie aus Schmerz über die Seite. Ragald ließ nun seinerseits das Pferd zurückweichen, und sein Gegner setzte nach, was ihm zum Verhängnis wurde. Das Auf und Ab des Geländes brachte ihn Ragald gegenüber eine Handspanne tiefer als zuvor, und mit einem kraftvollen Hieb von oben nutzte der junge Edle die Blöße, die ihm sein Gegner bot. Tief grub sich die Klinge dicht neben dem Hals in die Schulter des anderen, dessen Augen und Mund sich zu einem stummen, atemlosen Schrei aufrissen.

Mit einem Ruck befreite Ragald das Schwert, das einen Schwall dunklen Blutes nach sich zog. Ein erstickter Laut entrang sich dem Sterbenden, als er seinem Bezwinger langsam entgegenkippte. Der ältere Krieger schrie schmerzerfüllt auf, ein lang gezogenes Wort, das Ragald verstand, auch ohne die Sprache der Jattar zu beherrschen: „Nein!"

Der Helm, dessen Stirnplatte ausgebreiteten Schwingen ähnelte, war von zahllosen Kämpfen verbeult und stumpf. Die Narben im Gesicht des Jattar, seine Bewegungen und die Haltung seines Schildes verrieten Erfahrung, und im Gegensatz zu dem jungen Edlen war er noch frisch und unverletzt. In den blassblauen Augen stand brennender Hass, vor dem Ragald sein Pferd unwillkürlich ein Stück zurücktrieb. Es drängte ihn, Gunid zu Hilfe zu eilen, doch dem Gegner, der ihm jetzt den Weg versperrte, sah er sich im offenen Kampf nicht gewachsen.

Ein letztes Mal versuchte der Krieger, auf dem schmalen Pfad an dem jetzt reiterlosen Rappen vorbeizugelangen, dann durchbohrte er das Tier kurz entschlossen mit der Klinge. Während es mit dem letzten Wiehern seines Lebens zu Boden ging, ließ Ragald sein Streitross steigen und herumwirbeln. Als er den Hohlweg hinaufsprengte, konnte er über dem Galopp der beiden Tiere die Verwünschungen hören, die ihm der andere nachschrie.

Ragald setzte über den Leichnam des alten Speerwerfers hinweg, ließ den Hohlweg hinter sich und nahm in halsbrecherischer Geschwindigkeit die erste Kehre. Hinter sich hörte er den Schimmel weniger waghalsig in die Kurve gehen, den Schritt hörbar verlangsamt. Ragald konnte also darauf vertrauen, dass er seinem Gegner zumindest im Reiten überlegen war. Seinem Plan kam das entgegen.

Der Braune wieherte unwillig, als er die zweite Kehre genauso rücksichtslos nehmen sollte wie die erste. Die Hinterhufe schlitterten über den Boden und schoben knirschend Steine übereinander, doch Ragalds Vorsprung vergrößerte sich. Die wilden Schreie des Jattar klangen weiter entfernt.

So erlaubte sich Ragald, das Pferd in der dritten Kehre etwas zu zügeln, bevor er in verhaltenem Galopp weiterjagte. Nun befand er sich auf dem Pass oberhalb der Steilwand, auf dem er vorhin die Jattar im Näherkommen erblickt hatte. Zu seiner Linken bildete Buschwerk, das über die Kante emporragte, ein weiches, grünes Polster, das sanft jeden aufgefangen hätte, der bei einem Fehltritt in den Abgrund gerutscht wäre. Sonnenlicht fiel voraus durch die breite Lücke in dieser Hecke, quer über den Pfad.

Ragald verlangsamte den Galopp, bis er meinte, den Atem seines Feindes im Nacken zu spüren. Gerade, als er die Lücke passiert hatte, riss er heftig an den Zügeln und hieß das Streitross steigen und sich drehen und noch aus derselben Bewegung heraus einen Satz in Gegenrichtung tun, seinem Verfolger entgegen.

Er brauchte die volle Kraft seiner Schenkel, um sich im Sattel zu halten, als der vollkommen überraschte Krieger in die auskeilenden Hufe hineinraste. Die Pferde prallten mit voller Wucht ineinander, und ein panisches Wiehern entfuhr dem Schimmel des Jattar, als er zur Lücke im Strauchwerk und in den Abgrund gedrängt wurde. Der Anprall schleuderte Ragalds Pferd zurück und bewahrte es so vor demselben Schicksal. Ein ungläubiger Schrei entfuhr dem Krieger, während er mitsamt seinem Streitross über die Kante schlitterte und aus dem Blickfeld des jungen Edlen verschwand. Poltern und Krachen und ein heller Klang von Metall auf Stein begleiteten seinen Weg nach unten.

Ragald ließ sein Pferd die Vorderhufe wieder aufsetzen und hielt es am kurzen Zügel, bis es sich beruhigt hatte. Erst dann stieg er aus dem Sattel und warf einen sichernden Blick den Steilhang hinab. Tief unter ihm, wohl mehr als die doppelte Höhe des Burgfrieds von Burg Adolar, lag der Schimmel am Ufer eines Baches, die verkrümmte Gestalt seines Reiters unter sich eingeklemmt. Ein dunkler Klecks, wie von einer geplatzten Frucht, umgab die reglosen Körper auf dem Geröll. Von diesem Feind drohte keine Gefahr mehr.

Blieben die zwei, die Gunid nachgeritten waren. Ragald sprang in den Sattel und rammte dem Braunen die Fersen in die Flanken. Während er im gestreckten Galopp die Serpentinen wieder hinabjagte, betete er stumm zu Vesas und Ephar, dass er sie noch rechtzeitig einholen möge.

Anfangs blieb ihr gar nichts anderes übrig, als Ragalds Rat zu befolgen und den Zelter laufen zu lassen. Viel zu sehr war sie damit beschäftigt, sich festzuhalten, als dass sie auch nur im Traum daran hätte denken können, nach den Zügeln zu greifen.

Bäume, Sträucher und Felsen flogen an ihr vorüber, während sie beide Hände in die Mähne gekrallt hielt und betete. Der Ritt erinnerte sie an den Tag ihres Aufbruchs aus dem Lehen. Nur war diesmal kein Marten an ihrer Seite, der die Zügel des Tiers hielt, und auch den Unterschied zwischen dem Reitkissen von damals und einem echten Sattel spürte sie ausgesprochen schmerzhaft. Vor allen Dingen aber hatte ihr damals kein Feind im Nacken gesessen, der auf ihr Blut aus war.

Zumindest besaß sie für den Moment zu viele eigene Sorgen, um ihrer Angst um Ragald nachzugeben. Wasser spritzte auf, als der Falbe durch einen seichten Fluss hetzte, und ein kurzes Stück wand sich der Weg sanft bergan, durch ein Farndickicht und goldgrünes Zwielicht unter alten, moosigen Baumriesen. Es kostete sie ihre äußerste Überwindung, zumindest eine Hand von der Mähne des Pferdes zu lösen und nach den Zügeln zu tasten.

Sie hatte gerade die Finger auf den Riemen gelegt, als es wieder bergab ging. Eine Felswand kam auf sie zugerast, und unwillkürlich duckte sie sich tiefer in den Sattel. Die eine Hand krampfte sich noch fester in die Mähne, die andere umfasste endlich den Zügel. Plötzlich wurde das Pferd langsamer.

Gunid schaute verwirrt um sich. Im ersten Moment überspülte sie Erleichterung darüber, nicht mehr bei jeder Biegung und jeder Bodenwelle um ihr Leben zu fürchten, andererseits fuhr ihr bei dem Gedanken an die Jattar hinter sich ein eisiger Schauer den Rücken herab. Außerdem hatte sie überhaupt noch nicht an dem Zügel gezogen.

Im Trab, der ihr noch übler die Knochen durcheinanderschüttelte, als es der Galopp getan hatte, ging es bergab, an der senkrechten Wand entlang, die in Schichten aus Gestein und überwachsener Erde zu ihrer Rechten aufragte, während das Blattwerk zur Linken allmählich zurückwich und einem Streifen Gras Platz machte. Auch wenn ihr der Gedanke, die wilde Hatz fortzusetzen, einen Kloß aus Angst die Kehle emportrieb, ließ sie doch die Zügel schnalzen. Nichts geschah. Sie löste die zweite Hand aus der Mähne, schlug dem Pferd noch einmal die Zügel auf den Rücken und stieß ihm zudem noch unbeholfen die Fersen in die Flanken. Doch das Tier wurde immer langsamer und blieb schließlich ganz stehen. Sein erschöpftes Schnauben tönte laut über den Vogelstimmen und dem Rascheln der Blätter.

Gunid warf einen gehetzten Blick über die Schulter. Im Moment konnte sie keinen Hufschlag hören. Sie ergriff den Sattelknauf und hob vorsichtig das rechte Bein aus dem Steigbügel und zum Sattel hinauf. Mit einer Verrenkung und einer Gewichtsverlagerung, die den Falben unwillig tänzeln ließen, gelang es ihr, das Bein wieder herunterzunehmen und auf dem Boden abzusetzen. Nach einem zittrigen Durchatmen nahm sie auch den linken Fuß aus dem Steigbügel und trat, eine Hand auf den Hals des Tieres gelegt, vor das Pferd. Noch einmal schaute sie ängstlich den Weg entlang, zum Farndickicht zurück, bevor sie sich niederbeugte und die Beine des Falben begutachtete.

Er lahmte unübersehbar am rechten Vorderhuf. Behutsam betastete sie den Lauf oberhalb davon und fand ihn geschwollen. „Tausend Schatten!", zischte sie halblaut und erhob sich wieder.

Ihre Flucht war vorbei. Täuschte sie sich, oder tönte unter dem Rauschen des Windes im Blätterdach bereits ferner Galopp? Gehetzt sah sie sich um. Was konnte sie tun? Laufen? Die Erinnerung an ihren Versuch der Schollenflucht stieg in ihr auf. Nein, nicht noch einmal wäre sie so dumm, sich auf ein Wettrennen gegen Berittene einzulassen. Kämpfen? Sie hätte beinahe gelacht. Sie war ja nicht einmal einer Gauklerin gewachsen, und ihre Verfolger waren Krieger. Sie ließ das Auge über das Unterholz jenseits des sonnenbeschienenen Grasstreifens huschen. Es hätte als Versteck ausgereicht, doch sobald sie das Pferd sähen, wüssten die Jattar, wo sie nach ihr suchen mussten, und in dem dichten Buschwerk musste sie zwangsläufig so viele Zweige umknicken, dass selbst der größte Narr aller Fährtenleser sie im Handumdrehen aufgespürt hätte.

Nur die Felsen blieben ihr. Sie zwang sich, den lauter werdenden Galopp nicht zu beachten, und nahm sich einen Moment lang Zeit, um den besten Aufstieg zu suchen. Dann warf sie den Umhang ab, nahm Anlauf und rannte die Wand geradezu die ersten paar Tritte hinauf, bevor sie die Hände zu Hilfe nahm und zu klettern begann.

Sie sah nur noch Gestein und Erde vor ihrer Nase und ein Stück blauen Himmel mit bauschigen, weißen Wolken über der Kante, auf die sie zustieg. Dicht an die Wand gedrückt, löste sie immer nur eine Hand oder einen Fuß auf einmal, um den nächsten Tritt zu erreichen. Sie verfluchte die Schuhe und die dicken Strümpfe, durch die hindurch sie die Wand kaum spürte. Schmale Ritzen, die Zehengefühl erfordert hätten, konnte sie auf diese Weise nicht nutzen, und so blieb ihr nichts übrig, als dem leichtesten und langwierigsten Aufstieg zu folgen.

Sie war fast bis zu einem Absatz gelangt, der ihr Schutz und Versteck geboten hätte, als der Hufschlag an Deutlichkeit gewann und sie eine johlende Stimme vernahm. Die Füße auf einem Felssims, die eine Hand in einer Spalte, die andere um eine Wurzel, drehte sie den Kopf und tauschte zum ersten Mal Blicke mit Kriegern der Jattar.

Zwei Männer waren es, die beim Anblick des Falben ihre Pferde zügelten und im Absteigen zu der Frau oben an der Steilwand emporspähten. Sie trugen die wohlvertrauten Helme mit den Stirnplatten, wildlederne Westen über Lederpanzern und farbig karierte Hosen, aus denen unten Stiefel heraussahen. Beide trugen Schwerter gegürtet, und von den Sätteln ihrer Pferde hingen Rundschilde. Der eine, ein muskulöser Hüne mit einem roten Vollbart, näherte sich ohne sonderliche Hast der Stelle, über der Gunid in der Wand hing. Breitbeinig, die Hände in die Hüften gestemmt, blieb er stehen und rief lachend etwas zu ihr herauf. Seine Stirnplatte erinnerte sie an eine Flamme.

Im Vergleich zu ihm wirkte sein Begleiter hager, doch die bloßen, sehnigen Arme verrieten Kraft. Während er neben seinen Kameraden trat, blieb sein graues, bartloses Gesicht die ganze Zeit auf Gunid gerichtet. Die Stirnplatte hatte vermutlich einmal eine Sonne dargestellt, doch waren ihre Strahlen wohl im Kampf verbogen worden, sodass sie jetzt eher an die krummen Beine einer Spinne erinnerten. Der kalte Blick seiner steinernen

Miene ließ Gunid schaudern und aus ihrer Erstarrung erwachen. Sie wandte den Blick wieder nach oben und tastete nach der nächsten Felskante.

Sie konnte die Jattar in ihrem unverständlichen Kauderwelsch plappern hören, während sie das letzte Stück hinaufstieg. Erde gab unter Gunids Knie nach und rieselte hinunter, als sie sich, ohne die Stiche in ihre Hände zu beachten, an einem Nadelzweig über die letzte Kante auf den Absatz emporzog. Ihre Zuflucht war eine enge, sandige Kuhle zwischen Felsen und Latschenkiefern. Die Wand ragte darüber so gut wie senkrecht auf und bot nur wenige, schmale Griffe. Wäre Gunid frisch und ausgeruht gewesen, sie hätte die Schuhe ausgezogen und es auf den Versuch ankommen lassen, doch mit einer durchwanderten Nacht und einem wilden Galopp in den Knochen blieb ihr nichts übrig, als sich hier einzuigeln. Auf Händen und Knien beugte sie sich zur Kante vor und lugte auf ihre Verfolger hinab.

Flamme redete hitzig auf Spinne ein und gestikulierte zwischenzeitlich in ihre Richtung herauf. Spinne stand mit verschränkten Armen da, und immer wieder sah Gunid den Helm in einem ruhigen, bestimmten Kopfschütteln hin und her gehen. Schließlich aber nahm Flamme den Schwertgurt ab, schlang ihn sich schräg um den Rücken, trat an die Felswand heran und machte Anstalten, hinaufzuklettern. Hoffnung keimte in Gunid auf, als sie sah, an welcher Stelle der Krieger mit dem Aufstieg beginnen wollte. Er hatte sich zielsicher ein Stück ausgesucht, das leicht anfing, aber nach oben hin vor einer senkrechten Steinplatte enden würde.

Der Mut schwand ihr jedoch sogleich wieder, als Spinne mit einem unwilligen Ausruf die Arme hochwarf, ebenfalls das Schwert auf den Rücken band und zu klettern begann. Er hatte denselben Einstieg in die Wand ausgewählt wie zuvor sie selbst. Wenn er nicht gerade höhenkrank oder mit dem Geschick eines fußkranken Hausschweins geschlagen war, würde er hinaufgelangen.

Ohne nachzudenken, tastete Gunid nach dem nächsten Stein und warf ihn auf Flamme hinunter. Das faustgroße Geschoss prallte von den Felsen ab und verfehlte den Krieger um mehr als Armeslänge. Überrascht hob er den Blick und machte kurz darauf eine, wie es schien, zotige Bemerkung zu seinem Kameraden. Spinne beachtete ihn nicht weiter, doch das Grinsen unter Flammes rotem Bart erinnerte Gunid unangenehm an die Söldner im Feldlager.

Sie ergriff sofort einen zweiten Stein, doch ehe sie ihn warf, zwang sie ihre panisch rasenden Gedanken zur Ruhe und überlegte. Der gefährlichere von beiden war im Moment Spinne. Flamme würde eine Weile brauchen, um seinen Irrtum bei der Wahl seines Weges zu erkennen und die glatte Steinwand zu umgehen. Auch konnte sie nichts gewinnen, indem sie Steine über eine Entfernung schleuderte, auf die sie nicht einmal eine Kuh getroffen hätte. Mit immer noch klopfendem Herzen, aber ruhigeren Fingern strich sie sich eine braune Strähne aus dem Gesicht und steckte sie wieder unter das Kopftuch. Es gefiel ihr nicht, doch sie musste den Jattar näher herankommen lassen.

Auf Händen und Knien kroch sie in die sandige Kuhle zurück und sah sich um. Es lagen noch einige anständige Brocken hier, die selbst einem Krieger, der hart im Nehmen war, gewiss die Lust am Klettern verderben konnten. Sie begann, Geschosse zu sammeln, und legte sie auf einen Haufen in der Nähe der Kante, wobei sie immer wieder sichernde Blicke hinab warf. Sobald sie alle offen herumliegenden Steine zusammengetragen hatte, wühlte sie im Sand und fand noch einen weiteren Brocken, groß wie ihre beiden Fäuste zusammen.

Sie rutschte wieder vor und spähte hinunter. Spinne kam nur langsam voran, doch die Hälfte der Wand hatte er bereits geschafft. Flamme tastete gerade über die blanke Steinplatte und suchte nach einem Griff. Sollte er. Versuchsweise warf sie einen kleineren Stein auf Spinne und verfehlte ihn nur knapp. Der Mund war ihr trocken, und das Herz dröhnte ihr im Hals wie ein Schmiedehammer. Ihr nächster, kleiner Stein prallte mit metallischem Klang von dem Helm ab. Sie wartete.

Als Spinne nur noch drei oder vier Armeslängen unter ihr hing, begann sie mit dem ernst gemeinten Angriff. Sie holte aus und schleuderte mit aller Kraft einen faustgroßen Brocken, der mit einem dumpfen Schlag von der Lederrüstung auf der Schulter des Jattar abprallte. Er gab ein eher überraschtes als schmerzhaftes Keuchen von sich und hielt im Klettern inne. Ein zweiter Stein traf ihn am Oberarm, ein dritter prallte wieder vom Helm ab und verbog einen weiteren Strahl der Helmzier.

Spinne holte Schwung und zog sich nun mit doppelter Schnelligkeit empor. Von Flamme, der sich mittlerweile auf ein Sims hinabgelassen hatte, um die Felsplatte zu umgehen, hörte sie ein raues Lachen. Am liebsten hätte sie den doppelt faustgroßen Brocken nach ihm geworfen, doch sie beherrschte sich und hob ihn mit beiden Händen über den Kopf, um ihn auf Spinne niedersausen zu lassen. Sie traf die Hand, die sich nur noch zwei Armeslängen unter ihr auf einem Felsvorsprung festkrallte. Mit einem hässlichen Knacken brachen Fingerknochen, und Spinnes graues Gesicht ruckte schmerzverzerrt in die Höhe. Seine andere Hand, die gerade nach dem nächsten Griff getastet hatte, schnappte nach der nächsten besten Wurzel. Sein einer Fuß verlor den Halt.

Gunid warf zwei andere Steine nach Spinnes verbliebener Hand und erkannte ihren Fehler im selben Augenblick, in dem sie traf. Nicht nur, dass er mit nur einem Arm ohnehin nicht mehr in der Lage gewesen wäre, den Aufstieg fortzusetzen; hätte sie ihm gestattet, dort hängen zu bleiben, er wäre zudem Flamme im Weg gewesen, der gerade eine Stelle erreicht hatte, ab der er weiter vorankam. In dem Moment jedoch, als sich unter dem Aufprall ihres Geschosses Spinnes andere Hand lockerte, war es bereits zu spät. Der Krieger verlor den Halt und schlitterte mit einem entsetzten Schrei unter einem Regen von Blättern und Erdbrocken in die Tiefe.

Für die Dauer einiger Atemzüge sah Gunid von Flammes Kopf nur den Helmkamm, während der Jattar bewegungslos in den Felsen hing und auf seinen zerschmetterten Kameraden am Fuß der Wand hinabstarrte. Als er endlich das Gesicht wieder hob, lachte er nicht mehr. Die Augen waren nun grimmig verengt, der Mund unter dem roten Bart zu einem Strich zusammengepresst. Mit entschlossenen Rucken ging er wieder daran, sich zu ihr hinaufzuziehen.

Gunid waren insgesamt vier Steine verblieben. Ihr Atem ging wie nach einem schnellen Lauf, und ihr Herzschlag wollte jedes Geräusch um sie her übertönen. Sie ließ den Jattar so nah herankommen wie zuvor Spinne, ehe sie mit dem ersten Geschoss ausholte und es warf. Es prallte mit einem dumpfen Laut auf den ledernen Armschutz, dicht neben der Hand, schien dem Krieger aber nicht einmal Schmerzen zu bereiten.

Der zweite Stein hinterließ unter hellem Klang eine Delle in dem Helm. Mit dem dritten verfehlten ihre zitternden Hände ganz ihr Ziel, und er sprang klappernd an dem Jattar vorbei in die Tiefe. Schon wog sie den letzten Brocken in der Hand, behielt ihn aber zurück. Nur noch zwei Armeslängen trennten sie von ihrem Gegner, der sich stetig weiter hinaufzog.

Als seine Hand mit dem nächsten Griff in ihre Reichweite kam, benutzte sie den Stein als Keule und schlug danach. Sie traf, doch in ihrer vorgebeugten Haltung, einen Fuß hinter den Stamm einer Latschenkiefer gehakt, konnte sie nicht genug Kraft in ihren Schlag legen. Noch einmal holte sie aus und ließ den Stein niedersausen. Die Hand des Jattar zuckte ihrer entgegen und packte ihr Handgelenk so fest, dass ihr mit einem Stöhnen der Stein entglitt.

Sie hätte beinahe den Halt verloren. Der Krieger hob den Kopf und fletschte angestrengt die Zähne. Schweißbäche liefen ihm das Gesicht herab, tropften von dem Nasenschutz seines Helms und tränkten seinen Bart. Verzweifelt hakte sie den Fuß noch fester hinter die Kiefer, um nicht abzustürzen, und stemmte zugleich die freie Hand gegen den Boden in dem Versuch, ihren Arm zurückzuziehen, aber der Griff des Jattar war hart wie Eisen. Von ihrem Schlag liefen seine Finger allmählich blau an, doch der Schmerz schien ihm egal. Er spannte nur die Muskeln, um sich an ihrem Handgelenk emporzuziehen. Dann ertönte das Kreischen.

Plötzlich verschwand die grimmige Miene des Jattar hinter braunen Federn. Gunid konnte kaum erkennen, was geschah, doch im selben Moment, in dem Blut gegen die Steilwand spritzte, lockerte sich der Griff um ihr Handgelenk. Sie verlor keine Zeit und riss ihren schmerzenden Arm zurück.

Mit Schnabel und Klauen drang der Bronzebussard auf den Krieger ein. Schrilles Vogelkreischen mischte sich mit menschlichen Schmerzensschreien von unbeschreiblicher Qual. Gunid sah die unverletzte Hand des Jattar langsam von ihrem Felsvorsprung abrutschen.

Endlich fiel sein muskulöser Oberkörper von der Wand zurück. Mehrmals überschlug er sich beim Sturz hinab und prallte mit allen Gliedern gegen vorstehende Äste und Felsspitzen. Kreischend setzte Lif zur Verfolgung an, und kaum war der leblose Körper am Fuß der Felsen aufgeschlagen, hackte der Vogel erneut auf seinen Feind ein. Gunid hatte ihn noch nie so blutgierig erlebt.

Alle Kraft schien ihr aus dem Körper zu weichen. Zitternd sackte sie auf ihrem Absatz in der Felswand zusammen, blieb liegen und widmete ihre ganze Aufmerksamkeit dem Atmen, während ihr Tränen der Erleichterung unter den geschlossenen Lidern hervorströmten.

Kurz darauf hörte sie wieder Galopp näherkommen. Zunächst beachtete sie ihn nicht. Um sich gegen weitere Jattar zu wehren, fehlte ihr die Kraft. Der Kopf wog ihr schwer, als sie ihn am Ende doch hob und zu dem Farndickicht hinüberdrehte, aus dem der Weg in die Lichtung einmündete. Die Hoffnung, es könne Ragald sein, umflatterte ihren Sinn wie eine Motte das Feuer, doch sie wagte nicht, daran zu glauben. Ragald war zurückgeblieben, um zu kämpfen – gegen wie viele Jattar? Genug, dass sie sich erlaubt hatten, ihr zwei Krieger sofort hinterherzuschicken.

Mit aller Gewalt hielt sie die Hoffnung nieder, bis sie im Farn einen Helm in Galoppsprüngen näherkommen sah, nicht mit einer Stirnplatte, sondern in der runden, zu einem spitzen Scheitel verjüngten Form eines Ritterhelms. „Ragald", flüsterte sie ungläubig und stemmte sich auf Hände und Knie empor. Das Rinnsal ihrer Tränen, eben erst versiegt, schwoll erneut an, und als er auf einem bulligen, fleckig braunen Streitross um die letzte Biegung gesprengt kam, rief sie seinen Namen aus Leibeskräften. Sein sandfarbener Waffenrock war dunkel von Blut, doch er saß aufrecht im Sattel, und er lebte. Er lebte!

Beim Anblick der Szene, die sich ihm bot, riss er so heftig an den Zügeln, dass sein Pferd beinahe ausbrach. Der Falbe und die beiden Streitrösser waren vor dem Neuankömmling zur Seite ausgewichen, gingen aber rasch daran, weiter den Grasflecken abzuweiden. Noch immer pickte Lif auf der Leiche des rotbärtigen Jattar herum. Ragald richtete sich im Sattel auf und spähte zu ihr hinauf. Wieder rief sie seinen Namen und winkte, und unter dem Nasenschutz seines Helms breitete sich ein unendlich erleichtertes Strahlen aus. Er antwortete mit ihrem Namen, und allein die Art, wie er ihn rief, klang ihr in den Ohren süß wie eine Liebeserklärung.

Sein Anblick verlieh ihr Flügel. Im Nu riss sie sich Schuhe und Strümpfe von den Füßen, warf sie hinab und begab sich an den Abstieg. Eine Wand hinunterzusteigen, war normalerweise schwieriger, als hinaufzugelangen, doch diesmal fanden ihre Finger und Zehen die Tritte wie von selbst. Das letzte, mannshohe Stück sprang sie hinab und rannte auf ihn zu. Als sie ihn umarmte, war es ihr egal, dass sie ihren eigenen Kittel mit dem Blut besudelte, das ihn von oben bis unten befleckte. Zu fühlen, wie sich sein Brustkorb mit jedem Atemzug gegen sie drückte, selbst wenn es nur durch das Kettenhemd war, und wie sich seine Arme um sie schlossen, als wollte er sie nie wieder loslassen, war in diesem Moment die Welt für sie.

15

Viel zu bald löste sich Ragald behutsam von ihr und meinte, sie sollten besser schnell weiterziehen, ehe weitere Patrouillen der Jattar auftauchten. Nur widerstrebend beugte sie sich der Vernunft und entließ ihn aus ihrer Umklammerung. Während sie ihre verstreuten Sachen einsammelte, machte Ragald zwei der Streitrösser an Bäumen fest, um zu verhindern, dass sie zum Lager zurückliefen und vorzeitig vom Schicksal ihrer Reiter kündeten. Die Tiere ließen sich davon nicht stören und grasten weiter.

Sie merkte Ragald an, dass es auch ihn Überwindung kostete, sich den zerschmetterten Leichen der beiden Krieger zu nähern. Dennoch hockte er sich nieder und durchsuchte sie rasch nach Brauchbarem. Die Schwertgurte nahm er ihnen ab und hängte sie an den Sattel des braunen Streitrosses, bevor er Lif von dem herunterlockte, was vom Gesicht des rotbärtigen Jattar noch übrig war. Der Vogel zitterte noch immer vor Aufregung und ließ sich nur mit viel gutem Zureden auf Ragalds Schulter anbinden.

Gunid atmete auf, als sie den Ort des Gemetzels hinter sich ließen. Ragald hatte ihr wieder in den Sattel des Falben geholfen und führte ihn am Zügel, während er selbst auf dem Braunen saß. Noch immer lahmte der Zelter ein wenig, doch zu einem gemächlichen Trott ließ er sich inzwischen wieder bewegen. So kamen sie zu Pferd schnell voran und brachten Abstand zwischen sich und das Lager der Jattar.

Nach einer Weile gelangten sie an einen seichten Fluss. Darauf bedacht, keine Spuren zu hinterlassen, ritten sie eine Zeit lang im Wasser nach Süden. Den Pferden schien die Abkühlung zu gefallen, und Gunid kam es vor, als ließe das Hinken des Falben ein wenig nach. An den Ufern wurde der Wald allmählich lichter, bis sie schließlich zwischen grasbewachsenen Hügeln dahinzogen.

Als das Gelände steiniger wurde, lenkte Ragald die Reittiere wieder aufs Trockene und den nächstgelegenen Hang hinauf. Ein meisterhafter Fährtenleser hätte vielleicht auch noch auf diesem harten Boden ihre Spur aufnehmen können, doch sie vertrauten beide darauf, dass die Jattar ihre besten Leute nicht auf die Jagd nach zwei Verrückten schicken würden, schon gar nicht, solange das Heer seiner Majestät ihre Kräfte band. Außerdem waren sie zu Tode erschöpft. Eine Nacht und einen Tag hatten sie sich fast ohne Pause vorwärtsgetrieben, und auch der Kampf gegen die Jattar war nicht spurlos an ihnen vorübergegangen. Der Nachmittag überzog den Himmel schon wieder mit Gold, und ihrer beider Körper lechzten nach einer Rast.

Bei einer Quelle, die auf halber Höhe dem Hügel entsprang, stiegen sie ab und schlugen ihr Lager auf. Gunids Rücken und Gesäß fühlten sich an wie ein weich geklopftes Kotelett, und mit einem Ächzen murrte sie Ragald an, bevor er sie das nächste Mal auf ein Pferd hob, solle er ihr doch bitte Reiten beibringen. Sie tauschten einen Blick und lachten. Nachdem er den halben Tag auf dem Streitross verbracht hatte, bewegte er sich kaum weniger steif als sie.

Während er die Tiere versorgte und ein Feuer entfachte, streifte sie ihren verschmutzten und blutverschmierten Kittel ab und hängte ihn, mit Steinen beschwert, unterhalb der Quelle in den Bachlauf. Bis auf ihr Hemd hatte sie auch ihre restliche Kleidung auf diese Weise versorgt, ehe ihr sein Blick auffiel, der auf ihr ruhte. Sie spürte ihre Wangen heiß werden und forderte ihn forsch auf, auch seinerseits alles abzulegen, was nicht die Farbe von Blut behalten sollte. Das hintergründige Lächeln, mit dem er anfing, sich den Wappenrock abzustreifen, brachte ihr Gesicht vollends zum Glühen.

Der Schreck jedoch, der sie durchfuhr, als er den Kettenpanzer anhob und sie die Kleidung darunter blutdurchtränkt sah, vertrieb jeden anzüglichen Gedanken aus ihrem Kopf. Besorgt hockte sie sich zu ihm nieder und schob das wattierte Unterzeug der Rüstung und das Leinenhemd nach oben, um den langen Schnitt zu begutachten, den ihm die Schwertklinge seines Gegners zugefügt hatte. Ohne Ragalds Beteuerungen, es sei nur ein Kratzer, zu beachten, kramte sie Verbandszeug aus ihrem Rucksack und begann, die Wunde zu versorgen.

Mit einem Lappen, Wasser und Branntwein reinigte sie seinen bloßen Oberkörper vom Blut, so gut es ging. Erleichtert fand sie, dass der Schnitt nicht besonders tief ging, ermahnte Ragald aber trotzdem, ihr in Zukunft eher Bescheid zu sagen, wenn er verletzt war. Schweigend rieb sie Salbe auf die gesäuberte Wunde und griff nach dem Bündel Verbandstuch.

Die Beschäftigung mit der Verletzung lenkte ihre Gedanken zurück zu dem Kampf, den sie erst vor wenigen Stunden überstanden hatten und der ihr doch schon wieder Tage entfernt vorkam. Sie schauderte bei der Erinnerung daran, was sie hatte tun müssen. „Auch sie bluten", schlüpfte es ihr unwillkürlich über die Lippen. „Und sie leiden, wie wir."

Ihr Blick begegnete Ragalds blauen Augen, die ihr verrieten, dass er ihre Gedanken teilte. „Sie sind Menschen", gab er mit einem Unterton zurück, der verriet, dass auch ihm das Töten nicht gerade Freude bereitet hatte.

„Als die Finger des einen brachen, der mir hinterhergeklettert war ..." Sie schluckte schwer. „Es war ein grauenvolles Geräusch. Und sein Todesschrei, als er fiel, war furchtbar."

Ihre Hände rissen wie von selbst das Verbandstuch ein, um den abschließenden Knoten hineinzuknüpfen, hielten aber inne, als Ragalds warme Finger ihren Arm berührten. „Waffenmeister Friel auf Burg Havegard pflegte immer zu sagen, man gewöhnt sich nie daran. Man lernt nur, damit umzugehen."

Sie führte den Riss zu Ende und führte den einen Streifen um seine Taille. „Wie gehst du damit um?", fragte sie, den Blick auf ihre geschäftigen Hände gesenkt.

Er ließ sich Zeit mit der Antwort, bis sie die Streifen verknotet hatte und zu ihm aufsah. Der Ausdruck in seinen Augen berührte etwas tief in ihr. Wieder fühlte sie ihren Herzschlag im Hals emporsteigen.

„Ich erinnere mich daran, warum ich es tue." Kurz schwieg er, um in einem seltsam weichen Ton fortzufahren: „Um die zu schützen, die ich liebe. Auch wenn das heißt, andere zu töten, die ... andere lieben."

Sie spürte wieder, wie ihr Herz ihre Lippen den seinen entgegentragen wollte, und flüchtete sich in ein neckisches Lächeln. „Ist das alles, was den Kampf ausmacht? Kein Ruhm? Keine Ehre?"

Ragald wandte mit einem leisen, traurigen Lachen die Augen ab, und Gunid atmete zugleich auf und krümmte sich innerlich. „Ehre hindert uns bloß daran, schlimmer zu wüten, als wir müssen. Und Ruhm ... denen, die nach Ruhm und Reichtum streben, verdanken wir es meist, dass wir überhaupt kämpfen müssen. Und töten." Er sah sie wieder an, doch seine Augen waren hart geworden, ebenso wie seine Stimme.

„Das klingt mir aber nicht mehr nach dem Ragald, der ein Held werden wollte."

Er lehnte sich zurück, und seine Finger streiften ihren Arm entlang bis zu ihrer Hand. „Davon bin ich schon länger kuriert. Ein Held sein zu wollen, heißt doch im Grunde nur, dass man denen, die einem teuer sind, Ärger an den Hals wünscht, um als Retter dastehen zu können."

Mühsam hielt sie ihre neckische Miene aufrecht. „Ist das auch von Meister Friel?"

„Nein." Er lächelte versonnen. „Von Witlinde."

Der Name versetzte ihr einen Stich, und für die Dauer eines Herzschlags wollte in ihr wieder Groll gegen ihn aufflackern. Doch „Nicht ihr", echote es Gunid durch den Kopf, und seine Finger lagen warm um ihre. Sein Herz gehörte nicht ihr. Nicht Witlinde.

Die Frage, wem denn, hing ihr noch immer in der Kehle fest, als sie wachend am Feuer saß, über sich die Sterne, und dann und wann ihr Blick auf die schwarzen Locken ihres schlafenden Gefährten fiel.

Als er sie am nächsten Morgen weckte, nahm sie sich beim Anblick der dunklen Ringe unter seinen Augen vor, ihm in der nächsten Nacht die erste Wache zu lassen und freiwillig die Hundewache zu übernehmen. Er hatte bereits Verpflegung aus dem Rucksack hervorgeholt, sodass sie noch in ihren Decken frühstücken konnte, während er in Hemd und Hosen neben ihr auf einem Stein Platz nahm. Lif ließ sich einen Brocken von seinem Trockenfleisch schmecken, und die beiden Menschen stärkten sich mit Zwieback, Hartwurst und gedörrten Pflaumen.

Sie kamen überein, den Tag über an Ort und Stelle zu rasten, um sich zu pflegen und dem Falben Gelegenheit zu geben, seinen Vorderlauf zu schonen. Weit und breit konnten sie keine Rauchfahne sehen, die auf eine menschliche Behausung hindeutete. Offenbar hatten sie sich ein Versteck weitab jeder Siedlung gesucht, und es gab keinen Grund für die Jattar, diesen verlassenen Landstrich aufzusuchen. Während sich Gunid den Kamm durch das verknotete Haar zog, kramte Ragald ein Tuch aus dem Rucksack, warf es sich über die Schulter und verkündete, er gehe ein Bad nehmen. Gunid war froh, dass er sogleich mit seinem Abstieg den Bach entlang begann, sodass er nicht mehr sehen konnte, wie ihr beim Gedanken an seinen nackten Körper im Wasser das Blut ins Gesicht stieg.

Dennoch konnte sie sich nicht zurückhalten, einen Blick zu riskieren, als er sich an einer Stelle, an der sich der Bach in einem kleinen Becken staute, zu entkleiden begann. Von ihrem Platz hinter einem Gebüsch hervor sah sie zunächst Hemd und Hosen fallen. Als er zuletzt den Schurz zu Boden gleiten ließ, hielt sie es nicht mehr aus, und verschämt langte sie sich unters Hemd, um sich hastig Linderung zu verschaffen. Bis er mit nassem Haar, rasiert und wieder angezogen zurückkam, kniete sie über der Quelle und rückte der blutbefleckten Kleidung mit Kernseife zu Leibe.

Bald hockte Ragald neben ihr und hielt das Kettenhemd ins Wasser, bis es vom Blut befreit war, um sich anschließend mit zwei Zangen, die er eigens zu diesem Zweck im Feldlager erstanden hatte, daran zu begeben, es zu flicken. Eine Weile stocherte er in den Metallringen herum, drehte sich aber schließlich frustriert zu Gunid um und fragte sie, ob sie ihm helfen könne. „Auf der Burg und im Lager hatten wir Schmiede für so was", gab er verlegen zu.

Gemeinsam tüftelten sie an der Rüstung herum, und nach einigen Versuchen hatte Gunid herausgefunden, wie die Ringe ineinandergehakt werden mussten. Ein paarmal musste sie ihm den Kniff vorführen, bis er allein zurechtkam und ernsthaft darangehen konnte, die Lücke in seiner Panzerung notdürftig zu schließen. „Gut so, mein Großer", lobte sie ihn und kniete sich wieder vor die Quelle, um seinen Waffenrock zu säubern. Er brauchte einen Moment, bis ihm bewusst wurde, wie sie ihn gerade angeredet hatte, sodass sein Kopf mit überraschter Miene herumfuhr. Sie lächelte zurück. Nachdem er am Vortag drei Krieger der Jattar überwunden hatte, erschien es ihr endgültig nicht mehr passend, ihn mit ‚mein Kleiner' anzureden.

Gegen Mittag hatte sie alle Kleidungsstücke ausgewaschen und gönnte sich selbst ein Bad, wobei sie verstohlen Ragald im Auge behielt, ob er nicht doch heimlich zu ihr herüberlinste. Zu ihrer Enttäuschung blieb er entweder ganz der galante Edelmann, oder er ließ sich zumindest nicht erwischen. Als sie sich wieder angekleidet zu ihm gesellte, war Ragalds Hemd weit genug getrocknet, dass sie daran gehen konnte, es zu nähen. Sie summte leise vor sich hin und genoss die trauliche Zweisamkeit, die sie an die unbeschwerten Tage ihrer Kindheit erinnerte, wenn sie irgendwo im Lehen auf einer Wiese gesessen und Mann und Frau gespielt hatten. Ragald behandelte sein geflicktes Kettenhemd mit Bürste und Schmierfett, um es gegen Rost zu schützen, und wandte sich dann den erbeuteten Schwertern der Jattar zu.

Sie waren aus Stahl von geringerer Qualität gefertigt als sein eigenes, sodass sie keinen echten Gewinn darstellten. Ragalds Schwertscheide allerdings lag immer noch auf dem Kampfplatz im Wald, und so steckte er versuchsweise sein Langschwert in eine der Scheiden der Jattarwaffen. Zu seinem Verdruss waren die erbeuteten Schwerter kürzer und breiter als sein eigenes, und die Klinge ragte mehrere Fingerbreit heraus und wackelte klappernd im Mundblech am offenen Ende der Scheide hin und her. „Für den Moment werde ich wohl damit leben müssen", meinte er und wollte das Schwertgehänge bereits an seinem Gürtel anbringen. „Zeig mal her", hielt ihn Gunid zurück, ließ Hemd, Nadel und Faden sinken und streckte die Hand aus.

Eine Stunde später hatte sie die eine Scheide enger genäht und mit Leder von der anderen verlängert. Nachdem Ragald mit den Zangen das Mundblech enger gebogen hatte, brachte sie es zu guter Letzt an der neuen Öffnung an und überreichte ihrem verblüfften Gefährten eine Scheide, in die sein Schwert genau hineinpasste. Die unverhohlene Bewunderung in seinem Blick ließ sie grinsen. „Es ist praktisch, deine eigene Magd dabeizuhaben, nicht wahr?"

„Magd?" Kopfschüttelnd betrachtete er die zusammengeflickte Schwertscheide. „Du ersetzt einen ganzen Tross. Und eine halbe kämpfende Truppe obendrein." Auf ihren verständnislosen Blick hin fuhr er fort: „Wer hat es denn gestern allein mit zwei Kriegern der Jattar aufgenommen?"

Sie schlug die Augen nieder und spürte wieder, wie ihr die Wangen warm wurden. „Einen davon hat Lif erledigt." Als wolle er ihr zustimmen, ließ der Vogel, der gerade am Himmel über ihnen kreiste, seinen lang gezogenen Schrei ertönen.

„Trotzdem." Ihre Verlegenheit schien Ragald zu amüsieren. „Schon einen ausgebildeten Krieger zu besiegen, ist mehr, als eine einfache Magd vollbracht hätte. Und Lif hätte dem anderen nicht viel anhaben können, hättest du dich nicht zuvor schon so wacker geschlagen."

„Die beiden waren dumm genug, mir hinterherzuklettern. Sobald sie in der Wand hingen, genügte es, mit Steinen zu schmeißen."

„Gegen elf von einem Dutzend ‚Mägden' hätten sie damit Erfolg gehabt. Wie viele an deiner Stelle hätten ihre Steine schon vergeudet, lange bevor die Krieger nah genug heran gewesen wären? Wie viele wären überhaupt dort hinaufgeklettert? Glaubst du wirklich, Jope hätte sich so gut halten können wie du? Oder Lirin?"

Gunid stellte sich die kirschäugige, kleine Jope vor, wie sie allein Flamme und Spinne gegenübergestanden hätte, und sie musste schaudern. Nein, ihre Freundin wäre in der Tat nichts weiter gewesen als ein hilfloses Opfer.

„Ich denke, selbst Jarugal hätte nicht viel ausrichten können", plauderte Ragald weiter, „und dein Verlobter ist nun wirklich kein Schwächling. Oder …"

Sie hob überrascht den Kopf. „Verlobter? Wusstest du das noch nicht? Jarugal und ich haben das Probejahr abgebrochen."

„Oh." Sein Lächeln wich einer betroffenen Miene. „Das … tut mir leid. Ich wollte nicht …"

„Schon gut." Sie winkte ab. Ihr Blick irrte hinab auf ihre Hände, hinauf zu seinen blauen Augen und wieder hinab. Einen Moment lang hing angespanntes Schweigen zwischen ihnen, das Ragald schließlich mit einem Räuspern brach.

„Nun, jedenfalls hast du gestern einen Mut bewiesen, für den ich jeden hörigen Knecht sofort zum Ritterschlag empfehlen würde." Ihr Kopf ruckte wieder empor, doch nun war er es, der die Augen gesenkt hielt, sodass sie seinem Blick nicht begegnen konnte. Seine Finger spielten mit der Schnürung seines Hemdes. „Du … du bist mehr als eine einfache Magd, Gunid. Weit mehr."

Sie ließ die Worte auf sich wirken. Hatte er gerade davon gesprochen, dass sie, indem sie ihm beistand, Aussicht darauf hatte, geadelt zu werden? Hatte er gesagt, dass die Standesgrenze zwischen ihnen fallen konnte?

Ihr wurde schwindlig. Für einen kurzen Moment stieg vor ihrem inneren Auge das Bild einer prächtigen Hochzeit empor. Sie verscheuchte es wie einen Fliegenschwarm, indem sie mit der Hand wedelte. Dumme Gans, ermahnte sie sich. Als nächstes würde sie noch davon träumen, dass man sie beide zu König und Königin küren würde.

„Gunid?", fragte er plötzlich besorgt. „Bist du in Ordnung?" Er griff nach ihrer Hand. Sie schluckte ihren Herzschlag herunter und lächelte ihn an.

„Alles in Ordnung. Warum fragst du?"

Als sie sich an diesem Abend schlafen legte, während er die erste Wache übernahm, schalt sie sich stumm eine Närrin. Ihren Mut hatte er gelobt? Warum war sie dann zu feige, ihm gegenüber auch nur einen Ton davon über die Lippen zu bringen, was sie fühlte?

Sie verstand es, als sie am nächsten Morgen nach dem Frühstück ihre Sachen zusammenräumten.

Im Moment waren sie Gefährten, dachte sie, während sie ihn dabei beobachtete, wie er Rucksäcke und Satteltaschen wieder auf die Pferde wuchtete. Der Falbe hatte sich bestens von der Überanstrengung erholt und wirkte begierig, weiterzulaufen.

Im Moment war es zwischen ihnen ein wenig wie in Kindertagen. Im Gegensatz zu damals war das Abenteuer, das sie bestanden, echt, und noch immer brach ihr beim Gedanken an die Gefahren, denen sie sich aussetzten, der kalte Schweiß aus. Doch sie fühlte sich stark genug, allem die Stirn zu bieten, solange sie einander so nahe waren.

Was aber, wenn sie ihn fragte, wem sein Herz gehörte, und er nannte einen anderen Namen als den ihren? Schon bei der Vorstellung krampfte sich etwas in ihrer Brust zusammen, und sie verscheuchte den Gedanken, so schnell sie konnte. Wie oft hatte einer der Burschen aus dem Dorf ihr stotternd gestanden, er habe sich in sie verliebt, und sie hatte ihm mehr oder weniger schonend beigebracht, sie sollten doch besser Freunde bleiben? Schweigend betrachtete sie Ragalds Schultern, seine schwarzen Locken, sein junges Gesicht, das die ersten, kantigen Züge des erwachsenen Mannes angenommen hatte, und sie spürte, sollte sie die gleichen Worte aus seinem Mund vernehmen, alle Kraft würde sie verlassen. In dem Moment, in dem sie unwiderruflich wüsste, dass er sie nicht liebte – nicht so liebte, wie sie es ersehnte, nicht als Frau –, wäre sie nichts weiter als eine heimwehkranke Bauerntochter fern von zuhause, allein in einem Land voller Gefahr und Tod. Ragalds Freundschaft würde sie nicht trösten können, falls sie erführe, dass seine Liebe nicht ihr galt.

Sie waren zum Aufbruch bereit, und unbeholfen, aber aus eigener Kraft, zog sich Gunid in den Sattel des Falben. Ragald lächelte ihr zu, jetzt wieder ganz und gar der Krieger in Rüstung und Waffenrock, den bekappten Lif auf der Schulter, und entgegen der Beklommenheit in ihrem Herzen zwang auch sie ihr Gesicht zu einem Lächeln. Er stieß dem Streitross die Fersen in die Flanken, und nebeneinander trotteten sie voran, ihren eigenen Schatten hinterher, die lang gezogen vor ihnen auf dem Gras lagen. Die Ungewissheit über seine Gefühle fraß an ihr, doch sie war etwas, womit Gunid leben konnte, zumindest für den Moment, und auf alle Fälle war sie einer Gewissheit vorzuziehen, an der sie zerbrochen wäre.

16

Die Hitze des Sommers breitete sich über die grasigen Hügel aus, während hinter ihnen die Sonne den Himmel erklomm. Um den Turm des Xagadeos zu finden, so hatte Ragald ihr erklärt, mussten sie sich in möglichst gerader Linie nach Westen halten, bis sie ans Meer gelangten. Dort angekommen, würden sie südwärts an der Küste entlangreiten. Der Turm, so hieß es, läge inmitten eines niedrigen, felsigen Gebirges und überschaue von seinem Gipfel aus Land und Wasser gleichermaßen.

„Woran erkennen wir es eigentlich?", fragte Gunid unvermittelt.

Ragald behielt weiterhin wachsam die Umgebung im Auge. „Was?"

„Das Meer. Hast du es schon mal gesehen?"

Endlich wandte er ihr die überraschte Miene zu und schüttelte dann den Kopf. „Es ist ... nun ja, Wasser. Wie ein großer Teich, nehme ich an."

„Und wenn wir tatsächlich nur an einen großen Teich gelangen?", beharrte sie. „Wie können wir dann sicher sein, dass wir ihn nicht mit dem Meer verwechseln?"

Er zuckte die Achseln. „Solange wir das andere Ufer noch sehen können, wird es wohl nicht das Meer sein."

„Dann gebe Vesas, dass sich das andere Ufer nicht einfach im Nebel verbirgt und wir diesen Xagadeos nicht am nächsten Fischweiher aufzuspüren versuchen."

„Mitten im Sommer? Wenn Vesas uns dermaßen übel mitspielen will –"

Sie hob die Hand. „Riechst du das?"

Als er die Nase in den Wind hob, sah sie seinem Gesicht an, dass auch er den Hauch von Brandgeruch wahrnahm. Sorgenvoll runzelte er die Stirn und spähte in die Richtung, aus der ihnen der Wind entgegenwehte. Ein Wäldchen zur Linken versperrte ihnen die Sicht, und sicherheitshalber zügelte Ragald den Braunen, stieg ab und bedeutete Gunid, es ihm gleichzutun. Während sie sich aus dem Sattel gleiten ließ – allmählich hatte sie heraus, wie es ging –, nahm er Lif die Haube ab, um ihn notfalls schnell steigen lassen zu können.

Weit mussten sie ihre Pferde nicht am Zügel führen. Nach kaum hundert Schritten lichtete sich das Wäldchen, und zwischen den Bäumen hindurch erblickten sie auf dem gegenüberliegenden Hügel einen zerstörten Turm und rußgeschwärzte Mauern.

Gunid drückte dem überraschten Ragald die Zügel des Falben in die Hand und huschte zum Waldrand, um sich im Schutz der Sträucher voranzuschleichen, bis sie das Gelände unterhalb der Burg einsehen konnte. Erst, als sie sicher war, keine lebende Seele zu erblicken, erhob sie sich und winkte ihren Gefährten zu sich. Seine Schritte und die der Pferde raschelten hinter ihr durch das Gras.

Am Fuß des Hügels entlang zogen sich die verkohlten Reste eines Dorfes. Keine einzige der Hütten stand mehr, und oben vor dem offenen Burgtor wimmelten Krähen umher, auf diese Entfernung kaum mehr als ein Schwarm von schwarzen Punkten.

„Das sollten wir uns näher ansehen", sagte sie, ohne den Blick von dem Bild der Zerstörung zu wenden.

„Warum?" Sie hörte den Zweifel in Ragalds Stimme.

„Vielleicht finden wir Hinweise darauf, was uns auf dem weiteren Weg erwartet."

„Das wissen wir bereits." Mit einer ungeduldigen Kopfbewegung deutete er über die Schulter zurück nach Osten. „Der sichere Tod, wenn wir nicht bald mehr Abstand zwischen uns und das Lager der Jattar bringen."

Endlich wandte sie ihm das Gesicht zu und sah ihn nachdenklich an. „Ragald, hattest du mir nicht erzählt, die Jattar seien schon vor Wochen hier vorbeigezogen?"

„Ja. Und?"

Sie deutete auf die rußgeschwärzte Ruine. „Diese Burg kann erst vor Kurzem gefallen sein, höchstens vor ein paar Tagen, sonst könnten wir nicht immer noch den Brand riechen."

„Es gab auch im besetzten Land immer noch Burgen, die ausgehalten haben ..."

„Aber warum ist diese gerade erst gefallen? Etwas hat sich hier getan in den letzten Tagen, und ich möchte wissen, was, bevor wir auf unserem weiteren Weg unvorbereitet hineinlaufen."

Mit angespannt verengten Augen betrachtete er die Burg und gab schließlich nach. Der Weg zum Dorf hinab dauerte vielleicht eine halbe Stunde, in der sie zunächst durch wadenhohes Gras liefen, später durch hüfthohes Korn. Nur in unmittelbarer Nähe der Kohlehaufen, die einmal Hütten gewesen waren, zeigten sich auch die Äcker als geschwärzte, hart gebackene Erde unter verbrannten Halmen.

Gunid betrachtete eine der Ruinen genauer und strich mit den Fingern über das angebrannte Holz. Zu ihrer Überraschung schienen Wind und Wetter den gröbsten Ruß schon wieder abgewaschen zu haben, und aller Brandgeruch, den sie wahrnahm, kam mit dem Wind vom Hügel herab. Ragald meinte dazu nur, wahrscheinlich habe die Burg deutlich länger durchgehalten als das Dorf, doch auch er betrachtete stirnrunzelnd die Umgebung, als sei ihm etwas Sonderbares aufgefallen. „Ich dachte, wir wüssten bereits alles, was wir brauchen?", neckte sie ihn, als er auf dem Weg zur Burg hinauf schneller ausschritt.

Das Scherzen verging ihr, sobald sie den Burgweg hinter sich gebracht hatten und am Tor angelangten. Krähen flatterten vor ihren Füßen auf und ließen sich sogleich wieder nieder, und in den Brandgeruch mischte sich der faulige Gestank von Verwesung. Hinter der Kurve tönte ein unablässig krächzender Chor der Vögel hervor, begleitet vom Summen einer Unzahl von Fliegen. Gunid wappnete sich dagegen, ein Schlachtfeld vorzufinden, doch stattdessen erblickte sie hinter der letzten Kurve nur eine Reihe von Stangen, auf denen das Festmahl der Aasfresser steckte wie Fleischbröckchen am Spieß. Fassungslos schlug sie die Hände vor den Mund, als sie der abgeschlagenen Köpfe ansichtig wurde, um deren Fleisch die schwarzen Vögel wetteiferten. Manche waren fast schon bis auf den blanken Knochen abgepickt, auf anderen prangten noch die bloßen Muskeln, überzogen mit Fetzen der Haut. Ein augenloses Antlitz wankte unter den Rucken hin und her, mit denen eine Krähe vor Gunids entsetztem Blick grau verrottetes Fleisch von der Wange riss und ein Totenschädelgrinsen darunter freilegte.

Nachdem sie sich übergeben hatte, war sie dankbar für Ragalds tröstliche Hand auf ihrer Schulter. Voller Scham über ihre Schwäche drehte sie vorsichtig den Kopf, um ihn anzusehen, doch auch er war erbleicht und kämpfte sichtlich gegen seinen rebellierenden Magen an, während er grauenerfüllt das Werk der Jattar anstarrte.

„Du hattest recht", hustete sie und wischte sich den Mund. „Lass uns gehen. Hier werden wir nichts erfahren."

„Vielleicht doch." Diesmal war er es, der ihr die Zügel der beiden Pferde in die Hand drückte und vorsichtig, als könnten die Köpfe von ihren

Stangen auf ihn herabspringen, die makabere Allee bis zum Tor durchschritt. Lif auf seiner Schulter zog ängstlich den Kopf ein, und Gunid verstand sehr gut, warum. Ein Schwarm Krähen hatte meist wenig Respekt vor einem Greifvogel, und oft genug hatte sie den schwarz gefiederten Aasfressern dabei zugesehen, wie sie einen Mäusebussard angriffen, um ihn aus seinem Revier zu vertreiben.

Teils aus Stolz, um Ragald nicht nachzustehen, teils aus Unbehagen, um nicht allein zurückzubleiben, folgte sie ihm. Beide Hände damit beschäftigt, die Pferde am Zügel zu führen, hielt sie die Luft an, um nicht zu viel von dem Aasgestank abzubekommen und keine Fliegen einzuatmen, die sie in einer dichten Wolke umschwirrten. Der Falbe scheute ein wenig, doch dem braunen Streitross schien die Umgebung nichts auszumachen, und es schnaubte nur gleichmütig und wedelte die Fliegen mit dem Schweif weg. Wahrscheinlich hatte es schon öfter zwischen den Resten erschlagener Menschen gestanden.

Sie erreichte Ragald, der vor dem offenen Tor stand und in den Burghof hineinschaute, die Hände in die Hüften gestützt, die Lippen zu einem Strich zusammengepresst. Ein wenig Farbe war in seine Wangen zurückgekehrt, und sie kannte dieses Stirnrunzeln als ein sicheres Zeichen dafür, dass sich hinter seiner ansonsten ausdruckslosen Miene gerechter Zorn zusammenbraute. Als sie neben ihn trat und ihr durch die Toröffnung der Brandgeruch entgegenwehte, sah sie jedoch nichts, was sie nicht erwartet hatte. Der Ruß an der Bruchkante des halb zusammengefallenen Burgfrieds ging nahtlos in den schwarzen Aschehaufen einiger Nebengebäude über bis hin zu den verkohlten Resten der Torflügel, über und neben denen auch die Außenmauer dunkle Schlieren aufwies. Zur Linken erhoben sich die Balken und das Strohdach der Ställe, die das Feuer offenbar verschont hatte. Gunid fiel nichts Besonderes auf, Ragald jedoch nickte langsam, als fände er einen Gedanken bestätigt.

„Nun sag schon", erhob sie die Stimme über die Schreie der Krähen, ein wenig ärgerlich, weil sie ihm nicht folgen konnte. „Was ist?"

„Schau dir den Burgfried an", erwiderte Ragald und zeigte auf den Stumpf des ehemals stolzen Turms. „Die unteren beiden Geschosse sind völlig intakt. Das Feuer ist im zweiten Stock ausgebrochen" – seine deutende Hand strich über die Nebengebäude – „und hat sich erst von dort weiter ausgebreitet. Und sieh, dort drüben –"

„Die Ställe?"

„Ja, die Ställe. Sie sind völlig unberührt von den Flammen. Wer eine Burg brandschatzen will, wirft seine Fackeln immer als erstes in die Ställe, weil das Heu am besten brennt. Dieses Feuer aber hat jemand im Inneren des Hauses gelegt."

Gunid überlegte. „Vielleicht war die Lage hoffnungslos geworden, und die Verteidiger wollten die Burg lieber zerstören, als sie den Jattar zu überlassen?"

„Dann hätten auch sie bei den Ställen angefangen."

„Und wenn sie bereits im Burgfried eingeschlossen waren?" Auch als einfache Bauerntochter wusste Gunid, dass der Burgfried die letzte Zuflucht der Verteidiger war, eine Art Festung in der Festung, doch Ragald schüttelte den Kopf. „Die Burg ist nicht einmal angegriffen worden. Denk nach. Wie sahen die Kornfelder aus?"

Ungeduldig seufzte sie. „Wie ein Kornfeld nun einmal aussieht, wenn man es sich selbst überlässt. Etwas gerupft, wo die Vögel es geplündert haben. Und an der Kante zum Dorf hin etwas angesengt. Worauf willst du hinaus?"

„Katapulte oder Belagerungstürme hätten die Felder völlig platt gedrückt. Aber davon haben wir keine Spur gesehen, nicht wahr? Diese Burg ist nicht erstürmt worden. Sie ist von innen heraus gefallen. Durch Verrat."

Es dauerte einen Moment, in dem es in das Schweigen hinein summte und krächzte, bis das Wort seine Wirkung auf Gunid entfaltete, doch dann fröstelte sie. „Und das erst vor wenigen Tagen."

„Jemand hat den Burgfried in Brand gesteckt – womöglich mitsamt dem Burgherrn und seinen Getreuen darin – und den Angreifern die Tore geöffnet." Ragalds Blick ruhte finster auf der Ruine des Turms. „Jemand, dem der Burgherr vertraute. Also gewiss kein Jattar. Und dieser Jemand ist möglicherweise ganz in der Nähe. Ich bin froh, Gunid, dass du mich überredet hast, uns hier umzusehen." Er drückte ihre Schulter, und über sein erblasstes Gesicht huschte ein dankbares Lächeln, das aber sofort wieder grimmiger Entschlossenheit wich. „Es ist gut, gewarnt zu sein, dass vor uns üblerer Abschaum lauert als eine Armee von Plünderern."

Er blieb in düsteres Brüten versunken, auch lange, nachdem sie den Festplatz der Krähen schon hinter sich gelassen hatten. Während sie schweigend über grasige Hügelflanken dahinritten und dem nächsten Waldrand zustrebten, konnte sich Gunid nur zu gut denken, was ihm im Kopf herumging. Wie aber sollte sie ihn darauf ansprechen, ohne zuzugeben, dass sie sein Gespräch mit Lif belauscht hatte, im Lager der Gaukler?

Sie hielten sich im Schatten des Waldrands und ließen ein weiteres niedergebranntes Dorf rechts liegen, eine hässliche, schwarze Wunde in dem Grün, das die gegenüberliegende Hügelflanke bedeckte. Ein paar verwaiste Schafe kamen ihnen entgegen, und aus der Ferne trug der Sommerwind das Kläffen einiger Hunde heran. Menschen aber sahen sie nicht.

Selbst im Schatten der Bäume war es heiß, und Gunid löste die Verschnürung ihres Kittels und schlug ihn um den Gürtel herab, sodass sie am Oberkörper nur noch von dem leichten Hemd bedeckt war. Mit dem Kopftuch wischte sie sich die Stirn, bevor sie es in den Gürtel klemmte. Ragald schwitzte erbärmlich unter seiner Rüstung, und als sie an einem Teich anhielten, um die Pferde zu tränken, kniete auch er sich durstig am Wasser nieder, warf ungeduldig die Handschuhe von sich und schöpfte mit beiden Händen. Doch auf ihre Frage, ob er das Kettenhemd, die Handschuhe und die ledernen Beinschützer nicht lieber ablegen wolle, meinte er nur, wenn sie plötzlich den Jattar gegenüberstünden, wolle er bereit sein.

„Den Jattar?", fragte sie und breitete Zwieback und Käse auf einem Tuch aus. „Oder diesem Verräter?"

„Oder diesem Verräter", stimmte Ragald zu und erhob sich vom Ufer, um zu ihr herüberzukommen.

Sie wickelte Hartwürste aus einem Tuch aus und legte eine zu dem kargen Mahl hinzu. „Er beschäftigt dich sehr, nicht wahr?"

„Die Jattar erkennen wir wenigstens, wenn sie uns entgegentreten." Er griff nach einem Stück Zwieback und ließ es zwischen den Zähnen krachen. „Wenn wir dem Verräter begegnen", kaute er weiter, „kann es gut sein, dass er im einen Moment noch als vermeintlicher Freund auftritt und ich im nächsten Augenblick kampfbereit sein muss."

Aus dem Beutel mit den Äpfeln legte sie für jeden von ihnen einen heraus. „Hast du Angst, es ist jemand, den du kennst?"

Er hielt in der Bewegung inne, den Zwieback halb zum Mund erhoben. Als sie zu ihm aufsah, begegnete sie verblüfften, blauen Augen.

„Du kennst mich wirklich zu gut", stieß er mit einem Kopfschütteln und einem bewundernden Lächeln voller Zuneigung hervor, das ihr wohl ums Herz werden ließ.

Er berichtete ihr von seinem Gang ins Söldnerlager und was ihm der letzte Eigner des Falben darüber erzählt hatte, auf welchem Weg das Tier in seinen Besitz gelangt war. „Ein goldener Adler im grünen Feld." Ragald schaute düster auf seine Hände, die er in ähnlicher Weise rang, wie Gunid es an jenem Tag bei ihm beobachtet hatte. „Das Wappen des Hauses Ugaval. Und die Beschreibung: etwa in meinem Alter, mit rotblondem, schulterlangem Haar und Sommersprossen. Das war Palder. Mein guter, alter Freund Palder." Er stieß ein bitteres Lachen aus.

Gunid rückte ihm näher und legte ihm mitfühlend den Arm um die Schultern. „Muss er deshalb unbedingt ein Verräter gewesen sein? Vielleicht ist er ja auf anderem Wege an dein Pferd geraten?" Mit grimmiger Frage in den Augen blickte Ragald sie an, und sie wedelte in einer vagen Geste mit der freien Hand. „Vielleicht ... haben die Jattar es ja wirklich in einem Scharmützel an eure Patrouillen verloren, und das Pferd ist bei ihm gelandet, genau, wie er erzählt hat."

Ragald schüttelte den Kopf. „Der Söldner hat gesagt, er hätte es drei Wochen zuvor erworben. Das war einen, höchstens zwei Tage nach dem Hinterhalt. Die Trupps, die im Norden den Wald durchkämmt haben, sind nirgends auf Feinde gestoßen, und um im Süden gleich wieder auf unsere Leute zu treffen und sich den Falben abnehmen zu lassen, hätten sich die Jattar sehr beeilen müssen. Es wäre schon ein ... fantastischer Zufall gewesen."

„Oder Fügung", beharrte Gunid. „Vielleicht hat Vesas ihm dein Tier in die Hände fallen lassen ..."

„Hat Lennard irgendetwas davon erwähnt, dass man zumindest mein Pferd gefunden hat?"

Überrascht von seiner barschen Unterbrechung, brauchte sie einen Moment, um ihre Verärgerung herunterzuschlucken und sich auf ihre Begegnung mit dem jungen Ritter zu besinnen. „Nein", musste sie zugeben. „Nein, das hat er nicht."

„Palder hätte den Falben wiedererkannt. Oft genug hat er mich mitleidig damit aufgezogen, dass Vater sich wohl keinen besseren Zelter für mich hatte leisten können. Er wusste, wessen Tier er in Händen hatte, und er hat es heimlich weiterverkauft, ohne selbst Lennard davon zu erzählen. Warum, wenn er nichts zu verbergen hatte? Warum?"

Gunid wusste keine Antwort darauf. Sie wusste nur, wie sehr ihr geliebter Freund unter dem Gefühl litt, dass sein Vertrauen enttäuscht worden war, und so blieb sie einfach bei ihm sitzen, den Arm um ihn gelegt, hielt seine Hand und schwor sich innerlich, dass sie ihn niemals im Stich lassen würde. Das Pferd, das ihm Palders Verrat bezeugte, stand Seite an Seite mit dem erbeuteten Braunen in einem Sonnenstrahl, der durch das Blätterdach fiel, und graste friedlich vor sich hin. Auf seinem Sattel hockte Lif und spähte wachsam ins Weideland hinaus.

„Meinst du, die abgebrannte Burg war Palders Werk?", fragte sie ihn Stunden später. Sie waren gut vorangekommen und ritten nun über die Hügelkämme am Rand eines Landes entlang, das flacher dalag, als sie beide es je gesehen hatten. Wiesen und Äcker, hier und da unterbrochen von den schwarzen Flecken gebrandschatzter Dörfer, erstreckten sich wie Flicken auf einem Tuch, das bis zu einer fernen Linie reichte, an der das Grün des Bodens mit dem Gold des Nachmittagshimmels zusammenstieß. Lif kreiste über ihren Köpfen und ließ seinen Schrei über diese unfassbar weite Ebene ertönen.

„Wohl kaum." Ragald schüttelte den Kopf. „Das muss das Werk eines Anderen gewesen sein. Palder hat sich regulär mit einigen Hundertschaften des Heeres auf den Weg zur Feste Kaskur begeben. Das liegt zwar in unserer Richtung, aber eine Einheit dieser Größe würde niemals versuchen, das besetzte Gebiet zu durchqueren. Sie wären viel zu angreifbar." Er sah in die Ebene hinaus. „Mit Sicherheit halten sie sich weiter nördlich, wo das Land noch fest in der Hand seiner Majestät ist, bis sie am Feindesland vorbei sind. Entweder wenden sie sich dann nach Süden, oder sie ziehen mit dem Schiff weiter."

„Das klingt nach einem ziemlichen Umweg."

„Sicher. Darum sollten wir den Boten ja auch auf dem direkten Weg begleiten." Ragald klopfte auf die Satteltasche, in der die Schriftrolle ruhte. „Die Sache eilte, soviel hatte uns der Hauptmann verraten."

„Vielleicht schaffen wir es noch vor Palders Einheit bis Kaskur. Dann könntest du Lennard warnen."

Er wandte sich ihr zu, und seinen Augen sah sie an, dass der Gedanke ihn tatsächlich aufmunterte. Der warme Wind, der vom Tiefland heraufwehte, spielte mit seinen schwarzen Locken und ihren braunen Strähnen.

„Vielleicht", stimmte er ihr zu. „Sobald wir bei diesem Xagadeos fertig sind –"

Er unterbrach sich, als Gunids Hand vorschoss und in die Ebene deutete, und folgte ihr mit dem Blick. An jener fernen Linie zwischen Himmel und Erde war eine Staubwolke erschienen.

„Reiter?", fragte sie ihn. Er beschattete die Augen mit der Hand und sah hinaus.

„Reiter", bestätigte er schließlich. „Und nicht wenige. Wir sollten uns ein Versteck suchen, ehe sie näher heran sind." Er streckte den Arm aus und pfiff, und gehorsam kam Lif zu ihm herabgesegelt.

Die Hügel wiesen immer wieder Waldstücke auf, sodass es ihnen keine Schwierigkeiten bereitete, sich in den Schatten eines Gehölzes zurückzuziehen, lange bevor die Staubwolke ihre Verursacher preisgab. Ein lang gezogener Zug von Reitern war es, der auf schnurgeradem Weg die Wiesen und Felder durchquerte und in einem Abstand von einer halben Meile an ihnen vorbeitrottete. Wimpel mit einem Muster in Rot, Blau und Weiß flatterten munter von den Speeren der vordersten Reiter. Fünfmal ein Dutzend Krieger der Jattar zählte Gunid, begleitet von einer wahren Herde aus Streitrössern und schwer beladenen Packpferden. Ochsenkarren, auf denen sich Säcke und Fässer stapelten, und Esel, denen Gestelle mit Körben über den Rücken hingen, folgten der Vorhut. In der Mitte des Zuges marschierten Gestalten, die Gunid im ersten Moment für Fußvolk hielt, bis sie die Ketten sah, die sie an die vorneweg laufenden Pferde banden. Sie zog erschrocken Luft ein, sobald ihr bewusst wurde, dass sie Frauen und Kinder sah, die von den Jattar als Sklaven davongeführt wurden.

„Nachschub für ihren Tross", murmelte Ragald, als der Zug sie passiert hatte und sich langsam nach Osten entfernte. „Seitdem sie ins Land gekommen sind, beschaffen sich die Jattar, was sie zum Unterhalt ihres Heeres brauchen, indem sie Trupps zum Plündern ausschicken."

Gunid griff nach seiner Hand und starrte weiterhin der Staubwolke hinterher, die allmählich das Bild der Gefangenen verhüllte. Auf die Ferne hatte sie kaum mehr als Schatten erkannt, doch in ihren Gedanken wurden aus den angeketteten Gestalten Jope, Lirin und Izra und die Kinder ihrer Nachbarn zuhause, während Wulf, Heglaf, Jarugal und die anderen verbliebenen Männer in ihrem Blut zwischen den brennenden Hütten lagen.

Das Bild verfolgte sie, bis sie in der Dämmerung ihr nächstes Lager aufschlugen, und noch die Hälfte ihrer Nachtwache verbrachte sie damit, es abzuschütteln, bis sie allmählich begriff, dass es nicht einmal so sehr die Schreckensbilder von toten und versklavten Freunden waren, die ihr zu schaffen machten. Es war die Erkenntnis, dass die Vorstellung von der Dame Witlinde, die in Ketten hinter einem Pferd der Jattar hergeschleift wurde, sie mit einer Genugtuung erfüllte, die sie schaudern ließ.

Nicht ihr. Nicht ihr. Nicht ihr. Mit jedem Tritt, den am Tag darauf die Pferde taten, pochte es ihr durch den Kopf. Wenn Ragalds Herz nicht ihr gehörte, warum rief Witlinde dann nach wie vor in Gunid solchen Hass hervor?

Kurz nach dem Aufbruch an diesem Morgen waren sie an einen Fluss gelangt, der zwischen den Hügeln entlang nach Westen mäanderte. Fichten und Lärchen, aus denen unablässig das Zwitschern, Schelten und Gurren der Vögel herabtönte, spendeten ihnen Schatten, und im Unterholz tollten Eichhörnchen umher. Im Gegensatz zu ihren Reitern waren die Pferde guter Dinge und strebten zügig den schmalen Pfad entlang.

Gewiss hing es zu einem guten Teil mit der Demütigung bei ihrer letzten Begegnung zusammen. Noch immer fühlte sie Zorn in sich emporsteigen, wenn sie an den Blick dachte, mit dem die Edle sie gemustert hatte, während Gunid in Fesseln zu ihren Füßen gekniet hatte.

Vor ihr beugte sich Ragald unter einem tief hängenden Ast hindurch, und sie tat es ihm nach. Das allein, sagte sich Gunid, hätte aber nicht genügt, dass sie einer Frau ein Geschick an den Hals wünschte, dem sie selbst sich bei der ersten Gelegenheit durch Freitod entzogen hätte. Als Sklavin verschleppt und den Launen einer Horde Krieger ausgeliefert ... Fast konnte sie die gierigen Hände der Söldner wieder auf ihrem Leib fühlen, und unwillkürlich ballte sie die Fäuste. Was war mit ihr los, dass sie irgendjemandem, irgendjemandem ein solches Schicksal gönnte?

Nicht ihr, stapften die Hufe des Falben. Wem denn? Wem konnte Ragalds Herz gehören, wenn nicht einmal der wunderschönen Witlinde? Einer derben, wettergegerbten, von täglicher Arbeit gezeichneten Bäuerin? Wie verrückt musste sie sein, sich solche Hoffnungen zu machen?

Und wie verrückt musste sie sein, in einem Land voller Feinde, in dem hinter jedem Strauch der Tod lauern mochte, solchen Grübeleien nachzuhängen?

Am Ende aber waren es nicht die Gefahren, sondern die Wunder am Wegesrand, die sie auf andere Gedanken brachten. Ein beständiges Rauschen vor ihnen ließ Gunid und Ragald zunächst verwunderte Blicke tauschen, absteigen und die Pferde vorsichtig am Zügel weiterführen. Als sie seine Ursache gefunden hatten, verharrten sie einige Augenblicke in ehrfürchtigem Staunen. Sie beide hatten nie zuvor einen Wasserfall gesehen, der mehr getan hätte, als von einer mannshohen Kante herabzuplätschern. Nun standen sie an einem tosenden Ungetüm, das sich gut und gern die Höhe eines Burgfrieds hinabstürzte. Weiß gischtend sprang es von einem Felsen zum nächsten in die Tiefe und sammelte sich schließlich in einem Teich, den es zu brodelndem Schaum aufrührte. Der Luftzug der Wassermassen ließ Lif die Schwingen spreizen.

Der Abstieg neben der Kaskade führte in engen Windungen die Felsen hinab und ein gutes Stück davon fort, ehe sich der Weg unterhalb des Teiches wieder an den Flusslauf schmiegte. Sie rasteten in Sichtweite des Wasserfalls, und immer wieder zog das Spiel der Gischt auf den Felsen Gunids Blick magisch auf sich. Beide verließen sie nur widerwillig diesen Ort, der so lärmend und friedlich zugleich war, und trieben sich weiter.

An den nächsten zwei Tagen lösten Schönheit und Grauen einander immer wieder ab. Sie gelangten an eine Burg mit zertrümmerten Mauern, vor deren Tor auf Stangen aufgepflanzt die bereits vergilbten und mit Vogeldreck befleckten Schädel der Verteidiger steckten. In der Nähe lagen, zum Teil schon wieder von glitschigem, grünem Belag überwachsen, die zerschmetterten Reste eines Katapults. Nur eine Wegstunde entfernt fanden sie zwischen Weideland und Äckern die Asche eines Dorfes, umgeben von einem ganzen Ring aufgesteckter Schädel.

Eine Zeit lang führte sie der Fluss durch eine tiefe Schlucht. Sie hätten das Zwielicht und das hallende Schweigen zwischen den Ehrfurcht gebietenden Felswänden staunend genossen, wären sie sich nicht zugleich so verwundbar vorgekommen. Hätten ihnen hier Feinde aufgelauert, sie wären ohne Fluchtweg gewesen. Ragald meinte zwar, die Jattar würden kaum Leute dafür vergeuden, eine derart abgelegene Nebenstrecke zu überwachen, doch auch er atmete sichtlich auf, als die Wände zu beiden Seiten zurückwichen und den Blick auf offenes Land mit vielen einladenden Gehölzen freigab, freilich überragt von einer niedergebrannten Burg.

Noch ein weiteres Mal kreuzte ein Plünderungstrupp der Jattar ihren Weg, und zwischen den Zweigen ihres Verstecks hervor konnte Gunid die Krieger aus größerer Nähe betrachten, als ihr lieb war. Unheil verkündend blitzte die Sonne auf den Stirnplatten der Helme und ließ die farbenfroh karierten Hosen leuchten. Zu ihrer Erleichterung blieb ihnen diesmal der Anblick von Sklaven erspart. Die Krieger waren nordwärts unterwegs, und die Packtiere trugen mehr Vorräte als Beute.

Querfeldein, an zerstörten Dörfern und Alleen von Schädeln vorbei, gelangten Gunid und Ragald schließlich an das größte Wunder und zugleich das größte Hindernis ihres bisherigen Weges: die steil in die Tiefe fallenden Felsufer des Kell.

„Das ist etwas anderes als die Flüsse, die wir bis hierher überquert haben", sagte Ragald trocken, sobald er seine Stimme wiedergefunden hatte. Gunid nickte bloß und drehte den Kopf in den Wind, um flussaufwärts zu schauen, nach Süden.

Natürlich hatte sie schon vom Kell gehört, dem gewaltigen Strom im Herzen des Königreichs, doch immer hatte sie die Erzählungen der Reisenden als übertrieben abgetan. Jetzt musste sie sich eingestehen, dass keine der Worte, die sie bislang darüber vernommen hatte, diesem silberglänzenden Band aus Wasser gerecht wurden. Tief unten schlängelte es sich zwischen den schroffen Felsen entlang, hunderte von Schritten breit, eine glitzernde Fläche, die eher einem dahinströmenden See glich als dem, was sie als Fluss kannte.

„Wie sollen wir dort hinüberkommen?" Ihr Blick ging wieder nach vorn, zu den tiefgrün bewaldeten Anhöhen, welche die gegenüberliegenden Felsklippen bekrönten. Ein Greifvogel kreiste darüber und stieß gelegentlich einen Schrei aus, der Lif zu einer gekreischten Antwort reizte.

„Unser Hauptmann sprach davon, dass es Brücken gebe." Ragalds Miene ging zweifelnd über den Koloss von einem Wasserlauf hinweg. „Allerdings dürften die Jattar sie bewachen. Nicht umsonst waren wir zwanzig Mann, um uns notfalls den Weg hinüber zu erkämpfen. Er sprach außerdem von der Möglichkeit, mit Booten überzusetzen."

„Kannst du ein Boot lenken?"

„Wir müssten ohnehin erst einmal eines haben."

Schließlich wendeten sie die Pferde und ritten südwärts an der Klippe entlang. Gunid fühlte mehr und mehr Stolz auf ihre neu gewonnene Fertigkeit im Umgang mit dem Tier. Dass es ihr vertraute, merkte sie schon daran, wie gelassen es selbst an den Stellen dahintrottete, an denen der Pfad dicht an der Felskante entlangführte. Sie selbst saß ihrerseits entspannt im Sattel, die Zügel locker in einer Hand, und fand die Muße, sich umzusehen und die Aussicht zu genießen. So entmutigend der Blick über den Fluss hinweg auch schien, so großartig war er. Ein Schwarm Wildgänse, der über das Wasser dahinflog, fing eine Zeit lang ihr Auge ein. Nie zuvor hatte sie in dieser Weise auf fliegende Vögel hinabgeschaut.

Dennoch blieb sie wachsam, und als sie etwa eine Meile voraus entlang ihres Pfades eine Bewegung bemerkte, schloss sie zu Ragald auf und berührte ihn an der Schulter. Hinter einer weiten Biegung der Klippe stoben Vögel auf, schwirrten einen Moment lang umher und ließen sich wieder nieder. Kurz darauf wiederholte sich das gleiche Bild ein wenig näher. Jemand kam ihnen rasch auf dem Reitweg entgegen und scheuchte dabei die Tiere auf.

Sie bogen vom Weg ab, sobald sie konnten, und verbargen sich hinter einer nahen Felsgruppe. Kurz darauf trabte eine Patrouille der Jattar vorbei, ein halbes Dutzend Krieger mit flatternden Wimpeln in Weiß, Schwarz und Ocker. „Es scheint", stellte sie halblaut fest, nachdem der Trupp sich wieder entfernt hatte, „die Jattar begnügen sich nicht damit, die Brücken zu bewachen."

„Der Kell ist die Grenze", erwiderte Ragald. „Das andere Ufer ist Niemandsland. Ein paar Tagesreisen weiter westlich liegt das Land immer noch in der Hand des Königs."

Sie hielten doppelte Vorsicht, während sie weiter südwärts strebten, wo sich schwere, graue Wolken über dem Flusslauf zusammenballten.

Noch vor zwei weiteren Patrouillen mussten sie an diesem Tag Zuflucht im Gehölz suchen. Der Wind kühlte sich spürbar ab, je mehr sich der Himmel zuzog, und bald hatte Gunid nicht nur ihren Kittel wieder angelegt, sondern sich zudem den Umhang übergeworfen. Orangerot stand die Sonne eine Handbreit über den jenseitigen Klippen, und sie hatten schon angefangen, nach einem versteckten Platz für das Nachtlager Ausschau zu halten, als hinter der nächsten Biegung endlich die ersehnte Brücke hervorlugte.

Sie erkannten beide nicht sofort, was sie vor sich hatten. Zwischen zwei Klippen hob sich vom trüben, grau wogenden Himmel ein schmaler Schatten ab, der einem durchhängenden Seil glich. „Eine Hängebrücke", sagte Ragald schließlich.

Gunid betrachtete den schmalen Umriss, der wenig vertrauenerweckend über der Tiefe hing und ein wenig zu pendeln schien. „Meinst du, sie bewachen dieses wackelige Ding?"

Unter den Locken auf Ragalds Stirn, die der auffrischende Wind zu zausen begann, erschienen nachdenkliche Falten. Sie wollte schon eine neckische Bemerkung darüber machen, dass er süß aussah, wenn er überlegte, als er endlich den Mund auftat: „Einen schwerbewaffneten Trupp werden sie hier nicht abstellen. Es wäre Vergeudung, die Streitmacht so zu zersplittern. Wahrscheinlich aber haben sie irgendwo hier Beobachter postiert." Seine Hand ging über die bewaldeten Hügel oberhalb der Brücke. „Um auf diesem Ding überzusetzen, bräuchte ein größerer Trupp des Königs eine Ewigkeit. Die Späher der Jattar hätten von dem Moment an, in dem sie einen Feind sichten, mehr als genug Zeit, zum nächsten Lager zu laufen und die Krieger zu den Waffen zu rufen. Auf diese Weise könnte binnen weniger Stunden jeder Versuch, dieses Ufer zu nehmen, zurückgeschlagen werden."

„Sie haben dir wirklich eine Menge beigebracht in Havegard, was?"

„Jedenfalls nicht nur die Minne." Ein flüchtiges Lächeln huschte über Ragalds Gesicht, doch sofort wurde er wieder ernst. „Bevor wir diese Brücke überqueren, müssen wir wissen, wo die Späher sitzen."

„Und dann?"

„Müssen wir sie irgendwie loswerden." Er verzog das Gesicht. Gunid konnte sich denken, dass ihm die Aussicht auf ein erneutes Gemetzel nicht behagte. Auch ihr gefiel der Gedanke überhaupt nicht, dass er sich wieder gegen eine Übermacht in Todesgefahr brachte. „Sie werden auf jeden Fall Bögen haben", überlegte er laut. „Und sobald wir auf der Brücke sind, geben wir wunderbare Zielscheiben ab."

„Was, wenn wir sie ablenken?" Auf Ragalds fragende Miene hin fuhr sie fort: „Sobald wir herausgefunden haben, in welchem Gehölz sie sitzen, könnten wir ein Feuer legen."

Sie beide entstammten einem Lehen, das von den Erträgen seiner Wälder lebte, und Gunid kam ihre eigene Idee wie ein Verbrechen vor. Seinen blauen Augen sah sie an, dass er ähnlich fühlte. Trotzdem arbeitete es in seinem Gesicht, während er ihren Vorschlag erwog, bis er schließlich den Kopf schüttelte. „Es wäre meilenweit zu sehen. Die Krieger im nächsten Lager wüssten sofort –"

Er unterbrach sich und zuckte zusammen. Seine Hand tastete nach seinem Auge, als wäre ihm etwas hineingeflogen. Ehe Gunid wieder das Wort ergreifen konnte, fühlte sie selbst einen Tropfen auf der Nase. Ihr suchender Blick ging über den Fluss hinweg, wo sich die Sonne zu einer blassen, pfirsichfarbenen Scheibe inmitten wogender Wolken gewandelt hatte. Von Süden her schob sich düster und undurchdringlich eine Wand aus Regen auf sie zu.

„Ich glaube", meinte Gunid, „Vesas selbst schickt uns gerade eine Ablenkung."

Sie rang sich ein Lächeln ab, doch beim Anblick des Unwetters fühlte sie Beklommenheit in sich aufsteigen.

Die Herrin der Nebel und des Regens schien es besonders gut zu meinen. Bis sie den Anfang der Brücke erreicht hatten, goss es so stark, dass die gegenüberliegenden Klippen hinter dem Vorhang aus prasselnden Tropfen vollständig verschwanden. Gunid lüpfte ein wenig die Kapuze ihres Umhangs und spähte vom Fluss weg, den Hang hinauf, doch auch die Gehölze verschwammen zu grauen Schatten. Wenn dort oben überhaupt noch ein Posten die Brücke im Auge behielt, brauchte er schon

Eulenaugen, um in diesem Wetter über diese Entfernung zwei Pferde und zwei Menschen auszumachen.

Ragald legte seine Rüstung ab und wickelte sie in Decken, bevor er sie auf dem Rücken des Braunen verstaute. Der kurze Moment, den er sich ohne den Überwurf dem Regen aussetzte, genügte, dass ihm das Hemd klatschnass am Körper klebte. Trotzdem zog er einen dicken, wollenen Umhang darüber, der ihn zumindest vor dem Wind schützte, wie auch vor Gunids Blicken, die verstohlen über seine Muskeln gewandert waren.

„Du solltest besser auch die Stiefel ausziehen", riet sie ihm und deutete auf die Bretter der Brücke. „Nasses Holz ist glitschig, und barfuß wirst du darauf mehr Halt haben als mit Ledersohlen." Er nickte wortlos und streifte sich das Schuhwerk ab, doch ihr fiel der Blick auf, mit dem er den schmalen Steg betrachtete, von dem mit jedem gemächlichen Wanken ein leises Knarzen ertönte. Täuschte sie sich, oder sah sie Angst in Ragalds Augen flackern?

Sie verbanden den Pferden die Augen und zogen Lif die Kappe über. Er stieß ein kurzes Kreischen aus, und Gunid konnte ihm die Anspannung ansehen, mit der er auf dem Sattel hockte. Bei diesem Wetter wäre es gefährlich für ihn, zu fliegen, und normalerweise hätte er sich eine geschützte Stelle am Boden gesucht. Unter solchen Umständen gefiel es ihm nicht, mit der Kappe ruhiggestellt zu werden. Doch das Letzte, was sie auf dieser baumelnden Brücke brauchen konnten, war ein unruhig flatternder Greifvogel.

Ragald kramte das lederne Schulterstück aus dem Rucksack, doch anstatt es selbst überzustreifen, hielt er es Gunid hin. „Nimm du Lif", sagte er. Das schwarze Haar klebte ihm platt am Kopf, und nun war Gunid sicher, hinter der Anspannung in seinem Gesicht Angst zu erkennen. „Bist du in Ordnung?", fragte sie besorgt.

Er warf einen weiteren Blick auf die sacht wankende Brücke. „Sicher", erwiderte er, wenig überzeugend. „Beeilen wir uns. Es wird bald dunkel."

Gunid musterte ihn zweifelnd, doch als er ein weiteres Mal nickte, streifte sie sich das Leder über und lotste Lif vom Sattel auf ihre Schulter, bevor sie das Zaumzeug des Braunen nahm und ihn zum Rand der Klippe führte. Sie waren übereingekommen, dass sie das Streitross führen sollte, während Ragald als der erfahrenere Reiter sich um den Zelter kümmerte, den die Gefahr sehr viel eher aus der Ruhe bringen würde. Auch der Braune gab trotz der verbundenen Augen ein unwilliges Schnauben von sich, sobald seine Hufeisen auf Holz klapperten, doch ein leichter Ruck am Zügel genügte, um das Tier im Trott zu halten. Hier, ganz am Rand, führte der durchhängende Steg steil bergab.

Als hinter ihr die Hufe des Falben erklangen, warf Gunid einen Blick über die Schulter. Ragald tastete sich mit bloßen Füßen die hölzernen Bohlen hinab, als habe er Angst, der Untergrund gebe jeden Augenblick nach. Ständig strich seine Hand an dem einen der beiden Seile entlang, die in Griffhöhe neben der Brücke als Geländer gespannt waren. Die andere Hand, die den Zügel des Falben hielt, wirkte dagegen sicher und fest. Der Zelter tänzelte unwillig, folgte aber seinem Herrn.

Unter jedem ihrer Schritte ging ein kaum merkliches Beben durch die Bretter, auf denen die Tropfen einen beständigen Trommelwirbel schlugen. Die Brücke hing vor ihr ins grau wabernde Nichts hinaus und verblasste nach ein paar Dutzend Schritten zu einem Schatten im Regen, ehe sie vollständig verschwand. Nun, da sie den Schutz der Klippen hinter sich ließen, wurde auch der Wind stärker und ließ das Holz unter ihren Füßen gemächlich erst zur einen Seite hin schwanken, dann zur anderen. Der Braune gab ein ängstliches Wiehern von sich, und sie hielt den Zügel noch ein Stück kürzer, während sie sich mit der anderen Hand an einem der Griffseile festhielt. Deutlich konnte sie spüren, wie es im Wind zitterte.

Zu ihrer Erleichterung saß zumindest Lif ruhig auf ihrer linken Schulter. Über die rechte schaute sie besorgt zurück. Ragald krampfte die Hand um das Seil und ließ es nur in kurzen Rucken los, wann immer er den nächsten Schritt tat, kaum eine Fußlänge weiter vor. Den Zügel des Falben hatte er bereits so kurz gegriffen wie möglich, und trotzdem tänzelte das Tier unruhig umher und kam bei seinen Versuchen, das Schwanken des Untergrunds auszugleichen, dem Rand der Brücke gefährlich nahe.

„Geh mehr in die Mitte", rief sie Ragald zu, und er riss den Blick von seinen Füßen und sah zu ihr auf. Das Wasser lief ihm aus dem Haar in den Kragen, es tropfte ihm von Nase, Ohren und Kinn. Panik irrlichterte in seinen Augen, und er hielt den Mund geöffnet, als schnappe er nach Luft. „Mehr in die Mitte!", wiederholte sie und deutete auf den Falben. Der junge Edle schaute sich kurz um und übte dann sanften Zug auf den Zügel aus. Mit unwilligem Tänzeln folgte das Pferd, und der Hinterhuf, der eben noch über dem Rand der Brücke geschwebt hatte, traf auf das Holz auf.

Einen Moment lang blieb Ragald stehen, um mit geschlossenen Augen tief durchzuatmen, ehe er sich vorsichtig selbst ein wenig vom Rand entfernte. Mit weit gestrecktem Arm hielt er nun das Seil fest, doch seine Augen blieben nicht länger auf seine Füße gesenkt, sondern fanden Halt in Gunids Blick. Obwohl auch ihr von dem Schwanken flau im Magen wurde, rang sie sich ein aufmunterndes Lächeln ab, und die Panik schien aus seinen Augen zu weichen. Sie wandte sich wieder nach vorn und führte den Braunen weiter.

Windböen zerrten an ihrem Umhang, und die langsamen Schwünge, mit denen der Untergrund pendelte, wuchsen an, bis sie weiter gingen als die Breite der Brücke selbst. Sie wusste nicht, wie weit sie schon gekommen waren, so wenig, wie sie hinter der grauen Wand aus Regen das gegenüberliegende Ufer erahnen konnte. So versuchte sie, das Schwanken nicht zu beachten. Es gab keine Welt außerhalb der Brücke. ‚Unten' war da, wo sie Boden unter den Füßen spürte, und wenn sie sich nicht täuschte, ging es inzwischen längst nicht mehr so steil bergab wie am Anfang. Sie mussten sich der Mitte nähern, dort, wo es am tiefsten durchhing. Sie klammerte sich an den Gedanken, dass es danach besser würde. Dann ertönte der ferne Donner.

„Gütige Vesas, behüte uns", entfuhr es ihr. Lif stieß ein Kreischen aus, und hinter sich konnte sie den Falben angsterfüllt wiehern hören. Als sie sich umdrehte, sah sie Ragald den Zügel mit aller Kraft niederhalten, die er mit einer Hand auszuüben vermochte. Die andere Hand war so fest um das Griffseil gekrampft, dass unter dem Ärmel, der ihm nass am Arm klebte, die Sehnen hervortraten. Es schien seine gesamte Aufmerksamkeit zu beanspruchen, einfach nur auf dem schwankenden Untergrund aufrecht stehen zu bleiben. Die Augen hatte er fest zugekniffen.

„Ragald!", rief sie voller Sorge.

„Geh voraus, Gunid!"

„Niemals!"

„Geh voraus!" Er öffnete die Augen und offenbarte namenlose Angst, aber auch Entschlossenheit. „Ich komme hier zurecht, nur vorwärts kann ich nicht und dabei das Pferd führen. Bring Lif und den Braunen ans Ufer, dann komm zurück!"

Kalt und hart prasselte ihr der Regen ins Gesicht, während sie unschlüssig den Mann ansah, den sie liebte. Sollten die Pferde doch in den Abgrund stürzen, dachte sie für einen Moment, alles, was sie wollte, war, ihn an der Hand zu nehmen und von dieser Brücke zu führen. „Bitte, Gunid!", rief er noch einmal. „Geh voraus!"

Sie brauchten die Pferde, dachte sie. Ohne die Tiere und die Ausrüstung, die sie trugen, ohne Waffen, Vorräte und die vielen Werkzeuge im Gepäck wären sie so gut wie hilflos und hätten lediglich ein schnelles Ende auf dieser dreimal verfluchten Brücke gegen den Hungertod eingetauscht. „Ich beeile mich!", rief sie ihm zu und versetzte dem Braunen einen fast wütenden Ruck am Zügel. Das Tier gab ein überraschtes Wiehern von sich, trottete ihr aber folgsam hinterher.

Sie behielt recht mit ihrer Vermutung, dass es nach der Mitte besser würde. Je steiler der Steg bergan ging, desto geringer wurde das Pendeln. Gunid fühlte keine Angst mehr um sich selbst, nur Dringlichkeit, so schnell wie möglich zu Ragald zurückzukehren. Dass der Braune sich in seiner Furcht so widerspenstig zeigte und so langsam schritt, fachte nur ihre Wut an. Die Blitze, die zu ihrer Linken zu zucken begannen, und der Donner, der ihnen folgte, besaßen kaum Bedeutung.

Endlich schien es ihr, als zeichne sich hinter dem grauen Sturzbach, der um sie her vom Himmel fiel, der Umriss der Klippen ab. Mühsam beherrschte sie sich, den Braunen nicht noch schneller anzutreiben. Das Letzte, was sie jetzt noch brauchte, war ein Fehltritt kurz vor dem Ziel.

Vor ihr schälten sich die Pfosten aus dem Regen, von denen die Brücke hing. Noch vier Schritte, noch drei, noch zwei … ihr Fuß berührte soliden Grund, und als hinter ihr das erste Hufeisen auf dem Fels ertönte, meinte sie, ein triumphierendes Wiehern von dem Braunen zu hören. Reg mich nicht auf, du Mistvieh, war alles, was sie dachte, während sie sich nach einem stabilen Baum in der Nähe umsah.

In fliegender Hast band sie mit ihren klammen Fingern die Zügel an den Baumstamm und setzte Lif auf einen Ast, an dem sie seine Riemen befestigte. Sie nahm sich nicht einmal mehr die Zeit, ihn von der Kappe zu befreien, sondern rannte sofort zurück zur Brücke. Ein beständiger Strom an Gebeten floss nun von ihren Lippen. „Vesas, behüte ihn, Ephar, stärke ihn, Ligander, schone ihn …" Sie wusste, käme sie in der Mitte der Brücke an und fände ihn nicht mehr vor, sie würde ihm ohne Zögern in den Abgrund folgen.

So schnell es ihr das glitschige Holz erlaubte, eine Hand am Seil, ohne es wirklich zu ergreifen, lief sie die Brücke entlang. Je weiter sie sich vom sicheren Boden entfernte, desto mehr nahm das Schwanken wieder zu, und widerstrebend verlangsamte sie ihren Tritt, um sich Hand über Hand und unter beständigem Fluchen am Seil entlangzuarbeiten. Der Wind klatschte ihr den Umhang um Leib und Beine, und immer kürzer wurde die Zeit zwischen Blitz und Donner. Das Gewitter kam näher.

Dann schlug der Blitz in die gegenüberliegende Klippe ein, sogleich gefolgt von ohrenbetäubendem Donner. Das Schlaglicht zeigte ihr die Umrisse von Ragald und dem Falben, zeitlos erstarrt auf der Brücke, die soeben bedenklich geneigt am höchsten Punkt ihrer Pendelbewegung verharrte. Sofort fiel wieder die graue Dunkelheit herab, aber Gunid wusste jetzt, dass es nicht mehr weit war. Entschlossen griff sie in das Seil und zog sich voran, den Schritt an das Schaukeln angepasst, sodass sie immer am Punkt des stärksten Schwunges innehielt und sich festklammerte.

Endlich war sie nahe genug, um die Gestalt ihres Freundes auch im Regen und in der schnell einsetzenden Dunkelheit noch auszumachen. Stocksteif stand er da, die Hand fest um das Seil geschlossen, die andere gleich unter dem Maul des Pferdes in die Zügel gekrallt. Irgendwie hatte er es geschafft, dass auch der Falbe stillhielt, vor Schreck erstarrt, anstatt ängstlich zu tänzeln oder sich aufzubäumen. „Ragald!", rief sie, und er drehte den Kopf, doch das Dämmerlicht reichte kaum noch aus, um sein Gesicht zu erkennen. Das Schaukeln erreichte seinen Ruhepunkt, und so schnell sie konnte, lief sie die paar Schritte auf ihn zu, die ihr bis zum nächsten Schwung blieben. Ihr einer Fuß geriet ins Rutschen, und mit aller Kraft hielt sie sich am Seil aufrecht und ermahnte sich innerlich zur Ruhe.

Als sie ihren Freund endlich erreichte und mit ihrer Hand die seine berührte, die das Seil umklammert hielt, schien ein Zittern durch seinen Arm zu gehen. „Ich bin da, Ragald!" Ein Blitz beleuchtete sein Gesicht, und sie konnte sehen, dass er die Augen fest zugedrückt hielt. Er musste halb wahnsinnig sein vor Angst. „Gib mir die Zügel!", rief sie, doch außer einem kurzen, panischen Blick unter flatternden Augenlidern hervor bekam sie keine Antwort. Eine Bö peitschte ihr den Regen ins Gesicht und nahm ihr für einen Moment den Atem.

Mit der einen Hand hielt sie sich am Seil fest, mit der anderen umschloss sie seine Faust, und ihr Kopf überschlug sich auf der Suche nach Worten, die ihn aus seiner Starre zu reißen vermochten. „Ragald, tausend Schatten, reiß dich zusammen!", fuhr sie ihn an, um nach einer plötzlichen Eingebung hinzuzufügen: „Was soll ich deiner Braut erzählen?"

Überrascht riss er die Augen auf. Die Panik wich aus seinem Blick und machte einem Anflug von Verblüffung Platz. In das Heulen des Windes und den nächsten Donner hinein meinte sie sogar, ein kurzes, schrilles Lachen von ihm zu hören. Sie verlor keine Zeit, nahm ihre Hand von seiner und streckte sie dem Maul des Falben entgegen. „Gib mir die Zügel!"

Ragald erwachte endgültig aus seiner Erstarrung und gehorchte. Das Pferd gab ein kurzes Wiehern von sich, doch mit einem groben Ruck brachte Gunid es zum Schweigen und drehte sich dem rettenden Ende der Brücke zu. „Jetzt leg mir die Hand auf die Schulter", wies sie Ragald an, und auch darin folgte er ihr.

Der Weg zum Ufer wurde zu einer verschwommenen Mischung aus Regen, Wind, schwankendem Grund, dem Zerren des Falben an ihrer Faust und Ragalds Fingern, die sich um ihre Schulter krampften. Jenseits der Wolken war die Nacht hereingebrochen, doch die Blitze zerrissen die Schwärze oft genug, um ihnen zu leuchten. Vorsichtig setzte sie einen Fuß vor den anderen, langsam, um Mann und Pferd die Muße zu geben, ihr sicheren Schrittes zu folgen. Jedes Gefühl für die Zeit kam ihr abhanden. Die Welt bestand nur noch aus dem Holz zu ihren Füßen, dem Seil unter ihrer einen Hand, dem Zügel in der anderen und Ragalds Fingern um ihre Schulter.

Der halbe Arm schmerzte ihr von seinem Griff, als endlich ihr Fuß den steinigen Boden berührte. Zum Gruß tönte ihr aus der Dunkelheit das lang gezogene Kreischen von Lif entgegen. Der Falbe wieherte und zerrte ungeduldig an Gunids Hand, und mit einem letzten, harten Ruck hielt sie ihn zurück. Kaum blieb ihr Zeit, den Zügel um den Brückenpfosten zu schlingen, als sie spürte, wie Ragalds Finger lockerließen und ihr den Rücken herabglitten. Erschrocken fuhr sie zu ihm herum. „Ragald?"

Seine Arme umschlangen ihre Hüfte, und sein nasser Kopf drückte sich gegen ihren Bauch. Er musste in die Knie gegangen sein. Sie erwiderte seine Umarmung, so gut sie es in dieser Haltung vermochte, und kraulte ihm beruhigend über den Hinterkopf. „Ganz ruhig, mein Großer", murmelte sie. „Ganz ruhig."

Lange verharrten sie so. Blitz und Donner entfernten sich flussabwärts, und in völliger Dunkelheit floss der Regen an ihnen herab, während sie seine Wärme gegen ihren Bauch und ihre Beine spürte. Sein Atem war ihr die süßeste Musik von allen.

17

„Du musst denken, ich wäre immer noch der kleine Junge, der sich nicht selbst vom Eis helfen konnte."

Scharrend zog er den Wetzstein am Schwert entlang. Es hatte eine Scharte davongetragen, als Ragald die Seile der Hängebrücke durchtrennt und dabei einen Metallbeschlag am Pfosten gestreift hatte. An sich hatten sie nur sicherstellen wollen, dass ihnen keine Jattar vom jenseitigen Ufer her folgen konnten, doch nur zu deutlich war Ragald die grimmige Befriedigung anzumerken gewesen, das Ding zu zerstören, das ihn in seiner Männlichkeit gekränkt hatte. Mit einem verständnisvollen, wenn auch von seinem Selbstmitleid gereizten Seufzen blickte Gunid vom Verpflegungsbeutel auf. „Ragald, glaubst du denn, ich hätte keine Angst gehabt?"

Aus der Richtung des Kell brachen die ersten, goldenen Strahlen der Morgensonne durch das Grün, das ihr Versteck in jeder Richtung umgab. In finsterster Nacht und Regen hatten sie sich den Weg einige hundert Schritte von der Klippe weg ertastet, um schließlich in ein Wäldchen einzubiegen und sich einen geschützten Platz für ihr Nachtlager zu suchen. Immer noch tröpfelte es aus dem Blätterdach in die Pfützen, zwischen denen sie im Dunkeln lange nach einem trockenen Platz für die Decken hatten suchen müssen. Lif döste auf einem flachen Felsen in der Nähe, während die Pferde in Schlaf versunken in der Mitte der kleinen Lichtung standen, an deren Rand ihre menschlichen Herren auf einem Baumstamm saßen.

„Das ist es ja gerade." Sowohl seiner Stimme, als auch dem Geräusch des Wetzsteins konnte sie seine Wut auf sich selbst anhören. „Du hast deine Angst bewältigt und bist diese Brücke sogar zweimal gelaufen, während ich starr vor Schreck –"

„Während du das Pferd ruhig gehalten hast", fiel sie ihm ungeduldig ins Wort. „Im Gewitter, auf einer schaukelnden Brücke." Sie schnitt eine Scheibe Hartwurst ab und hielt sie ihm hin, bevor sie in etwas sanfterem Ton hinzufügte: „Denkst du, das war keine mutige Tat?"

Einen Moment zögerte er, bevor er das Schwert gegen seinen Schenkel lehnte und mit verkniffenem Lächeln die Wurstscheibe entgegennahm. „Ich glaube nur langsam", kaute er, „ich hätte die Mission einfach dir allein überlassen sollen. Ohne mich hättest du bessere Aussichten, dich zu diesem Xagadeos durchzuschlagen."

Sie verschluckte sich und gab ein ersticktes Husten von sich. Das Schwert kippte in den Schlamm, als Ragald aufsprang, um ihr den Rücken zu klopfen. „Machst du Witze?", krächzte sie, nachdem sie ihren Bissen hervorgehustet hatte und wieder Luft bekam. „Ohne dich hätte mich die erste Patrouille der Jattar eingesammelt wie Fallobst!"

Während sie sich räusperte und vor dem nächsten Anlauf zum Schlucken sorgsam zu Ende kaute, nahm er seine Selbstzerfleischung wieder auf. „Du hast mich ja nicht einmal gebraucht, um mit den beiden Kriegern fertig zu werden ..."

„Nachdem du schon drei besiegt hattest, schon vergessen? Glaubst du im Ernst, ich hätte es allein mit allen fünfen aufnehmen können?"

„Du bist so gut im Verstecken, dass sie dich wahrscheinlich nie –"

„Ragald, kein Wort mehr!" Sie legte Messer und Wurst in die Kuhle im Baumstamm, die sie mit einem Tuch als Teller ausgekleidet hatte, und ergriff ihren Freund bei den Schultern. „Sieh mich an, mein Großer." Sie wartete, bis er ihr den von Scham erfüllten Blick entgegengehoben hatte. „Als uns die Patrouille verfolgt hat, wer von uns hat denn da seinen kühlen Kopf bewahrt und uns beiden den Hals gerettet? Und nochmals, mein Großer, wer hat denn ganz allein drei Krieger der Jattar besiegt, hm?" Allmählich wich der waidwunde Ausdruck aus seinen Augen, und sie begann wieder, sich in ihrem Blau zu verlieren. Wie von selbst wurde ihre Stimme weich. „Wegen gestern gibt es nichts, wofür du dich schämen müsstest. Glaub deiner Hörigen, du warst sehr tapfer. Du hast dich einer Angst gestellt, die dich Kopf und Kragen hätte kosten können, und am Ende hast du sie überwunden."

Ein schwaches, aber aufrichtiges Lächeln brach sich Bahn durch seine Niedergeschlagenheit, und sie konnte nicht anders, als es zu erwidern. „Mit deiner Hilfe", murmelte er dankbar und ergriff ihre Hand auf seiner Schulter.

„Ja, mit meiner Hilfe. So, wie ich den Kriegern nicht allein entkommen konnte, sondern nur mit deiner Hilfe. Wir ... wir gehören zusammen. Wir sind Kameraden, die einander beistehen, wie es immer gewesen ist, von Kindheit an."

Sie hätte sich auf die Zunge beißen mögen. Mit den letzten Worten hatte sie wieder jene Trennlinie gezogen, die es unmöglich machte, ihn zu küssen, gerade jetzt, als sein Lächeln danach aussah, als wäre ihm selbst danach. Stattdessen gab er ihr ein Schulterklopfen und zog sie in eine freundschaftliche Umarmung. „Vesa sei Dank", murmelte er in einem warmen Ton, der ihr wohlige Schauder durch den ganzen Körper rieseln ließ, „dass sie mir dich geschickt hat, um mir dann und wann den Kopf zurechtzusetzen."

Stumm hielt sie ihn fest und versuchte, in seiner Berührung aufzugehen und nur den Augenblick zu genießen, ohne über die Zukunft nachzudenken oder über das, was sie gestern auf der Brücke über sich selbst erkannt hatte.

Seine Braut, ging es ihr jetzt wieder bitter durch den Kopf, während sie hinter ihm her den Weg am Waldrand entlangritt. Indem sie es auf der Brücke ausgesprochen hatte, war ihr der Grund bewusst geworden, aus dem sie Witlinde mit solcher Inbrunst hasste.

Über ihr tönte der lang gezogene Schrei von Lif, der zu seinem täglichen Rundflug aufgestiegen war, aus einem wolkenlos blauen Himmel herab. Die Pferde schienen durch einen See aus Dampf zu waten, der unter der glühenden Sonne aus der vollkommen durchweichten Erde emporstieg. Gunid hatte gar nicht erst die Schuhe angezogen und trug auch den Kittel wieder über den Gürtel herabgeschlagen, und trotzdem war ihr Kopftuch schon nach der ersten Stunde durchgeschwitzt. Auch Ragald hatte sich, um sich keinen Sonnenstich einzuhandeln, einen leuchtend blauen Schal um Stirn und Schläfen gewickelt. Sie betrachtete seinen Rücken in Waffenrock und Kettenhemd, der sich im Tritt des Braunen vor ihr wiegte, seinen schlanken und dennoch athletischen Wuchs, und die Erinnerung an den Tag, an dem sie ihn mit Witlinde ins Lehen hatte einreiten sehen, kehrte zurück.

Dass Gunid ihr so sehr zürnte, lag nicht an irgendetwas, das die junge Edle getan hatte, ja, nicht einmal daran, wer sie war oder wie sie sich gab. Gewiss, sie grollte der Dame immer noch für die Demütigung bei ihrer Ergreifung nach der misslungenen Schollenflucht. Sicherlich kam noch hinzu, dass sie dieser goldhaarigen Lieblingstochter der Götter ihre Schönheit und ihre Beliebtheit neidete, wie es viele Frauen taten.

Diesen unbändigen Hass aber, der ihr immer wieder ohne Vorwarnung in der Seele aufloderte, brachte sie Witlinde nur entgegen, weil die Edle den Platz innehatte, den sich Gunid mehr als alles andere ersehnte: an Ragalds Seite, als seine Braut. Selbst wenn ihr, wie er behauptete, nicht sein Herz gehörte, sie würde ihm nahe sein und sein Leben teilen.

Wie ein Echo auf ihren Grimm erscholl in der Nähe wütendes Krächzen, und sie blickte auf. Über einem nahen Gehölz wurde Lif von einer Krähe bedrängt, während sich eine zweite näherte.

Ganz nach der Art des Greifvogels, der seine Kraft nicht ohne Not für Angriffe gegen Getier vergeudete, das nicht zur Beute taugte, mied er den Kampf und versuchte, den schwarzen Vögeln durch Ausweichbewegungen zu entgehen, während er seinen Flug fortsetzte. Die Aasfresser ihrerseits rückten ihm nahe, und mehrmals gelang es ihnen, Lif anzurempeln, sodass er ins Torkeln geriet. Zugleich stiegen mehr und mehr ihrer Artgenossen aus den Baumwipfeln unter ihnen auf, bis ein Schwarm von einem Dutzend Tieren drohend in der Nähe des Bussards kreiste.

Ragald hielt den Arm in die Höhe und pfiff, einmal, zweimal, bis sich Lif endlich von seinen Verfolgern löste, indem er sich seitlich überschlug und ein Stück herabfiel, ehe er in einer weiten Kurve zu seinem Herrn zurückkehrte. Nachdenklich betrachtete Gunid die Krähen, die sich, zufrieden mit ihrem Sieg über den Eindringling, wieder in dem Gehölz niederließen. „Das sind ziemlich viele", bemerkte sie.

Ragald streichelte den erschöpften, schwer atmenden Lif über das zerzauste Gefieder, spähte dabei aber selbst zu dem Waldstück hinüber. „Sie müssen etwas gefunden haben. Etwas Großes."

Sie tauschten einen Blick. Ihnen beiden war bewusst, dass dieser kleine Hain wohl kaum einen Bären oder Hirsch beherbergt haben mochte, von dessen Kadaver die Aasvögel sich nährten. Ohne ein weiteres Wort lenkten sie ihre Pferde vom Weg hinunter, quer durch Gras, das sie unter der Decke aus Dampf rascheln hörten, dem Gehölz zu.

Lange brauchten sie nicht zu suchen. Sobald sie ins kühle Zwielicht unter den Baumkronen eingetaucht waren, wiesen ihnen die Schreie der Krähen den Weg. Sie stiegen ab und führten die Pferde am Zügel, während sie tiefer in den Hain eindrangen, dem Summen einer Wolke von Fliegen entgegen. Nach nur wenigen Dutzend Schritten schimmerte vor ihnen braun und weiß geflecktes Fell durch das Unterholz. In den Modergeruch der Baumpilze mischte sich Verwesungsgestank, vor dem der Falbe scheute, und so schlangen sie die Zügel ihrer beiden Pferde um einen Ast, bevor sie sich dem Kadaver näherten.

Sie standen vor den Resten eines schlanken, eleganten Zelters. Die Augen des Tieres hatten die Krähen bereits herausgepickt. Seine Lefzen hatten sich im Tod zurückgezogen, und ein Blick auf das Gebiss genügte Ragald, um zu erkennen, dass es bis zu seiner letzten Stunde ein gesundes und kräftiges Tier gewesen war. Gegen die Klauen jedoch, die ihm die Flanke aufgerissen und beide Hinterläufe gebrochen hatten, war es machtlos gewesen.

Gunid kämpfte wieder gegen die Übelkeit an, während sie sich zwang, die von Fliegen und Maden wimmelnde Wunde genau in Augenschein zu nehmen. Die Pranke, von der das Pferd getötet worden war, musste doppelt so groß gewesen sein wie die des größten Bären, der je die Wälder ihres heimatlichen Lehens unsicher gemacht hatte. Nur eine Kreatur fiel ihr ein, die über derart gewaltige Krallen verfügte, und Gunid warf einen Seitenblick auf Ragald, der sich gerade von dem Pferd abwandte.

In der Richtung, in die er schaute, ragten die Hufe eines weiteren Pferdes hinter einem Gebüsch hervor. Die Krähen, die Brocken aus seinem rotbraunen Fell gepickt hatten, stoben auseinander, als Ragald sich näherte und Gunid ihm zögernd folgte.

Dieses Pferd war ein bulliges Streitross gewesen, und es hatte sich bis zum letzten Augenblick gewehrt. Zumindest war in seinem Fall der Angreifer von vorn gekommen und hatte mit seinen riesigen Klauen die Kruppe zerfetzt und einen Vorderlauf abgerissen. Das Bein lag mehrere Schritte entfernt, gleich neben dem menschlichen Leichnam, der verkrümmt in der Mitte einer kleinen Lichtung ruhte. Sein halb verwestes Fleisch war mit den zersprengten Gliedern der Kettenrüstung zu einer untrennbaren, blutigen Masse vermengt. Gunid stockte der Atem, und sie konnte unter dem betäubenden Summen der Fliegen kaum das gemurmelte Stoßgebet von Ragald verstehen.

Die Trümmer eines Schildes hingen vom mehrfach gebrochenen linken Arm des Toten. An der farbigen Bemalung der Splitter erahnten sie den Edelmann, auch wenn das Wappen, das den Schild geziert hatte, mit noch so viel Mühe nicht mehr zu erkennen war. Es schien in Blau und Gold gewesen zu sein, genau wie der Wappenrock, dessen blutgetränkte Fetzen immer noch um den zerschmetterten Körper klebten. Spuren der riesigen Klauen zogen sich kreuz und quer über Rumpf und Beine des Leichnams, und der Helm sah aus, als habe ihn eine ungeheure Faust mitsamt dem darin befindlichen Kopf zusammengeknüllt.

Das Schwert hing in einem nahen Gebüsch, zusammen mit dem halben Schwertarm.

„Eine Schattenbestie", sprach Ragald endlich aus, was sie beide längst erkannt hatten. Gunids Auge ging von dem entstellten Leichnam zu den Kadavern der beiden Pferde. In das Summen der Fliegen mischten sich von oben her die Schreie der Krähen, die es zu ihrem Mahl zurückdrängte. „Hattest du nicht gesagt", fragte sie schließlich, „diese Kreaturen entfernen sich nie weit vom Hauptlager der Jattar?"

„So haben es unsere Offiziere gesagt." Ragald ging neben dem Leichnam auf ein Knie nieder. „Und die wiederum hatten es vom Hofmagier seiner Majestät."

„Sollen wir zurückreiten und ihm sagen, dass er sich geirrt hat?"

Er sah auf und quittierte ihren Scherz mit einem schiefen, humorlosen Lächeln, bevor er die Augen wieder auf das senkte, was einmal ein Ritter gewesen war. Seine behandschuhten Finger zerrten an einem roten Tuchzipfel, der unter dem zerschmetterten Leib hervorsah.

Gunid fröstelte und schlang sich die Arme um den Leib, während sie ins goldgrüne Zwielicht des Wäldchens hinausschaute. Beim Gedanken an die Stille, die mit dem Erscheinen dieser Dämonen einherging, empfand sie das Krächzen der Aasfresser über sich geradezu als beruhigend. „Wir müssen des Nachts wieder mehr auf der Hut sein", sagte sie halblaut. „Wenn wir heute Abend unser Lager aufschlagen –" Sie unterbrach sich, als das Kettenhemd des Toten klimperte, während Ragald den starren Körper auf die Seite wälzte. Am Gürtel des Ritters hängend hob sich ein rotes Stück Tuch aus dem Waldboden, wie es Kämpfer aller Stände zu tragen pflegten, um das Wappen ihres Dienstherrn zur Schau zu stellen. Befleckt mit dunklem, getrocknetem Blut und schwarzbraunem Erdreich, war das Bild darauf kaum noch zu erkennen, doch eine stilisierte Schnauze, ein schreitendes Bein und die Enden eines Geweihs verrieten genug. Das Wappen zeigte im roten Feld einen goldenen Hirsch.

Es hätte sie Stunden gekostet, den Toten zu bestatten, und so überließen sie schweren Herzens ihn und seine Pferde wieder den Krähen. Während sie den restlichen Tag durch die Hügel ritten, rätselten sie herum, was diesen Ritter ohne jede Begleitung in diese verlassene Gegend getrieben hatte, in der außer einem gelegentlichen niedergebrannten Bauernhof nichts darauf hindeutete, dass hier jemals Menschen gelebt hatten. Ragald bereitete es vor allen Dingen Kopfzerbrechen, dass dieser Edle offenbar zu den Gefolgsleuten des Verräters gehört hatte, dem er selbst die Fiebertage in dem Erdloch zu verdanken hatte. Wenn aber dieser Mann – oder vielmehr sein Herr – mit den Jattar gemeinsame Sache gemacht hatte, warum lag er dann zerfetzt von den Klauen einer Schattenbestie im Wald? Hatten vielleicht die Jattar beschlossen, sich ihres Werkzeugs nach Gebrauch zu entledigen? Wenn ja, warum hatte dann nur dieser einzelne Gefolgsmann dort gelegen? Was war aus dem Verräter selbst geworden, aus jenem Adligen, der in seinem Wappen den goldenen Hirsch führte?

Für die Nacht suchten sie sich eine Lichtung inmitten eines dichten Wäldchens und entfachten ein großes Lagerfeuer, das ihren Schlafplatz taghell erleuchtete. Das Gehölz verbarg das Feuer nach außen hin und versorgte sie mit genug Brennmaterial, um es die ganze Nacht aufrechtzuerhalten. Zwar bezweifelten sie beide, dass es gegen eine Schattenbestie helfen würde, doch um überhaupt Ruhe zu finden, brauchten sie wenigstens eine Illusion davon, nicht der Dunkelheit ausgeliefert zu sein. Bevor er sich schlafen legte und ihr die erste Wache ließ, flachste Ragald noch, dass ‚die unvergleichliche Gunadola', wenn während ihrer Wache eine Schattenbestie auftauchte, dem Ding ja ein paar Kunststücke beibringen könne. Sein schalkhaftes Lächeln bei diesen Worten aber wurde von dem Unbehagen in seinen Augen Lügen gestraft, von dem Gunid wusste, dass es mindestens ebenso sehr ihrer Macht über diese Dämonen galt, wie den Dämonen selbst. Sie zwang sich, mit ihm zu lachen, doch von dem Abstand, den seine Angst zwischen ihnen schuf, war ihr während ihrer Nachtwache schwer ums Herz.

Zu ihrer beider Erleichterung wurden sie weder in dieser, noch in der darauffolgenden Nacht von einer Kreatur aus wabernder Schwärze heimgesucht. Tatsächlich schien diese Gegend so vollkommen verlassen, dass Gunid begann, sich nach einem Trupp Jattar zu sehnen. Sich im Wald zu verbergen und Menschen vorbeiziehen zu sehen, selbst wenn es Feinde waren, erschien ihr allmählich angenehmer als der zunehmende Eindruck, die einzigen beiden Menschen auf der Welt zu sein. Vielleicht hätte sie anders empfunden, wäre sie in der Gewissheit mit Ragald unterwegs gewesen, dass er ihre Gefühle erwiderte; ihre Sehnsüchte zu verbergen jedoch und ihre Maske der unbekümmerten

Kameradschaft aufrechtzuerhalten, zehrte zunehmend an ihren Kräften.

Am Vormittag des zweiten Tages nach ihrem grausigen Fund erreichten sie flacheres Gelände, das am Fuß der Hügel in ein weites Moor auslief. Nach Westen hin erstreckte sich, eben wie ein Brett, ein Flickwerk aus brackigen Niederungen und trockenen Schollen, Röhricht und Heidekraut. In der Ferne verlor sich dieses Land in einem hauchfeinen Nebel, den nicht einmal die glühende Sommersonne aufzulösen vermochte. Die schwüle Luft wimmelte von Mücken.

Ragald sprach sich für den Versuch aus, das Moor südwärts zu umgehen, doch Gunid gab zu bedenken, dass sie nicht wussten, wie weit es reichte, und dass sie möglicherweise am Turm des Xagadeos vorbeilaufen und sich verirren würden. Ragald wandte ein, in diesem Labyrinth aus Tümpeln und Schollen könnten sie allzu leicht völlig die Orientierung verlieren, doch Gunid beharrte darauf, dass sie einen sicheren Pfad durch dieses unwegsame Gelände finden konnte. Schließlich ließ er sich überreden, und sie stiegen zu einer letzten Rast von den Pferden.

Sobald sie wieder auf eigenen Füßen standen, rieb er sich in sichtlichen Schmerzen den Rücken und machte eine Bemerkung darüber, dass sie den Braunen am besten schlachten sollten. „Wenn man nicht gerade auf ihm kämpft, hat er einen Schritt wie ein Ackergaul", ächzte er. „Außerdem wäre es eine Abwechslung von der ewigen Hartwurst!"

Gunid tätschelte dem Streitross die Nüstern. „Keine Angst. Er meint es nicht so."

„Fein gehackt und lange gebraten, ist der zähe Klepper vielleicht sogar genießbar", fuhr Ragald ungerührt fort. „Und dann noch mit etwas Knoblauch ..."

Sie verdrehte die Augen und lächelte spöttisch. „Da lege ich uns doch lieber bei Gelegenheit ein paar Schlingen aus. Kaninchen gibt es sicher auch hier."

Mit der Axt hieb sie von einer Birke einen langen, geraden Ast ab, um auf ihrem Weg durch das Moor den Untergrund prüfen zu können. Während sie den Stecken von Zweigen befreite, legte Ragald auf dem flachen Stein, auf den er sich niedergesetzt hatte, zunächst Futter für Lif bereit, bevor er die Verpflegung für sich und Gunid auspackte. „Du kannst der edlen Dame dankbar sein", mahnte er in Richtung des Braunen, der ungerührt an einem Grasbüschel zupfte. „Sonst hättest heute du diesen Platz eingenommen." Er wedelte mit Messer und Hartwurst.

Auf einem umgestürzten Baumstamm sitzend, schaute sich Gunid mit übertriebener Gebärde um und fragte: „Ist die edle Dame noch da, oder habe ich ihren Durchzug verpasst?"

Grinsend hielt ihr Ragald das Wurstmesser entgegen, verneigte sich leicht und sprach feierlich: „Meine Dame, darf ich um ein Pfand bitten, um für Eure Farben zu streiten?"

Sie warf ihm einen säuerlichen Blick zu, bevor sie sich das verschwitzte Kopftuch abstreifte und ihm an die Messerspitze hängte. „Pass gut drauf auf", gab sie in ihrem rauesten, bäuerlichsten Ton von sich, „Ich brauch's gleich wieder." Ohne eine Antwort abzuwarten, stemmte sie sich mit dem frisch gefertigten Stecken in die Höhe, legte ihn beiseite und schlug sich in die Büsche, um einem Bedürfnis nachzugehen.

Sie war unschlüssig, ob sie Ragald böse sein oder sich geschmeichelt fühlen sollte. Hatte er sich über sie lustig gemacht, oder sah er in ihr tatsächlich so etwas wie eine Dame? Sie war froh, sich rechtzeitig abgewandt zu haben, dass er die Röte nicht sehen konnte, die ihr diese Vorstellung ins Gesicht trieb. Ungebeten kam ihr in den Sinn, was ihr Lennard im Feldlager erzählt hatte: dass er nach Ragalds Schilderungen zunächst geglaubt hatte, Gunid müsse eine Tochter aus adligem Hause sein.

Hoffnung wollte ihr den Kopf umschwirren wie die allgegenwärtigen Mücken. Sie wedelte sie ärgerlich beiseite und schob einige dichtstehende Binsen am Fuß einer verkrüppelten Kiefer auseinander, um sich für ihr Geschäft ein sichtgeschütztes Plätzchen zu suchen. Bei dem Anblick, der sich ihr bot, stutzte sie. „Ragald?"

Er hörte auf, an seinem Gürtel zu nesteln, erhob sich von seinem Stein und kam zu ihr herüber. Einen Moment später stand er neben ihr und sah sich an, worauf sie deutete. Hinter den Binsen, unter einer zu einem luftigen Bogen verkrümmten Wurzel der Kiefer, hing in einer Schlinge ein erst kürzlich verendetes Kaninchen.

„Das ging schnell", bemerkte Ragald anerkennend.

Sie gab ihm einen Knuff gegen den ledergeschützten Arm und bedachte ihn mit einem bösen Blick, bei dem sie jedoch lächeln musste. „Hör auf zu blödeln, hoher Herr." Sie wurde wieder ernst und sah auf das Kaninchen hinab. „Anscheinend sind wir nicht allein in dieser Gegend."

Er schaute sich um, und seine unbekümmerte Miene wich einem Stirnrunzeln. „Vielleicht lebt hier einfach ein Torfstecher in der Nähe?"

„Vielleicht", stimmte sie zu. „Aber bevor wir uns ins Moor begeben, möchte ich doch wissen, wen wir im Rücken haben werden. Gib mir mein Kopftuch wieder."

Das schalkhafte Lächeln kehrte auf seine Züge zurück, und er griff sich an die Hüfte und deutete eine Verbeugung an. „Die Dame hat doch gewiss noch ein frisches? Oder möchte sie mir so bald schon wieder ihre Gunst entziehen?" Er hatte sich das speckige, weiße Tuch tatsächlich am Gürtel befestigt.

Sie verdrehte die Augen. „Dann schau wenigstens weg, während deine edle Dame pissen geht!"

Sie suchten sich einen versteckten Platz unter den tief hängenden Ästen einer Trauerweide, um zu beobachten, wer käme, um seine Beute aus der Kaninchenfalle einzusammeln. Während Ragald die Pferde zwischen die Sträucher unter der Weide führte, ließ Gunid ihren ganzen Erfindungsreichtum walten, um ihre Spuren zu verbergen. Die Hufabdrücke in dem weichen Boden verschwinden lassen zu wollen, war von vornherein aussichtslos, und so hackte sie stattdessen von einer entfernteren Stelle Gestrüpp ab und drapierte es als kleines Dickicht über die Spur. Sie achtete darauf, es ungleichmäßig zu verteilen, als wäre es natürlich gewachsen, und auch abseits ihrer Spur Sträucher auszulegen. Nach einer halben Stunde hatte sie eine Tarnung fertiggestellt, die zumindest einem oberflächlichen Blick standhalten würde. Zwar musste einem Einheimischen auffallen, dass an dieser Stelle zuvor gewiss kein Buschwerk gestanden hatte, und jeder Fährtenleser musste das platt gedrückte Gras an ihrem Rastplatz bemerken, selbst wenn er die notdürftige Tarnung der Spur nicht auf Anhieb durchschaute, doch zumindest kündeten keine Hufspuren mehr weithin davon, dass Reiter hier gewesen waren.

Ragald hatte in der Zwischenzeit die Pferde an einem schwer einsehbaren Platz zwischen den Sträuchern untergebracht und ihnen die Vorderläufe gebunden, um sicherzustellen, dass sie sich nicht durch Hufschlag verrieten. Lif saß auf einem Ast, die Riemen locker festgemacht, sodass sie notfalls mit einem raschen Handgriff gelöst werden konnten. Der Bussard schien die Anspannung seines Herrn zu spüren. Ohne einen Laut von sich zu geben, spähte er wachsam über das freie Feld zwischen dem Versteck und dem Rand des Moores.

Sobald sie mit ihren Vorbereitungen fertig waren und sich unter der Weide niedergelassen hatten, waren Gunids Gedanken wieder frei, sich um ihr Kopftuch an Ragalds Gürtel zu drehen. Es war nur ein Scherz, sagte sie sich, eine seiner üblichen Neckereien, doch allein, dass er von ihr als „Dame" gesprochen hatte, ließ ihr Herz schneller schlagen. Immer wieder wanderte ihr Blick von der verkrüppelten Kiefer, an deren Wurzel das Kaninchen hing, zu ihrem Freund, der mit dem gerüsteten Rücken gegen die Weide saß, die bloßen, muskulösen Waden übereinandergeschlagen und von sich gestreckt. Die Stiefel hatte er ausgezogen, um sich, wie er sagte, leise aus ihrem Versteck schleichen zu können, wenn es notwendig würde. An seiner Seite lagen griffbereit der Schild und der Köcher mit den Wurfspeeren.

Ihr Auge ruhte auf dem Tuch, und noch immer war sie unschlüssig, ob sie ihm wegen dieser lächerlichen Nachahmung der Pfandvergabe auf einem Turnier böse sein sollte. Die Erinnerung stieg in ihr empor, wie er der Dame Witlinde feierlich die Schwertspitze entgegengereckt hatte, um ihren Schal entgegenzunehmen. Vesas, dachte sie, wieso beschäftigte sie sein Witz mit dem Wurstmesser und ihrem verschwitzten Kopftuch so sehr? Es war lächerlich, dem irgendeine Bedeutung beizumessen, und sie würde sich einfach ihr Tuch zurückholen, sobald er schlief.

Ein Knistern lenkte ihre Aufmerksamkeit auf sich, und sie erblickte weit zur Linken eine zerlumpte Gestalt, die am Rand des Moores aus dem Röhricht trat. Ein junger Mann war es, soviel erkannte sie, der etwas unbeholfen über den unebenen Torfboden stapfte. Von Dreck starrendes, blondes Haar stand ihm in wirren Strähnen vom Kopf ab, und ein verfilzter Bartflaum umgab Mund und Kinn. Ein wenig erinnerte er sie daran, in welchem Zustand sie Ragald in seiner Höhle gefunden hatte.

Er konnte auch nicht viel älter sein als Ragald, erkannte sie, als der Bursche näher heran war und die Sträucher umging, mit denen sie die Spur der Pferde getarnt hatte. Ihm schien nichts Besonderes aufzufallen, und Gunid gelangte mehr und mehr zu der Überzeugung, dass er weder von hier war, noch besonders erfahren im Fährtenlesen oder überhaupt im Gelände. Noch einmal wanderte ihr Blick an der Kleidung auf und nieder, deren Farben vor Dreck kaum noch zu erkennen waren. Streifen zogen sich den Ärmel hinab, gelb und grün unter den Flecken und Schmutzrändern, vielleicht auch gelb und blau. Seine ganze Kleidung schien in diesen Farben gemustert zu sein, verziert mit vereinzelten Flicken ...

Gunid spürte ihren Magen sich zusammenkrampfen, als sie in der verdreckten Kleidung die bunte Tracht eines Söldners erkannte, gerade als er sich niederhockte, um einen Blick unter ein Büschel Heidekraut zu werfen. Die Geste, mit der er dabei das Schwert an seinem Gürtel in die Waagerechte drückte, sodass es ihm nicht im Weg war, kam mit einer Selbstverständlichkeit, die deutlich machte, dass ihm die Waffe sehr viel vertrauter war als das Überleben in der Wildnis. Seine Finger griffen nach einer Schlinge, die leer von einem Zweig baumelte.

Er ging daran, die Sträucher in der Nähe der Kiefer zu prüfen. Die Hälfte der Plätze, an denen er seine Schlingen ausgelegt hatte, waren denkbar schlecht gewählt. Schließlich aber entdeckte er die Beute, die ihm an der Wurzel der Kiefer in die Falle gegangen war, und mit dem Rücken zum Versteck der beiden Gefährten ließ er sich auf ein Knie nieder und begann, an der Schlinge zu nesteln. Ohne einen Laut setzte sich Ragald Kapuze und Helm auf, zog den Kinnriemen fest, ergriff einen Wurfspeer und trat, bevor Gunid ihn hätte zurückhalten können, unter der Weide hervor ins offene Gelände.

Der junge Söldner schien sehr beschäftigt, und möglicherweise hätte er Ragald nicht bemerkt, wenn der Edle mehr Geschick im Anschleichen besessen hätte. Gunid sah den Schritt, mit dem er sich verraten würde, kommen, ohne dass sie eine Möglichkeit gehabt hätte, ihn davon abzuhalten. Ihr blieb nichts anderes übrig, als sich hinter ihr Gebüsch zu kauern, während sich Ragalds bloßer Fuß unaufhaltsam einem dicken Moospolster näherte, das feuchten, schwammigen Boden darunter verriet. Unter seinem Gewicht sprudelten Wasserblasen aus dem Torf hervor und übertönten mit ihrem Gurgeln, so leise es war, für einen Moment das Schwirren der Mücken. Der Söldner fuhr herum und sprang in derselben Bewegung auf.

„Keinen Mucks!", befahl Ragald angespannt, aber ruhig, den Speer zum Wurf erhoben. „Lass die Waffe stecken!"

Gunid schlug besorgt das Herz in der Kehle, als sie zum ersten Mal ihren jungen Freund mit der Waffe in der Hand einem echten Gegner gegenüberstehen sah. Zwischen den beiden Kämpfern lag eine Strecke von vielleicht einem halben Dutzend Schritten. Der junge Söldner maß mit einem abschätzenden Blick den Abstand, bevor er langsam die Hand vom Schwertgriff nahm. Aus blassgrünen Augen wie Stachelbeeren musterte er Ragald voller Grimm, und seine Stimme zitterte vor Zorn, als er leise erwiderte: „Vergebene Mühe. Ich habe kein Silber."

„Ich will auch kein Silber, ich will Antworten. Wer bist du?" Als sein Gegenüber nur in frostigem Schweigen verharrte, fügte Ragald nach einem sachten Schwanken mit dem Wurfspeer hinzu: „Ich kann dir auch erst hiermit den Schwertarm festnageln und dich mit einer Klinge an deiner Kehle befragen, wenn dir das lieber ist."

„Mein Name ist Usker", stieß der blonde Bursche gehetzt hervor, ohne seinen Gegner auch nur für die Dauer eines Herzschlags aus den Augen zu lassen.

„Woher kommst du?"

„Berrelund." Gunid hatte den Namen noch nie gehört, doch Ragald nickte leicht, als ob ihm der Ort etwas sagte. „Was machst du hier?", fuhr er in seiner Befragung fort.

Der Bursche zögerte. Seine Stachelbeeraugen zuckten zur Seite, und er ging ein wenig in die Knie, als spanne er sich zum Sprung. Ragald holte um eine Fingerbreit mit dem Wurfspeer aus, und der Söldner erstarrte.

„Ich bin von meiner Einheit getrennt worden", stieß er unsicher hervor.

„Wie ist das geschehen?" Die Anspannung in Ragalds Wurfarm ließ wieder ein wenig nach. „Sprich offen. Ich habe nicht die Absicht –"

Mit einer Bewegung, so geschwind, dass Gunid sie kaum sah, riss der Bursche das Schwert heraus und sprang vor. In gleicher Gedankenschnelle warf Ragald den Speer. Obwohl sich der Söldner duckte, streifte ihn die Waffe an der Stirn. Sie fügte ihm nicht mehr als eine Schramme zu, doch zumindest verschaffte der Wurf Ragald den einen Herzschlag Zeit, den er brauchte, um einen Schritt zur Seite zu tun und selbst das Schwert zu ziehen.

Voller Entsetzen sah Gunid mit an, wie die scharfe Klinge des Söldners auf den Bauch ihres Freundes zuraste. Ragald lenkte den Angriff mit einer eleganten Bewegung seines Schwertes ab und führte noch aus demselben Schwung heraus einen Gegenschlag. Es gab ein Klirren, als seine Waffe den Leib des Söldners traf; offenbar trug der Bursche unter der Kleidung ein Kettenhemd oder einen Schuppenpanzer.

Die Klingen kreuzten sich, und ein plötzlicher Ausfall des Söldners zwang Ragald, zurückzuweichen. Der Bursche setzte nach, und Gunid ballte in hilfloser Angst um ihren Liebsten die Fäuste vor der Brust. Nach einer verwirrenden Abfolge von Hieben und Paraden, die kaum länger dauerte als ein Atemzug, prallte sein Schwert auf Ragalds Kettenhemd. Zu sehen, dass ihr Gefährte getroffen wurde, weckte sie aus ihrer Erstarrung, und sie sah sich hektisch nach einer Waffe um. Ihr Blick fiel auf den Köcher mit den Wurfspeeren, und sie zog einen heraus, um Ragald beizustehen.

Ehe sie aber hinzueilen konnte, war der Kampf schon entschieden. Noch einmal klirrten die Schwerter in einer Abfolge unfassbar schneller Schläge gegeneinander, einem Hagelschlag aus blitzenden Klingen gleich, dann tat Ragald mitten aus der Parade heraus einen schnellen Schritt vor und rammte seinem Gegner mit voller Wucht den nietengepanzerten Ellbogen vor die Brust. Es klickte wie Metall auf Metall, Rüstung gegen Rüstung. Der Anprall war kräftig genug, um den Söldner aus dem Gleichgewicht zu bringen, und er torkelte zwei Schritte rückwärts, bevor es ihn zu Boden warf. Sofort stand Ragald über ihm und setzte ihm die Schwertspitze an die Kehle. „Waffe weg!"

Der Söldner zögerte nur einen Herzschlag lang. Ohne den verängstigten Blick von seinem Bezwinger zu wenden, warf er das Schwert zur Seite und hob die Arme weit weg vom Waffengurt.

Gunid brauchte einen Moment, bis ihr einfiel, den Mund wieder zu schließen. Es war eine Sache, mit ihrem jungen Freund darüber zu reden, dass er drei Krieger der Jattar besiegt hatte, und eine vollkommen andere, ihn tatsächlich im Kampf zu erleben. Ihre Angst um ihn schlug in Erleichterung um, dass er seinen Gegner so mühelos überwunden hatte, in Verärgerung, dass er sich überhaupt erst in Gefahr gebracht hatte, in Verwirrung über diese Mischung von Empfindungen – und in verrückten Stolz, als ihr Blick das Tuch an seinem Gürtel streifte.

Hauptsächlich aber war sie, wieder einmal, erleichtert, dass ihm nichts geschehen war.

Der Söldner wirkte überrascht, zeigte aber ansonsten keine Regung, als sich zu seinem Gegner eine Frau mit einem Seil gesellte. Ragald lächelte über ihre Voraussicht, und nachdem sie dem Burschen die Hände auf den Rücken gefesselt und ihm einen Dolch und ein verborgenes Wurfmesser abgenommen hatten, führten sie ihn zu der Trauerweide, an der sie ihn festbanden. Der Bursche stank bestialisch nach altem Schweiß und Brackwasser.

Ragald wollte sich wieder Strümpfe und Stiefel anziehen, doch zuvor bestand Gunid darauf, sich den Treffer anzusehen, den ihm der Söldner zugefügt hatte. Sie atmete auf, als sie sah, dass die Klinge nur den Waffenrock zerfetzt und einige Ringe aus dem Kettenhemd gesprengt hatte, ohne tiefer einzudringen. „Es ist bloß ein blauer Fleck", versicherte ihr Ragald.

Sie wandte sich dem Gefangenen zu, der zunächst ein Gesicht zog, als wolle er sie beißen, sobald sie in seine Reichweite käme. Das Blut, das ihm aus der Schramme an der Stirn über das halbe Gesicht gelaufen und getrocknet war, ließ ihn um so furchteinflößender erscheinen. Zwar entspannten sich seine Züge ein wenig, als sie sich mit dem branntweingetränkten Lappen der Wunde näherte, doch sein Blick durchbohrte sie nach wie vor voller Misstrauen. Es milderte sich ab, während sie die Verletzung säuberte, und fast meinte sie, in seinen Stachelbeeraugen Interesse aufglimmen zu sehen – kein Verlangen, sondern etwas anderes, das sie für den Moment nicht einordnen konnte.

Ragald hatte sich derweil wieder beide Strümpfe übergestreift und griff nach einem Stiefel. „Usker, das war dein Name, richtig? Wer ist dein Dienstherr?"

„Baron Galven Kervan", brummte der Bursche. Noch immer funkelte er Ragald wütend an, doch seine Haltung und Stimme schienen jetzt deutlich schicksalsergebener als zuvor. Gunid begutachtete den Rumpftreffer, den ihm Ragalds Klinge zugefügt hatte, fand aber unter dem Riss in der verdreckten Tracht lediglich die verbeulten Metallplättchen einer Schuppenrüstung.

„Galven Kervan", wiederholte Ragald und zog mit einem Ruck seinen zweiten Stiefel bis zum Knie empor. „Warum bist du nicht mehr bei seinen Leuten?"

Der Söldner holte Luft, um etwas zu sagen, schien sich aber im letzten Moment anders zu besinnen. „Was fangt ihr mit dem Wissen an, wenn ihr es habt?" Sein Blick ging lauernd zwischen Ragald und Gunid hin und her.

„Wenn du keine Gefahr darstellst", erklärte Ragald ruhig, „lassen wir dich laufen und ziehen unserer Wege. Wir haben nicht die Absicht, dich zu berauben oder dir sonst ein Leid zuzufügen."

„Warum hast du dich dann mit gezogener Waffe an mich angeschlichen wie ein Räuber?"

„Woher sollten wir wissen, dass nicht du zu einer Räuberbande gehörst und deine Spießgesellen herbeirufst, sobald du uns siehst?"

Usker begegnete Ragalds kühler Musterung mit Augen voller Wut und Trotz. Es kam Gunid sonderbar vor, dass er sie so gut wie keines Blickes würdigte, doch seine ganze Aufmerksamkeit schien dem Kämpfer zu gelten, der ihn besiegt hatte.

„Ich bin aus dem Dienst des Barons geflohen", begann der junge Söldner, noch immer voller Misstrauen, „weil ich keinem Zauberer dienen wollte, der Ungeheuer aus der Nacht herbeiruft."

Gunid versteifte sich, und auch Ragald runzelte die Stirn. „Der Baron – ein Zauberer?"

„Ich habe es mit eigenen Augen gesehen. Mehrmals." Endlich fiel die Barriere in den Augen des Söldners, und es sprudelte aus ihm heraus: „Sie sind seine Bluthunde. Wenn er Feinde in der Nähe wusste oder jemand vor ihm geflohen war, schickte er nicht etwa Männer aus, sondern wartete einfach die Nacht ab. Dann hielt er sein Amulett empor und rief seine Dämonen herbei. Gewaltige Ungetüme aus purem Schatten!"

Gunid dachte an das hasserfüllte Gesicht, das ihr in der Schattenbestie beim Lager der Jattar erschienen war, und unwillkürlich platzte sie heraus: „Ist der Baron ein magerer Mann mit knochigem Kinn und einem Mal im Gesicht, ungefähr hier?" Sie deutete sich mit dem Finger an den Mundwinkel, doch schon das Lachen, mit dem sich der Söldner ihr zuwandte, verriet, dass sie Unrecht hatte.

„Mager? Der Baron?" Usker schüttelte mit belustigtem Grinsen den Kopf. „Er ist ein Berg von einem Mann, größer noch als dein Ritterlein hier, mit den Schultern eines Bären und der blonden Mähne eines Löwen."

Ragald, der Gunid auf ihre Beschreibung des mageren Mannes hin verwundert angesehen hatte, fuhr, hellhörig geworden, wieder zu dem Söldner herum. „Was führt er für ein Wappen?"

„Einen goldenen Hirsch. Im roten Feld."

Gunid und Ragald tauschten einen Blick. „Baron Galven Kervan." Der Ton, in dem ihr Gefährte den Namen aussprach, ließ Gunid schaudern.

„Was treibt der Baron in dieser Gegend?" In die Stimme ihres jungen Freundes hatte sich Jagdeifer gemischt. Usker seinerseits wirkte inzwischen sehr bereit, ihm Auskunft zu erteilen, und schien sich sogar ein wenig in seinen Fesseln zu entspannen. „Wir waren unterwegs nach Salmach. Das liegt am Südrand des Moorlands, eine knappe Woche von hier, im Grenzgebiet dessen, was König Halrik noch im Griff hat." Sein Tonfall ließ keinen Zweifel an der Geringschätzung, die er dem König entgegenbrachte. „Als Kervan unsere Einheit in Berrelund unter Sold genommen hat, tat er noch ziemlich geheimnisvoll. Wir – meine Kameraden – waren etwas in Sorge, als es ohne Vorwarnung ins Gebiet der Jattar ging, doch wir merkten schnell, dass der Baron mit ihnen gut Freund war. Immer, wenn wir einer ihrer Patrouillen begegnet sind, sprach er nur ein paar Worte mit ihrem Anführer, zeigte sein Amulett vor, und wir konnten unbehelligt weiterziehen."

Nachdenklich, halb zu sich selbst, warf Gunid ein: „Und du sagst, mit diesem Amulett konnte er Schattenbestien herbeirufen."

Usker nickte. „Er hat sie inmitten einer Burg beschworen, die sich im Land der Jattar noch hielt. Sie haben die Besatzung geradezu zerfetzt." Unvermittelt senkte der Söldner den Blick zu Boden. „Später hat er sie gerufen, um königliche Boten abzufangen oder um einen Wachtrupp am Westufer des Kell auszulöschen. Schließlich ist einer seiner Gefolgsleute desertiert, ein Ritter, der schon in seinem Dienst gestanden hatte, bevor er uns anwarb. Auch ihm hat der Baron seine Ungeheuer hinterhergeschickt. Ich glaube, es bereitet ihm Vergnügen, über diese Dämonen zu gebieten. Er ist völlig wahnsinnig. Als wir das begriffen, haben wir uns noch am selben Abend davongestohlen."

„,Wir'"

Die Frage war von Gunid und Ragald wie aus einem Mund gekommen. Einen Augenblick lang saß ihr Gefangener nur mit halb geöffnetem Mund da. Der Schreck über seine unbedachte Enthüllung stand ihm in den Augen.

„Ich bin mit einem Kameraden zusammen entkommen", gab Usker schließlich zu und senkte das Gesicht, in das ihm die Röte gestiegen war.

Ragald warf einen sichernden Blick über das Gelände hinaus. „Wo ist er jetzt?"

„Von ihm habt ihr nichts zu befürchten. Er ist verwundet." Als er den Kopf wieder hob, richteten sich seine Augen auf Gunid. In seinem Blick lag ein widerstrebendes Flehen. „Ich hätte euch ohnehin vom ihm erzählt. Du bist Heilerin, nicht wahr?"

„Ich verstehe mich ein wenig auf die Wundversorgung", gab Gunid zögernd zu. Der Söldner wand sich in den Fesseln, um sich aufzurichten.

„Eure Antworten habe ich euch gegeben. Wenn ich euch zu unserem Unterschlupf bringe, behandelt ihr dann die Wunden meines Freundes?"

Gunid konnte Ragald ansehen, dass es ihm nicht gefiel, sich noch länger mit dem Burschen abzugeben, doch schließlich nickte er. „Wir machen dich los. Deine Waffen bekommst du wieder, sobald wir weiterziehen."

Usker führte sie am Rand des Moores entlang nach Süden. Einmal geweckt, blieb seine Redseligkeit ihm erhalten, und so fanden sie bald heraus, dass die Burg, von deren Ende er berichtet hatte, dieselbe war, von der sie schon geargwöhnt hatten, dass sie durch Verrat gefallen war. Er bestätigte ihnen auch, dass es sich bei dem Ritter, auf dessen Leichnam sie unterwegs gestoßen waren, um den abtrünnigen Gefolgsmann des Barons gehandelt hatte. „Er führte als Wappen drei goldene Bäume in Blau."

„Warum hat der Baron eigentlich ihm seine Bestien auf den Hals gehetzt und euch nicht?", fragte Ragald, der wachsam einen Schritt hinter Usker herlief. Das Schwert und die beiden Messer des Söldners sowie das erlegte Kaninchen baumelten von der Flanke des Falben, den Gunid am Zügel führte. Der Braune, den sie mit einer Leine am Sattelknauf des Falben festgemacht hatten, trottete folgsam hinterdrein. Vom Sattel aus behielt Lif wachsam den Gefangenen im Auge.

„Oh, das hat er." Der junge Bursche wedelte in einer vagen Geste mit der Hand. „Gleich in der Nacht nach unserer Flucht hat uns eines dieser Ungeheuer aufgespürt. Nicht sehr angenehm, kann ich euch sagen."

Gunid stutzte. „Und wie seid ihr entkommen?" Die Vorahnung, welche Antwort sie hören würde, sandte ihr ein Kribbeln das Rückgrat hinab.

Usker warf beide Arme in die Luft. „Das Ungetüm hat uns einfach nicht angegriffen. Frag mich nicht. Es hat uns beschnuppert und ist wieder abgezogen."

Sie tauschte einen unbehaglichen Blick mit Ragald. Es schien, dass ihre magische Fähigkeit nicht gar so einzigartig war, wie sie geglaubt hatten.

Ragald fasste den Rücken des Söldners misstrauisch ins Auge. „Wie ist dein Freund dann verwundet worden?"

„Das waren unsere ... Kameraden." Er spie das Wort regelrecht aus. „Sie ... sie hatten Wind davon bekommen, dass wir uns absetzen wollten, und da gab es ... ein kleines Handgemenge."

Wieder sahen sich Gunid und Ragald an. Es war überdeutlich, dass Usker ihnen nicht die ganze Wahrheit sagte, doch nach einem Achselzucken ihres Freundes beschloss auch Gunid, nicht weiter nachzufragen. Händel zwischen Söldnern waren nun wirklich nicht ihre Sache.

Uskers Unterschlupf stellte sich als verfallener Schuppen heraus, ein moosüberwucherter Verschlag aus morschen Brettern, der sich traurig auf einem flachen Hügel am Rand des Moores erhob. Ein ganzer Schwarm von Krähen hatte sich auf dem verrotteten Dach niedergelassen und stieg krächzend in die Luft, als der Söldner laut rufend und mit den Armen wedelnd auf die Tür zutrat. „Verwünschte Viecher!", raunzte er, während er den Türhaken aushängte. „Bei lebendigem Leib wollen sie den armen Wedemar abnagen!"

Knarzend schwang der wackelige Türflügel nach innen. Gunid nahm die Waffen des Söldners und ihren Arzneibeutel vom Rücken des Falben und folgte ihm und Ragald, der nach wie vor darauf achtete, hinter Usker zu bleiben und ihn im Blick zu behalten, in die Hütte. Sie wäre beinahe rückwärts wieder hinausgetaumelt, als ihr ein Gestank entgegenwehte, der sie daran erinnerte, wie sie Ragald in seinem Erdloch gefunden hatte. Die Mischung aus Ausscheidungen und Verwesung trieb ihr augenblicklich die Tränen in die Augen.

Der Geruch schien die Krähen anzulocken, und so schloss Gunid die Tür hinter sich, bevor sie die Waffen gleich daneben zu Boden fallen ließ. Durch Ritzen zwischen den morschen Brettern sickerte Licht herein, und es dauerte nicht lange, bis sich ihre Augen an den Dämmerschein gewöhnt hatten. Auf einer Bank an der gegenüberliegenden Wand lag, lang ausgestreckt und in Decken gewickelt, die reglose Gestalt eines breitschultrigen, muskulösen Mannes.

„Wedemar", flüsterte Usker, „Ich bin zurück. Ich habe Hilfe mitgebracht." Zu Gunids Verblüffung beugte er sich über den anderen und streichelte ihm sanft, geradezu zärtlich, über die bärtige Wange. Fliegen stoben unter seiner Hand auf und schwirrten summend durch den dunklen Raum.

Usker sah zu ihr auf. „Er ist seit vorgestern ohne Bewusstsein. Aber manchmal versteht er noch, was ich sage." Behutsam begann der Söldner, die Decken auseinanderzufalten. Ein Verband kam zum Vorschein, der um fast den ganzen Oberkörper gewickelt war. „Die Wunde blutet zum Glück nicht mehr, aber richtig verheilt ist sie noch nicht."

Zögernd trat Gunid näher. Der Söldner auf der Bank hatte sich noch nicht um einen Deut gerührt. Nicht einmal atmen konnte sie ihn sehen. Ragald blieb stehen, wo er war, den ganzen Körper wachsam angespannt.

„Es war ein Stoß mit der Hellebarde, knapp unter den Rippen." Nun hatte Usker auch das Verbandstuch geöffnet und legte eine hässliche Wunde frei, bedeckt mit lange geronnenem Blut. Der Verwesungsgestank nahm zu, als Gunid sich niederbeugte. Vorsichtig streckte sie die Hand aus und betastete den Arm des Verletzten. Er fühlte sich kalt an, und als sie leicht dagegendrückte, blieb er vollkommen starr.

„Er ist noch stundenlang mit der Wunde herumgelaufen, bevor wir sie versorgen konnten." In Uskers Stimme lag eine Mischung aus Besorgnis und Stolz. „Zum Nähen hatten wir nichts dabei. Meinst du, das ist noch nötig?"

Mit wachsendem Entsetzen betastete Gunid den leblosen Körper. Sie fand keinen Puls, doch ein Sonnenstrahl, der durch eine Lücke im verfallenen Strohdach hereinfiel, offenbarte ihr an der Unterseite des Arms dunkle Flecken von Blut, das zusammengelaufen war, nachdem das Herz zu schlagen aufgehört hatte. „Usker …"

„Wahrscheinlich müssen wir nichts mehr nähen, nicht wahr? Wedemar hat sich immer recht schnell von derlei erholt."

„Usker, dein Freund, er ist …"

„Als er zuletzt wach war, hatte er außerdem Schüttelfrost. Meinst du, das hat etwas zu bedeuten?"

„Er atmet nicht, und sein Herz schlägt nicht mehr …"

„Es geht ihm nicht besonders gut, ich weiß –"

„Usker … ich kann ihm nicht mehr helfen …"

„Du musst!"

„Ich kann nicht – er ist tot – es tut mir leid, Usker, aber dein Freund ist …"

„Er wird sich wieder erholen!" In den Stachelbeeraugen des jungen Söldners irrlichterte Wahnsinn. „Du hast versprochen, dass du ihm helfen wirst!"

„Usker, er ist tot! Ich kann nichts mehr für ihn tun! Die Starre hat schon eingesetzt, er ist schon länger als einen Tag tot! Ich –"

„Lüg nicht, verfluchte Hexe!"

„Sieh ihn dir doch an –"

„Lüge!" Seine Handknöchel trafen Gunid ohne Vorwarnung ins Gesicht und schleuderten sie rückwärts zu Boden. „Lüge!" Trotz ihrer Benommenheit konnte sie sehen, dass er auf sie zukam, und sie hob schützend die Arme vor ihr Gesicht. Stiefel polterten an ihr vorbei, und es tat einen dumpfen Schlag gegen die Wand.

„Rühr sie nicht an!" Noch nie hatte sie Ragalds Stimme so bedrohlich vernommen, so voller eisiger Wut und kehligem Groll. Vorsichtig nahm sie die Arme herunter und sah den Rücken ihres Freundes über sich aufragen. Mit der Linken umfasste er das Handgelenk, mit der Rechten den Hals des Söldners und drückte beides gegen die Wand.

Gunid spürte Blut, das ihr aus der Nase über Lippen und Kinn strömte, und sie hielt sich eine Hand davor, während sie sich mit der anderen auf die Knie hochstemmte. Ragalds Kettenhemd klirrte, als Usker mit der freien Hand nach seiner Hüfte schlug. Im nächsten Moment schnappte der Söldner nach Luft. Der junge Edle hatte einmal ruckartig das Knie emporgerissen. Für einen Augenblick hielt er den Burschen noch an Arm und Kehle aufrecht. Als er losließ, sackte Usker zusammen und blieb zusammengekrümmt zu seinen Füßen liegen. Gunid war erleichtert, zu sehen, dass der junge Söldner immer noch krampfartig nach Atem hechelte. Ein weiterer Toter wäre im Moment zu viel für sie gewesen.

Ragalds Hand senkte sich sanft auf ihre Schulter. „Bist du in Ordnung?" Die aufrichtige Sorge in seiner Stimme ließ sie beinahe den Schmerz in ihrer Nase vergessen. Sie nickte und stieß einen bejahenden Laut aus, ohne die Hand vom Gesicht zu nehmen. Das Blut rann ihr bereits das Handgelenk herab und sickerte ihr in den Ärmel.

Er umfasste ihre Schultern und half ihr auf die Beine. Mit der anderen Hand hob er den Arzneibeutel auf, der bei ihrem Sturz zu Boden gefallen war. „Lass uns gehen", sagte er mit einem letzten Blick auf Usker, der sich immer noch nach Atem ringend am Boden krümmte. „Hier haben wir nichts mehr zu schaffen."

Sie flog am ganzen Leib und war froh, dass sein Arm immer noch um ihre Schultern lag, als sie die Tür aufstießen und das Dämmerlicht und den Leichengestank hinter sich ließen.

18

Sobald sie sich die ersten paar Schritte von der Hütte entfernt hatten, hielt ihr Ragald ein Tuch hin, das sie dankbar entgegennahm und sich vor die Nase presste. Während sie wartete, dass die Blutung aufhörte, führte er sie an der Hand am Rand des Moors entlang. Auch wenn es für sie bedeutete, halb blind dahinzustolpern, war es ihr mehr als recht. So sehr sie Usker in seinem Wahnsinn bemitleidete, je schneller sie diesen grausigen Ort hinter sich ließen, desto wohler war ihr.

Es dauerte einen Moment, bis ihr auffiel, welches Tuch Ragald ihr gegeben hatte. Auf den Druck ihrer Hand hin sah er sie an, und sie schaute fragend auf seinen Gürtel. Er zuckte nur die Achseln. „Ich hatte kein anderes griffbereit." Es schmälerte ihre Dankbarkeit nicht, doch ein wenig enttäuscht war sie schon, dass er ihr Pfand wieder abgegeben hatte, selbst wenn die ganze Sache nur als Scherz angefangen hatte.

Im gemächlichen Trott der beiden Pferde auf dem Torfboden blieben die Schreie der Krähen hinter ihnen zurück, und sobald die Hütte außer Sicht war und ihre Nase zu bluten aufgehört hatte, begann Gunid, sich nach einem Pfad ins Moor hinaus umzusehen. Bald nahm sie den Stecken zur Hand, den sie für diesen Zweck vorbereitet hatte, und prüfte die Festigkeit einer von Gras und Moos bewachsenen Erdscholle, die sich lang und schmal zwischen zwei brackigen Tümpeln dahinzog. Langsam und ständig auf der Hut führte sie ihren kleinen Zug dem fernen Nebel entgegen.

Für den Rest des Tages waren sie viel zu beschäftigt, sie mit der Suche nach einem Weg, er damit, die Pferde sicher über den sumpfigen Boden zu führen, als dass sie noch viel miteinander hätten reden können. Nach kaum einer halben Stunde legten sie die erste Rast ein, damit Ragald sich seiner Rüstung entledigen konnte. Feinde waren meilenweit nicht in Sicht, doch das Gewicht des Kettenhemds und der nietenbesetzten Lederteile drückte ihn bei jedem Schritt fast knöcheltief ins Moos ein. Kurz darauf zog er zudem die Stiefel aus, da immer häufiger Gräben ihren Weg kreuzten, durch die sie hindurchwaten mussten. Als am Abend eine glutrote Sonne vor ihnen in die Nebel tauchte, waren sie beide bis zur Hüfte von Brackwasser durchweicht.

Frische Quellen hatten sie keine gefunden, und so gingen sie sparsam mit ihrem Vorrat an klarem Wasser um und vergeudeten es nicht zum Waschen. Obwohl sie quälenden Durst verspürte, beherrschte sich Gunid und legte den halb vollen Trinkschlauch nach einigen kleinen Schlucken schon wieder beiseite.

Ragald hatte sich ein wenig von dem kostbaren Nass in die hohle Hand geschüttet und ließ Lif, der auf seinem behandschuhten anderen Arm saß, davon trinken. Während der Bussard den Kopf in den Nacken legte, um sich das Wasser die Kehle herablaufen zu lassen, wandten sich Ragalds fragende Augen Gunid zu. „Wer war dieser Mann, von dem du gesprochen hast?"

Gunid sah aus der Betrachtung ihres blutigen Kopftuchs auf, das eine Zeit lang an Ragalds Gürtel gehangen hatte. „Welcher Mann?"

„Der, den du Usker beschrieben hast. Mit dem Mal am Mund." Lif beugte den Schnabel wieder herab und löffelte einige Schlucke aus dem Wasser in der Hand seines Herrn. Ein wenig unbehaglich zog sich Gunid das Tuch durch die Finger.

„Ich weiß es selbst nicht", gab sie zu. „Die Schattenbestie, die uns beim Lager der Jattar begegnet ist, hatte sein Gesicht." Sie wich Ragalds verständnislosem Blick aus und fügte hinzu: „Vielleicht ist er ihr Meister. Der Zauberer, der hinter ihnen steckt."

„Xagadeos kann uns sicher mehr dazu sagen."

„Ja, wahrscheinlich." Gunid wedelte mit dem Tuch einige Mücken beiseite und suchte nach einem anderen Thema. „Wieso habe ich eigentlich bei dir nie ein Pfand von Witlinde gesehen?"

Lif schien genug getrunken zu haben und drehte sich auf dem Handschuh herum. Nachdem Ragald den verbliebenen Schluck Wasser aus seiner hohlen Hand geschlürft hatte, wischte er sich den Mund und antwortete: „Nachdem ich im Feldlager nicht erkannt werden wollte, wäre es dumm gewesen, es noch offen mit mir herumzutragen, oder?"

„Dann hast du also eines von ihr?" Es ärgerte Gunid, dass ihr Herz bei dieser Frage schon wieder schneller zu schlagen begann.

„Natürlich." Er beugte sich zur Seite und löste kurz Lifs Riemen, um den Vogel an einer verkrüppelten Wurzel festzumachen, bevor er den Handschuh abstreifte und nach seinem Rucksack griff. „Wo wir gerade davon sprechen, ich glaube, es wäre immer noch klug, wenn wir darauf achten, nicht erkannt zu werden." Grimmig fügte er hinzu, während er in seinem Gepäck wühlte: „Ich möchte nicht, dass Palder erfährt, dass ich noch lebe, nur weil ich mich irgendeinem Waffenknecht auf der Durchreise als Ragald Adolar vorgestellt habe."

Als sie den silberdurchwirkten, weißen Schal sah, den er aus den Tiefen seines Rucksacks hervorzog, fühlte sie wieder den alten Hass gegen seine Braut in sich aufglimmen. So sah also ein richtiges Pfand von einer Dame aus, dachte sie bitter, während sie den feinen Stoff zwischen zwei Fingern rieb. Sie hatte noch nie so leichtes und glattes Gewebe in den Händen gehalten. Das musste Seide sein.

„Meinst du", fragte Ragald, „Godrich hätte etwas dagegen, wenn ich mir seinen Namen ausborge?"

Sie schüttelte stumm den Kopf. In einem Knoten am einen Ende des Schals fand sie eine goldblonde Haarsträhne. Ragalds Braut hatte wahrlich sicherstellen wollen, dass er sie im Feld nicht vergaß.

„Schön." Er lehnte sich zurück. „Wenn uns unterwegs jemand anhält, bin ich Godrich, Waffenknecht im Dienste Bernon Adolars. Wie möchtest du gern heißen?"

Witlinde, ging es ihr durch den Kopf, und sie presste grimmig die Kiefer aufeinander, während sie ihm das Pfand seiner Dame zurückgab. „Gunid", meinte sie. „Warum sollte irgendjemandem mein Name etwas sagen?"

„Palder sagt er auf jeden Fall etwas." Ragald legte den Seidenschal sorgfältig wieder zusammen, bevor er ihn wieder im Rucksack verstaute. „Ich habe meinen Freunden oft genug von dir erzählt, in Havegard." Bei dem Wort ‚Freunde' geriet ein gepresster Unterton in seine Stimme.

Gunid überlegte einen Moment. „Jope?"

Das Lächeln kehrte in sein Gesicht zurück. „Hätte ich mir denken können. Dann reisen wir also als Jope und Godrich."

„Mir soll's recht sein." Sie stand auf und strich sich den Kittel glatt, der sich vom Dreck des Moores etwas steif anfühlte. „Solange du im Feuermachen schneller bist als Godrich. Langsam wäre es mir ganz lieb, mich wieder trocken zu fühlen." Sie stieg über den moosigen Erdhügel hinweg, auf dem sie gesessen hatte, und begab sich auf die Suche nach Reisig.

Wenn man sie von der feuchten Rinde befreite, taugten selbst die Zweige aus diesem Moor für ein Feuer, auch wenn es mehr beißenden Rauch absonderte als Licht. Gunid erbot sich, die Hundewache zu übernehmen, doch Ragald bestand darauf, ihr die erste Wache zu lassen: „Du bist diejenige, die uns den Pfad sucht. Die Pferde führen kann ich auch im Schlaf."

So saß sie in finsterer Nacht auf dem feuchten Boden, die Sterne über ihr vom hauchfeinen Nebel so getrübt wie die Gedanken, die wirr ihren

Geist umschwirrten wie die Mücken das Feuer. Sie dachte an Tücher, von zarten Händen hergegeben und an den Gürteln edler Kämpen befestigt, an Schattenbestien, die irgendwo in der Dunkelheit um sie her lauern mochten, und an Usker. Was hatte sie mit dem wahnsinnigen Söldner gemein, dass diese dämonischen Kreaturen sie beide schonten?

Ragald rollte im Schlaf auf den Rücken, und sein flacher Atem ging in halblautes Schnarchen über. Der Feuerschein flackerte ihm auf dem Antlitz, das ihr selbst schmutzig und fettglänzend von dem Tag im Moor wunderschön erschien. War das die Macht, die stark genug war, sie gegen diese Geschöpfe der Finsternis unangreifbar zu machen? Ihre Liebe?

Es sprach einiges dafür. Zwar schüttelte es sie bei der Erinnerung, doch der Klang von Uskers Stimme, wenn er Wedemars Leichnam angeredet hatte, die Zärtlichkeit, mit der er ihn berührt hatte, alles daran hatte deutlich gemacht, was er für seinen Kameraden empfand. Gunid hatte bereits davon gehört, dass manchmal auch ein Mann in Liebe für einen Mann entbrennen konnte. In Usker war sie zweifellos einem Beispiel dafür begegnet. Seine Gefühle für seinen Gefährten waren so stark gewesen, dass er sich eher in den Wahnsinn geflüchtet hatte, als sich der Erkenntnis zu stellen, dass sein Liebster tot war.

Gunids Blick wanderte zu Ragalds Rucksack. Wenn sie recht behielt, wäre gewiss auch Witlinde vor den Dämonen gefeit. Ungebeten stieg ihr die Erinnerung an die Begegnung mit der jungen Edlen wieder in den Sinn. Sie hasste Witlinde aus ganzem Herzen, gerade weil diese Ragald ebenso innig liebte wie Gunid selbst und den Platz an seiner Seite erfolgreich beanspruchte. Die Vorstellung, ihre Vermutung auf die Probe zu stellen und die Dame den Schattenbestien vorzuwerfen, ließ Gunid schmunzeln, doch nur für einen Augenblick. Denn wenn es Liebe war, die einen Menschen vor diesen Kreaturen schützte, was sagte es dann über Ragalds Gefühle aus, dass sie ihn weiterhin anzugreifen vermochten?

Sein Herz gehörte nicht Witlinde, hatte er gesagt. Ihrer Überlegung nach konnte es ebenso wenig irgendeiner anderen Edeldame gehören oder der kleinen Gauklerin Marissa oder eben Gunid. Dass er für die Schattenbestien angreifbar war, bedeutete demnach, dass es derzeit einfach keine große Liebe in seinem Leben gab. Es bedeutete zwar auch, dass sein Herz frei war, dachte sie, aber wenn es die Möglichkeit gäbe, dass er sich für sie entschiede, hätte er es dann nicht längst getan?

Seufzend lehnte Gunid die Stirn vor die Arme, die sie gegen die Knie gelegt hatte. Vielleicht war es ja auch etwas anderes, das die Schattenbestien bezähmte. Wieder dachte sie an Usker, der hingebungsvoll den Leichnam seines Gefährten pflegte. Vielleicht verschonten diese schwarzen Dämonen ja einfach alle Narren, die nicht von einer toten Hoffnung lassen konnten. Sie sollte sich Ragald aus dem Kopf schlagen, sagte sie sich, und einfach wieder den Jugendfreund in ihm sehen. Ihr Blick wanderte an seiner Gestalt in den Decken entlang, über deren Falten das Lagerfeuer die Schatten tanzen ließ, und ein trauriges Lächeln trat ihr auf die Züge. Selbst sein Schnarchen verzauberte sie.

Auch, nachdem sie ihn zu seiner Wache geweckt und sich zum Schlaf niedergelegt hatte, blieb sie noch lange mit offenen Augen liegen und grübelte.

Ihr Mangel an Schlaf rächte sich im Lauf des nächsten Tages. Das Moor verzieh keine Unachtsamkeiten, und nachdem sie zum zweiten Mal hatten umkehren müssen, da der von Gunid gewählte Pfad nach Stunden vor einem Sumpfloch endete, dämmerte ihr allmählich, dass dieses Labyrinth aus Schollen und Tümpeln sich als tödlicher erweisen mochte als die Schattenbestien und die Jattar zusammen. Der saure Gestank des brackigen Wassers trug die Drohung von Fieber in sich, und den durstigen Pferden tropfte alsbald klebriger Schaum von den Mäulern, während Gunid immer verzweifelter nach einer klaren Quelle Ausschau hielt.

Mehrmals ließ Ragald Lif aufsteigen, doch auch von dort oben schien der Vogel kein verheißungsvolleres Gelände zu sichten als das, in dem sie steckten. Es zog ihn in keine bestimmte Richtung, außer zurück zu seinem Herrn. Krähen bedrängten ihn, die sich ihnen angeschlossen hatten und ihren langsamen Marsch nach Westen begleiteten.

Als sie gegen Abend ein kümmerliches Rinnsal entdeckten, das von der Kante einer höher gelegenen Scholle ins Brackwasser plätscherte, hatte Ragald alle Mühe, die Pferde zu bändigen, dass sie beim Versuch, als erstes zu trinken, nicht gegeneinander austraten. Lif hingegen blieb in völligem Vertrauen zu seinem Herrn auf dessen Schulter sitzen und wartete ruhig, bis beide Pferde getränkt waren und ihm Ragald mit der hohlen Hand ein Becken unter dem tröpfelnden Quell bildete. Ihrer

Ungeduld zum Trotz, den eigenen Durst zu stillen, erfüllte dieses Bild der Treue und Fürsorge Gunid mit Rührung.

Endlich füllten sie ihre Feldflaschen nach, und sie genoss das Gefühl, als das Nass ihre ausgedörrte Kehle benetzte. Kein Tag Feldarbeit in glühender Sommerhitze hatte sie jemals so durstig hinterlassen wie die Wanderung durch dieses Land aus fauligem Wasser. Der milchige Schleier, der das Blau des Himmels über ihren Köpfen kaum merklich trübte, schien sie schier ersticken zu wollen.

Warum tat sie sich das an?, fragte sie sich, als sie in dieser Nacht auf der Scholle saß, sich am Lagerfeuer wärmte und dem Plätschern des Rinnsals lauschte. Wieder ruhte ihr Blick auf Ragalds schwarzem Schopf, der aus dem Deckenbündel seines Nachtlagers hervorragte. Sie wollte ihm beistehen, gewiss, und sie hätte es sich nie verziehen, ihn in der Gefahr im Stich zu lassen. Doch was blieb ihr als Antrieb außer der Sorge, ihn zu verlieren? Hatte sie in all dieser Mühsal auch etwas zu gewinnen? Ihr Blick streifte den Rucksack, in dessen Tiefe der weiße Seidenschal ruhte, und sie schüttelte den Kopf und haderte mit sich und den Göttern.

Der folgende Tag verging ähnlich, mit Irrwegen und der Ausschau nach Quellen. Zur mittäglichen Rast versuchte Gunid, mit Verbandstuch etwas Brackwasser zu filtern, um es hinterher abzukochen, doch das Verfahren erwies sich als zu langwierig, die Ausbeute als zu dürftig. Sie hätten den ganzen Nachmittag damit zubringen müssen, um für sich und die Pferde genug Wasser für einen Tag zusammenzubringen.

Immer erbärmlicher juckte ihr der ganze Leib von Mückenstichen. Mehrmals ermahnte sie Ragald, sich nicht zu kratzen, obwohl sie sich am liebsten selbst mit den Fingernägeln die zerstochene Haut vom Leib gezogen hätte. Die Wasserschläuche wurden schon wieder leichter, und auch ihr Vorrat an Zwieback und Hartwurst näherte sich langsam dem Ende. Trotz der Krähen wagte Lif den einen oder anderen Jagdflug, doch außer einer Moorratte schlug er keine Beute. Krächzend zogen die Aasvögel über ihnen ihre Kreise.

Eine weitere Nacht ging vorüber, und verbissen quälten sie sich durch den vierten Tag. Langsam wünschte sich Gunid, Ragald würde ihr vorwerfen, dass sie mit ihrer Sturheit sie beide in diese Lage gebracht hätte. War sie es nicht gewesen, die behauptet hatte, sie könne einen Pfad durch dieses Moor finden? Hatte nicht ihre Eitelkeit sich gegen Ragalds vernünftigen Vorschlag, diesen Landstrich zu umgehen, durchgesetzt? Doch sie hörte kein Wort der Klage von ihm, außer einer mürrischen Nachfrage ihrer zunehmenden Reizbarkeit wegen, ob es ihre Zeit des Mondes sei.

Raschelnd kämpften sie sich durch Röhricht, das übermannshoch aus der stinkenden Brühe emporwuchs, die lauwarm ihre Beine bis zu den Knien umfing. Das Schilf erlaubte ihnen kaum eine weitere Sicht als drei oder vier Schritte, und Gunid nutzte ihren Stecken ebenso sehr dazu, die Halme beiseitezuschlagen, wie zum Prüfen des Grundes vor ihren Füßen. Ständig sandte sie stumme Stoßgebete an Vesas, dass sie nicht die Richtung verloren hatte und ihren kleinen Zug im Kreis führte.

Jeder Laut schien gedämpft in diesem Dickicht aus Halmen, und Gunids Magenknurren tönte ihr lauter in den Ohren als die fernen Schreie der Krähen. Sie warf einen Blick über die Schulter zu Ragald, dessen ganze Aufmerksamkeit der trüben Brühe zu seinen Füßen galt und den Pferden, die er beide am kurzen Zügel hinter sich herführte. Sorgsam achtete er darauf, ihr dichtauf nachzufolgen und nicht von dem Pfad abzuweichen, den sie mit dem Stecken ertastete. Nur gelegentlich schaute er zum Himmel auf, ob Lif von seinem Flug zurückkäme. Ein paarmal hob er probehalber den Arm und pfiff.

Es dauerte nicht lange, und der treue Vogel kam herabgesegelt, ging dicht über ihm in flatterndem Flügelschlag über und ließ sich auf dem Handschuh seines Herrn nieder, unter dem einen Lauf ein blutiges Bündel brauner Federn. Ragald löste ihm die Jagdbeute aus den kräftigen Krallen und verzog das Gesicht. „Nicht viel dran", bemerkte er.

Gunid wandte sich wieder nach vorn und holte mit dem Stecken aus, um ein Schilfbüschel zur Seite zu schlagen, als plötzliches Begreifen sie innehalten ließ. Sie fuhr herum und betrachtete noch einmal den erlegten Singvogel, den Ragald gerade in einem Tuchbeutel am Gürtel verstauen wollte. „Das ist eine Amsel."

Ihr Tonfall ließ ihn aufblicken. „Und?"

Sie löste eine brackige Welle aus, die ihm gegen die Schenkel schlug, als sie hastig, unter Herzklopfen, zwei Schritte zu ihm zurückkam. „Hast du gesehen, aus welcher Richtung Lif gekommen ist?"

Allmählich malte sich Verstehen auf seinen Zügen. „Amseln brauchen Bäume."

„Oder Sträucher." Gunid nickte aufgeregt. „Dichteres Gehölz als das dürre Gestrüpp hier im Moor. Woher kam Lif?"

Mit einer Kopfbewegung deutete Ragald die Richtung an, von ihrem jetzigen Weg aus gesehen nach rechts. Ohne zu zögern lief Gunid los und suchte ihnen einen neuen Pfad. Ragald blieb kaum die Zeit, den Bussard wieder auf dem Sattel des Falben festzumachen, um ihr zu folgen, bevor sie außer Sicht geriet. „Warte!"

Als das Schilf sich lichtete, schien es ihr, als schwollen die Schreie der Krähen an, wütend und enttäuscht über das Entkommen ihrer Beute. Durch das Röhricht schimmerte Grün, und mit jedem Schritt konnte sie deutlicher sehen, was vor ihnen lag. Dies war nicht die Farbe von Moos und Heidekraut, nicht die abgerissene Kante einer weiteren Erdscholle. Ungeduldigen Schrittes bog sie die letzten Halme auseinander und blieb unter freiem Himmel stehen. Vor Gunids Augen breitete sich eine sanft geschwungene Anhöhe aus, bedeckt mit Gras und Buschwerk.

Ein Schulterklopfen von Ragald ließ sie einen plätschernden Schritt nach vorn torkeln. „Wir haben es geschafft!" Sie bedachte ihn mit einem bösen Blick, doch ehe sie etwas sagen konnte, hatte er sie schon in eine Umarmung gerissen, von der ihr die Luft wegblieb. „Gunid, du bist großartig!"

„Und du bist ein Rüpel, der beinahe arme Hörige ins Wasser stößt." Ihre Bemerkung hatte ein Knurren werden sollen, doch das Gefühl seiner Arme um ihren Leib und seines Körpers an dem ihren, endlich einmal ohne das Kettenhemd dazwischen, ließ die Worte zu einem weichen Seufzen geraten. Er roch nach Schweiß, nach saurem Wasser und fauligem Sumpfgras, und es war ihr gleich. Wie von selbst schlangen sich ihre Arme ihm um den Hals und legte sich ihre Wange auf seine warme, feste Schulter. Sie schloss die Augen, um den Moment zu genießen, solange er währte.

Sie riss sie überrascht wieder auf, als seine Hand liebkosend über ihre Taille fuhr.

Es war nur ein kurzes Streicheln, ein einmaliges Auf und Ab, doch es genügte, ihr einen wohligen Schauder durch den ganzen Leib zu jagen und ihr Herz in wildes Pochen verfallen zu lassen, einem Küken gleich, das aus seiner Eierschale auszubrechen versuchte. Als er sie aus seiner Umarmung entließ, tat er es mit einem kameradschaftlichen Klaps auf die Schulter und einem Grinsen wie nach einem gelungenen Streich in ihrer Kindheit. Allzu schnell wandte er sich den Pferden zu, um sie dem rettenden Ufer entgegenzuführen, als dass sie den Ausdruck seiner Augen hätte erforschen können. „Nicht so hastig, mein Großer!" Während sie plätschernd an ihm vorübereilte, um wieder mit dem Stecken vor ihm den Grund zu prüfen, mahnte sie sich zur Vernunft und sagte sich, die Berührung hatte nichts zu bedeuten; ihr Herzschlag aber wollte sich nicht wieder beruhigen. Vom Sattel des Falben her tönte Lifs Kreischen triumphierend über das Moor, als verspotte er die Krähen.

Noch immer kämpfte sie dagegen an, als sie, notdürftig gesäubert und allen Durst gestillt, an einem Bachlauf entlang in die Hügel hinaufritten. Wie oft, so sagte sie sich vor, hatten sie sich als Kinder in aller Unschuld aneinandergekuschelt, einfach um es warm zu haben, wenn sie im Wald von einem Regenguss überrascht worden waren, oder um einander Trost zu spenden, wenn einer von ihnen zuhause Ärger bekommen hatte? Wie oft hatte sie den Rücken des kleinen Jungen gestreichelt, der er gewesen war, wenn sie nach einer Klettertour erschöpft im Schatten unter einem Baum gelegen hatten? Die Binsen am Wegesrand wichen üppigen Brombeersträuchern, während sie mit einer Erinnerung nach der anderen ihrer Gefühle Herr zu werden suchte, doch ihre Taille, wo er sie liebkost hatte, wollte nicht aufhören, zu kribbeln.

Der Nachmittagswind trieb Wolken über den Himmel, als die endlose, braune Fläche des Moores in ihrem Rücken hinter einer Hügelkuppe verschwand. Vor ihnen schlängelte sich der Pfad in eine Ebene hinab und zwischen sanft gewellten Hügeln entlang, die von grünem Weideland und goldgelben Feldern bedeckt waren. Der Anblick ferner Rauchfahnen aus den Schornsteinen eines Dorfes ließ sie beide in der Vorfreude auf die Gastlichkeit eines Bauernhofes grinsen. Über einer Burg, die sich ein Stück abseits des Weges erhob, wehten Banner, und im Tal unter ihnen wendete ein Trupp von drei Waffenknechten die Pferde, um ihnen entgegenzureiten. Sie hatten das Feindesland endgültig hinter sich gelassen.

Lif trat ungeduldig von einem Lauf auf den anderen, während sie den Pfad hinabritten, der Patrouille des hiesigen Landesherrn entgegen. Offensichtlich drängte es den Bussard nach einem Flug, doch Ragald wollte sich den Bewaffneten gegenüber nicht verdächtig machen, indem er das Tier so kurz vor der Begegnung aufsteigen ließ, und so blieben Lifs Riemen vorerst an dem Schulterstück festgemacht. Eine Wolke verdeckte gerade die Sonne, als sie auf halber Höhe des Hügels mit den Waffenknechten aufeinandertrafen und der vorderste sie beide anrief, um sie zum Absteigen aufzufordern. Ohne Zögern kamen sie seiner Weisung nach. Er war ein gedrungener, kleiner Mann mit einem faltigen, tief gebräunten Gesicht voller Leberflecken. Über den Augen zogen sich buschige, weiße Brauen zu einem misstrauischen Runzeln zusammen, als er ihrer beider heruntergekommene Erscheinung musterte. „Ihr kommt aus dem Moor?", schnappte er mit rauer Stimme.

„Wir mussten es durchqueren", bestätigte Ragald. „Die Jattar ließen uns keinen anderen Weg, Herr."

Die respektvolle Anrede schien den alten Mann ein wenig zu besänftigen, und sie rief Gunid ins Gedächtnis, dass sie nicht als Edler und Hörige hier eingeritten kamen. Ragald stellte sich als Godrich vor, Waffenknecht im Dienste des Ritters Bernon Adolar, und kramte seinen Siegelring, den er sonst am Finger zu tragen pflegte, aus dem Gürtelbeutel, um ihn anstelle eines Reisebriefes vorzuweisen. Sie seien in einem dringenden Botengang unterwegs, erklärte er weiter, und müssten von hier aus so schnell wie möglich nach Kaskur.

Der alte Mann drehte den Ring mit einem Stirnrunzeln in den Fingern, bevor er ihn zurückgab. „Der Falke gehört deinem Herrn, Bursche?"

„Ja, Herr. Ihn soll ich nach Kaskur überbringen." Ragald steckte den Ring zurück in den Beutel. „Ich bin daheim der Gehilfe des Falkners." Lif stieß ein kurzes Kreischen aus und trippelte ihm unruhig die Schulter entlang. Er wollte fliegen.

„Verstehe", schnarrte der Alte und musterte Gunid, die, wie es sich von ihrem Stand her geziemte, schräg hinter Ragald stehen geblieben war. „Die Frau ist deine Magd?"

Ragald holte Atem, um zu antworten, und drehte sich halb nach ihr um. Die Luft entwich ihm unverrichteter Dinge, und ein sanftes Lächeln kräuselte seine Lippen. „Nein", sagte er schließlich, ohne den Blick von ihr zu wenden. „Meine Gefährtin."

Gunid blieb ruhig stehen und bemühte sich, ihre unbeteiligte Miene aufrechtzuerhalten, während ihr das Herz wieder in der Kehle zu hämmern begann. Kaum bekam sie mit, welche Lügen und Halbwahrheiten Ragald dem Waffenknecht auftischte, wie sie einander im Feldlager kennen gelernt hatten und überein gekommen waren, den Weg nach Kaskur gemeinsam anzutreten. In seiner Stimme und seinen blauen Augen hatte für einen kurzen Augenblick eine Zärtlichkeit gelegen, die ihr die Erfüllung aller ihrer Sehnsüchte verhieß.

Endlich beschloss der Alte, genug über die beiden Reisenden zu wissen, die das Land seines Herrn durchqueren wollten, und sie durften wieder aufsitzen und ihren Weg fortsetzen. Gunid betrachtete Ragalds Rücken, sein verfilztes, schwarzes Haar und den vom Moor noch fleckigen Waffenrock, und versuchte einmal mehr, sich klarzumachen, dass er unerreichbar für sie wäre, doch die Stimme der Vernunft – oder was sie dafür hielt – ertrank in dem Rauschen in ihren Ohren. Heftig pochte es in ihrem Herzen, und die Eierschale darum bekam einen Sprung.

Gewiss, er war verlobt, dachte sie, während sie in das grüne Tal hinabritten und die Burg immer höher über ihnen aufragte. Doch er und Witlinde befanden sich im rituellen Probejahr, und es mochte abgebrochen und die Verlobung gelöst werden.

Gunids Finger schlossen sich fester um die Zügel des Falben. Etwas in ihrem Herzen sprengte einen Teil aus seiner Eierschale und befreite vorsichtig einen Flügel. Ragald hatte ihr bereits gesagt, sein Herz gehöre nicht Witlinde. Zum ersten Mal nun wagte Gunid, zaghaft daran zu glauben, dass sie es erringen könnte. So vieles hatten sie nun schon gemeinsam durchgestanden, so vieles gab es, was sie miteinander verband, was er nie mit einer anderen würde teilen können. So vieles davon hatten sie allein auf dieser Reise erfahren, als erwachsener Mann und erwachsene Frau, nicht als Kinder und Spielgefährten. Sie mochten einander neu entdecken.

Lif spreizte ungeduldig die Schwingen, und Ragald begann, unter beruhigendem Zureden an seinen Riemen zu nesteln. Vor allen Dingen aber, erinnerte sich Gunid, konnte die Standesgrenze zwischen ihnen tatsächlich fallen. Ragald hatte es angedeutet: Sie musste nicht ewig die Hörige bleiben, als die sie geboren war. Indem sie ihm beistand und mit ihm gemeinsam die Botschaft des Königs ans Ziel brachte, gewann sie Aussicht, in den Adelsrang erhoben zu werden. Dann aber gab es kein Hindernis mehr, das ihnen beiden das Recht verwehrte, zu heiraten.

Sie besah ihren jungen Freund, wie er behutsam den Jagdvogel von seiner Schulter auf den Arm nahm. Für den Moment war sie zufrieden, Ragalds Kameradin zu bleiben. Sobald sie diese Reise überstanden hatten, dessen war sie sich sicher, würde sie den Mut finden, ihm ihre Liebe zu gestehen. Noch immer war ihr bang bei dem Gedanken, dass er sie zurückweisen könnte; doch erstmals wagte sie auch, an die Möglichkeit zu glauben, dass er sie erhören mochte. Mit der Aussicht auf diesen Preis aber war sie bereit, ihn sogar bis in den Quell der Schatten zu begleiten.

Über ihrem Pfad nach Westen kam die Sonne hinter dem Rand der Wolke hervor und überflutete die Felder, Wiesen, Gehölze und Hütten am Wegesrand mit Wärme und Licht. In diesem Moment warf Ragald den Vogel ab. Lif schwang sich mit einem lang gezogenen Kreischen in die Luft, Gunids Hoffnung gleich, die nun endlich die Reste ihrer Eierschalen von sich schüttelte und die Flügel ausbreitete.

ENDE DES ERSTEN BUCHES

Vom Autor des Falkenflugs: das Pen&Paper-Rollenspiel

HEROEN

Werde Teil einer Legende!

Dragoma – ein Kaiserreich am Scheideweg zwischen Untergang und Erneuerung. Zahllose Helden haben in der Geschichte des Landes ihre Spuren hinterlassen. Nun ist eine Zeit der Umwälzung gekommen: der Kaiser verschollen, das Reich vom Bürgerkrieg zerrissen, alte und neue Feinde drängen über die Grenzen … und vergessene Schrecken steigen aus der Vergangenheit empor.

Wird deine Geschichte den Sagen des Reiches hinzugefügt werden? Wirst du als Ritter mit der blanken Klinge die Armen und Schwachen beschützen? Wirst du als Zauberer den Dämonen früherer Zeitalter Einhalt gebieten? Schaust du nur als Söldner, Dieb oder Scharlatan auf deinen eigenen Vorteil in den Wirren der Gegenwart? Oder siehst du gar als Feind Dragomas die Chance gekommen, ein für allemal der Macht der Kaiser ein Ende zu setzen?

In diesem Fantasy-Rollenspiel steht dir jede dieser Rollen offen – und unzählige mehr. Die Spielregeln sind simpel, die Möglichkeiten nahezu unbegrenzt. Tritt ein in die Welt von Dragoma!

ISBN: 978-3-7519-5068-8

Das Abenteuer wartet auf dich!

Von Markus Gerwinski
ist ebenfalls erschienen:

Das Lied der Sirenen

ISBN: 978-3-7412-2455-3

Seit sich auf der Insel Valstrom die Sirenen niedergelassen haben, ist die Fahrt durch die Meerenge ein Wagnis auf Leben und Tod. Die ruhelosen Seelen der Ertrunkenen suchen die Küste heim.

Gequält von der Erinnerung an eine verlorene Liebe, lässt sich der junge Magier Jeral Nerigon auf die gefahrvolle Mission ein, die Sirenen zu studieren und ein Mittel gegen ihr Lied zu finden. Als er sich in einem Dorf an der Küste einquartiert, wird er schon bald in Kämpfe mit Untoten, Kobolden und Gespenstern verwickelt. Auch unter den Dorfbewohnern scheint er sich Feinde zu machen.

Sein gefährlichster Gegner aber verfolgt ihn aus den Tiefen seines eigenen Herzens heraus ...